덴하흐

덴하흐

김호수 지음

필맥

1

서울특별시 OO구 공고 제2007-135호

무연고 사망자 공고

장사 등에 관한 법률 제11조 규정에 의거 무연고 사망자의 사체를 처리하고 동법 시행규칙 제4조 제1항의 규정에 의거 다음과 같이 공고하오니 연고자는 유골(사체)을 인수하시기 바랍니다. 2007년 10월 25일 OO구청장

1. 성명: 이수빈

2. 생년월일: 1997. 01. 21 (10세)

3. 사망일시: 2007. 10. 23 (02 : 10)

4. 사망원인: 기타 및 불상

5. 사망장소: 서울 OO병원

6. 처리방법: 화장

**

 나는 소라과자를 좋아했다. 수빈이도 그랬다. 우리는 소라과자를 와삭대면서 〈섬집아기〉를 부르고는 했다. 수빈이는 그때마다 엄마가 섬그늘에 소라를 잡으러 간다고 했다. 나는 과자봉지에서 소라과자를 한 움큼 집어 입에 털어 넣었다. 제 맛이 나지 않았다. 나는 과자봉지를 책상 한쪽 구석에 밀어 놓고 담배 한 개비를 피워 물었다. 수빈이는 이제 '연고자는 유골을 인수하라'는 내용과 함께 신문에 실렸다. 나는 길게 담배 한 모금을 빨아들이고 자리에서 일어나 창가로 갔다. 세찬 비가 쉴 새 없이 비닐 들창을 때리면서 방 안으로 들이치고 있었다.
 "신부님!"
 형광등이 서너 번 껌뻑거리다가 환하게 켜졌다. 나는 손등으로 두 눈을 비비면서 방문 쪽으로 고개를 돌렸다.
 "몇 번이나 노크했는지 아세요?"
 모니카 수녀였다.
 "비닐하우스라 환기가 안 된다고 했잖아요. 제발 그놈의 담배 좀 그만 피우세요. 어제 뉴스도 안 보셨어요? 비닐하우스 가건물은 작은 불씨에도 홀라당 다 타버린다고요."
 나와 모니카 수녀는 두 달 전에 입국해서 서울 근교에 있는 이곳 성당을 임시 거처로 정했다. 성당은 본당 사목구에 속한 공소로 재정적인 문제 때문에 비닐하우스로 지어져 있었다.
 "세상에! 이게 다 뭐야? 온종일 책상머리에 달라붙어서 소라과자만 드셨어요? 도대체 과자봉지가 몇 개야? 아휴! 이 바닥 좀 봐. 과자부스러기 때문에 바닥이 온통 끈적끈적하잖아요. 원시인들이랑 단합대회라도 하셨어요? 조개무지가 따로 없네요."

모니카는 손걸레를 들고 바닥을 훔치면서 쉴 새 없이 잔소리를 퍼부어 댔다. 나는 얼른 꽁초를 들창 틈으로 내던지고 방 한구석으로 가서 조용히 서 있었다.
　"이건 또 뭐람? 신부님, 이 늙은이 좀 그만 괴롭히세요. 이 희멀건 대가리들. 참치가 담배를 피울 리 없을 테고. 새로 나온 꽁초 통조림인가요?"
　모니카가 책상 위에서 참치깡통으로 만든 재떨이를 집어 들고 내게 눈을 흘겼다. 나는 부루퉁한 얼굴로 눈살을 잔뜩 찌푸리고 모니카를 노려보았다.
　"어머나, 무서워라."
　모니카 수녀는 5년 전부터 그림자처럼 늘 내 곁에서 나를 도와왔다. 나는 어느 순간부터 모니카를 어머니 같은 존재로 여겼고 그 때문에 그녀의 잔소리를 들을 때마다 어리광스레 눈살을 찌푸린다.
　"모니카, 그 깡통은……."
　모니카가 앞치마 주머니에서 검정 비닐봉지를 꺼내더니 깡통을 통째로 쑤셔 넣고 책상 위의 신문지도 구겨 넣었다.
　"꽁초 냄새가 얼마나 역한 줄 아세요? 시큼한 노총각 냄새에 꽁초 냄새까지 풍기면……. 신자들은 신부님을 화장실도 안 가는 분이라고 생각한다고요. 이런 어쩜 좋아! 이렇게 비까지 내리는데…… 찾아오신 분을 문밖에 세워놓았네. 신부님하고 실랑이하는 통에 무례를 저지르게 되었잖아요. 오, 하느님! 내 죄를 사하소서."
　모니카가 서둘러 성호를 그으며 걸레와 비닐봉지를 주섬주섬 들고 나가 바깥문을 열었다. 상큼한 오렌지향이 찬바람에 실려 안으로 들어왔다.
　"드보라 자매님!"

모니카의 반가워하는 목소리와 함께 지호가 들어왔다. 그녀는 감색 트렌치코트를 입고 있었다. 나는 눈을 내리뜨고 물끄러미 그녀의 트렌치코트만 바라보았다. 문득 검푸른 남색은 검사에게 가장 잘 어울리는 색이라는 생각이 들었다.

"수빈이 사건을 담당할 특별수사팀이 꾸려졌어요. 부장검사님께서 급히 찾으십니다."

지호는 방 안을 한번 휘 둘러보고 책상 앞으로 다가서면서 사무적인 말투로 입을 열었다.

"더 이상 개입하고 싶지 않은데……."

나는 먹다 둔 과자봉지를 힐끗거리며 웅얼거렸다.

"뭐라고요? 이 판국에 과자나 씹으면서……. 신의 부름을 받으신 분께서 발을 빼면 안 되지요. 책임은 지세요."

지호가 과자봉지를 보사삭거리면서 매섭게 쏘아붙이더니 핼끔 눈을 흘기고 밖으로 나가버렸다.

"퀴리에 엘레이손, 주여 우리를 불쌍히 여기소서."

나는 서둘러 지호의 뒤를 따르면서 퀴리에를 나지막이 중얼거렸다.

2

우리들 가운데 가장 거룩하신 에우제니오 파셀리 추기경 각하께,
　하느님의 종 중의 종 Q신부가 드립니다.

친애하는 에우제니오 파셀리 추기경 각하, 저는 각하의 파송을 받고 일련의 사건들을 조사하는 동안 너무나 많은 회의와 절망에 잠겼습니다. 하지만 항상 우리를 진리의 길로 인도하시는 그리스도에 대한 믿음에 의지

하여, 목격되고 증언되는 사실만을 추적하고자 하였습니다. 어둠의 세력이 거짓과 기만으로 저를 절망에 빠뜨릴 때마다 성 보니파티우스 주교께서 머시아 왕에게 보낸 서신에서 하신 말씀을 몇 번이고 되새겼습니다.

"우리의 사고는 참된 길에서 멀리 벗어나 버린 듯하다. 우리의 사고에는 정의의 빛이 한 줄기도 비추지 않았고, 저 하늘의 태양도 빛을 내리지 않았다."

이제 남은 일은 추기경 각하께서 현명한 판단을 하시도록 일련의 사건들을 참된 길에서 벗어나지 않으면서 어떻게 전달하느냐는 것입니다. 그리고 그 유일한 방법은 한 동양인의 도정을 좇아 일련의 사건들을 차례대로 기술하는 것이라고 결론 내리게 되었습니다.

추기경 각하, 여기 진리를 위해 투쟁했던 한 인간의 기록이 있습니다. 이 보고서를 봉인하는 저의 손이 떨립니다. 생존을 위해 그와 함께 싸웠던 기억들 하나하나가 저의 심장을 날카롭게 찌릅니다. "내가 새벽을 깨우리로다"(시편 57:8)라는 신의 음성이 살아남은 우리들에게 역사적 책임을 묻는 듯합니다.

부디 주의 진리를 선포하는 성좌가 어둠의 세력에 맞서 담대히 나아갔던 한 인간의 기록을 되새기고 만방에 정의의 빛을 비추기를 주님께 기도합니다.

3

1907년 7월 16일, 네덜란드 덴하흐의 니우에이켄달위넌 공동묘지.

강한 편서풍이 자작나무들 사이로 파고들어 나뭇가지를 거칠게 흔들었다. 나뭇가지는 윙윙 소리를 지르며 푸른 잎을 무더기로 떨어냈다. 푸른 잎들이 세찬 바람에 엇비슷이 흩날리며 묘지로 들어선 두 사내를 가로막았다. 제법 불거진 이마에 앞가르마를 한 사내가 주춤 걸음을 멈추었다. 그러자 그 뒤를 따라가던 다른 한 사내도 잠시 머뭇거리며 두 손으로 검정 실크햇을 깊게 눌러썼다. 앞서가던 사내가 십여 기의 무덤들 너머로 보이는 구덩이를 향해 다시 발걸음을 재촉했다. 성긴 목관 하나가 파 올린 흙더미 옆에 덩그러니 놓여있었다.

"애통하다. 너무나, 너무나 가슴이 아프다."

앞가르마를 한 사내가 무릎을 꿇고 쪼그려 앉아 관을 매만졌다. 인부 두 사람이 근처 덤불에서 노닥이다가 뒤늦게 도착한 사내를 보고 그에게 다가가 흥정을 했다. 두 인부는 실크햇의 사내에게서 장례비를 받아들고는 서둘러 관을 내렸다. 앞가르마를 한 사내가 흙 한 줌을 집어 관 위에 뿌렸다. 인부들은 거춤거춤 회백색 흙을 덮고 낮고 초라한 비석을 세웠다. 가매장은 끝났다. 앞가르마를 한 사내가 외투 주머니에서 종이 한 장을 꺼내들었다. 그는 쪼그리고 앉은 채 종이와 비석을 번갈아 보다가 손등으로 연방 눈을 비볐다. 갑작스런 바람이 봉분에 뿌려놓은 석회가루를 말아 올리더니 어느 틈에 그의 손에서 종이를 낚아채 바닥으로 내동댕이쳤다.

1907년 7월 15일 오늘, 덴하흐 지역 기록 담당 공무원 39세 한센과 44세 장의사 렌니스는 한국의 함경도 북청에서 태어나 기혼으로 서울에 거주하던 변호사 이준이 어제 14일 저녁 7시 이곳에서 49세의 나이로 운명했고 그 외 다른 사항은 알려지지 않았음을 증명함.

1

지호의 차가 세찬 빗줄기를 뚫고 달려 도착한 곳은 서울 중앙지방검찰청이었다. 지호가 주차하는 동안 나는 뿌옇게 김이 서린 차창 너머로 그 15층짜리 건물을 올려다보았다.

"우산 없어요? 별수 없네요."

지호가 툭 내쏘며 차에서 내리더니 쏜살같이 달리기 시작했다. 나도 덩달아 퍼붓는 비를 맞으면서 청사 현관을 향해 뛰었다. 나는 로비에 들어서자마자 가쁜 숨을 몰아쉬며 젖은 수단(Soutane)을 털었다.

"이거 받아요. 왼쪽 가슴에 똑바로 다세요."

지호가 청원경찰에게서 건네받은 방문증을 내게 내밀었다. 나는 고개를 숙인 채 방문증에 붙어있는 집게와 씨름하면서 지호의 뒤를 따랐다. 내가 옷매무새를 가다듬고 나서 고개를 들었을 때 지호는 이미 엘리베이터 앞에 서 있었다. 나는 엘리베이터를 보는 순간 머무적거리며 뒷걸음질을 쳤다.

"뭐예요. 여전히 그런 거예요? 하느님도 폐쇄공포증은 치료하기 어려운가 보죠? 빨리 와요. 별것도 아닌 걸로 시간 끌지 말고."

지호가 엘리베이터 버튼을 누르고 나서 내 팔을 잡아끌었다. 은색 문이 열리고 사각 깡통이 입을 쩍 벌렸다. 엘리베이터 내부는 흡사 원목 옷장처럼 짙은 갈색으로 마감되어 있었다.

"하나, 두울, 세엣……."

나는 무의식적으로 지호의 왼손을 두 손으로 꼭 쥔 채 눈을 질끈 감고 수를 셌다. '땡' 하는 신호음이 들리자마자 지호가 내 손을 세게 끌어당겼다. 나는 비로소 감았던 눈을 뜨고 지호의 손을 놓았다.

"40초가 안 되네, 12층까지."

지호가 젖은 코트를 벗어들고 한마디 툭 내던지며 어두운 복도로 들어섰다. 그녀는 하늘색 블라우스를 입고 있었다. 불현듯 하늘색 원피스를 입은 소녀가 떠올랐다.

어린 시절 술래잡기를 할 때였다. 나는 술래를 피해 장롱 속으로 숨어들었다. 멀리서 "꼭꼭 숨어라. 머리카락 보인다" 하고 술래기 외치는 소리가 어렴풋하게 들려 왔다. 나는 숨소리라도 새나가지 않을까 하며 캄캄한 어둠 속에서 몸을 잔뜩 웅크렸다. 시간이 흐르면서 어둠은 차츰 두려움으로 다가왔다. 다른 아이들의 재잘거리는 소리도 들리지 않았다. 숨을 쉴 수가 없었다. 장롱 문은 좀처럼 열리지 않았다. 밤에 자야 할 때가 되면 어느새 열려 이부자리를 내어놓던 장롱 문이었다. 그 문이 나를 가둔 것이었다. 나는 울부짖으면서 정신없이 장롱 문을 두들겨댔다. 모두가 나라는 존재를 한순간 잊어버린 듯했다. 아무도 나를 기억하지 않을지도 모른다는 공포, 그 공포가 어둠 속에서 불쑥 손을 내밀어 내 목을 조였다. 죽음은 그렇게 다가오는가 싶었다.

내가 회상에 잠겨 있는 사이에 지호가 사라졌다. 나는 복도를 따라 일정한 간격을 두고 늘어선 문들을 기웃거렸다.

"뭘 그렇게 두리번거려요? 훔쳐갈 만한 건 없으니까 빨리 와요."

네댓 발짝 앞에서 문이 활짝 열리더니 지호가 몸을 불쑥 내밀었다.

'죽음은 이렇게 사라졌지. 까르르 웃는 소리와 함께……. 하늘색 원피스를 입은 소녀가 금빛 열쇠를 흔들면서 장롱 앞에 나타났어. 난 소녀를 보자마자 눈물범벅을 하고 끌어안고 울었지. 신선한 산소를 맘껏 들이마시면서. 신선한 산소를…….'

나는 안도의 한숨을 내쉬면서 잰걸음으로 다가갔다. 지호가 여는 문에는 '특수3부장'이라는 팻말이 붙어있었다.

"안녕하십니까, 신부님. 오시느라 고생 많으셨지요. 특수3부장 검사 최태민입니다."

내가 방에 들어서기가 무섭게 큼직한 두 손이 덥석 내 손을 움켜줬었다. 부장검사가 축축한 손으로 내 손을 맞잡은 채 나를 책상 앞 응접소파로 이끌었다.

"신부님, 차 한 잔 하시겠습니까?"

부장검사가 한 손으로 기름기가 번들거리는 얼굴을 쓱 문지르면서 말을 건넸다. 나는 그의 맞은편에 앉으면서 슬쩍 두 손을 소파 방석에 닦았다.

"어디 불편하세요? 편히 앉으세요. 참, 커피 어떠십니까? 다른 차도 있긴 한데, 그래도……."

"참고로 말하자면 커피 자판기 메뉴만 가능해요. 부장님도 드실 거

13

죠?"

지호가 방문을 열고 나가면서 퉁명스레 말을 던졌다. 부장검사는 왼손으로 뒷머리를 긁적이며 내게 씽긋 웃음을 지어보였다. 얼마 지나지 않아 지호가 종이컵에 담긴 커피를 양손에 들고 나타났다.

"자네도 여기 신부님 옆에 앉게. 드시죠, 신부님."

지호가 내 곁에 앉는 동안 그는 테이블 위에 놓인 서류봉투에서 십여 페이지 분량의 서류를 꺼냈다. 그는 서류들을 뒤적이더니 눈에 익은 서류를 뽑아 내 앞에 내밀었다.

"바티칸 국무원장의 협조요청 공문입니다. 수빈이 사건을 조사하는 데 신부님이 참관할 수 있도록 해달라는. 어제는 주한 유럽연합(EU) 대표부 대사까지 상부에 몇 번이나 전화를 했다더군요. 무시하기 어려운 간곡한 부탁이지요. 그렇게 생각하지 않으세요?"

그가 허리를 굽혀 둥글넓적한 얼굴을 내게 바싹 들이밀면서 묻더니 이내 소파에 몸을 기댔다.

"제2분과의 세그레타리오, 그러니까 성좌의 외무장관께서 보낸 공문입니다. 제가 대사 자격으로 파견돼서……. 두 달 전 한국에 왔을 때만 해도 수빈이의 뇌종양 진행과정만 지켜보고 돌아갈 거라고 생각했는데……. 저도 어제 연락받았습니다. 한국정부와 협조해서 더 조사하라고 말이죠."

"협조보단 압력행사가 적절한 표현 같지 않아요?"

지호가 양미간을 찌푸린 얼굴로 부장검사와 나를 번갈아 보면서 말했다.

"허 검사, 그런 실례되는 말은 삼가게. 정확한 표현을 쓴다고 항상 좋은 건 아닐세. 뭐랄까, 외교적으로 민감한 문제라서 우리 검찰로서는 가능한 한 신부님께 협조해야겠지요. 사실 저희 검찰에서는 어제까지만 해도 신부님을 법의학적 조언이 필요해서 초청한 분으로 알고 있었습니다. 물론 윗선에서 결정했겠지만, 저희 검찰로서는 불쾌한 일이긴 합니다."

부장검사가 가볍게 숨을 고르고 커피를 한 모금 마셨다.

"국민의 자존심이 걸린 사법주권, 나아가서 국가주권의 문제라고 할 수 있지요. 저기 벽에 걸린 액자들 보이지요? 큼지막하게 적힌 글씨 말입니다. '국민을 위한 대한민국 검찰' 하고 '인권과 정의의 수호'라는……. 바로 저겁니다. 우리 국민의 인권과 정의를 수호해야 할 검찰이 압력을, 아니 무시하기 어려운 요청을 받았고, 그래서 국민의 검찰로서 자존심에 상처를 입었다는 얘깁니다. 신부님은 어떻게 생각하세요?"

"네에, 부장검사님 입장은 충분히 이해하겠습니다. 성좌를 대신해서 심심한 사과를 드립니다. 앞으로는 부적절한 경로로 협조를 구하는 일이 없도록 EU 대표부에 항의의 뜻을 전하겠습니다."

나는 소파에서 엉거주춤하게 일어서서 부장검사에게 가볍게 고개를 숙였다.

"아, 뭐, 항의까지야……. 검찰의 자존심이 조금 상했다는 거지 제가 불편한 건 아닙니다. 말하자면 인권과 정의를 수호하는 검찰을 대표해서 드린 말씀이라는 거죠. 전화란 게 걸라고 있는 거 아닙니까. 때로는 전화로 하는 게 더 편한 얘기도 있는 법이죠. 안 그런가, 허 검사?"

"그렇긴 하죠. 그런데 꼭 구린 것들이 전화로 압력행사 하잖아요. 그렇잖아요, 신부님?"

지호가 나를 매섭게 흘겨보면서 공연히 내게 트집을 잡았다.

"허 검사, 왜 또 이러시나. 자네, 그 백만 불짜리 미소는 어디에 갖다 버리고 눈을 흘기나? 그동안의 과정이야 어떻든 수빈이 사건을 해결하는 게 중요하지 않겠나. 신부님, 안 그렇습니까? 이제 같은 배를 탔으니 서로 잘해 봅시다. 그리고 자넨 앞으로 신부님하고 손발을 맞춰야 될 사람 아닌가."

"왜요? 왜 저예요?"

"지난달 내내 신부님하고 그 아이 병실에 살다시피 했잖은가. 더구나 옛날엔 단짝친구……."

"아니라고 했잖아요. 뒤통수 치고 배신한 인간이라구요."

지호가 벌겋게 달아오른 얼굴로 부장검사의 말을 무지르고 나섰다.

"알았네, 알았어. 신부님, 이런 말씀을 드려도 괜찮을지 모르겠지만, 같은 남자로서 신부님 마음을 얼추 짐작할 수 있습니다. 한때 사랑했지만 모든 걸 잊기 위해 신학교로……. 여자들은 모르는 사나이 마음이죠. 뭐 그런 노래도 있잖습니까. 내게 사랑은 너무 써, 하는. 커피만 쓴 게 아닙니다. 아무튼……."

부장검사가 말을 잠시 끊고 남은 커피를 단번에 들이켰다. 나는 무언가 말하려다 그의 자못 진지한 표정을 보고 입을 다물었다.

"아무튼, 어제 간부회의에서 우리 특수3부에 특별수사팀을 꾸리기로 했습니다. 수빈이 사건을 전담할 수사팀 말입니다. 그런데 신부님께서 저희 수사팀과 정례적으로 만나 협의하는 건 가능하겠지만, 신부님께는 수사권이 없다는 점은 꼭 기억해 주셨으면 합니다. 수사권은 엄연히 사법 주권의 문제니까요. 한 가지 더. 이번 사건이 해결될 때까지는 반드시 수사권을 가진 저희 요원과 함께 움직여 주셨으면 합니다. 그러니까 여기 허 검사하고……. 만약 이 제안을 거절하시거나 또다시 부적절한 경로로 저희에게 간섭하게 되면 제 자리를 걸고서라도 적절한 대응을 할 생각입니다."

"당연한 말씀입니다. 오히려 수사과정에 참관할 수 있도록 허락해 주셔서 감사할 따름입니다. 외압성 요청은……. 다시 한 번 사과드립니다. 제가 미숙해서."

"미숙하다니요. 대사는 뭐 아무나 되는 자립니까. 게다가 까칠하지 않으셔서 맘에 듭니다. 허 검사 얘기만 들어서는 옹생원 똥구멍처럼 까다로울…… 아니, 뭐 시원시원하시다, 이겁니다."

부장검사는 나와 눈이 마주치자 화들짝하며 얼른 시선을 돌리면서 자리에서 일어섰다.

"참, 허 검사. 내 책상에 있는 서류 좀 가져다 드리게. 특별수사팀 검사들 명단입니다. 화장실을 다녀와야겠는데, 그동안 한번 훑어보세요."

부장검사가 방에서 급히 나가더니 다시 문을 빠끔 열고 지호에게 지시했다. 지호는 책상에서 서류 한 장을 가져와 내게 건네고는 맞은편 소파에 앉았다.

"그 검은 옷을 볼 때마다 내가 무엇을 떠올리는지 알아요?"

지호가 한동안 말없이 나를 물끄러미 바라보다 말고 대뜸 한마디 던졌다.

"장롱, 그리고 고아원 원장님이 떠올라요. 내가 당신을 장롱에 가둔 것 때문에 원장님한테 처음으로 혼났거든요. 아시죠? 그날 저녁도 못 먹은 거. 당신 때문에! 내가 당신을 왜 장롱 속에 가뒀는지 알아요?"

난데없는 말에 나는 눈을 동그랗게 뜨고 그녀를 멍하니 바라만 보았다.

"어린 소녀에게는 작은 곰인형과 소년이 전부였거든요. 때로는 엄마와 아빠였고, 때로는 여동생과 오빠, 또 때로는……. 하지만 소년은 그렇지 않았어요. 소년에게는 곰인형 대신 성모상이 있었거든요. 이상한 나라에 사는 엄마가 있었던 거예요. 그래서 언제 날아가 버릴지 모르는 새를 새장에 가두고픈 충동이랄까, 뭐 그런 게 소녀에게는 있었던 거죠. 그런데 지금은 더 오랫동안 장롱에 가두고 싶은데요."

"드보라 자매님……."

"이보세요, 신부님. 저는 무신론자거든요. 공적인 관계이니만큼 허 검사라고 불러 주세요. 마음 같아선 다시는 날지 못하게 그 검은 깃털을 몽땅 뽑아버리고 싶거든요! 한 번만 더 그 세례명으로 나를 불렀단 봐요."

그때 화장실에 갔던 부장검사가 돌아왔다.

"그런데 신부님, 지금 머물고 계신 성당에 계속 계시면 안 됩니다. 너무 멀어요. 허 검사랑 항상 같이 움직이셔야 한다고 했죠? 그건 숙소 문제까지 포함하는 겁니다. 숙소는 이곳 청사 부근으로 하세요. 저희가 적당한 장소를 물색해서 필요한 조처를 다 취해 드리겠습니다. 근데……, 저 없는 사이에 무슨?"

부장검사는 방에 들어서자마자 자기가 할 말부터 쏟아내다가 지호를 흘긋 보고는 얼버무렸다.

"이런 이제껏 제 얘기만 했군요. 신부님도 하실 말씀이 있으면 하십시오. 뭐든 좋습니다."

"네. 몇 가지 부탁드릴 게 있습니다. 저도 숙소를 옮기는 문제는 괜찮습니다. 대신 제 수족이나 다름없는 모니카 수녀도 함께 움직였으면 합니다. 물론 수사팀과 만나서 협의할 때도 말입니다. 그 다음은, 성좌의 외무장관께서도 협조를 구하셨으리라 여겨집니다만, 이번 사건과 관련된 기록을 검찰청 CATS(검찰청 수사기록 위치추적 시스템)에 저장하는 데 각별히 신경을 써 주셨으면 합니다. RFID(각각의 수사기록에 붙이는 마이크로칩 내장 태그)도 보안이 철저한지 확인해주셨으면 합니다."

"음, 잘 알고 있습니다. 바티칸에서 보내온 문서에 언급돼 있더군요. 몇몇 국가에서도 수빈이와 유사한 사건 사례들이 있었고. 해당 국가의 사법기관들이 크래킹을 당했다고요. 조직적으로 활동하는 크래커가 있다던데. 그놈들은 비스킷이나 만들지. …… 에헴, 조큽니다, 조크. 그 문제는 저희 수사팀이 완전하게 꾸려지는 대로 의논하기로 하죠. 아마 이번 주말쯤 특별수사팀과 정례모임이 있을 겁니다. 그때까지 신부님도 허 검사와 모든 준비를 마쳐주셨으면 합니다. 그리고 허 검사, 누구시라고? 아, 모니카 수녀님! 뭐 그거야 신부님이 편하시다면. 오히려 심성 고우신 수녀님이 이런 험악한 곳에서 당황하지 않으실까 걱정입니다. 아 참, 두 분 모두 성직자 신분이란 걸 가급적 드러내지 않으셨으면 합니다. 기자들이 거슬려서요. 눈치껏 잘 행동하시겠지만, 노파심에서. 또 하실 말씀은?"

나는 묵묵히 고개를 가로젓고 자리에서 일어났다.

"오늘 고생 많으셨습니다. 이보게, 허 검사. 한 번 더 수고하게. 모셔다드리고 가급적 빨리 오게. 준비할 일이 많아."

부장검사가 지호에게 지시를 하면서 이번에도 한 손으로 번들거리는 자기 얼굴을 쓱 문질렀다.

"아, 아닙니다. 전 그냥 택시로 가겠습니다. 혼자 생각할 것도 있고."

"뭐, 그러시다면. 그럼, 멀리 안 나가겠습니다."

부장검사가 자기 얼굴을 문지른 손을 내밀며 악수를 청했다. 나는 그의 손을 잡는 시늉만 하고 얼른 고개를 숙여 인사했다. 혼자 방을 나서기는 했지만, 막상 엘리베이터 문을 보는 순간 발이 떨어지지 않았다.

"왜요? 엘리베이터 탈 줄 모르시나 보죠?"

내가 엘리베이터 버튼에 손가락을 대고 주저주저하는 사이에 지호가 등 뒤로 다가와 빈정거렸다.

"혼자서 가고 싶다고? 비가 이렇게 쏟아지는데……."

지호는 버튼을 누르면서 들릴 듯 말 듯 혼잣말을 중얼거렸다. 금세 엘리베이터 문이 열리면서 우윳빛 전등불이 우리를 비췄다. 나는 나도 모르는 새 손을 내밀어 지호의 손을 꼭 잡았다.

2

1907년 7월 18일, 덴하흐 HS역.

늦은 오후, 베를린발 열차가 거친 숨을 몰아쉬며 덴하흐 HS역에 멈춰 섰다. 기관차는 연거푸 가쁜 숨을 내쉬면서 거대한 초록색 몸통을 회색 증기로 가렸다. 검은색 정복의 차장이 호각을 불자 승객들이 15량의 객차에서 한꺼번에 쏟아져 나왔다. 한 무리의 사람들이 부산하게 플랫폼을 오가며 회색 장막을 흩뜨렸다. 초록색 기관차가 큼지막한 글씨를 새긴 청동 팻말을 번쩍이며 육중한 위용을 드러냈다. 붉은 햇빛이 커다란 아치형 창문을 통해 들어와 '그로트 흐루넨'이라고 적힌 팻말을 비췄다.

"초록 거인!"

한 소년이 가던 길을 멈추고 팻말을 가리키며 탄성을 질렀다. 초록 거인이 쉭쉭거리면서 회색 증기를 내뿜어 소년에게 인사를 건넸다. 소년이 갑자기 눈앞을 가린 증기에 놀라 울먹거렸다. 누군가 회색 장막 사이로 손을 뻗어서 소년을 들어 올려 목말을 태웠다. 소년이 초록 거인만큼 큰 키로 엄마를 찾아 나섰다. 소년은 엄마를 쉽게 알아보고 세일러 모자를 쓴 중년 부인을 향해 소리를 질렀다. 그녀는 차장과 함께 아이를 찾아 사방을 두리번거리다가 소년의 목소리를 듣고 달려온 것이었다. 소년이 거인의 목에서 내려졌다. 앳된 얼굴의 청년이 인사를 하는 아이에게 부드럽게 미소를 지어보였다. 초록 거인이 석양빛을 받아 청년의 각진 얼굴에 자줏빛 광선을 비추었다. 차장은 모자를 벗어 청년에게 목례를 하고는 몸을 돌려 호각을 불었다. 초록 거인이 승차시각을 알리는 우렁찬 기적소리를 울렸다. 플랫폼은 열차에 오르려는 사람들로 다시 붐비기 시작했다. 청년은 사람들 사이를 비집고 역사의 홀로 이어진 계단으로 향했다. 그는 널찍한 화강암 계단을 내려서다가 서둘러 오르는 사람들을 피해 한쪽 난간에 몸을 기댔다. 저녁노을이 서쪽 유리창 너머로 차츰 붉은 기운을 잃어가고 있었다. 청년은 고개를 숙인 채 상아색 계단 위로 사라져가는 핏빛 노을을 하염없이 바라보았다. 초록 거인이 포효를 하면서 무거운 몸을 움직이기 시작했다. 청년은 고개를 들고 계단을 내려서려다 갑자기 호주머니를 마구 뒤지기 시작했다. 그의 손이 프록코트와 조끼, 그리고 바지의 호주머니를 오가더니 한참 만에 구겨진 종이 한 장을 펼쳐 들었다.

수신: 러시아, 상트페테르부르크, 노바야 데레브냐, 체르노레첸스카야 5번지, 블라디미르 세르게예비치 리.
발신: 네덜란드, 덴하흐, 바헨스트라트, 더용 호텔, 이상설.
1907년 7월 14일 저녁 7시. 이준 선생 사망. 속히 도착 바람.

앞이 보이지 않았다. 계단이 뿌옇게 번지는가 싶더니 어느새 선명한 형태를 드러냈다. 한 방울 눈물이 차가운 화강암 바닥에 떨어져 반짝였다. 블라디미르는 난간에 의지하면서 계단을 내려가 중앙 홀 레스토랑으로 힘겹게 걸음을 옮겼다. 스물두 살 청년이 한 달 전 처음으로 덴하흐에 발을 디뎠을 때 그는 강인한 초록 거인의 심장을 달고 있었다. 하지만 지금 초록 거인의 심장은 맥을 잃었다. 블라디미르는 레스토랑에 들어서자마자 털썩 주저앉아 퀼런 한 개비를 피워 물었다. 회색 연기가 그의 한숨 소리와 더불어 길게 피어올랐다.

"위종 군! 위종 군, 괜찮은가? 낯빛이 창백해 보이는데."

"선생님! 어떻게 된 겁니까? 이렇게 갑자기 돌아가시다니요? 제가 상트페테르부르크에 갈 때만 해도……."

블라디미르가 이상설을 보자마자 참았던 울음을 터뜨렸다.

"진정하게. 이준 부사(副使)는 엊그제 호텔 주인과 함께 편히 묻어드렸네. 니우에이켄다위언 공동묘지일세. 참, 제수씨는? 많이 안 좋으신가?"

이상설이 의자에 앉으면서 애써 웃음 지으며 화제를 돌렸다.

"본래 잔병치레가 잦은 사람이라. 생각보단 심하지 않았어요. 구태여 가지 않아도 되는 건데. 이준 선생이 제 원망 많이 하셨지요?"

"무슨 소릴! 오히려 자넬 걱정했네. 한데 자네 안색이 정말 나빠 보이네. 안 되겠네! 여기서 이러지 말고 호텔로 가세. 제사상도 산 사람 먹자고 차리는 거라는데."

이상설이 자리에서 일어나 블라디미르의 축 처진 어깨를 가볍게 두드렸다. 두 사람이 역사를 나섰을 때 저문 거리에는 가스등이 밝게 빛나고 있었다. 사륜마차들이 램프를 밝히고 역 주변에 길게 늘어서서 손님을 기다리고 있었다. 노면전차가 경적을 울리며 역 앞 광장을 가로질렀다.

"가야 됩니다! 지금 찾아뵙고 인사를 드려야겠어요."

블라디미르가 멀어져가는 전차를 바라보다가 느닷없이 소리를 질렀다.

"너무 늦었네, 오늘은……."

이상설이 말을 마치기도 전에 블라디미르가 마차에 뛰어올랐다.

**

푸른 불꽃들이 짙은 어둠 속을 날고 있었다. 묘비들이 푸른 불꽃들 아래 일정한 간격을 두고 불현듯 나타났다 사라지곤 했다.

"위종 군, 여길세!"

앞서 가던 이상설이 발걸음을 멈추고 말했다. 자그마한 무덤이 초라하게 누워있었다.

'쓸쓸하기 이를 데 없군.'

죽음은 황량했다. 풀 한 포기 나지 않았다. 키 작은 묘석 하나만이 봉분이랄 것도 없는 흙더미 앞에 세워져 있었다.

이상설이 궐련 한 개비를 꺼내 불을 붙이고 묘비 위에 비스듬히 올려놓았다.

"이보시게, 이준 선생! 위종 군 왔네. 저승길로 떠날 때 그렇게 부르던 위종이가……."

이상설이 차마 말을 잇지 못하고 하염없이 눈물을 흘렸다. 블라디미르는 울지 않았다. 아무 말도 할 수 없었다. 너무 쓸쓸했다. 봉분은 바싹 말라있었다. 목이 탔다. 메마른 여름바람이 불어와 봉분 위로 회백색 흙먼지를 일으켰다.

3

사무실은 청사 근처에 있는 15층짜리 오피스텔 5층에 마련되었다. 사무실 내부 공사가 끝난 직후 나와 모니카는 비닐하우스 성당에서 짐을 옮겨왔다. 오피스텔은 2개의 방, 거실, 그리고 주방으로 구분되어 있었다. 모니카는 여느 살림집과 다를 것 없이 설비된 사무실을 보고 기뻐서 어쩔 줄 몰라 했다. 그녀는 주방에 들어선 순간부터 까치걸음으로 이곳저곳을 돌아다니며 살피느라 수선을 떨었다.
"어쩜, 예쁘기도 해라. '여자의 품격은 주방이 말한다. 격조 있는 주방가구!' 바로 그 주방가구예요. 아시죠? 드라마 하기 전에 꼭 나오는 광고."
모니카가 턱을 살짝 쳐들고 거실로 나오더니 짐을 풀고 있는 내게 샐쭉거리며 말했다.
"모니카, 우리는 하느님의 종이예요. 하느님의 품격만······."
모니카는 대답 대신 귀에 익은 광고음악을 흥얼거리면서 방들을 살펴댔다.
"여기야! 여긴 딱 내 취향이에요. 기품이 느껴지잖아요. 신부님은 뭐랄까. 검소하신 분이라서 오히려 산만하게 여기실 거예요. 어디 보자. 이 방을 쓰세요. 아차, 허 검사님도 함께 일하실 거라 했죠? 그렇담 당연히 숙녀를 배려해야겠지요. 그럼 어쩔 수 없네요. 신부님이 거실을 쓰실 수밖에. 어머, 냉장고도 고급스럽네!"
모니카가 나를 흘긋 돌아보면서 수다를 늘어놓았다. 나는 그녀 나름의 품격주의 앞에서 묵종 이외에 어떤 선택도 할 수 없었다. 잠시 후 검찰청 직원이 구비되지 않은 물건은 없는지 확인하려고 들렀고, 모니카는 단 한마디로 모든 것을 종결지었다.
"접이식 침대만 더 있으면 되겠어요."
다음날 아침 일찍 지호가 자신의 짐을 가지고 사무실로 왔다. 지호는 "전망 좋다"라고 간단히 소감을 밝힌 다음 곧바로 짐을 풀고 용품들을 크기와 색깔별로 가지런히 정리했다. 나는 세수를 마치고 수건을 든 채 멀거니 거실에 서서 방 안에서 벌어지고 있는 광경을 들여다보았다. 모니카는 지호를 도와 짐을 정리하면서 나를 힐끔 보더니 거실에 있는 내 책상을 뚫어져라 쳐다보았다.

"아인슈타인이 그랬다지요. '어수선한 책상이 어수선한 정신을 반영한다면 비어있는 책상은 무엇을 반영하는가?' 하고 말이에요."

킥킥 하는 웃음소리가 두 공모자의 입에서 새어나왔다. 나는 수건으로 아직 마르지 않은 머리를 털다가 무심결에 골난 표정을 지었다.

"저 표정 좀 보세요. 아즈라엘 같지 않아요! 스머프에 나오는 붉은 고양이 말이에요. 머리칼이 푸석한데다 뿌루퉁한 얼굴까지. 우리 신부님은 다양한 만화 캐릭터로 얼굴을 바꾸는 능력을 가졌어요. 같이 지내다 보면 아시게 될 거예요."

모니카의 말에 지호는 까르르 웃음보를 터뜨렸다. 나는 등을 돌리고 내 책상 위에 놓인 탁상용 거울을 집어 들어 들여다보며 머리를 매만졌다. 거울 속에서 두 여자는 여전히 귓속말을 주고받으며 웃고 있었다. 지호가 거울에 비친 모습만큼 가깝게 느껴졌다.

"수녀님, 거실 커튼이 너무 칙칙하지 않나요?"

지호가 모니카와 함께 방에서 나와 주방 전등 스위치를 올리면서 말했다.

"아, 그거요! 검은 고양이 때문이에요."

"검은 고양이라니요?"

모니카가 냉장고에서 달걀을 꺼내면서 눈짓으로 나를 가리켰다.

"저 어둠의 제사장 말이에요. 빛이 너무 강하면 눈이 아프다고 힘들어 하시거든요. 아까 말했지요? 골났을 땐 영락없는 고양이라고. 아침엔 아즈라엘, 저녁엔 가토 네로라면 충분한 설명이 될까요? '볼레보 운 가토 네로'란 노래 아시죠!"

나는 홍채의 멜라닌 색소와 시신경의 이상으로 햇빛이나 강한 불빛 아래에서는 짙은 갈색의 선글라스 없이 생활하기 어려웠다.

"알아요. 우리나라에서는 '검은 고양이 네로'로 불렸지요."

지호가 모니카를 도와 양송이와 베이컨, 그리고 양파를 손질하면서 '네로, 네로……' 하며 흥얼거렸다.

"가토 네로님! 재료준비 다 됐어요. 요리하셔야죠."

가사분담은 지난 5년 동안 모니카와 둘이서만 보내면서 생긴 규칙이었다. 그 규칙은 일명 모니카법으로 여자의 품격을 높이기 위해 제정되었다.

"생크림하고 우유만 꺼내주고 가서 앉아 계세요."

내가 프라이팬에 준비된 재료를 순서대로 올려놓고 볶는 동안 모니카는 지호와 식탁에 나란히 앉아 수다를 늘어놓기 시작했다.

"레시피 없는 손맛은 맹목이고 손맛 없는 레시피는 공허하다. 그러므로 요리란 완성된 음식에서 재료와 레시피를, 재료와 레시피에서 음식을 추론하여 종합판단하는 철학자다. 아마 검사님이 안 계셨다면, 고작 스파게티 한 그릇을 먹으려고 이런 난해한 얘기를 들어야 했을 거예요. 한마디로 항문에 힘쓰자고 먹는 일을 가지고 학문에 힘쓰자는 얘기지요."

"파스타 재료는 왜 삶아놓지 않았지요? 이건 규칙위반이잖아요."

내가 모니카에게 공연한 트집을 잡았지만 그녀의 수다는 계속됐다.

"〈라따뚜이〉라는 영화 보셨지요! 요리하는 뒷모습이 그 영화 속에 등장하는 견습 요리사 링귀니 같지 않아요? 아마 신부님 머릿속을 들춰보면 생쥐 한 마리가 이렇게 두 팔을 흔들면서 부산하게 뛰어다니고 있을 거예요."

모니카는 입고 있는 투니카(Tunica)를 바스락거리면서 쉴 새 없이 떠들어댔고, 지호의 웃음소리는 좀처럼 그치지를 않았다.

"스파게티가 거의 다 된 거 같은데요."

내가 스파게티의 간을 보고 있는 사이에 모니카가 내 곁으로 와서 피클과 샐러드를 준비했다.

"이제 신부님은 저리 가서 앉으세요. 제가 식탁으로 가져갈게요."

나는 식탁으로 가서 지호와 마주보고 앉았지만 왠지 서먹한 감이 들어서 고개를 숙이고 포크를 만지작거렸다.

"뭘 만들었어요?"

지호가 느닷없이 발끝으로 나의 오른쪽 정강이를 톡 차는 바람에 나는 깜짝 놀라 포크를 바닥에 떨어뜨렸다. 나는 하는 수 없이 의자를 뒤로 빼고 허리를 구부린 채 포크를 찾았다. 새삼스럽게 지호와 소꿉놀이를 했던 기억이 되살아났다.

'소꿉놀이를 하는 날엔 내 정강이가 남아나질 않았지. 나는 나뭇잎과 모래로 늘 새로운 음식을 만들어야 했어. 같은 음식을 만들었다가는 네게 인정사정 없이 걷어차였거든. 게다가 뭐랬더라. ……'

"검사님, 드셔보세요. 스파게티 카르보……, 근데 신부님 지금 뭐 하시는 거예요? 밥상 앞에서 엉덩이를 보이고……. 네? 뭐하시냐고요!"

나는 모니카의 성화에 급히 허리를 펴느라 식탁 모서리에 머리를 부딪치고 말았다. 나는 식탁에 팔꿈치를 괴고 머리를 감싸 쥐었다.

"휴! 세 살 먹은 어린애도 아니고. 아, 참, 스파게티 카르보나리예요. 드세요, 어서."

"카르보나리? 스파게티에 왜 그런 이름이 붙었지요?"

'그래, 게다가 새로운 음식을 만들 때마다 참 난감한 질문을 했어. 왜에? 하고. 그럼 난 음식에 관한 이야기를 꾸며내느라 진땀을 뺐지. 아마 그때 해준 이야기를 모아 책으로 낸다면 음식문화사란 제목으로 몇 권은 쓸 수 있을 거야.'

나는 고개를 들고 한 손으로 머리를 매만지면서 아무 대꾸 없이 멀거니 앉아있었다.

"왜냐고요? 뭐라더라…… 숯 굽는 은자(隱者)들의 음식이라나요?"

모니카가 내 대신 대답하자 지호가 대뜸 내 정강이를 다시 걷어찼다.

"아야! …… 그러니까 그건, 19세기 이탈리아와 프랑스의 공화주의자들이 만들어 먹던 음식이래요."

나는 식탁 아래로 한 손을 뻗어 차인 다리를 문지르면서 이야기를 꺼냈다.

"그들은 카르보나리당이라는 이름으로 알려져 있어요. 그들은 이탈리아의 통일을 바랬던 마소네리아, 말하자면 비밀결사 단쳅니다. 프리메이슨 아시죠? 그걸 이탈리아어로 마소네리아라고 해요. 셜록 홈스 시리즈 중에 《붉은 원》이라는 소설이 있어요. 그 소설을 보면, 카르보나리당의 잔당이 마피아 조직의 기원이라는 말이 나오죠. 이처럼 카르보나리당을 프리메이슨이나 마피아와 연결시키는 이유는……, 아마도 카르보나리당이 비밀스런 입회절차와 복잡한 상징, 그리고 엄격한 위계질서에 따라 운영되었기 때문일 거예요."

"난해하긴 하지만 뭐, 그런대로 재미있네요. 마피아 대부의 음식이라……."

지호가 포크로 스파게티를 돌돌 말아서 한입 가득 넣고 우물거리면서 말했다.

"아마 신부님은 음식을 먹으면 뇌세포가 그 열량을 순식간에 다 소비

해버릴 거예요. 신부님, 가엾은 소화기관도 생각해주세요. 먹는 일을 위해서 하느님께서 공들여 만든 창조물이라고요. 더구나 몽글몽글한 황금알을 낳기 위해 힘쓰는 몸의 일부도 생각하셔야죠!"

몽글몽글한 황금알 비유가 스스로 마음에 들었는지 모니카는 어깨를 한 번 우쭐거렸다. 나와 지호는 씹고 있던 것을 한꺼번에 억지로 꿀꺽 삼키고 접시에 담긴 피클을 다투듯 먹어댔다. 모니카의 황금알은 그 와중에도 계속 세포분열을 하고 있었다.

"처음엔 인간도 여느 포유류처럼 배설물로 영역, 성적 대상, 먹을거리를 판단했어요. 말하자면 몽글몽글한 황금알은 만물의 척도란 얘기죠. 물론 직립하는 인간에게는 미각이나 시각이 후각에 앞선다는 건 알아요. 하지만 생각해 보세요. 직립하기 전에도 인간이 미각과 시각에 의존해서 모든 것을 판단했다고 생각하세요? 아니죠. 우리 조상들도 네발짐승과 똑같이 먼저 후각으로 판단하고 나중에 시각과 미각으로 확인했을 거라고요. 한마디로 똥냄새를 맡고 다녔다 이 말이죠. 다윈의 이론이 그걸 증명하잖아요. 후각이 우리의 제1감각이었다는 사실을요.

흠흠, 그렇다고 제가 불경스럽게 창조론을 부정한다는 생각일랑 마세요. 아무튼 우리 인간은 화장실 갈 때마다 몽글몽글한 황금알을 보면서 원초적인 향수에 잠기잖아요. 어머머, 두 분은 아니라는 눈치네요. 아기들을 생각해 봐요. 아기들은 사랑하는 사람 앞에서만 응가를 하잖아요. 아기들은 그걸 선물이라고 생각하거든요. 엄마들은 어때요? 아기가 싸놓은 응가를 보고 건강상태나 기분을 판단하잖아요. 이처럼 오직 후각만이 다른 감각하고 다르게 좋고 나쁘다는 두 가지만을 구분한다구요. 그래서 인간은 누구나 이분법적 사고에서 자유롭지 못하지요. 좋은 향과 나쁜 향, 매력 있는 페로몬과 경계해야 할 페로몬, 싱싱한 냄새와 상한 냄새! 그러니까 제 말은, 음식은 몽글몽글하면서 누런 황금 똥을 만들기 위해 먹어야 한다, 뭐 그런 얘기예요."

모니카가 누런 황금 똥에 강세를 두는 순간, 나는 희멀건 크림으로 덮인 스파게티를 차마 볼 수 없었다. 지호는 어느 틈에 냉장고 문을 열고 콜라 캔 하나를 따서 단숨에 들이켰다. 지호가 다시 자리로 돌아와 모니카의 장광설을 제지하고 나섰다.

"김치 없어요? 속이 느글거려요. 희멀건 생크림 국물로 국수를 말 생각을 왜 한 거예요? 이러다가 제가 카르보나리 잔당을 토벌하러 산으로 가게 생겼어요."

"어머, 제가 좀 심했나 보네요, 식사하시는데. 그것 보세요, 신부님. 신부님은 느끼하지 않으세요? 얼큰하고 시원한 국물이 있음 얼마나 좋아요. 그리고 식사할 때 말을 많이 하는 것도 실례라고요. 고작 접시 한 그릇에 담긴 음식에다 이탈리아 역사를 말아 넣으니까 먹는 음식을 소화시킬 틈이 없잖아요."

식탁에서 벌어진 사건은 결국 요리사의 잘못으로 매듭지어졌다.

"제가 괜한 이야기로 식사를 방해한 건 아닌지 모르겠네요."

모니카가 빈 접시들을 치우고 나서 커피포트와 잔을 가지고 와 식탁 위에 올려놓고 의자에 앉았다.

"아니에요. 정말 맛있게 먹었어요. 새삼 옛날 생각도 나고 즐거운 식사였어요."

"옛날 생각이라니요?"

"아, 소꿉장난을 하던 때가 생각나서요. 같이 엄마아빠 놀이를 하던 남자아이가 제게 그랬거든요. 나중에 어른이 되면 가짜 밥이 아니라 진짜 밥을 해주겠다고. 그냥 새삼스레 생각이 나네요."

"남자들이란…… 남자들은 그렇잖아요. 그저 떠오르는 말을 불쑥 내밀죠. 여자들이 맘에 상처를 입는지 어떤지는 생각하지도 않고. 신부님은 여자 맘을 아세요? 갈대라고 생각하시죠? 여자는 남자의 달콤한 말을 치마폭 가득 사과 담듯이 담는다고요. 그리고 남자는 기억도 못하는 그 말을 추억하지요. 그때마다 덧없고 까닭 없는 눈물을 흘리면서."

모니카가 지호를 가만히 쳐다보다가 내게 고개를 돌리더니 미간을 찌푸렸다.

"신부님은 모르시지요? 신부님이 만든 음식에 없는 게 뭔지. 그게 뭔지 때때로 생각해 보셔야 해요. 참, 저녁 찬거리하고 새 집에 필요한 물품을 사와야겠어요. 이제 제법 정리됐으니까 편히 일들 하세요. 뭐 드시고 싶으신 거라도?"

모니카가 장바구니를 챙기면서 나와 지호에게 물었고, 우리는 대답 대신 고개를 가로저었다.

"드디어 우리 둘만 남았군요."

모니카가 현관을 나서자마자 지호가 나를 매섭게 쏘아보더니 냉랭하게 입을 열었다.

"링귀니 씨. 아니, 라따뚜이의 요리사보다는 아즈라엘이 낫겠군요. 이 봐요, 아즈라엘 씨, 이제 우리가 당면한 문제들을 의논해 볼까요. 도대체 왜 교황청에서 이 사건에 관심을 보이지요? 당신의 진짜 정체는 뭐예요? 국과수 부검실에 안치된 아이는 아직 땅에 묻지도 않았는데 무연고 사망 공고를 내자고 한 이유가 뭔가요? 더구나 수빈인 연고를 찾기 어려운 고아잖아요."

"허 검사님, 죄송하지만 하나씩 차근차근 풀어나가도록 합시다."

"아즈라엘 씨, 당신은 그동안 나를 감쪽같이 속였어요. 그것도 한 달

전에 갑자기 나타나서 말이죠. 근데 하나씩 풀어가자고요? 그럼 애초에 그랬어야죠."

"어, 그건……. 어쨌든 이제 우린 한 팀이잖아요. 앞으로 할 일도 산적해 있고. 여유를 가지고 차근차근 얽힌 매듭을 풀어나가요."

"한 팀? 홍, 한 팀이라고? 근 이십 년 만에 나타나서……. 태연스럽게 참 잘도 지껄이시는군요? '나는 신부이고 당신은 검사입니다. 그러니 우리 예의를 갖추고 차근차근 얘기했으면 합니다.' 뭐, 그런 말씀이신가요? 내가 너한테……."

지호가 내 정강이를 세게 걷어차더니 눈시울을 붉혔다.

"휴. 지금 이 자리에서 한꺼번에 모든 걸 다 말할 수는 없잖아요. 하나씩 풀어갑시다. 하나씩 매듭을 풀다 보면 어떤 식으로든 답을 찾을 수 있을 테니까. 우선 이렇게 하도록 해요. 급한 사건부터, 그러니까 수빈이에 관한 얘기부터 하자고요, 드보라 자매. 아, 알았어요. 잠깐, 잠깐만 진정하고. 그럼 뭐라고 부르는 게 편해요? 그래, 허 검사님. 허 검사님이 하나씩 질문을 하면 내가 답하는 방식으로 해요. 모든 질문에 다 답할 수는 없겠지만, 최대한 답하도록 노력할게요. 그리고 개인적인 문제는 시간에 맡겨보는 게 어때요? 차츰, 시간이 흐르다보면 서로……. 자, 잠깐만, 진정하고……."

지호가 자리에서 벌떡 일어나 내게 얼굴을 바싹 들이밀고 한참을 노려보더니 휙 몸을 돌려 베란다로 나갔다. 나는 식탁에서, 그리고 지호는 베란다에서 각자 담배를 피워 물었다. 잠시 뒤 지호가 자신의 방으로 들어가더니 노트북을 가지고 나와 다시 식탁으로 와서 앉았다.

"그럼, 시작해 볼까요?"

4

1907년 7월 18일, 덴하흐, 바헨스트라트 124A번지, 더용 호텔.

　블라디미르와 이상설이 니우에이켄다위넌 공동묘지를 떠나 숙소인 더용 호텔에 도착했을 때 이미 시각은 오후 9시를 넘어서고 있었다. 더용 호텔은 4등급 호텔로 낡은 3층짜리 벽돌 건물이었다. 블라디미르는 호텔 앞에서 고개를 뒤로 젖히고 현관에 걸린 태극기를 올려다보았다. 지난 6월 25일, 이준은 이 호텔에 도착하자마자 여장을 풀기도 전에 현관에 태극기부터 내걸었다. 블라디미르는 그때 해맑게 웃던 이준의 얼굴을 떠올렸다.

　"여보게, 위종 군. 뭐라도 요기는 해야지."

　이상설이 블라디미르의 손을 잡아끌고 호텔 1층에 있는 레스토랑으로 향했다. 레스토랑은 희미한 가스등 조명 아래 술을 마시며 이야기를 나누는 사람들로 소란스러웠다. 두 사람은 담배연기로 가득한 실내에서 빈 테이블을 찾으려고 두리번거렸다. 좀처럼 자리가 날 성싶지 않았다. 그들이 막 되돌아 나가려 할 때 낯익은 목소리가 그들을 불러 세웠다.

　"프린스(prince), 블라디미르! 여깁니다. 이상설 정사(正使), 여기라니까요."

　호텔 주인이 창가 쪽 테이블에서 두 사람을 향해 손을 흔들고 있었다. 이위종이 대한제국 황족 가문의 후손이라는 것을 아는 사람들은 그를 '프린스'라고 불렀다.

　"더용 씨 아니야! 근데, 저 양반은 누구지? 맞은편에 앉은 양반 말이야. 머리가 훤한……. 아, 가요. 갑니다, 더용 씨."

　이상설이 블라디미르와 함께 좁은 통로를 비집고 호텔 주인에게 다가

가면서 큰 소리로 대답했다.

"여기 앉으세요. 프린스, 갑작스런 소식에 상심이 크시죠? 오늘 프린스가 온다기에 미리부터 이렇게 술 한잔 하면서 기다리고 있었습니다. 스테드 씨, 그렇죠? 여기 스테드 씨도 프린스 얼굴 한번 보시겠다고 들렀어요. 그런데 꽤 늦으셨군요?"

호텔 주인이 스테드 옆으로 자리를 옮겨 앉으면서 블라디미르에게 말을 건넸다.

"이준 부사의 묘소에 다녀오느라고요. 정사님과 장례를 치르느라 고생하셨다면서요? 늦었지만 감사드립니다. 아마 하늘에 있는 부사께서도 더용 씨에게 고마워하고 계실 겁니다."

"별 말씀을 다 하십니다. 오히려 예우를 충분히 하지 못해 죄송한데요. 나중에 프린스와 정사께서 부사의 장례를 정식으로 치르실 때 저를 꼭 초대해 주세요. 근데 식사들은? 경황이 없으셨겠지요. 여보게, 얀센! 여기 두 분께 요깃거리 좀 갖다 드리게."

"언제까지 그렇게 서 있을 생각인가? 어서들 앉게나."

스테드가 파이프를 피워 물고 블라디미르와 호텔 주인의 이야기를 듣고만 있다가 넌지시 끼어들었다. 그는 영국 신문 〈더 쿠리어〉의 편집장으로 만국평화회의 참석차 덴하흐에 온 한국 특사들을 인터뷰한 내용을 상세히 실어주었다.

"인사가 늦었습니다, 스테드 씨. 부사의 부고(訃告)까지 실어 주셨더군요. 정말 감사합니다."

블라디미르가 이상설과 함께 자리에 앉으면서 스테드에게 가볍게 눈인사를 했다. 스테드는 덥수룩하게 기른 수염 사이로 드러난 입술 한쪽을 살짝 일그러뜨리며 미소를 지어보였다.

"흐음! 이게 무슨 냄새야? 훈제 소시지 아니야! 오호, 하우다 치즈도 있네. 이보게 위종 군, 안쪽에 구멍이 숭숭 뚫린 치즈 좀 보게. 난 말일세, 네덜란드에 와서 부러웠던 게 딱 세 가지가 있네. 뭔 줄 아나? 저 굵직한 훈제 소시지하고 하우다 치즈, 그리고……."

이상설이 테이블 위에 차려진 음식들을 보면서 블라디미르에게 귓엣말을 하다가 고인 침을 삼켰다.

"맥주일세. 카! 내 맘은 아닌데 내 배가 요구하는 걸 어쩌겠나. 눈치 좀 그만 주게. 어차피 저 친구들은 우리말도 모르잖나. 한번 볼 텐가? 야, 이놈들아, 니들만 맥주 마시냐?"

"이런, 제가 손님을 모셔놓고……. 맥주 한잔 하셔야죠. 얀센, 얀센! 이분들한테 맥주부터 드리게. 아, 어서."

이상설의 얘기가 끝나기 무섭게 호텔 주인이 맥주를 권했다. 이상설은 화들짝 놀라며 얼굴을 붉혔다.

"얀센, 정사님부터 드리게. 얼마나 목이 타셨으면 자리에 앉자마자 카, 하면서 맥주 타령을 하십니까? 프린스도 어서 드세요."

이상설은 얀센에게서 맥주잔을 받아 들고 뒷머리를 긁적이면서 호텔 주인에게 잔을 내밀었다. 두 사람은 서로의 잔을 부딪치고 단숨에 맥주를 들이켰다. 얀센이 다시 그들 두 사람에게 맥주 한 잔씩을 가져다주었고 그들은 이느덧 둘만의 이야기에 빠져들었다.

"프린스, 소식 들었나? 자네 나라의 황제가 곧 퇴위될 거라고 하던데. 오늘 오전에 일본 수석대표인 쓰즈키 게이로쿠 대사가 그러더군. 하야시 다다스 일본 외상이 오늘이나 내일 조선에 입국한다던데. 퇴위와 함께 양위도 하게 한다고 말이야."

스테드가 미간을 찌푸린 채 잠자코 이상설을 지켜보다가 뜬금없이 블라디미르에게 고종 황제 이야기를 꺼냈다. 블라디미르는 조용히 궐련 한 개비를 꺼내 불을 붙이고 몇 모금을 길게 빨아들였다. 회색 연기가 희미한 조명 아래 자욱하게 끼었다가 천천히 사그라졌다. 스테드가 의자에 등을 기댄 채 산타클로스 같은 온화한 표정으로 그를 바라보고 있었다.

'목이 마르다, 너무 쓸쓸해서. 어쩌면 십자가에 매달린 신의 아들도 너무 쓸쓸했는지 모른다. 십자가의 고통보다 쓸쓸함이 더 견디기 어려웠을 테지. 그래서 목이 마르다고 호소했는지도 몰라. 불합리⋯⋯. 불합리한 죽음, 불합리한 고독. 그것이 나를 쓸쓸하게 한다. 극히 명석하고 판명하게 이해하는 것! 데카르트의 회의도 불합리 때문이었어. 이곳 네덜란드에서 그도 나처럼 쓸쓸함이 너무 고통스러워서 극히 명석하고 판명한 진실에 목말라 했던 걸 거야. 나도 지금 너무 쓸쓸해서 미칠 것만 같아!'

"프린스, 기억하나? 고양이를 화나게 해서는 안 된다고 했던 말. 지난번 국제회의가 열린 날, 자네가 연설하겠다는 걸 내가 막으면서 한 말. 대한제국은 고양이 입에 물린 쥐새끼 신세라고 말이야. 이보게 프린스, 내 말을 귀담아 들었어야 했네. 일본제국이 자네 황제를 입에 물고 있는데, 결국 자네들이 일본제국의 화를 부추긴 거 아닌가! 지금 어떤 상황인지 아직도 모르겠나?"

스테드가 말을 하다 말고 맥주잔을 들어 남은 맥주를 마저 들이켰다.

"오늘따라 목이 타는군! 자넨 너무 어려. 세상은 패기만으로 사는 게 아닐세. 분명한 사실이 뭔지 아나? 고종 이형 왕을 퇴위시킨 건 바로 자네들이라는 걸세. 고양이를 화나게 해서 쥐새끼를 쉽게 만든 거라고. 자네들은 지나치게 무모했네. 만국평화회의장은 고양이 소굴일세. 그런데 시골쥐 세 마리가 겁 없이 뛰어들었으니⋯⋯."

블라디미르가 묵묵히 맥주를 들이켰다. 잔은 금세 비었다. 블라디미르는 얀센을 불러 보드카 한 병을 주문했다. 스테드는 다시 의자에 등을 기댄 채 파이프 담배를 연거푸 뻐끔거렸다.

"그건 무모함이 아니오!"

블라디미르가 보드카 한 잔을 단번에 들이키고 나서 소리를 질렀다. 몇몇 사람들이 술에 취해 졸다가 깜짝 놀라 몸을 움찔거리는 바람에 여기저기에서 포크들이 바닥에 떨어져 요란한 소리가 실내에 울렸다. 이상설과 호텔 주인도 서로 머리를 맞대고 꾸벅거리다가 소스라쳐서 벌떡 일어나 앉았다.

"나는 정의를 선포한 것입니다. 당신들이 믿는 신을 알기에, 데카르트가 극히 명석하고 판명한 진실이라고 했던 그 신을 신뢰했기에 나는 고양이 소굴에서 공법과 정의를 외쳤습니다."

"허허, 명석하고 판명한 진실이라고? 일본제국이 강대국이라는 사실이 바로 명석하고 판명한 진실일세. 자네가 말하는 평화의 신은 폐기돼 수도원에 갇힌 지 오래야. 공법과 정의? 그건 철학자들의 상상 속에서나 가능한 얘기지. 이보게 프린스, 지금 자네에게 명석하고 판명한 진실이란…… 이준 부사의 죽음과 이형 왕의 폐위, 그리고 일본제국의 날카로운 칼일세."

"왜들 이러세요. 두 분 다 너무 취하셨습니다."

호텔 주인이 두 눈을 휘둥그렇게 뜨고 블라디미르와 스테드를 번갈아 바라보더니 그들을 진정시키려고 했다.

"당신은 소위 평화주의자 아니었나요? 아, 이런! 평화란 고양이들의 전유물이란 걸 제가 미처 몰랐군요. 그놈들의 이빨에나 새겨진 구호에 불과하다는 걸. 머지않아 맥주병에도 하이네켄이란 상표 대신 고양이 이빨을 그려 넣겠군요. 평화라는 문구가 새겨진 고양이 이빨. 덴하흐여, 건배! 고양이를 위하여, 일본제국을 위하여. 그리고 뉴욕 앞바다 자유의 여신상을 위하여……. 이런, 잘못 얘기했군. 고양이들의 여신상, 억압의 여신상을 위하여!"

블라디미르가 오른손에 쥔 보드카 병을 들어 올리고 너털웃음을 터뜨렸다. 이상설이 웃고 있는 블라디미르를 어리둥절히 바라보더니 서둘러 그의 손에서 병을 빼앗았다.

"나는 어린 시절 대서양을 건너면서 당신들의 역사를 기억했습니다. 공법과 정의를 추구했던 역사. 자유의 여신상에 바쳤던 노래를 부르고 또 불렀습니다. 그런데 지금 이곳에는 억압의 여신뿐이군요. 역사는 없고 거짓만 가득합니다. 스테드, 자유의 여신상 받침대에 새겨진 시를 아시죠! 내가 자유의 여신이 아닌 억압의 여신을 위해 그 시를 좀 바꿔볼까요?"

블라디미르가 두 눈을 부릅뜨고 스테드를 똑바로 노려보면서 큰 소리로 시를 읊었다.

"정복자의 사지(四肢)를 대지에서 대지로 펼치는
저 그리스의 청동 거인과 같은,
여기 우리의 바닷물에 씻긴 일몰의 대문 앞에
칼을 든 강대한 여인이 서 있으니,
그 칼끝은 폭압의 번갯불, 그 이름은 추방자의 어머니.
칼을 든 그의 손은 전 세계로 탄압의 빛을 보내고,
날카로운 두 눈은 공중에 다리가 걸린 항구를 내려다보며 명령한다,
오랜 대지여, 너의 화려했던 과거를 잊으라고……."

듣다 못한 이상설이 끼어들었다.

"위종 군, 왜 이러나. 자네답지 않게. 저 양반이 무슨 싫은 소리라도 했

나? 맞지, 틀림없어. 그러지 않고서야 자네가……. 그만 진정하게."
 블라디미르는 아랑곳하지 않고 연거푸 술잔만 들이켰다.
 "코리아 이즈 배니시트 프롬 메모리(Korea is vanished from memory)!"
 스테드가 중얼거리는 말에 차분하던 이상설이 흥분했다.
 "뭐라고? 대한제국은 기억에서 사라졌다고? 방금, 저 양반이 그랬지? 내가 잘못 들은 거 아니지?"
 스테드가 파이프의 재를 털면서 이상설을 바라보았다.
 "이 능지처참할 놈 같으니……."
 "이제야 나왔군요. 정사님, 팬케이크 향이 너무 좋네요. 여기 파타트도 있어요. 정사님이 훈제 소시지 다음으로 좋아하는 게 이 감자튀김이잖아요. 자, 자. 요기부터 하세요."
 호텔 주인이 조심스레 그의 손에 포크를 쥐여 주려 했다. 이상설은 호텔 주인의 손을 완강히 뿌리치며 스테드를 차갑게 쏘아보았다.
 "뭐, 기억에서 사라졌다고! 위종 군, 내 말 통역해 전하게. 토씨 하나 빼놓지 말고, 알겠지? 지금 네놈 얘기 때문에 내 가슴이 얼마나 벌렁거리는 줄 아느냐? 네놈들은 머리로 기억하니까 잊기도 쉽겠지. 하지만 우리 조선사람들은 가슴에, 이 벌렁벌렁한 가슴에 응어리를 만들기 때문에 그것이 죽어서 한(恨)이 된다. 한을 모르면 함부로 지껄이지 마라! 가슴에 피눈물이 맺힌다는 건 기억하거나 잊는 문제가 아니야. 그건 살아가는 거야, 사는 거! 알아? 이 육시할 놈아. 우리 조선이 오천 년을 살아 온 이유가 거기 있다고! 하루하루 소쩍새처럼 가슴으로 울면서 지켜낸 나라가 조선이야!"
 이상설이 자리에서 벌떡 일어나 스테드를 향해 금방이라도 달려들 기세로 핏대를 세우며 고함을 질렀다. 호텔 주인이 황급히 따라 일어서서 블라디미르와 함께 가까스로 이상설을 진정시켰다.

"정사님, 진정하세요. 술 마시다 보면 말실수도 하잖아요. 저랑 같이 밤바람 좀 쐬지 않겠어요? 저도 취기가 돌아서."

호텔 주인이 눈짓으로 얀센을 불러 함께 이상설을 데리고 밖으로 나갔다. 블라디미르는 문을 나서는 이상설을 보면서 궐련을 피워 물었다.

'잊혀져가는 나라, 기억에서 사라진 이름. 산산이 부서진, 그래서 쓸쓸한, 너무나 쓸쓸한 존재. 소쩍새처럼 가슴으로 울어야 했던 존재. 명석하고 판명한 진실은 이준 선생의 죽음과 폐위된 황제, 그리고 일본제국의 날카로운 칼이라고? 천만에, 그건 진실이 아니야. 그건 단지 우리가 쓸쓸한 존재라는 걸 증명할 뿐이야. 그럼 무엇이 진실이냐고? 가슴으로 울면서 살아왔고, 살고 있으며, 살아갈 것이라는 사실! 쓸쓸한, 너무나 쓸쓸한 존재로 오천 년을 하루같이, 하루를 오천 년같이 목 놓아 울면서 산다는 사실, 바로 그게 진실이야. 그래, 이름은 잊힐지라도 우리 조선의 울음은 그치지 않는다. 고양이 소굴에 온 시골쥐라고? 아니! 난, 우리는 고양이 소굴에서 우는 소쩍새다. 우리는 울기 위해 덴하흐로 왔다. 정의를 선포하기 위해 이곳에 왔다. 무모하다고? 정의는 무모한 자만이 쟁취한다. 어떤 역사가 무모함 없는 정의를 기록하더냐. 사라진 이름이라고? 이름을 불러줄 자가 없다고? 목마른 자는 그 이름을 안다.'

블라디미르는 오른손에 궐련을 쥔 채 우두커니 앉아 가늘게 피어오르는 담배연기만 하염없이 바라보았다.

"내 말이 심했나 보군. 나중에 저 친구한테 미안해하더라고 전해주게. 악의는 없었네. 자네들한테 진심으로 충고를 하려는 뜻에서 한 말일세. 이보게, 젊은 친구. 독립을 되찾고자 한다면 더 이상 피를 흘리지 말고 국력을 기르게나. 냉철하게, 아니 이성적으로 생각해 보게. 이준 부사의 죽음이 무슨 의미가 있는지를 누가 알아주겠나? 신문에 실린 부고를 몇 사람이나 읽을 거라 생각하나? 연고도 없이 죽어간 사람을 누가 기억하겠나. 부모도, 조국도 없잖나. 무모하게 피를 흘리기 전에 강한 자에게 대항할 수 있는 힘을 길렀어야지."

"그래요, 무의미할지도 모릅니다. 일본제국에 항거하겠다는 건 무모한 짓일지도 모르죠. 그런데 스테드, 쓸쓸함을 아세요? 쓸쓸함은 고독이 아닙니다. 소외지요. 고독한 자는 냉철한 머리로 삶을 관조하지요. 하지만 쓸쓸한 자는 삶을 관조하기보다는 살아갑니다. 살아가는 자에게 무의미와 무모함은 없어요. 당신은 조국을 잃은 나를 관조하지만, 나는 조국을 잃은 지금을 살아갑니다. 무의미? 무모함? 만일 당신이 바다 한가운데 난파된 배 위에 있다면 어찌할 겁니까? 무의미와 무모함에 대해 냉철하게 사고하실 건가요? 살아야지요! 살아남아야지요. 바다는 고독할 시간을 주지 않을 겁니다. 배 위에 있는 당신은 쓸쓸한, 너무나 쓸쓸한 존재로 살아야만 합니다. 이준 부사의 죽음이 무의미하다고요? 아니요! 그는 쓸쓸한, 너무나 쓸쓸한 존재로 죽은 겁니다. 아니, 죽음의 순간을 살았던 겁니다. 대항할 힘을 기르라고요? 바다 속으로 빨려 들어가는 배 위에서 뗏목을 만들라는 얘긴가요? 삶을 목말라 해본 적 있으세요? 가슴으로, 이 가슴으로 오천 년을 울어본 적 있으세요? 우리 조선은 그렇게 울었습니다. 그렇게 살았고, 살아갑니다. 이준 부사도 그렇게 울었……."

블라디미르가 말을 멈추고 거친 숨을 내쉬었다.

"이준 부사는 죽음 앞에서 울었습니다. '내 조국을 도와주십시오. 그들이, 일본이 우리를 짓밟고 있습니다!' 이것이 존재입니다. 명석하고 판명한 진실은 수도원에 폐기된 지 오래라고요? 아니요! 부사의 눈물에 있습니다. 이 가슴에, 우리 조선의 가슴에 있어요. 오천 년 동안 알알이 응어리진 눈물, 쓸쓸한, 너무나 쓸쓸한 자의 울음에 있어요. 정의를 갈급해하는 삶에 있지요. 정의는 살아있고, 우리는 살아갑니다. 그러므로 조선은 존재합니다."

스테드의 수염이 가볍게 떨렸다. 스테드는 손을 바르르 떨면서 파이프의 재를 털어낸 뒤 다시 연초를 꺼내 파이프에 눌러 넣었다.

"데카르트도 내게 하지 못한 일을 자네가 내게 하는구먼. 자네 말은 존재하느냐는 말로 들리는군. 너는 존재하느냐, 너는 누구이며 무엇을 위해 사느냐. …… 코기토(Cogito), 나는 생각한다! 지금은 이 대답밖에 못하겠군. 새삼 보어전쟁 때 반전운동에 뛰어들었던 기억이 나는구먼. 그때도 역시 나는 살아가야만 하는 보어인이 아니었지. 나는 고독한 영국인으로서 영국을 비판하고 있었으니까. 내가 보어인이었다면, 이준 부사였다면 나는 회의만 할 수밖에. 그러므로 존재한다? 아직 난 모르겠네. 가슴으로 운다니…… 가슴으로…….”

스테드가 목에 두른 흰색 크러뱃을 풀면서 자리에서 일어나 현관을 향해 걸음을 옮겼다.

5

지호가 노트북에 전원을 연결하는 동안 나는 거실의 자주색 암막커튼을 치고 전등 스위치를 올렸다.

"암막커튼이잖아! 그렇잖아도 요즘 하늘이 끄물끄물해서 기분까지 꿉꿉한데 무슨 드라큘라 백작의 브란 성도 아니고. 저 무거운 자주색은 또 뭐야? 좋아, 좋아. 드라큘라 백작에게 빛을 강요할 수 없겠지. 하지만 이건 너무 무겁고 꿉꿉하잖아! 안 되겠어. 분위기를 바꿔야지."

지호가 자리에서 일어나 혼잣말로 툴툴대며 내 책상 위에 놓인 레코드 플레이어 전원을 켰다.

"모니카가 베토벤의 〈미사 솔렘니스〉를 꽂아 두었나보네요. 모니카가 좋아하는 곡이지요. 형식에 구속되지 않고 힘이 있어서 좋다더군요. 가끔 수녀원의 엄격한 생활이 답답하게 느껴질 때 듣는다고 했어요. 뭐랬더라? 가톨릭계의…… 맞다, 록! 가톨릭계의 록 음악이래요. 육중한 불협화음이 답답한 일상을 벗어나게 해준다던데, 난 별로…….'

지호가 내 말엔 아무런 반응도 보이지 않고 의자에 앉아 막 흘러나온 음악에 귀를 기울이더니 한 손으로 이마를 짚고 한숨을 내쉬었다.

"미사곡이라서 마음에 들지 않는 모양이군요. 다른 음반은 아직 가방 속에 있는데 어쩌지요?"

"그냥 두세요. 브란 성에서 모차르트의 〈아이네 클라이네 나흐트 무지크〉가 울려 퍼진다면 그만한 아이러니도 없겠죠. 자, 이제 시작하죠!"

지호가 나를 한번 보더니 노트북 마우스를 클릭하면서 건조하게 말했다. 나는 거실 안에 웅장하게 울려 퍼지는 퀴리에를 들으며 지호의 질문에 응답할 준비를 했다.

"내가 질문하면 답한다고 했지요? 그럼 질문하겠어요. 왜 교황청에서 수빈이 사건에 개입하는 거죠? 도대체 무슨 꿍꿍이가 있는 건가요? 우리나라에서 종교탄압 같은 것을 했을 리는 없고."

합창이 퀴리에를 부르며 위풍당당하게 나서자 테너가 강렬하게 응대를 했다.

"좀 공격적이네요, 질문이. 게다가 너무 포괄적이잖아요. 대답을 하려해도 어디서부터 해야 할지 모르겠어요. 그래도 굳이 대답을 하자면 과거부터 성좌에서 해왔던 일을 지속하고 있을 뿐이라고 할까요. 우리 좀 냉정하게 얘기해요."

"좋아요. 그렇다면 달리 질문하죠. 당신은 무엇 때문에 이 사건에 뛰어든 건가요? 이 사건이 당신이나 그 성좌라는 곳과 무슨 관계가 있어서? 행여 성좌에서 시켰기 때문이라는 식의 답변은 하지 말아요!"

합창이 다시 테너를 매섭게 몰아세웠고, 테너는 굽히지 않고 당당하게 버텼다.

"지금 이 사건은 과거를 해석하고 미래를 결정하기 때문이에요. 수빈이 사건은 단순히 한 아이의 의문사 문제라고 할 수 없어요. 이 사건은 역사적인 문제입니다. 말하자면 해체된 역사냐, 로고스의 역사냐 하는 문제와 관련이 있어요."

"역사적인 문제라고요? 참으로 냉정하신 답변이군요. 지나친 비약 아닌가요? 그 아이는 이 년 전쯤 고아원에 버려진 아이예요. 더구나 우리 눈으로 직접 목격했다시피 병사한 거구요. 설혹 살해당했다고 하더라도 교황청까지 나서서 관심을 가질 만한 일은 아니지요. 물론 경찰 조사에 앞서 우리 검찰이 직접 수사에 나선 것도 이례적이지만, 그렇다고 역사까지 들먹일 필요는 없잖아요?"

"수빈이의 죽음이 카이사르의 죽음보다 역사적으로 가치가 적다고 할 수 없어요. 성자도 유대인 역사가 요세푸스가 그분을 언급할 때까지는 역사적으로 무의미한 존재였습니다. 더욱이 요세푸스의 역사서에 언급된 성자의 기록도 네댓 줄에 불과합니다. 하지만 성자의 역사는 서구문명에 엄청난 영향을 미쳤잖아요. 이처럼 지금은 무의미한 사건이라도 내일 한 공동체의 운명을 결정지을 수도 있는 것, 그것이 역삽니다. 역사는 한 개인이나 국가가 자의적으로 결정할 수 없는 신성한 로고스지요."

지호가 담배를 꺼내 물었다.

"피우시겠어요? 정말 답답하군요. 이보세요, 신부님. 생뚱맞다는 생각이 들지 않으세요? 철학이나 신학을 논하자는 게 아니잖아요. 좋아요. 그러면 수빈이의 죽음이 소위 로고스의 역사와 무슨 관련이 있는 거죠?"

"역사의 해체와 관련된 문제이기도 하지요. 게다가 신화시대까지 거슬러 올라가는 역사의 해체……. 물론 자세한 부검결과가 나와 봐야 알겠지만 지금까지 확인된 몇 가지 정황만 봐도 이 사건은 단순한 살인이 아닙니다. 오래전부터 역사가 해체돼온 것처럼 지금 벌어진 살인도 오래전부터 계획돼온 거지요."

"지금 장난하세요? 이젠 신화시대까지 들먹이게. 내가 판타지 소설이나 듣자고 여기 앉아있는 줄 아세요? 판타지는 영화로 보는 게 더 좋아요. 나더러 하나씩 질문하라고요? 이건 마치 문 하나를 열면 수십 개의 다른 문들이 늘어서 있는 거 같아요. 해체된 역사, 로고스의 역사, 그리고 신화시대……."

지호가 신경질적으로 꽁초를 끄고 일어나서 베란다로 가더니 커튼을 걷고 창문을 활짝 열었다. 나는 갑자기 들어온 빛을 가리려고 허겁지겁 선글라스를 찾아 식탁 위를 더듬거렸다.

"속이 터질 것 같아서 그래요. 지금 내게는 신선한 공기가 필요해요. 좀 참아요."

글로리아 인 엑스첼시스 데오(하늘 높은 데서는 하느님께 영광)! 알토의 뒤를 이어서 테너가, 그리고 베이스와 소프라노가 빠른 템포로 노래를 시작했다. 커튼이 닫히자 형광등 빛이 다시 거실을 안온하게 감쌌고, 지호는 다시 나와 마주 앉았다.

"우린 도무지 서로 말이 통하지 않는군요. 방법을 바꿔요. 우선 내가 알고 있는 사실부터 확인하고 그 다음에 질문을 하기로. 가급적 짧게 답해요! 구구절절 서론만 늘어놓지 말고. 준비됐어요? 내가 수빈이 사건을 맡은 것은 국립보건원 질병관리본부의 요청에 따른 거예요. 수빈이의 병이 세계보건기구(WHO)의 '세계적 유행 경보 및 대응 네트워크(GOARN)'에서 지정한 감시대상 질병이라고 하더군요. 여하튼 질병관리본부의 자료를 보니까 이미 대만, 만주, 사할린, 홍콩, 필리핀, 그 외 동남아시아 지역 등에서 수빈이 사건과 비슷한 사건이 발생했더군요. 그럼 여기서 질문하죠. 전염병인가요?"

"아직 모릅니다. 현재까지는 전염 가능성이 아주 희박한 것으로 알려져 있어요."

"봐요. 간단하니까 좋잖아요. 어쨌든 전염 가능성은 있다는 얘기로 들리는데, 왜 공개적으로 역학조사를 하지 않죠?"

"성좌에서 세계보건기구에 비공개 조사를 부탁했습니다. 참고로 말하자면, 성좌는 주권국가로서 세계보건총회(WHA)에 반영구 옵서버 자격으로 참가하고 있어요."

"희박하다지만 전염 가능성이 있는데도요? 전염 가능성 우려보다 더 경계해야 할 다른 사정이 있나요?"

"전염될 여지가 있는데도 예방조치를 취하지 않는 건 아니에요. 각 발병국가의 질병관리본부에 격리조치 및 역학조사를 요청하니까요. 그리고 보건관리 능력이 없는 나라에는 저희 성좌 쪽 요원과 함께 GOARN팀이 급파됩니다."

"어디나 교황청이 개입을 하는군요. 아니, 교황청 얘기는 그만해요. 머리만 복잡해지니까. 도무지 이해가 안 되는 게 있어요. 수빈이의 경우, MRI와 MEG 촬영결과만 놓고 볼 때 뇌종양이 틀림없어요. 의사의 소견도 그렇고. 그런데 당신은 마치 뇌종양도 전염되는 것처럼 말하고 있어요. 뇌종양도 전염되나요? 아니면 외부조작에 의해서 뇌종양이 생길 수 있다는 얘긴가요?"

"문제는 수빈이의 뇌종양은 뇌세포의 비정상적인 세포분열에 따른 종양이 아니라는 데 있습니다. 무언가 외부에서 유입된 이물질 때문에 생긴 종양 같아요. 허 검사도 봐서 알겠지만, 마치 곤충의 알집이나 벌레가 지은 고치 같다고 할까? 모양이 작은 산딸기처럼 생겼어요. 어쨌든 분명한 건 자체적으로 만들어진 종양이 아니라는 겁니다."

"좀 더 구체적으로 설명해 봐요."

"뇌종양과 같은 세포의 유전자 이상, 그러니까 돌연변이는 자연발생적으로 생기거나 돌연변이 유발물질에 의해서 생깁니다. 돌연변이 유발물질로는 방사선, 화학물질, 바이러스 등이 있어요. 예를 들어 에이즈 바이러스의 감염으로 인체의 면역기능이 떨어지면 뇌종양 발병확률이 아주 높아지지요. 어쨌든 수빈이 경우 검안결과만 보더라도 지금까지 발생한 뇌종양과 달라요. 구체적인 원인이 뭔지가 불분명해요. 다만 한 가지 분명한 점은 외부 이물질의 유입 때문이라는 것뿐이죠. 수술할 때 수빈이의 머리에 뇌정위 수술기구를 장착하고……."

"그만, 그만하세요! 굳이 소름끼치는 장면을 떠올리게 할 필요는 없잖아요. 의식이 멀쩡한 아이의 두개골을 열어놓고 이리저리 헤집고 다니는 건……."

지호가 얼굴을 일그러뜨리며 자리에서 일어나 다시 베란다로 나가 창문을 열었다. 싸늘한 바람이 암막커튼을 걷어 올리면서 빗방울이 거실 안으로 들이쳤다. 합창이 글로리아 파트리 아멘을 웅장하게 외칠 때 지호가 다시 자리로 돌아와 앉았다. 육중한 관현악이 뒤이어 크레도를 연주하기 시작했다.
 "애스퍼레이터(흡입기)로 대뇌피질의 종양을 제거하려면 어쩔 수 없었어요. 흡입기가 종양만 제거하는 게 아니라 뇌의 다른 주요 영역까지 빨아들일 수 있거든요. 그렇게 되면 다른 장애, 특히 언어중추 상실에 의한 언어장애가 발생할 위험이 있습니다. 때문에 언어중추가 어디에 있는지를 파악하기 위해 환자의 뇌 표면에 전류를 흘려보내 확인해보는 작업이 필요해요. 언어중추에 순간전류가 흐르게 되면 환자는 말을 할 수 없게 되지요. 그래서 시술자가 환자와 대화를 나누면서 언어중추를 확인하려면 환자의 의식이 깨어 있어야 합니다. 수빈이도 예외일 수 없잖아요. 아무튼 수술실에서 육안으로 판단컨대 흔히 볼 수 있는 종양이 아니었어요. 일반적인 종양에선 곤충의 알집 같은 모양은 없거든요."
 "정말이지 무감각하고도 자상하신 설명이군요. 다음 질문을 하지요. 아이의 비정상적인 행동이나 말도 그 종양 때문이었나요? 그리고 다른 지역에서도 같은 증세가 나타났나요? 주로 수빈이 또래의 아이들이 그런 증상을 나타낸다고 보고서에서 본 거 같은데, 맞나요?"
 "종양이 대뇌피질의 어느 부분에 발생했느냐에 따라 행동양태나 장애의 내용이 다릅니다. 다른 국가에서 발병한 아이들은……. 증상이 유사한 경우도 있고 다른 경우도 있어요. 예를 들어 전두엽에 종양이 있었던 아이는 통찰력, 추상화, 자의식, 표상화 등의 기능이 현저하게 떨어졌습니다. 한마디로 이성적 정신작용 능력이 상실됐지요."
 "추상화? 표상화? 알아들을 수 있게 좀 말하세요. 간단히!"
 레코드플레이어에서 나오는 음악은 각 성부들이 서로 날카롭게 대화하듯 노래를 하다가 격하게 크레도를 합창했다.
 "알았어요. 간단히 말하지요. 스스로 자기 행동을 조절하지 못하고 언행이 난폭해집니다. 그러니까 예전에는 온순했던 사람이 종양 때문에 갑자기 욕설이나 심한 성적 발언을 하기도 한다는 거죠. 한마디로 이성뿐만 아니라 감정까지도 스스로 조절하지 못하게 된다는 얘깁니다."

"아직 다른 질문에는 답변을 안 했어요."

"다음이……. 아, 다른 지역에서도 수빈이 또래의 아이들이 뇌종양에 걸렸냐고요? 네, 맞아요. 그런데 묘한 것은 그 아이들이 모두 이삼 년 전에 버려진 아이들이라는 점입니다. 그리고 아이를 버린 부모들의 행적이 묘연하다는 것도 공통되고요."

"수빈이가 반복해서 〈섬집아기〉를 부르던데, 그것도 종양과 관련이 있나요?"

"측뇌실 측두각, 그러니까 관자놀이 부근의 왼쪽 뇌실 측두각으로 전이된 종양 때문이에요. 그 부분의 이상으로 발작이 일어나면 어떤 음악이 들리거나 몽환적 회상의 상태에 빠지게 됩니다. 〈뉴욕타임스〉에 실렸던 '쇼스타코비치의 비밀'이라는 기사를 보면, 쇼스타코비치는 자신의 측두각에 총알 파편이 박혀있는데도 파편제거 수술을 거부했다고 합니다. 그가 파편이 박힌 쪽으로 머리를 기울일 때마다 새로운 선율이 들려왔기 때문이지요. 수빈이의 경우는 쇼스타코비치와 달리 새로운 선율이 아니라 과거에 들었던 음악을 몽환상태에서 듣게 됐던 겁니다. 아마도 〈섬집아기〉는 엄마 품에서 들었던 자장가가 아닐까 생각해요. 그때 자장가를 들으면서 꾸었던 꿈을 다시 경험하고 싶었던 것인지도 모르지요. 수빈이에겐 〈섬집아기〉가 엄마 품이면서 동시에 낙원이었던 거죠. 그래서 종양 때문에 종종 발생하는 환각에 빠지면 〈섬집아기〉를 불렀던 거구요."

"마약이나 그 외에 향정신성 약품을 복용해서 생긴 환각과 다른가요?"

"환각이라는 점에서는 같지만, 수빈이의 환각은 실제 경험에 대한 회상이고 약물에 의한 환각은 말 그대로 상상이라는 점에서 다릅니다. 그런 점에서 아이가 환각 속에서 보는 것은 꾸며낸 이야기라고 할 수 없죠. 아이의 역사가 담겨있으니까. 에트 이테룸 벤투루스 에스트 쿰 글로리아 주디카레 비보스 에트 모르투오스."

"뭐라고요?"

"아, 아니에요. 마침 사도신경의 이 구절이 제 귀에 들리기에. '산 이와 죽은 이를 심판하러 영광 속에 다시 오시리라 믿나니'라는 뜻이에요."

"아이를 위한 연도(煉禱, 위령기도)라도 하신 건가요? 아이가 고통스럽게 죽어 가는데도 무심하게 보고만 있던 사람이."

"그건……"

마침 모니카가 돌아와 나로서는 변명을 해야 할 필요가 없어졌다.

"올 가을은 왜 이런지 몰라요. 노아의 방주라도 지어야겠어. 무슨 가을비가 장맛비처럼 내리는지. 투니카가 흠뻑 젖었어요, 지저분한 흙탕물로. 어휴, 정말, 흠 흐으음! 신부님 뭐하세요, 이것 좀 받으세요!"

모니카가 흠뻑 비에 젖은 채 장바구니를 들고 투덜거리면서 들어왔다.

"어머, 이건 또 뭐예요! 창문을 열어 두셨잖아요. 이것 보세요. 거실에 온통 비가 들이치고 있는 거 안 보이세요. 그리고 이건 또 무슨 냄새야! 또 담배 피우셨어요? 그렇지 않아도 눅눅하고 꿉꿉한데. 신부님! 이 늙은이가 이런 고생까지 해야겠어요? 저도 비만 내리면 무릎이 시리다고요!"

상크투스가 때마침 목관악기의 부드러운 선율을 따라 흘러나왔다. 모니카는 모든 동작을 멈추고 우두커니 서서 베네딕투스의 애절한 바이올린 솔로를 기다렸다.

"가슴 아픈 장면이에요. 클래식계의 로커 베토벤의 참맛이 느껴지는 곡조이기도 하고요. 스틸하트의 〈쉬즈 곤(She's gone)〉이란 곡 아시죠? '그녀는 갔어요. 내 삶에서 떠나버렸어요' 하는……. 그 실연당한 총각이 성모께 이별의 아픔을 기도하는 것 같지 않아요? 난 상크투스를 들을 때마다 베토벤이 전자기타를 메고 〈쉬즈 곤〉을 부르는 상상을……. 왜 이렇게 비가 많이 오지! 재스민 차 한잔씩 드세요."

모니카가 발그레한 얼굴로 물끄러미 음악을 듣다가 머리를 세차게 흔들고는 휑하니 주방으로 향했다. 지호는 모니카를 보면서 피식 한번 웃더니 다시 내게 고개를 돌리고 얼굴을 굳혔다.

"인간에게는 평안하게 죽을 권리가 있어요. 그런데 당신은 고통스럽게 발작하면서 죽어가는 아이에게 고작 스테로이드제만 처방하길 원했어요. 어린아이였어요. 모르핀이면 편하게 떠날 수 있었잖아요."

"안락사를 말씀하세요? 성좌에서는 '안락사는 고통의 해결책이 아니다'라고 선언했습니다."

"내 말은 모르핀으로 고통을 줄일 수 있다는 뜻이었어요. 안락사를 말한 게 아니라고요."

"모르핀을 그 이상 늘렸다면 치사량에 이르게 됐을 거예요. 어느 누구도 죽음 앞에 선 자의 결정을 침해할 권리는 없습니다."

"아니죠. 누구도 고통스러운 죽음을 방조할 권리는 없는 거죠. 엄마를 찾으면서 애원하는 아이를 못 보신 것처럼 말하지 마세요. 수빈이는 〈섬집아기〉 노래만 반복해서 불렀어요, 너무 고통스러워서. 더구나 그 아이는 넋이 나간 채 정신분열증 환자에게서나 보이는 난몽성(亂夢性) 환상에 빠져 있었어요."

"정신분열증적 환상이라고 규정할 수 없어요. 어쩌면 지난 시절의 어떤 상황을 다시 떠올리고 있었을 수도 있고, 아이의 간절한 소망이 담긴 꿈을 꾸고 있었을 수도 있습니다. 측두각의 상실로 인한 정신상태는 아직 명확히 규명되지 않았기 때문에, 아니 우리는 아직 신체의 가장 연약한 부분인 뇌에 대한 비밀을 풀지 못하고 있기 때문에 아이의 환상에 대해서도 역시 쉽게 단정할 순 없어요. 분명한 건, 아이의 노래에는 역사가 담겨있다는 거지요."

"역사가 담겨 있다고요? 눈에 보이는 분명한 것은 고통스러운 몸짓과 얼굴뿐이었어요. 인간이 아직 뇌의 비밀을 풀지 못했다면서요. 그렇다면 마찬가지로 수빈이의 환상에 역사가 담겨있었다고 단언할 수 없지요!"

"죽음을 마주한 인간이 고통을 호소한다 하더라도 그 역시 기도입니다. 신 앞에 선 자의 기도예요! 아무도 제단 앞에서 호소하는 자의 기도를 중단시킬 순 없어요."

"그래서 욥을 놓고 거래하는 악마처럼 아이의 기도를 엿듣고 계셨나요?"

"두 분 다 그만 두세요!"

모니카가 쟁반에 받쳐 온 찻잔을 탁자에 거칠게 내려놓으면서 지호와 나를 제지하고 나섰다.

"신부님, 냉혹한 이성에 없는 맛이 무엇인지 생각해 보셨어요? 그리고 허 검사님, 눈에 보이는 것이 전부라고 생각하지 마세요. 진실은 보이지 않는 곳에 있어요. 두 분 다 차 한잔 마실 여유 좀 가지세요. 이렇게 애달픈 바이올린 오블리가토의 선율이 나오는데. 이 곡은 이성적으론 미사곡이죠. 보이는 건 불협화음으로 이루어진 거친 선율이고요. 하지만 베토벤의 마음을 말하진 않죠."

남성 4부합창이 엄숙하고 무겁게 아그누스 데이를 부르고 있었다. 모니카가 지호 옆에 앉더니 엄한 표정으로 내게 눈짓을 했고, 나는 무슨 말을 하려다 입을 다물었다.

"그러니까 두 분 모두 함부로 그 아이의 마음을 단언하지 마세요. 그건 그렇고, 서로 얼굴을 붉히면서까지 다투는 건 또 뭐예요? 사람들이 다투는 건 두 가지 경우밖에 없어요. 하나는 《걸리버 여행기》에 나오는 난쟁이들의 난제와 같은 문제에 직면했을 때고, 다른 하나는……."

"네? 난쟁이들의 난제요?"

모니카가 말을 끝맺기 전에 지호가 호기심 어린 눈으로 모니카에게 질문했다.

"반숙 달걀을 어떻게 깰 것인가 하는 문제 말이에요. 《걸리버 여행기》에 보면 릴리풋과 블레푸스쿠라는 두 난쟁이 국가가 이 문제로 전쟁까지 하잖아요. 빅 엔디언(Big-endians)과 리틀 엔디언(Little-endians) 사이의 논쟁 말이에요. 모르세요? 달걀의 뭉툭한 부분을 깰 건가, 아니면 달걀의 뾰족한 부분을 깰 건가 하는 논쟁요. 지금 두 분이 그런 논쟁을 하고 있는 거 같아요. 반숙 달걀이야 어떻게든 먹으면 그만이지 어떻게 깨 먹을 것인가라는 문제로 싸울 필요는 없잖아요? 죽은 아이에게 중요한 건 죄 없이 죽었다는 현실이지 죽은 방법이 아니라고요."

"모니카, 그건 적절한 비유가 아니잖아요. 모니카 말에도 일리는 있지만, 그래도 죽음이 그렇게 단순한 문제는 아니라고요. 어찌 보면 어떻게 죽느냐 하는 문제도 중요해요. 안락사 문제가 그렇잖아요. 그런데 달걀 논쟁에 비유를 해요?"

나는 입술을 삐쭉 내밀고 모니카에게 볼멘소리로 대거리를 했다.

"어머나, 그러셨어요. 그런데 왜 다투셨을까? 그렇게 심오한 얘기를 나누셨다면 말이죠. 그럼 다른 한 가지 경우밖에 없네요."

"네? 다른 한 가지요?"

지호가 모니카에게 여전히 고개를 돌린 채 두 눈을 동그랗게 뜨고 물었다.

"사람들이 다투는 두 가지 경우 중 다른 하나요. 방금 신부님이 난쟁이들의 난제를 부정하셨으니까 당연히 다른 경우밖에 없지요. 뭐냐고요? 사랑싸움! 말도 안 되는 거로 싸우는 건 난쟁이들하고 사랑에 빠진 사람들뿐이거든요."

"모니카! 지금 최소한 난, 난 그런 세속적인 감정에 빠져있지 않아요. 하느님께 바쳐진 몸이라고요! 세속적인 감정을 품는 건 내게 죄라는 걸 몰라요?"

"어머나, 투니카가 젖었는데도 아직까지 입고 있었네. 옷 좀 갈아입고 나올게요."

모니카는 내 말은 듣는 둥 마는 둥 하고 자리에서 일어서더니 뒤도 안 돌아보고 자기 방으로 들어갔다. 지호는 잠시 재스민 차만 마시다가 어딘지 사무적이고 어색한 말투로 내게 말을 걸어왔다.

"수빈이의 부모가 무연고 사망 공고를 보게 될까요?"

"확률은 높지 않아요. 가능한 한 아이 부모의 신병을 확보하는 게 중요하지만, 이제까지 발병한 아이들의 경우 어디에서도 그 부모의 신병을 확보하지 못했어요. 그 아이들의 부모도 아이들의 죽음과 관련이 있을 거예요. 게다가 어떤 집단이 계획한 살인이라면 그 부모의 생사도 불분명하다고 볼 수 있겠지요."

"살인을 저지른 집단이 있다는 건가요?"

"음, 그래요. 어떤 방법으로 살인을 저질렀는지, 그러니까 뇌종양의 원인이 무언지를 아직 밝혀내지 못했을 뿐입니다. 물론 국과수로부터 수빈이의 부검결과가 나오면 특별수사팀이 그 원인을 밝혀내기를 바라지만요."

"수사팀 명단을 보셔서 알겠지만, 의료담당 전문 검사들이 합류했으니 가능할 거예요. 어쨌든 그런 집단의 존재에 대해서 확신하고 있다는 뜻으로 들리는군요?"

"네, 확신합니다!"

"이유는?"

"타투(tattoo) 때문입니다."

"문신 말인가요? 수빈이 몸에 문신이 있었다고요? 검시관의 사체검안서에는 타투에 관한 기록이 없었잖아요."

"겨드랑이에 새겨진 가로세로 2센티미터의 작은 문신인데다 검시할 때만 해도 수빈이의 병이 전염 가능성이 있는 감시대상 질병으로 알려졌던 터라 문신을 찾아내기 어려웠을 수도 있습니다. 사실 지난 한 달 동안 제가 성좌에서 파견된 것을 감춰왔던 것도 문신 때문이었습니다. 그동안 성좌에서 특정 타투와 관련된 사안을 조사해왔기 때문에 우선 확인이 필요했던 겁니다."

장엄 미사곡이 끝나고 일순간 거실에 깊은 침묵이 흘렀다.

"이제야 사실대로 부는군요. 날 감쪽같이 속인 이유를……. 한 가지만 더 묻죠. 사적인 질문인데, 최소한 세속적인 감정이 어떻다고요? 그 말은 당신의 영혼은 고매하고 내 영혼은 천박하다는 뜻인가요?"

"난 그러니까…… 단지, 난 하느님께 바쳐진 몸이라는……. 여하튼 세속적이라는 말에서 천박함을 연상할 것까진 없잖아요."

"당신은 하느님께 바쳐진 성스러운 영혼이라는 말이잖아요. 나는 세속적인 인간이고. 그렇다면 성스러운 영혼의 입장에서 보면 난 천박한 거 아닌가요? 흥, 내가 그렇다면 그런 거예요!"

휴대폰이 탁자 위에서 윙윙 소리를 내며 미끄러졌다.

"네, 허지호 검삽니다. 네? 뭐라고요? 지금 가겠습니다. 끊어요, 부장님! 신부님, 우리 나중에 얘기해요. 내가 다시 올 때까지 납득할 수 있는 답이나 찾아봐요. 예수님이 원수도 사랑하라고 하셨죠? 당신은 세속적 감정을 죄라고 했고. 그렇다면 여자는 원수보다 더 사악한 존재라는 뜻인가요? 밤을 새워서라도 납득할 만한 답을 찾아봐요!"

지호가 노트북을 가방에 서둘러 챙겨 넣고 현관을 나서다가 다시 돌아섰다.

"여자아이가 변사체로 발견되었다는군요. 수빈이와 관련이 있는 거 같아요. 새벽에라도 들이닥칠 테니까 그 타투 문양이 무엇인지 보고할 준비도 해 두세요. 잠들지 말고 기다려요!"

지호가 나가자 모니카가 방에서 나오더니 나를 익살스럽게 쳐다보면서 눈썹을 추켜세웠다.

"신부님, 신랑께서 새벽에 도적같이 오신다네요."

6

1907년 7월 19일, 덴하흐, 더용 호텔.

블라디미르는 참을 수 없는 갈증을 느끼며 눈을 떴다. 그는 불 꺼진 가로등 발치에 기대고 누워있는 자신을 발견했다. 힘겹게 몸을 일으켜 주변을 둘러보았지만 도무지 자신이 어디로부터 와서 어디로 가려고 했는지 생각나지 않았다. 그는 머리를 가로로 흔들면서 무엇이든 떠오르는 것이 있는지 스스로에게 되물었다. 소용 없었다. 그는 고개를 뒤로 젖히고 정신을 차리기 위해 깊은 숨을 들이쉬었다. 페가수스 황금상이 그의 눈에 들어왔다. 페가수스는 님프를 태우고 황금날개를 펼쳐 금방이라도 하늘로 뛰어오를 듯 앞다리를 높게 치켜들고 있었다.

'페가수스 황금상! 그럼, 여기가 파리……'

블라디미르는 자리에서 황급히 일어나 무거운 몸을 이끌고 무작정 앞으로 달려갔다. 가로등 불빛이 일정한 간격을 두고 깜빡거리더니 길게 뻗은 화려한 다리를 환히 비추었다.

'센 강!'

블라디미르는 대리석 다리난간 쪽으로 달려가 다리 아래를 내려다보았다. 센 강의 물줄기가 검은 잿물처럼 흘러내리고 있었다. 그는 몸을 돌려 비틀거리면서 반대편 난간으로 뛰어갔다. 강물이 그대로 소용돌이를 치며 흘러가고 있었다.

'이건 꿈이야. 알렉상드르 3세 다리에 서 있다니! 그렇다면 저쪽이 콩코르드 광장? 아닐 거야. 그럴 수 없어.'

블라디미르는 난간에 등을 기대고 머리를 흔들었다. 그는 몸을 세우더니 호흡을 가다듬고 다리 건너편을 향해 달리기 시작했다. 검은 그림자가 불현듯 블라디미르의 머리 위를 스치고 지나갔다. 또 다른 그림자들이 연이어 스쳤다. 그는 걸음을 멈추고 하늘을 올려다보았다. 검은 까마귀 떼가 소란스럽게 원을 그리며 다리 건너편 광장 위를 맴돌고 있었다. 요란한 징소리와 피리소리가 광장에서 들려왔다. 그는 다시 광장을 향해 달렸다.

동서 길이 360미터, 남북 길이 210미터의 평행사변형 광장! 콩코르드 광장이 횃불로 뒤덮여있었다. 블라디미르는 발걸음을 늦추고 광장 안으로 들어섰다. 수많은 군중이 광장 중앙에 자리한 원형무대를 둘러싼 채 피리와 북, 그리고 징 소리에 맞춰 몸을 들썩이고 있었다.

"오, 오, 오, 오, 쉬, 쉬, 쉬, 쉬."

"오, 오, 오, 오, 오게, 쉬, 쉬, 쉬, 쉬."

블라디미르는 군중의 틈을 비집고 원형무대로 다가갔다. 두 명의 신관(神官)이 무대 위에서 신물(神物)을 들고 서로 축문을 주고받고 있었다.

'가구라(神樂)! 무슨 이유로 이곳에서.'

악사가 망치 모양의 채를 들고 둥근 접시 모양의 징을 빠르게 치기 시작했다. 붉은 얼굴의 오니(鬼)가 험상궂게 일그러진 표정으로 양손에 부채와 대나무 막대기를 들고 산발한 머리를 흔들며 등장했다.

"고노 구소타레메! 구타밧테시마에(이 빌어먹을 놈아! 뒈져버려라)."

붉은 얼굴의 오니가 장단에 맞춰 둥글게 원무를 추다가 눈을 부라리며 갑자기 구경꾼들을 향해 온갖 욕설을 퍼부었다. 늙은 게이샤가 무대 바로 앞에서 하얗게 분칠한 얼굴을 찌푸리며 상소리로 맞받아쳤다. 동시에 군중이 낄낄거리면서 서로에게 욕설과 조롱을 던져댔다.

블라디미르는 악악거리며 소리를 질러대는 악다구니질에 놀라 뒷걸음질쳤다. 그때 누군가 손에 든 횃불을 그의 얼굴에 바짝 들이밀었다.

"다레(누구야)?"

하얀 얼굴이 검은 이를 드러내며 그에게 물었다. 늙은 게이샤였다. 노파는 화려한 색상의 문양이 새겨진 긴 소매의 후리소데 기모노를 입고 있었다. 노파가 고개를 들고 블라디미르의 턱 아래로 얼굴을 바짝 들이댔다. 블라디미르는 움찔 물러서며 노파를 내려다보았다. 시커먼 손 하나가 노파의 기모노 속에서 축 늘어진 노파의 왼쪽 젖가슴을 끌고 나왔다.

"다레?"

붉은 분칠을 한 남자가 노파의 가슴을 여전히 주물럭거리며 큰 소리로 블라디미르에게 다그쳐 물었다. 사람들이 하나둘 블라디미르 주위로 몰려들었다. 하얀 얼굴들과 붉은 얼굴들이 하나같이 검게 칠한 이를 드러내며 한 목소리로 블라디미르에게 "다레?"를 외쳤다.

"탤리 호(tally-ho)!"

그때 어디선가 '탤리 호'를 외치는 소리가 들렸다. 그러자 블라디미르를 에워싸던 하얀 얼굴들과 붉은 얼굴들이 일제히 몸을 돌려 무대 주위로 달려들었다.

'탤리 호? 서양 사람들이 여우사냥을 할 때 몰이를 하는 구호 아닌가? 그렇다면 여우를 찾았다는 건가?'

블라디미르는 그곳을 벗어나려다 다시 발길을 돌려, 가면 같은 무표정한 얼굴들과 합류했다. 무녀가 요란한 방울소리와 함께 무대 위에 나타났다. 그녀는 하얀색 상의와 붉은 색의 주름 잡힌 바지를 입고 길쭉하게 뒤로 굽은 '에보시'라는 모자를 쓰고 있었다. 그녀는 작은 방울들을 단 막대기와 비쭈기나무 가지를 양손에 들고 무대를 한 바퀴 돌았다. 악사들이 강하고 빠르게 징을 두들겨댔다. 무녀는 요란한 방울소리를 울리면서 비쭈기나무 가지에 걸린 '고헤이'라는 종이를 마구 흔들었다. 무녀의 춤이 차츰 격해지면서 사람들이 횃불을 하늘 높이 쳐들고 제자리 뜀을 뛰듯 춤을 추었다. 춤은 마침내 광란에 가까운 절정에 이르렀고 여기저기서 "늙은 여우!"라는 외침이 들렸다. 무녀는 무대를 오가며 요란하게 몸을 비틀고 흔들어댔다. 그녀의 겉옷 자락이 풀리고 붉은 주름바지가 찢어졌다. 그녀의 젖가슴이 옷 밖으로 드러나고 음부가 얇은 천 사이로 내비쳤다. 하얀 얼굴들과 붉은 얼굴들이 땀으로 뒤범벅되면서 일그러졌다. 무녀가 벌거벗은 몸으로 무아경에 빠져 정신없이 뜀을 뛰다가 돌연 동작을 멈췄다.

'단두대!'

단두대가 시퍼런 칼날을 번쩍거리며 무대 중앙으로 옮겨지고 있었다. '자노호(刺老狐, 늙은 여우를 찌르다)'라는 붉은색 글씨가 단두대에 선명하게 적혀 있었다. 군중이 일제히 "탤리 호!"를 외쳤다. 두 명의 신관(神官)이 조선 왕비의 예복인 적의(翟衣)를 입은 한 여인을 무대로 끌고 나왔다. 모든 것이 정지한 듯 무거운 침묵에 휩싸였다. 여인의 적의에는 다섯 개의 발톱을 가진 용이 그려져 있었고, 그 용은 금방이라도 승천할 듯이 머리를 들어 올려 하늘을 바라보고 있었다.

"구타밧테시마에(뒈져버려라)!"

무녀와 군중이 앙칼지고 탁한 목소리로 외쳤다. 그들은 검은 이를 갈면서 한 목소리로 알아들을 수 없는 괴성을 질렀다.

'국모(國母)가 아니신가! 대한제국의 국모.'

블라디미르가 미친 듯이 군중 틈을 헤집고 무대 위로 뛰어올랐다.

"중전마마, 중전마마!"

블라디미르는 목청껏 소리를 지르며 단두대에 묶인 여인에게 달려들었다. 두 명의 신관이 그를 가로막아 섰다. 하얀 얼굴들과 붉은 얼굴들이 블라디미르를 보며 검은 이를 빙긋이 드러냈다. 제국의 국모가 단두대의 홈에 고정된 머리를 힘겹게 들어 올려 블라디미르와 눈을 맞췄다. 블라디미르는 하얀 얼굴들에게 붙들려 발버둥치고 소리치며 울었다. 순간 시퍼런 칼날이 둔탁한 소리를 내며 떨어졌다. 뜨겁고 붉은 액체가 블라디미르의 얼굴로 튀었다.

"결코 잊지 않을 것이다!"

**

블라디미르는 자신의 비명에 놀라 잠에서 깨어났다. 따가운 여름햇살이 창문으로 쏟아져 들어와 그의 얼굴을 타고 흘러내렸다. 그는 침대에 누워 얼굴을 찌푸리며 겨우 눈을 떴다.

'여기가 어디지?'

블라디미르는 두 눈을 깜빡이면서 무언가를 기억해내려고 스스로에게 질문을 던졌다. 수많은 얼굴들이 혼란스럽게 뒤엉키더니 이내 사라졌다. 그는 다시 눈을 감고 어렴풋한 기억들을 떠올렸다.

'하얀 얼굴, 붉은 얼굴, 늙은 게이샤…… 그리고…….'

"땡, 딩딩."

누군가 창밖에서 바이올린 줄을 튕기면서 조율을 하고 있었다. 블라디미르는 감았던 눈을 뜨고 햇볕을 피해 왼쪽으로 몸을 돌려 누웠다. 흰색 세면도기와 물병이 그의 눈에 들어왔다. 블라디미르는 왼팔로 머리를 괴고 방 안을 빙 둘러 보았다.

'발치에 벽난로와 스토브, 오른쪽에 테이블과 의자……. 데용 호텔!'

바이올린 활이 현과 마찰했는지 징, 하는 소리가 짧고 강하게 울렸다. 익숙한 선율이 창문 틈으로 애절하게 흘러들어왔다.

"그리움을 아는 자만이 내 아픔을 알리라."

차이코프스키의 선율이 상트페테르부르크의 네바 강으로부터 축축한 강바람을 덴하흐로 실어왔다. 블라디미르는 침대에 바로 누워 깊은 숨을 들이쉬었다. 그는 울컥 가슴에 치미는 싸늘한 냉기를 느꼈다. 온 몸에 소름이 돋았다.

'여우사냥……. 대한제국의 국모!'

참을 수 없는 눈물이 블라디미르의 볼에 비친 덴하흐의 햇볕을 타고 흘러내렸다. 꿈속에서 본 용의 날선 발톱이 그의 심장에 차갑고 날카롭게 박혀 들었다.

'아, 나를 사랑하고 알아주는 이는 저 먼 곳에 있다. 현기증이 나고 애

간장이 타는구나! 그리움을 아는 자만이……'

사무치는 감정이 폐부를 헤집고 심장으로 파고들었다. 황후의 짙푸른 적의가 철철 쏟아져 나오는 피로 붉게 물들었다. 금사로 수놓은 용이 블라디미르의 얼굴에 뜨거운 피를 떨어뜨렸다. 하염없는 눈물이 좀처럼 멈추지 않았다. 차가운 바이올린 선율은 사라졌지만 황후의 피는 좀처럼 멎지 않았다.

"위종 군, 잘 잤나? 이거 원, 아침 댓바람부터 깽깽이를 울리는 통에……."

세 번의 노크소리에 이어 이상설이 블라디미르의 방으로 들어와 창문을 활짝 열면서 투덜거렸다. 블라디미르는 얼굴을 돌리고 손등으로 눈물을 훔치면서 침대에서 일어났다.

"어제 술이 과했네그려. 마음 같아서는 시원한 국밥 한 그릇으로 자네 속을 풀어주고 싶은데. 거참, 벌써 입에 침이 고이는구먼. 막걸리 한 사발에 묵은 김치 하나면 여한이 없겠네."

이상설이 창가에 놓인 테이블 의자에 앉아 창밖을 내다보며 다시 말을 이었다.

"맥주만 마시면 배가 더부룩하다고 그러셨는데, 마른 빵이 괜찮을지 모르겠네요."

블라디미르가 세면도기에서 얼굴을 씻고 흐트러진 머리를 매만지면서 이상설에게 물었다.

"배고픈 상태에서 더부룩한 것보다 배부르고 더부룩한 게 낫지. 식당으로 가세."

두 사람이 1층 레스토랑에 들어섰을 때 투숙객 두어 명만 식탁에 앉아 아침식사를 하고 있었다. 두 사람은 호텔에 도착한 이래로 지정좌석이 되다시피 한 창가 쪽 모퉁이의 테이블에 가 앉았다. 얀센이 여느 때와 다름없이 메뉴판을 건네주고 나서 테이블 중앙에 놓인 꽃병을 매만진 후 작은 램프에 불을 붙였다.

"얀센, 나는 반숙한 달걀하고 진한 커피 한 잔만 주게. 이분에게는 평상시처럼 아침식사를 가져오고."

얀센이 "예스, 프린스"라고 대답하고 주방으로 가더니 십여 분 만에 음식을 가져왔다. 그는 이상설 앞에 런천매트를 깔고 빵과 버터, 생 모차렐라 치즈와 베이컨이 담긴 접시를 올려놓았다. 음식이 차려지는 동안 이상설이 급하게 냅킨을 무릎 위에 펼쳐놓고는 버터를 바른 통밀빵에 치즈와 베이컨을 얹어 덥석 베어 물었다.

"얀센! 워, 워터!"

이상설이 왼손으로 가슴을 치면서 목멘 소리로 황급히 얀센을 불렀다. 얀센이 서둘러 주스와 커피, 그리고 달걀이 놓인 달걀컵 두 개를 쟁반에 받쳐 들고 왔다. 이상설은 쟁반에 놓인 주스를 빼앗다시피 가져다 마셨다.

"후, 이제 살 것 같군. 원, 세상에 빵이 쇠심줄만큼 질기니. 아침마다 소하고 씨름 한판 하는 거 같다니까. 그뿐인 줄 아나? 뒷간에선 고통을 넘어서 공포라네. 여기 온 이후로 가난해야만 뭐가 찢어지는 게 아니란 걸 알았다니까. 오늘도 변함없이 달걀이 나오셨군. 한데 자네는 채 익지도 않은 달걀이 맛있나?"

"서구인들 음식문화가 그렇잖아요. 굳은 음식은 무례한 대접이라고 생각하는 사람들 틈에 있다 보니까 이런 반숙 달걀에 입맛이 길들여졌어요."

블라디미르가 스푼으로 델프트 달걀컵에 놓인 달걀을 집어 들고 깨면서 이상설에게 미소를 지어보였다. 이상설이 오른손으로 앞에 놓인 달걀을 집어 들더니 손을 멈칫했다.
 "아차, 이마로 깨면 안 되지. 반숙이란 걸 깜빡했네. 난 말일세. 구린내가 나도 우리식으로 푹 삶은 달걀이 좋네. 이마로 단박에 깨는 맛이 있어야 달걀 아닌가. 그건 그렇고…… 요놈을 보니까 이준 부사 생각이 나네 그래. 참 달걀을 좋아했는데 말이야. 하긴 아픈 몸으로 입에 맞을 만한 거라곤 달걀밖에는 없었겠지만."
 이상설이 달걀컵에 달걀을 다시 올려놓고 스푼을 집어 들었다. 그는 잠시 스푼과 달걀을 번갈아 보더니 단번에 스푼 뒷면으로 달걀을 내리쳤다. 그 바람에 깨진 껍데기들이 이상설의 얼굴로 튀어 여기저기 들러붙었다. 블라디미르가 냅킨으로 이상설의 얼굴을 닦아주면서 작은 소리로 웃음을 터뜨렸다.
 "이런 젠장. 뭐가 이리도 까다로운지. 파란 꽃문양을 그린 도자기에 놓고, 게다가 은 스푼까지……. 고작 달걀 하나 먹자고……. 그만 좀 웃게. 난쟁이들이 싸울 만도 해. 거 있잖나, 부사가 기차 안에서 했던 얘기."
 "아, 우리가 이준 선생하고 덴하흐행 기차에서 나눴던 얘기요? 상트페테르부르크를 떠날 때 할머니 한 분이 싸주신 삶은 달걀 깨 먹으면서 했던."
 "그래. 그 걸리버 얘기 말이야. 난쟁이들이 달걀 때문에 전쟁까지 일으킨 얘기 있잖나. 지금 내가 그런 심정이라네. 부사가 있었다면 아마 내 말에……."
 이상설이 말을 하다 말고 주머니에서 궐련을 꺼내 물더니 블라디미르에게도 한 개비 권했다.
 "피우게, 어려워 말고. 자꾸만 부사 생각이 나는구먼. 그때 부사가 난쟁이들의 달걀 논쟁을 가지고 자기변호를 했었지. 척화파에서 개화파로,

다시 친러파에서 친일내각 평리원 특별검사로 변절을 거듭했다는 세간의 비판에 대해서."

"네. 릴리풋의 비서실장인 렐드레살이 걸리버에게 했던 말로 당신을 스스로 변론했지요. '진정한 믿음을 가지고 있는 사람들은 달걀의 편리한 방향의 끝부분을 깨도록 하라'는 말이었지요."

"기억나네. 그러면서 그랬지. 인간이 달걀을 삶는 이유는 두 가지뿐이다. 하나는 먹기 위함이고 다른 하나는 부활절을 기념하기 위함이다. 한데 인간이 달걀 껍데기를 깨야 하는 경우는 먹을 때밖에 없다. 왜냐면 부활을 기념할 땐 달걀 껍데기를 깨는 주체가 인간이 아닌 껍데기 속 생명체이기 때문이다. 뭐 이런 내용이었지."

"그러므로 먹기 위해 달걀을 삶았다면 렐드레살의 말처럼 어느 부분으로 깨든 상관없다고 했어요. 그러면서 당신의 이력에 대해서 이렇게 스스로 변호했잖아요. 평생 우리의 일은 독립과 자유를 구하는 데 목적을 두고 있다. 그렇다면 친일이냐 친러냐, 개화냐 척화냐 하는 논쟁은 달걀의 어느 부위부터 깰 것인가 하는 소모적 논쟁과 다를 바 없다고 말이죠."

"옳은 말이야! 내가 그때 이준 부사를 다시 생각하게 됐네. 아마 내가 스물일곱이었을 때일 거야. 성균관장을 할 때 처음《걸리버 여행기》를 읽었네. 미국공사 통역관이었던 윤치호가 번역했을 걸세. 그때만 해도 그저 재밌는 소설 정도로 이해했었는데 부사의 해석이 명쾌하더군. 난쟁이 나라 얘기는 대영제국의 휘그당과 토리당 사이의 당쟁을 풍자한 내용이라지? 그나저나, 자넨 그 물컹한 달걀 하나로 배가 찼나? 난 간에 기별도 안 가네. 이래 가지고는 뒷간에서 고놈이 삐쭉 내밀다가 쏙 들어가고 말 거야. 제대로 채워져야 푸짐하게 나오지. 그때 열차 안에서 먹었던 탱탱한 달걀 댓 개만 있어도……."

이상설이 빈 접시를 보고 입맛을 다시면서 시무룩이 블라디미르를 바라보았다.

"얀센, 훈제 소시지 좀 구워 줄 수 있겠어? 고맙네! 그럼 여기 빵하고 훈제 소시지 한 접시만 부탁하네. 참, 커피도 한 잔 더 주게."

이상설과 블라디미르는 주문한 음식을 기다리는 동안 잠자코 앉아서 다시 궐련을 피웠다.

"그렇게 허망하게 돌아가셨다는 게 믿기지 않아요. 절대 자살할 분이 아닌데."

얀센이 음식을 가져와 테이블에 차리는 동안 블라디미르가 꽁초를 재떨이에 비벼 끄면서 조심스레 말문을 열었다.

"어쩌면 지난 몇 달 동안의 일로 분한 마음에 죽음을 택했을 수도 있지 않은가? 나는 부사의 마음을 이해할 듯하네. 을사늑약이 체결됐을 때 내가 폐하께 '이래도 망하고 저래도 망할 바에야 차라리 순사의 뜻을 결정하시라' 하는 무례한 상소를 올리지 않았나. 그 다음부터 난 자결할 생각뿐이었다네. 폐하께 참 몹쓸 짓을 했지."

"이준 선생은 십자가를 짓밟는 자가 아니잖아요."

블라디미르가 한숨을 내쉬면서 들릴 듯 말 듯 작은 목소리로 중얼거렸다.

"무슨 말인가? 십자가라니?"

"부사는 신앙심 깊은 신자였다는 뜻으로 한 말이에요. 《걸리버 여행기》에 보면 럭낵이라는 나라의 왕이 일본을 그렇게 부르잖아요, '십자가를 짓밟는 예식을 가진 나라'라고……. 그러나 부사는 기독교적 신념을 버리면서까지 자살할 분은 아니었어요."

"글쎄, 처음에는 나도 누군가 독살한 것은 아닌지 의심했다네. 하지만 지난 14일에 점심식사를 가지고 올라갔을 때 부사를 보니까 심상치 않더라고. 그래서 부사가 임종할 때까지 줄곧 곁을 지키고 있었다네. 더구나 자네도 알다시피 부사는 거의 일주일가량을 달걀 외에는 아무것도 입에 대지 않았네. 자살이 아니라면 단독(丹毒) 때문일지도 모르지. 부사는 이곳 덴하흐에 도착한 날부터 단독 증세로 고생하지 않았나. 볼은 화상을 입은 것처럼 발갛게 달아올랐고 두통과 근육통도 무척 심했네. 먹는 것도 시원찮은데다 몸도 성치 않았으니……."

"선생님 말씀도 일리는 있어요. 하지만 여기 의사들이 그랬잖아요. 성 안토니오 열병, 그러니까 단독으로 사망에 이르는 경우는 극히 드물다고요. 호밀이나 밀의 맥아균 때문에 전염되는 병이라 빵을 주식으로 하는 유럽에선 흔히 걸릴 수 있는 병이라고 하면서."

"하긴 단독으로 죽었다고 단정하는 것도 경솔하긴 하지. 알 수 없는 일이야. 13일까지만 해도 오히려 병세가 호전되는 듯했어. 그동안 냉찜질을 하면서 푹 쉬었으니까. 물론 며칠 동안은 거의 달걀로 곡기를 대신했지만."

이상설이 깨끗이 비운 접시를 한쪽으로 밀어두고 냅킨으로 입을 닦으면서 우물우물 말했다.

"2층 선생의 방은 벌써 다 치웠겠지요?"

"부사가 변을 당한 바로 다음날 이곳 보건국에서 나온 사람이 부사의 방에 포름알데히드 용액을 들이붓다시피 했다네. 그뿐인 줄 아나! 내 방과 자네 방도 가구를 들어내고 그 용액으로 다 소독했네."

"그럼 선생의 짐은 선생님이?"

"아닐세. 더용 씨가 어차피 당분간 부사의 방에 투숙할 손님이 없을 거라고 그냥 두라고 했다네. 왜, 2층으로 올라가 보려나?"

"네. 한번 둘러보기라도 했으면 합니다. 제가 프론트에 부탁해 보지요."

두 사람은 식당에서 나와 곧장 프론트로 가서 2층 객실 열쇠를 받아들고 붉은 카펫이 깔린 나선형 계단을 올라갔다. 블라디미르는 방안에 들어서자마자 침대와 테이블을 매만지면서 주변을 빙 둘러 보았다. 이준의 재킷과 바지 한 벌이 침대 왼편 세면도기 위에 허전히 걸려있었다.

"저 옷만 쓸쓸히 걸려 있네요."

"검소한 양반이잖나. 사람 온기를 잃어버려서 그러나? 한여름인데도 소슬하게 느껴지네그려."

이상설이 벽난로 앞에 쪼그리고 앉아 벽난로 문을 여닫으면서 혼잣말을 했다.

"불이라도 지피면 좀 나으려나."

이상설이 다리를 펴고 일어서면서 벽난로 선반 모서리를 손끝으로 가볍게 쓸었다.

"이보게, 위종 군, 위종 군! 이것 좀 보게나."

고개를 돌린 블라디미르의 눈앞에서 이상설이 달걀 하나를 들고 흔들고 있었다.

"이 달걀 좀 보게나. 아무래도 부사가 먹지 않고 벽난로 선반 위에 두었나 보구먼."

블라디미르가 이상설에게서 달걀을 건네받더니 창가 쪽으로 걸음을 옮겨가 찬찬히 훑어보기 시작했다.

"여기 글씨가 적혀 있어요! 솔라 피데, 솔라 크룩스, 솔라 헤디안(Sola Fide, Sola Crux, Sola Headian)이라……. 루터에게서 빌려온 말 같은데요."

"나도 좀 보세. 이리 줘 보게. 이거 라틴어 아닌가! 칠 년 전이었나? 영국 성서공회 한국지부에서 신약성서 번역 작업을 할 때로 기억하는데, 그곳에 지인과 함께 들렀다가 솔라 피데라는 말을 들었네. 뭐랬더라…… '오직 믿음으로'라고 했던가? 그렇다면 솔라 크룩스는 '오직 십자가로'라는 뜻일 테고."

블라디미르가 이상설에게 다시 달걀을 건네받아 실눈을 뜨고 살피면서 고개를 갸우뚱거렸다.

"라틴어는 라틴어인데 헤디안은……. 오직 믿음으로, 오직 십자가로, 그리고 오직 헤디안으로? 이 단어는 라틴어 같지 않은데……. 어딘지 친숙하면서도 낯설어요. 혹시 헤디안이라는 말을 들어보신 적 있으세요? 아니면 책이나 사전에서 보았거나. 그런데 이준 선생은 달걀에 왜 이런 문구를 적었을까요?"

"워낙 신앙심이 깊은 사람이었잖나. 아마도 조국을 위한 기도를 하지 않았나 싶네. 부활절 달걀을 만들면서 말이야. 비록 두 달 늦게 만든 것이지만, 이국만리에서 몸과 마음이 얼마나 고달팠으면 그랬겠나. 하긴 부사는 아픈 몸을 하고도 아침저녁이면 꼭 성서를 읽었으니까."

"부활절 달걀이라……. 그랬을 수도 있겠네요. 그렇다면 왜 헤디안이라는 얼토당토않은 단어를 적었을까요? 글씨체가 바른 것을 보면 일부러 적어 넣은 거 같은데."

"라틴어에 헤디안이라는 단어가 정말 없나? 뭐, 내가 아는 라틴어라는 우연히 주워들은 솔라 피데밖에 없으니. 아메리카 대륙 인디언들이 전쟁에서 이기면 적군의 머리가죽을 벗겼다고 하던데, 혹시 그 노획물을 헤디안이라고 하는 건 아닌가? 영어로 머리를 헤드라고 하잖나. 뭐, 아니면 말고."

이상설이 왼쪽 눈썹을 살짝 치켜 올리면서 손사래를 쳤다.

"맞아요! 바로 그거예요. 인디언! 역시 선생님은 생각이 깊으세요. 어쩌면 이준 선생은 부활절 달걀을 만든 게 아닐 수도 있어요. 이준 선생이 열차 안에서 했던 말 기억하시죠? 조금 전 식당에서 나누었던 이야기요. 인간이 달걀을 삶는 이유는 두 가지뿐이다!"

"먹기 위함과 부활절을 기념하는 것. 그래서 내가 말하지 않았나. 부활절 달걀이라고. 그러면 부활절 달걀을 인디언들이 처음 만든 건가?"

"인디언의 바다(Indian Ocean, 인도양) 말입니다. 걸리버가 난파되어 상륙했던 릴리풋이 위치한 바다요. 조너선 스위프트는 난쟁이들 사이에 벌어진 달걀 논쟁을 언급할 때 '인디언'이라는 단어와 발음이 비슷한 엔디언(Endians)이라는 새로운 단어를 만드는 말장난을 했던 거예요. 아시죠? 릴리풋의 비서실장인 렐드레살이 걸리버한테 자신들과 블레푸스쿠 사이에 전쟁이 벌어지게 된 이유를 말하는 장면 말이에요. 렐드레살이 그러잖아요. 반숙 달걀의 어떤 부분을 깨서 먹어야 하는가라는 문제로 두 소인국이 논쟁을 하다가 결국 전쟁을 하게 됐다고. 거기서 뭉툭한 부분을 깨서 먹어야 한다고 주장하는 사람들을 빅엔디언(Big-endians), 뾰족한 부분을 깨서 먹어야 한다고 주장하는 사람들을 리틀 엔디언(Little-endians)이라고 지칭하잖아요. 바로 이준 선생은 그런 렐드레살의 언어를 사용한 거예요. 때문에 솔라 헤디안은 '오직 머리로'라는 의미가 되는 거예요. 오직 머리로!"

"그렇다면 자네 말은 부사가 부활절 달걀을 만든 게 아니라는 얘긴가? 말하자면 우리한테 어떤 메시지라도 남기려 했다거나. 줘보게."

이상설이 블라디미르의 손에서 달걀을 잡아채더니 눈을 동그랗게 뜨고 달걀에 적힌 글씨를 들여다보았다.

"틀림없어요. 이 문구는 다른 의미도 있겠지만, 헤디안이라는 단어에서 한 가지는 분명하게 추론할 수 있어요. 선생이 우리한테 전하려 했던 메시지는 《걸리버 여행기》와 깊게 관련돼 있다는 거요. 그렇다면 솔라 피데는…… 릴리풋의 쿠란인 브른데크랄(Brundecral)을 의미할지 몰라요. 진정한 믿음요!"

블라디미르가 몸을 돌려 창밖을 내다보면서 차근차근 말을 했다.

"그 난쟁이 비서실장이 말한 구절 말인가? 진정한 믿음을 가진 자들은 달걀의 편리한 부분을 깨라고 하는."

"네. 그러면 솔라 크룩스는…… 이 역시 《걸리버 여행기》와 관련이 있을 텐데. 오직 십자가로, 십자가와 《걸리버 여행기》라……. 그래요, 십자가를 짓밟는 예식(cross trampling)! 《걸리버 여행기》를 보면 일본의 기독교 박해에 관한 내용이 나오잖아요. 일본의 에도 막부가 가톨릭 신자들을 색출하기 위해 사람들에게 십자가를 밟고 지나가도록 했다는 내용 말이에요. 당시 일본의 가톨릭 신자들은 오직 십자가로만 자신들의 믿음을 증명하려 했다고 해요. 그렇다면 솔라 크룩스는 '십자가를 짓밟는 예식을 치르는 일본'을 의미할 거예요. 마지막으로 솔라 헤디안은……, 말씀드렸다시피 선생이 《걸리버 여행기》를 단서로 어떤 메시지를 전하려고 의도적으로……."

빠사삭!

블라디미르가 골똘히 생각에 잠겨 있다가 난데없이 뭔가가 깨지는 소리를 듣고 몸을 휙 돌렸다.

"어? 어……, 흐흐! 난…… 단지 문자 그대로 머리를 썼을 뿐이라고."

이상설이 이마에서 주섬주섬 깨진 달걀 껍데기를 떼어내다가 블라디미르를 흘긋 보고 어물어물 말을 흐렸다.

"고놈 참 맛있게 생기지 않았나? 자고로 삶은 달걀은 깨는 맛이 그만이야. 이거 보게. 완숙인 걸! 부사도 어지간히 반숙 달걀이 싫었나 보군. 오, 이 탱탱한…… 하얀 속살에 이상한 문양이 있는데?"

이상설이 어물쩍대며 딴청을 부리려다 달걀의 흰자위에 새겨진 문양을 보고 블라디미르에게 급히 다가섰다.

"여기 보이나! 이건 뭐지?"

"어디 봐요! 햇빛, 햇빛이 드는 쪽으로 가요."

블라디미르가 손가락을 집게로 삼아 달걀을 들고 햇빛 아래로 가져가자 흰자위에 새겨진 문양이 선명하게 드러났다.

"어떻게 이런 문양을 새길 수 있지? 껍데기를 벗기지도 않고. 부사가 혹시 요술이라도 부렸나? 그 양반이 덴하흐에 와서 마녀하고 눈이 맞았나?"

"스테가노그라피(steganography)! 그리스어로 숨겨진 글이라는 의미인데. '감춰져 있다'는 뜻의 '스테가노(Stegano)'와 '통신하다'라는 뜻의 '그라포스(Graphos)'가 결합된 단어예요. 그러니까 과거 중국의…… 아니, 우선 이 기호부터 해독하고 차후에."

"상관없네. 어쨌든 부사가 우리에게 비밀리에 전하려는 메시지라는 말 아닌가. 그건 그렇고 이 기호는 도대체 뭐지?"

"'오직 믿음으로'와 '오직 머리로'는 '깨는 방법이 아니라 그 내용, 그러니까 속살이 중요하다'는 의미였어요. 그걸 선생님께서 이마를 이용해 쉽게 풀어주셨고……."

"난 그냥. 뭐, 때로는 현명한 머리보다 단단한 이마가 필요한 경우도 있지. 내기에서 져서 손가락으로 맞을 때, 찐 달걀 먹을 때, 그 다음은 여럿이 둘러앉아 통닭 먹을 때지. 먼저 들이민 놈이……."

"문제는 솔라 크룩스인데. '십자가를 짓밟는 예식', 그리고 일본, 일본, 달걀에 새겨 넣은, 달걀……."

"통닭은 맛있고. 달걀은 닭의 알이지. 미안하이. 그렇게 보지 말게. 달걀 하니까 내 머리가 자연스레 연상한 거라네."

블라디미르가 난감한 얼굴로 서있는 이상설을 뚫어져라 쳐다보다가 느닷없이 소리를 질렀다.

"도리이(鳥居, とりい)! 바로 그거예요. '십자가를 짓밟는 예식'을 가진 자들의 표식! 죄송해요. 놀라셨죠? 아무튼 이곳에 있는 네덜란드 왕립 도서관에 들러서 자세한 자료를 찾아봐야겠어요. 점심때까지 돌아오겠습니다. 2시경에 아래 식당에서 뵙기로 해요. 참, 여기 달걀요. 드시면 안 돼요!"

이상설은 블라디미르에게서 건네받은 달걀을 오른손에 쥐고 우두커니 서서 놀란 가슴을 쓸어내리고 있었다.

7

삑! 날카로운 신호음이 요란하게 울어댔다. 잠에서 깬 나는 간이침대 위에서 얼마 동안 뒤척이다가 덮고 있던 이불을 신경질적으로 걷어차고 일어나 앉았다.

"제기랄, 귀청 떨어지겠네!"

나는 침대 모서리에 걸터앉아 세운 무릎에 팔꿈치를 괴고 머리카락을 양손으로 움켜쥔 채 소리를 꽥 질렀다. 신호음이 차츰 가늘어지고 가벼운 실내화 끄는 소리가 거실에서 들려오더니 바로 내 침대 앞에서 멈췄다. 나는 흐리멍덩히 분홍색 슬리퍼를 보다가 슬며시 팔을 내리고 고개를 쳐들었다.

"주전자 신호음이 무섭군요, 신부님도 욕을 하시게 만든 걸 보면. 차 한잔 드시겠어요?"

지호가 팔짱을 끼고 서서 가만히 내 하는 양을 내려다보고 있었다. 모니카는 행주로 식탁을 훔치다가 지호의 어깨 너머로 나를 슬쩍 넘겨보았다. 그녀가 그냥 넘어갈 리 없었다.

"신부님, 수면관성 현상 치고는 너무 심각하시네요. 지금 몇 시인지 아세요? 그동안 아침기도는 어떻게 드리셨을까."

"모니카, 나는 올빼미형이지 아침형 인간이 아니에요. 그리고 아침기도는 드렸어요, 새벽 여섯 시에 혼자서. 알기나 하고 말해요."

나는 잔뜩 약이 올라서 모니카에게 짜증 섞인 말을 쏘아붙였다.

"아유, 이를 어쩌나. 신부님께서 이젠 거짓말까지 하시네. 아침기도 시간은 저한테 한낮이에요. 원래 늙을수록 잠이 없다는 걸 모르세요? 그나 저나 저라면 그렇게 대꾸할 시간에 거기 있지 않고 욕실에 가 세수를 할 거예요."

지호가 나를 빤히 보면서 손가락으로 내 추리닝 상의를 가리키고는 횡하니 조리대로 향했다. 나는 느슨하게 풀린 상의 지퍼를 허둥지둥 추켜올리고 부리나케 욕실로 뛰어 들어갔다.

"신부님, 빨리 나오세요. 검사님은 여덟 시에 도착해서 아직까지 아침

안 드셨어요."

나는 모니카의 성화에 씻는 둥 마는 둥 욕실에서 나와 이미 샌드위치와 우유가 차려진 식탁에 지호와 마주앉았다.

"9, 10세로 추정되는 여아가 죽은 채로 56번 지방도로 변에서 발견됐어요. 검안 결과 그 아이의 겨드랑이에서도 수빈이와 같은 문양의 타투를 찾았어요. 부장님 얘기로는 이번에도 수빈이 경우처럼 경찰로부터 곧바로 사건을 인계받았다더군요. 물론 수빈이의 타투는 부검과정에서 발견됐고요. 타투 문양은 여기, 노트북에 저장돼 있어요. 어젯밤 부장님 호출을 받기 직전에 당신이 말하려 했던 타투가 이건가요?"

지호가 노트북을 내게로 돌려 화면에 선명하게 드러난 타투를 보여 주었다. 나는 그렇다는 의미로 그녀에게 고개를 끄덕여보였다.

"먼저들 드세요. 과일샐러드 좀 만들어 갈게요."

모니카가 싱크대에서 과일을 씻으면서 지호와 내게 목소리를 높여 말했다. 지호는 내 뒤로 보이는 모니카를 힐끔 곁눈질하더니 식탁에 두 팔을 기대고 내게 얼굴을 들이밀었다.

"내일 특별수사팀과 첫 미팅을 갖기로 했어요. 신부님은 타투에 관해 이미 알고 있더라고 부장님께 말씀드렸더니 내일 나보고 브리핑하라더군요. 아시겠지요? 내가 브리핑해야 한다고요."

지호가 연방 곁눈질을 하면서 또박또박 잘라 말하고는 얼른 몸을 곧추

세우고 샌드위치를 집어 들었다.

"이거부터 먹은 다음에 옷 갈아입고 나와서……, 그리고 변사체로 발견된 아이에 대해서 자세한 설명을 듣고 나서……."

"왜 옷을 갈아입으려고 해요? 어디 나가실 건가요? 추리닝이 더 편해 보이는데. 내일 내가 타투에 관해 브리핑하기로 했다는 걸 벌써 잊어버렸어요? 변사체로 발견된 여자아이 문제는 내일 미팅에서 자연히 알게 될 사안이라고요. 그리 급할 건 없잖아요. 도대체 이 문양이 무엇인지부터 말해 보세요. 당장."

지호가 이번에는 얼굴을 내 귀에 바싹 들이대더니 입을 앙다물고 소곤거렸다.

"어머나 세상에! 뭘 이런 걸 준비하셨어요. 빨리 제 옆으로 앉으세요, 수녀님! 어쩜 이렇게 싱싱하죠? 참, 신부님, 옷 갈아입고 나오신 다음에 얘기해 주셔도 되는데……. 이대로가 편하시다면 뭐, 그렇게 하세요."

지호가 어느 틈에 자리에서 일어나 모니카에게 샐러드 접시를 건네받으면서 씽긋 웃음을 지어보였다. 나는 자리에 앉은 지호와 모니카를 보면서 마지못해 실쭉 웃으며 이야기를 꺼냈다.

"여기 검은색 문양은 도리이라는 문(門)이에요. 일본의 신궁이나 신사의 입구에 세워진 문으로 하늘 천(天) 자를 형상화한 겁니다. 우리에게 잘 알려진 야스쿠니 신사만 해도 거기에 세 개의 도리이가 세워져 있지요. 신사의 외원(外院)과 내원(內院)에 각각 하나씩, 그리고 일본 정치인들이 야스쿠니 신사를 참배할 때마다 뉴스 화면에 매번 등장하는 배전(拜殿) 앞에 하나가 있습니다."

"몇 년 전에 일본에 갔다가 본 적 있어요. 가이드가 뭐라더라. 새가 쉬어 가라고 만들었다던가? 어쨌든 새를 신의 사자로 여겼던 고대 신앙에서 유래했다더군요."

"대개 그렇게들 얘기합니다. 도리이를 한자로 조거(鳥居)라고 표기하기 때문에. 그래서 우리나라의 솟대에서 유래됐다고 하는 사람들도 있지요. 하지만 둘 다 잘못된 해석입니다. 솟대는 샤먼 중심의 신앙인 샤머니즘에서 유래한 것이지만 도리이는 그렇지 않거든요. 샤먼은 북방계 민족에게만 있었던 일종의 사제입니다. 샤먼은 신과 인간 사이의 매개자로 이승과 저승을 오가는 존재였지요. 그래서 샤먼은 새로 상징되었습니다. 가야와 백제의 금관을 본 적 있죠? 그게 바로 샤먼의 표식입니다. 신성한 나무에 앉은 새를 형상화한 모양이지요. 러시아 북부와 만주, 그리고 우리나라에 공통적으로 보이는 샤먼의 표식입니다. 신라의 금관은 세속군주의 왕관으로 변형된 모습이구요. 어쨌거나 일본에는 그런 샤먼이 없었습니다. 도리이는……."

"잠깐만요. 됐어요. 또 서론이 길어지는군요. 짧게 말해요, 짧게! 난 브리핑을 한다고 했지 종교학 리포트를 쓴다고는 안 했어요. 아시겠어요? 좋아요. 다시 시작해요. 이게 일본의 도리이라면, 그 뒤에 그려진 붉은 문양은 욱일기겠네요?"

"네. 정확하게는 팔조욱일기(八條旭日旗)라고 합니다. 굳이 우리말로 옮긴다면 '여덟 갈래의 아침햇살'이 됩니다. 거의 모든 신화에서 태양과 달은 황금색과 은색으로 표현되지만, 일본의 신화에서는 이처럼 태양을 붉은색으로 그리고 있어요. 참 재미있는 사실이죠."

"퍽이나 재미있군요. 이보세요, 신부님. 우린 지금 문신 얘기를 하고 있는 거예요. 난 신화까지 들먹일 필요는 없다고 보는데요. 물론 일본과 관련이 있는 상징이라는 데 당황스럽기는 하지만. 신부님 식으로 말하다 보면 우리 검사들은 조폭들 등짝에 새겨진 문신에 대해서까지 신화적 근거를 찾아야 할 걸요. 제발 짧게 말해요!"

 지호가 머리카락을 두 손으로 움켜쥐고 뒤로 쓸어 넘기기를 두어 번 하더니 머리밴드로 질끈 동여맸다.

 "아이구, 왜들 이러세요. 난해한 문제일수록 차근차근 푸세요. 커피 어때요? 어제 마트에서 시음해 봤는데 향이 너무 좋더군요. 얘기들 나누고 계세요."

 모니카가 옆에 앉은 지호의 손을 토닥이면서 내게 슬쩍 윙크하고는 자리에서 일어나 주방으로 갔다.

 "음……. 우리 어제처럼 질문하고 답하는 식으로 하죠. 답을 찾는 데는 소크라테스의 문답법만 한 게 없잖아요. 계속 질문을 던지다 보면 답을 찾을 수 있을 거예요."

 "좋아요! 이제야 말이 통하는군요. 한 가지 더, 짧게 해요. 내 허락 없인 길게 끌지 좀 말고. 됐죠? 눈을 그렇게 동그랗게 뜬 것은 동의했다는 뜻이죠? 자, 질문할게요. 이 문양이 일본정부와 관련이 있다는 얘긴가요?"

 "그러니까…… 현재 일본정부는 세계평화와 인류공존에 많은 기여를 하고 있습니다. 그리고 동북아시아와……."

 지호가 입술을 꽉 깨물고 눈을 부라리는 통에 나는 말끝을 흐렸다.

 "무슨 기자회견 하세요? 교황청 대변인이라도 되는 양 말하는군요. 좋아요. 달리 질문하죠. 일본의 특정 신사나 특정 정치세력과 관련이 있나요?"

 "그렇다고 할 수 있어요. 신도(神道)라는…… 참, 신도는 일본의 민족종교를 말하는 겁니다. 그리고 신사는 신도의 신들을 모신 사당을 뜻하고요. 아무튼 신도는 애초부터 정치적 의도로 만들어졌습니다. 때문에 일본의 종교적 상징은 단순히 종교나 문화에만 국한되지 않고 어떤 식으로든 정치이념과 밀접한 관계를 맺고 있죠. 이 타투도 마찬가지입니다."

"특정 신사는 곧 특정 정치세력을 의미한다는 말인가요? 그렇지만 과거에는 모든 국가공동체가 다 그렇지 않았나요? 어느 국가든 건국신화를 만들어서 왕권을 합리화하고 신화적 이데올로기로 대중조작을 시도했잖아요."

"물론 건국신화는 그렇지요. 왕을 신격화해서 왕권의 정당성을 확보해야 했으니까요. 이 점에선 모든 국가가 다 마찬가지였지요. 하지만 일본의 경우는 천황가(天皇家)의 기원이나 국토의 기원에 관한 신화를 제외하면 어떤 신화도 존재하지 않습니다. 우주의 기원이나 인간의 기원에 관한 신화는 없어요. 한마디로 집권세력의 통치를 정당화하는 건국신화가 전부죠. 다른 곳에서는 원시부족들의 신화도 제일 먼저 우주의 기원과 인간의 기원에 관한 내용이 나오는데 오직 일본만 그런 게 없어요. 그들은 국토와 천황의 기원만 중시했고, 이는 지금도 마찬가지입니다."

"일본신화의 그런 특징이 무슨 특별한 의미라도 담고 있다는 건가요?"

"인간의 자기존재에 대한 질문이 없다는 뜻입니다. '나는 누구인가? 나는 어디서 왔으며 어디로 가는가?' 하는……. 자기존재에 대한 질문이 없는 신화는 조작된 이야기일 뿐이지요. 당연히 신화조작은 정치논리에 따라 이루어지구요. 한마디로 종교의 이데올로기화라고 할 수 있죠. 어쨌거나 자기존재에 대한 질문은 종교 본연의 질문이기도 합니다. 우리는 역사를 통해 이데올로기의 시녀로 전락한 종교를 숱하게 경험했지요. 그 예는 멀리서 찾을 필요가 없어요. 성좌 역시 중세 말에 이르러 인간의 자기존재에 대한 질문보다는 면죄부 팔기에 바빴으니까요. 면죄부는 구원신화와 같은 맥락에 속하는 조작이었던 셈이죠."

그때 모니카가 커피를 가져와 식탁 위에 올려놓고 지호 옆에 앉으면서 끼어들었다.

"그것도 치사하게 먹을거리를 가지고 그랬답니다. 사순절 금식기간 동안 버터와 베이컨을 못 먹게 했거든요. 대신 면죄부를 사면 음식을 먹을 수 있었지요. 그래서 루터가 종교개혁을 할 때 주요 과제로 삼았던 게 바로 버터 금지령 철폐였어요. 소위 버터문화권이라고 하는 중서부 유럽의 대부분 지역이 개신교 문화권과 일치할 정도니까요. 자고로 먹을거리로 장난치면 큰코다치는 법이죠."

"결국 신화 얘기를 하게 됐군요. 애당초 소크라테스 운운할 때 어딘지 수상하다 생각했는데. 기왕 이렇게 된 거, 바닥까지 내려가 보죠. 질문! 일본의 신화는 처음부터 조작이었다는 얘긴 신부님만의 해석이라고 해야겠지요?"

"《고지키(古事記)》와 《니혼쇼키(日本書紀)》가 그것을 증명합니다. 두 책 모두 8세기경 나라(奈良)로 천도한 여성천황인 겐메이(元明) 천황 때 완성된 역사서지요. 《고지키》는 태양의 여신인 아마테라스오미카미로부터 스이코 천황까지 신의 역사를 기록한 책입니다. 그리고 《니혼쇼키》는 진무 천황부터 지토 천황까지의 역사를 기록하고 있지요. 그러니까 두 역사서는 가공의 신화시대를 설정한 후 신의 역사를 기술하고 곧이어 천황가의 역사를 기록한 겁니다. 이런 역사서술 방식이 바로 정치논리에 따른 조작을 증명하죠. 천황가의 신성함과 절대권력을 합리화하기 위한 의도, 그 이상도 이하도 아니니까요."

"잠깐만. 고 뭐요? 고씨키와 니혼씨키? 자판 두들기는 거 안 보여요? 내 손가락 박자에 맞춰요. 다음 질문! 그럼 단군신화나 성서의 역사서술 방식은요? 마찬가지 아닌가요?"

"고지키와 니혼쇼키. 다 적으셨죠? 물론 단군신화와 성서도 보기에 따라서는 그저 옛날이야기거나 정치적 의도를 가지고 서술한 것이라고 볼 수도 있겠죠. 그렇지만 어느 문명이든 《고지키》와 《니혼쇼키》처럼 몰인격적인 신화와 역사를 기술하지 않습니다. 두 역사서에서 인격적인 존재는 오직 천황뿐입니다. 더 정확하게 말해서 신화에 등장하는 모든 신과 인간들은 오직 천황가에 의해서만 그 존재근거를 지닌다고 할 수 있지요."

"도무지 무슨 뜻인지 모르겠군요. 그럼 《고지키》와 《니혼쇼키》의 세계관에 따르면 신의 역사만이 진실이라는 건가요? 아니면 천황의 역사만이 진실이라는 얘긴가요?"

"둘 다 맞는 표현입니다. 천황은 곧 신이니까요. 고대 이집트의 파라오처럼 신성을 부여받은 존재가 아니라 신 그 자체죠. 파라오는 신의 대리자로서의 조건, 즉 역사를 갖추었기 때문에 신성을 부여받은 존재입니다. 마찬가지로 단군도 환웅과 웅녀의 역사가 있었기에 신성을 부여받았죠. 이스라엘도 예외가 아닙니다. 그래서 성서에 기술된 신은 자신을 가리켜 아브라함의 하느님, 이삭의 하느님, 야곱의 하느님이라고 칭합니다. 이 경우 신을 대리하는 아브라함의 역사가 진실이 아니라면 하느님의 역사도 진실이 아니지요. 하지만 천황 앞에 선 인간에게는 역사가 없습니다. 단지 신 그 자체인 천황의 역사만 있을 뿐이죠."

"그렇다면 두 역사서는 인간의 존재가 어떤 진실을 갖고 있다고 보는 건가요?"

"역설적이게도 인간의 역사는 무의미하다는 게 일본의 두 역사서가 말하는 진실입니다. 두 역사서는 천황가의 용광로 속에 모든 인간의 역사를 녹여버립니다. 그렇다고 천황의 신성이 무엇이냐는 질문도 없죠. 천황은 그저 다른 모든 신들을 블랙홀처럼 빨아들일 뿐입니다. 조지 오웰의 말처럼 '과거를 지배하는 자가 미래를, 현재를 지배하는 자가 과거를 지배하는' 카오스만이 있을 뿐이지요. 인간의 존재가 어떤 진실을 갖고 있다고 보느냐고요? 그것은 무시간성, 곧 역사가 없다는 것입니다."

지호가 길게 한숨을 내쉬면서 노트북 자판을 신경질적으로 세게 두드렸다. 모니카가 고개를 꾸벅거리며 졸다가 흠칫 놀라 눈을 크게 뜨고 주변을 두리번거렸다.

"아휴, 두 분 다 힘들지 않으세요? 머리가 허옇게 세겠어요. 신부님, 담배라도 태우세요. 이번만큼은 모르는 척 넘어갈게요."

나는 자리에서 일어나 부리나케 책상으로 가서 담뱃갑과 라이터를 가지고 다시 식탁으로 돌아와 앉았다. 내가 막 담뱃갑을 열려고 할 때 지호가 발끝으로 내 정강이를 톡톡 건드렸다. 나는 두 눈을 말똥히 뜨고 지호를 잠깐 쳐다보고는 느릿느릿 담배 한 개비를 꺼내 물었다.

"수녀님……."

지호가 모니카에게 눈웃음을 지어보이면서 그녀의 발로 내 왼쪽 발등을 세게 짓밟았다. 나는 그제야 지호의 신호를 알아차리고 모니카에게 조심스레 말을 꺼냈다.

"저, 모니카. 내가 담배를 피울 때 종종 했던 말 기억하죠? 담배는 내게 지적 자양분이라고……. 지금은 허 검사도 지적 자양분이 필요할 거 같은데요."

"프로이트가 했다는 말을 또 꺼내시는군요. 근데 검사님까지……. 좋아요. 이번만 담배 면죄부를 드리죠. 하지만 프로이트가 구강암으로 죽었다는 건 알아두세요."

모니카가 근엄한 얼굴로 지호에게 고개를 끄덕여 보였다. 지호는 다소

곳이 앉아 있다가 내게서 득달같이 담뱃갑을 낚아채 한 개비를 꺼내 피워 물었다.

"후, 이제야…….궁금한 게 있어요! 천황의 역사만 있고 게다가 천황의 신성이 무엇이냐는 질문조차 없다고 했잖아요. 그럼 천황의 직접통치를 받았던 과거 일본인들은 어떤 판단기준을 가지고 천황의 신성을 인정했던 거죠? 어쨌든 그들에게도 나름대로 선한 신과 악한 신에 관한 개념이 있었을 거 아녜요. 그들도 최소한 자신을 지배하는 신이 선하다고 판단했기 때문에 숭배하지 않았겠어요?"

"고대 일본인들에게 천황은 도덕적 선악을 넘어선 존재였어요. 당시 일본어에는 도덕적 의미의 선악 개념이 없었을 정도니까. 더욱이 선악을 넘어선 신 관념은 에도시대에 이르러 종교적 도그마로 발전했지요. 당시 국학자인 모토오리 노리나가(本居宣長)가 그런 신 관념을 일본 신도사상의 교리로 삼았거든요. 그는 아까 말했던 《고지키》를 주석하고 신도(神道)의 경전으로 재해석했어요. 그 주석서는 마흔네 권짜리로 《고지키덴(古事記傳)》이라고 하죠. 말하자면 일본의 신화를 천황의 정치이념으로 각색한 거죠. 아무튼 노리나가는 그 주석서에서 일본식의 선악판단 기준을 세 가지로 제시했어요. 그 세 가지는 가미(神), 즉 신의 마음과 종(種)의 원리, 그리고 모노노아와레(物の哀れ)입니다."

"왜 역사서라던 《고지키》를 종교의 경전으로 해석했죠?"

"불교와 유교가 일본에 유입된 이후 시간이 흐르면서 천황은 차츰 민중과 동일한 인간존재로 전락했죠. 더욱이 일본의 전국시대 때 유일신 사상으로 무장한 가톨릭이 들어오면서 천황의 절대권마저 흔들리기 시작했어요. 이러한 현상은 전국시대의 혼란을 평정한 에도 막부에게 큰 위협으로 여겨졌지요. 천황의 절대권 상실은 곧 막부의 통치력 약화를 의미했으니까요. 그래서 에도 막부의 수장인 도쿠가와 이에야스가 노리나가에게 강력한 종교사상 체계를 세우도록 했죠. 그리고 마침내 노리나가는 토착종교인 신도와 민족주의를 결합한 복고신도(復古神道) 체계를 완성하게 됩니다. 그 사상의 핵심이 바로 도덕적 선악의 피안, 곧 선악을 넘어서는 신도(神道)입니다."

"조금 전에는 선악판단의 기준으로 세 가지가 있다고 했잖아요."

"교묘한 역설이지요. 먼저 가미의 마음이란 선이든 악이든 신의 뜻이라는 의미를 가지고 있어요. 한마디로 가미가 검은 것을 하얗다고 하면 하얀 것이라는 얘기죠. 때문에 인간은 선악에 대한 판단을 할 수 없는 꼭두각시에 불과합니다. 그저 가미가 선하든 악하든, 가미가 좋든 싫든 가미의 뜻에 따라야만 하는 거죠."

"이제 알 것 같네요. 그러면 종의 원리란 가미의 자손을 중시한다는 의미일 테고. 천황은 가미의 자손이니까 천황의 마음이 곧 가미의 마음이라는 말이겠지요?"

"맞아요. 천황은 본래부터 고귀하며, 그 고귀성은 전적으로 종, 즉 혈통에 의한 것이다! 노리나가의 이 한마디가 종의 원리를 전부 설명해 주죠. 또 하나, 천황의 즉위식 때 대상제(大嘗祭)라는 종교행사를 치르는데, 그 가운데 '덴노레이(天皇靈)의 접착'이란 절차가 있어요. 이건 천황의 신령이면서 동시에 가미인 아마테라스오미카미와 천황이 성관계를 맺는 예식입니다. 말하자면 새로운 천황은 가미와 성관계를 맺는 것으로 가미의 자손임을 보증 받는 거죠."

"결국 천황은 가미와 성관계를 가졌기 때문에 신성하다는 말이군요. 다음으로 모노노아와레는? 참, 아마테라스오미카미라면 아까……."

"네. 아마테라스오미카미는《고지키》의 첫 장에 나오는 태양의 여신이기도 해요. 그리고, 모노노아와레는 왕조문학의 정서입니다. 굳이 해석하자면 애련(哀憐)이라고 할 수 있지요. 매 순간순간 보이는 대상을 애처롭고 가엾게 여기는 마음……."

"마치 인상파 화가가 태양빛에 따라 매 순간 달라지는 색채를 순간적으로 포착해서 그리듯이 말이죠?"

"네. 그처럼 대상을 인식하는 것은 그 대상의 옳고 그름이나 좋고 나쁨과 무관합니다. 음, 뭐랄까, 그 대상이 선이든 악이든 변화무쌍한 매 순간을 아름다움으로 인식한다고 할까요? 그냥 악은 악대로 선은 선대로 애처롭고 가엾게 여기는 겁니다."

"문득 '원수를 사랑하라'라는 말이 생각나네요. 모노노아와레가 그런 거라면, 그것은 어찌 보면 악조차도 가엾게 여기는 사랑이라고도 할 수 있지 않을까요?"

"사랑이라, 사랑은 양심을 전제로 합니다. 누구든 사랑하면 좋은 것과 나쁜 것을 구분한 다음 사랑하는 사람에게 좋은 것을 주지요. 사랑하는 사람들끼리는 결코 나쁜 것을 주고받지 않죠. 하지만 모노노아와레는 나쁜 것을 주고받든 좋은 것을 주고받든 개의치 않아요."

"따지지 말고 땡기는 대로 살자는 건가!"

모니카가 지호 옆에서 게슴츠레한 눈을 연신 비비다가 불쑥 대화에 끼어들었다.

"모니카! 우리는 교회 공동체이지 형님 공동체가 아니라고요."

"한번에 와 닿는 표현이잖아요. 검사님, 안 그래요? 착하게 살자는 것은 양심이고 땡기는 대로 살자는 것은 모노노아와레고. 긴 것에는 감기라는 속담보다는 낫네요."

"그래요. 음, 정말 그러네요. 가미 형님이 땡기는 대로. 천황에게 따지지 말고……. 모노노아와레! 근데, 긴 것에는 감기라니요?"

지호가 터지려 하는 웃음을 겨우 참으면서 모니카에게 반문했다.

"권력이 있는 것……. 에이, 저는 어렵게 얘기하질 못해서 그냥 얘기할 게요. 형님 앞에서 개기지 말고 구석에 찌그러져 있으면 생기는 게 있다, 뭐 그런 의미죠. 일본 사무라이 정신을 대변하던 속담이에요."

모니카가 오른쪽 엄지손가락으로 코끝을 탁 치면서 이소룡 포즈를 잡았다.

"모니카! 강자엔 굴복하라는 좋은 말로도 설명할 수 있잖아요. 어쨌든 복고신도의 신앙에서는 가미의 마음이 우선이에요. 달리 말해서 권력자의 욕망이 선악에 대한 판단 기준이죠. 소위 사무라이 정신이 그렇잖아요. 주군이 선하든 악하든 절대 복종한다는 점에서 말입니다."

"왜요? 개기지 말고 찌그러지라는 게 더 와 닿지 않나요? 가미의 마음, 종의 원리, 그리고 모노노아와레는 결국 형님이 땡기는 대로라는 말이군요. 그리고 힘 없는 자는 형님 앞에서 찌그러져야 이득이라는 걸 자연스레 알게 되고. 맞죠, 수녀님?"

"이후 노리나가의 뒤를 이은 히라타 아쓰타네(平田篤胤)가……. 그만들 하세요."

모니카와 지호가 눈알을 부라리고 서로를 마주보면서 '아뵤, 아뵤' 하고 거의 동시에 외쳐댔다. 나는 괴성을 지르는 두 사람을 번갈아보면서 연방 헛기침을 해댔다.

"그만들 하세요. 얘기를 다시 하죠! 아쓰타네가 노리나가의 복고신도 사상을 계승해서 신국사상(神國思想)으로 발전시키죠. 신국사상은……, 잠시만요."

나는 서둘러 책상으로 가서 서류철 하나를 집어 들고 다시 자리로 돌아와 앉았다.

"여기 있군요. 신국사상이란 한마디로 '원래 황국(皇國)은 사해만국에 밝은 빛을 비춰주는 아마테라스오미카미가 태어나신 본국이고 일본의 신도(神道)는 모든 신들의 본래적 도(道)'라는 사상입니다. 이 사상은 태양의 여신 아마테라스오미카미를 일본의 시조로 기술한 《고지키》와 맥을 같이 하지요. 여하튼 이 신국사상으로 인해 정한론이 대두되고 마침내 임진왜란과 정유재란이 발발합니다. 그리고 이 사상은 메이지 유신을 거치면서 국가신도(國家神道)로 발전하죠. 바로 이 국가신도가 우리에게서 황국신민의 맹세를 이끌어냈어요. 마침내 한반도를 천황의 식민지로 완성한 거죠."

"잠깐만! 이쯤해서 정리를 했으면 좋겠군요. 내가 해볼게요. 천황은……, 뭐 일본의 오야붕이라고 하죠. 오야붕은 《고지키》를 거쳐 노리나가의 복고신도로, 다시 신국사상으로 무장한다. 그 다음 오야붕의 사상은 국가신도로 완성된다. 맞죠? 그리고 아이들 몸에 새겨진 타투와 관계된 집단은 그 오야붕을 떠받드는 종교집단일 가능성이 크다. 그들은 아주 오래된 전통을 가지고 있다. 다음으로 당신이 직접 언급하지는 않았지만, 동시에 그 종교집단은 특정 정치집단이기도 하다는 의미로 들렸어요. 맞나요? 마지막으로, 이건 질문이기도 해요. 이번 사건과 관련된 집단이 태평양전쟁을 일으킨 세력과 직간접적으로 관련되어 있다는 뜻이겠지요? 황국신민 어쩌고 하는 말이 곧 이런 뜻이고요."

"그래요. 그 잔당일 가능성이 짙습니다. 에도 시대부터 존재해온 복고신도와 신국사상에 뿌리를 둔."

"확신에 찬 어조네요. 지금까지 당신이 말한 일본의 종교에 관한 해석 이외에 그렇다고 확신하게 해줄 또 다른 증거가 있나요?"

"예수회를 창설한 프란시스코 사비에르 신부가 규슈 남단의 가고시마에 상륙한 이래로 일본에 간 선교사들이 성좌에 보낸 보고서들이 있습니다. 사비에르 신부의 노력으로 가톨릭은 선교의 역사에서 유례없는 성공을 거두었습니다. 때문에 당시 성좌에서는 당연히 일본에 많은 관심을 보였지요. 일본에서의 성공적인 선교는 곧 중국대륙으로 진출을 의미했으니까요."

"선교사들의 보고서는 선교를 위한 정보수집에서 벗어나지 못했을 텐데요? 역사상 유례가 없을 만큼 성과를 얻었다면 선교사들의 입장도 낙관적이었을 테고……. 굳이 일본의 토착종교에까지 관심을 가질 필요가 있었을까요?"

"물론 선교활동이 원활하게 진행되는 동안 선교사들이 성좌에 보낸 보고서는 낙관적이고 단편적인 내용에 불과했지요. 사비에르 신부를 비롯해서 알바레스 신부, 발타사르 신부, 빌레라 신부 등도 민속사학적인 보고만 했을 뿐입니다."

"어쨌든 에도시대부터 존재해 왔다는 일본의 특정 종교집단에 관한 증거로는 불충분하군요."

"안타까운 점은 일본에서 가톨릭이 역사상 유례없는 탄압을 겪은 뒤에야 비로소 성좌에서 신도의 강한 파시즘적 성격을 파악했다는 겁니다. 이백 년 만에 일본을 통일한 도요토미 히데요시(豊臣秀吉)가 기독교 금교령을 내리고 기독교 탄압을 시작했지요. 그 뒤 에도 막부를 거치면서 역사상 가장 잔학한 기독교 박해의 서막이 올랐습니다."

"로마의 박해만 했겠어요? 그리고 어느 나라에서든 선교하는 과정에서 박해는 발생했던 일이고. 내가 이런 말을 하는 데 다른 뜻은 없어요. 난 단지……."

"네, 압니다. 일본이라고 다를 바 있겠느냐는 말을 하시려는 거지요? 로마에서와 같은 박해로 이미 정유년에 일본인 수사 바오로 미키를 비롯해 많은 사람들이 순교했습니다. 그들은 나가사키 해안 근처 언덕에서 해안에 세워진 도리이를 바라보며 십자가에 달렸지요. 도요토미 히데요시의 뒤를 이은 도쿠가와 이에야스(德川家康)에 이르러서는 기독교 박해가 극에 달했습니다. 그는 사청제도(寺請制度)라는 독특한 시스템으로 일본 전역의 신사를 완전히 장악했지요. 사청제도란 일본에 거주하는 사람은 누구나 그 지역 신사에 신도로 등록한 후 호적을 발급받아 지참하도록 한 제도입니다. 신도의 국교화라고 할까요? 이로 인해 이미 오래전에 신사에 편입된 불교는 완전히 막부의 통제 아래 들어갔고, 유일신 신앙을 강조하던 가톨릭 신자들은 설 곳을 잃게 되었습니다. 그 과정에서 마리아의 초상이 새겨진 동판이나 십자가를 밟고 지나가는 의식을 통해 가톨릭교도를 색출하는 후미에(踏み繪)라는 제도가 등장했지요. 후미에로 인해 28만 명에 가까운 사람들이 순교했습니다. 이런 전대미문의 의식은 성좌와 유럽세계에 엄청난 충격을 주었습니다. 《걸리버 여행기》에서 럭낵국의 왕도 일본을 '십자가를 짓밟는 예식을 행하는 자들'이라고 할 정도였으니까요."

"그래서 교황청이 일본 신도(神道)에 깊은 관심을 갖게 됐다는 말이군요. 그럼 이 문양도 그때부터 존재했나요?"

"그건 추정해볼 수 있을 뿐 가타부타 단정할 수는 없습니다. 그때 후미에를 지휘했던 이노우에 마사시게(井上政重)는 색출된 기리시탄(吉利支丹)들을……. 그들은 기독교도를 기리시탄이라고 불렀어요. 어쨌든 마사시게는 기리시탄들을 도쿄 분쿄구에 있는 자신의 별장에서 처형했지요. 당시 분쿄구에 있는 그의 별장 옆에 언덕길이 하나 있었는데, 그는 기리시탄의 목을 베면 그 주검을 언덕길로 굴려 떨어뜨렸다고 합니다. 그래서 지금까지도 그 길은 '겨드랑이에 남겨진 기리시탄자카'라고 불리고 있지요. 기리시탄자카는 '기리시탄의 비탈길'이라는 뜻이고요."

"겨드랑이는 왜 들먹인 건가요?"

"일본에서는 신이 제일 먼저 국토부터 낳았다고 생각하죠. 그래서 그들은 무생물이라도 자신들의 땅 위에 있는 모든 것에 정령이 깃들여 있다고 여깁니다. 마찬가지로 그들이 살고 있는 집이나 건물도 정령이 깃든 살아있는 존재지요. 그래서 그들은 흔히 경사가 급한 길이나 계단이 건물 옆에 있을 경우 그것을 가리켜 그 건물의 '겨드랑이(脇)'라고 합니다. 당시 성좌에서 입수한 정보에 따르면 이러한 사고방식 때문인지 이노우에 마사시게와 그 일파는 자기 몸의 겨드랑이에 신도사상을 상징하는 타투를 새겨 넣고 국가주의적 결사단체를 꾸렸다고 합니다. 하지만 그런 말이 사실인지는 성좌에서 확인하기 어려웠습니다. 그러던 어느 날 일본의 주교대리인 페레이라 신부가 후미에 의식으로 배교를 했다는 충격적인 소식이 성좌로 전해졌습니다. 그래서 성좌에서는 페레이라 신부의 배교 문제와 그에 대한 박해에 관한 보다 구체적인 정보를 수집하기 위해 일본에 갈 자원자를 물색했지요."

"자원자는 페트로 가스이 기베 신부였죠! 주여 우리를 불쌍히 여기소서. 주여 우리를……."

모니카가 나와 지호의 대화를 묵묵히 듣고 있다가 작은 목소리로 퀴리에를 되뇌었다.

"네? 누구라고요?"

"페트로 가스이 기베 신부입니다. 그는 바티칸에서 서품을 받은 일본인 신부였죠. 그가 파견신부로 결정됐어요. 하지만 그는 일본에 간 지 얼마 지나지 않아 체포됐고, 후미에를 당하기에 앞서 배교한 신부 페레이라를 만났지요. 엔도 슈사쿠의 《침묵》이라는 소설 아시죠? 그 소설의 배경이기도 합니다. 소설에 후미에를 거부한 이들에게 행해진 고문이 어떤 것이었는지를 보여주는 장면이 나오는데. 페트로 신부는 페레이라의 끈질긴 회유에도 불구하고 배교를 거부하다가 결국 잔악한 고문에 의해 순교했습니다."

"어떤 고문이었나요?"

"구덩이를 파고 그 안에 거꾸로 매다는 고문이었지요. 거꾸로 매달았을 때 내장이 상체 쪽으로 쏠리지 않도록 밧줄로 허리를 꽁꽁 묶었어요. 그리고 머리에 피가 몰려 단시간에 죽는 것을 막으려고 관자놀이에 작은 구멍을 뚫어 피가 한 방울씩 떨어지게 했습니다. 생체실험이라 할 만한 것이었지요."

"상상도 하기 싫군요. 다시 본론으로 돌아가요. 그럼, 박해 당시 교황청에서 특정 집단에 대해 구체적인 정보를 입수하기 시작했음에도 불구하고 뭐랄까, 이 문양의 존재여부는 확인되지 않았다는 얘기네요?"

"그래요. 그즈음 성좌는 갑자기 닥친 불운 때문에 유럽을 벗어난 다른 지역에 대해서까지 관심을 가질 만한 여유가 없었지요. 당연히 신도에 관한 조사도 지속될 수 없었어요."

"불운이라니요?"

"교회국가가 지도에서 사라지고 말았습니다. 이탈리아 붉은 셔츠단을 이끌고 쳐들어온 가리발디 장군이 피우스 9세 성하를 바티칸 궁에 연금했거든요. 1870년 9월 20일! 성좌의 국치일입니다. 무솔리니와 라테란 조약을 맺을 때까지 52년 동안 성좌는 이탈리아의 식민지에 불과했어요. 어쨌든 신도에 관한 기록들은 모두 신앙교리성의 기록보관함에 처박힌 채

먼지만 쌓여갔고 차츰 잊혀져가고 있었어요."

"설마 당신이 그 서류철의 먼지를 털어낸 건 아니겠지요?"

"성좌가 신앙교리성의 기록보관함에서 다시 서류를 꺼내든 것은 1907년 미국에서 날아든 한 장의 서신 때문이었습니다. 그것은 볼티모어의 대주교인 기번 추기경이 보낸 서신이었지요. 8월 어느 날, 한 동양인 청년이 그를 찾아왔습니다. 그의 손에는 유리병이 쥐어져 있었지요. 그 유리병에는 포름알데히드 용액이 가득 담겨 있었고, 그 속에 삶은 달걀이 하나 들어 있었어요. 그리고 그 삶은 달걀의 흰자위에는 여기 있는 문양과 유사한 문양이 새겨져 있었어요. 그는 한때 성좌에서 조사하고자 했던 일본의 한 결사단체에 관한 정보를 가지고 왔어요. 그 정보에는 일본의 결사단체에 관한 상당히 구체적이고 위험한 계획이 담겨 있었습니다. 그리고 그 내용 가운데 몇 가지는 당시 실제로 실행된 계획도 담겨 있었답니다. 어쨌든 기번 추기경은 급히 성좌로 서신을 띄웠고, 성좌에서는 일본의 국가신도를 재조사할 것을 검토하기 시작했어요. 당시 일본은 천황제 국가를 내세운 메이지 정부가 지배하고 있었지요. 그런데 조금 전에 얘기했다시피 성좌의 상황이 여의치가 않았기 때문에 재조사 결정을 내리기까지 오랜 시간이 걸렸습니다."

"삶은 달걀의 흰자위에 문양을 새겼다고요? 그건 그렇고, 그 동양인의 지위가 상당했나 보네요. 기번 추기경이 고작 달걀 하나 들고 온 동양인의 말 한마디에 교황청으로 연락을 취한 걸 보면."

"삶은 달걀에 문양을 새겨 넣은 건 일종의 스테가노그라피입니다. 이탈리아 과학자인 조반니 포르타가 개발했지요. 그건 아주 간단합니다. 우선 28그램 정도의 백반과 0.5리터의 식초를 섞어 만든 잉크로 삶은 달걀의 껍데기에 글씨를 쓰지요. 그러면 그 잉크가 껍데기의 미세한 구멍으로

스며들어 달걀 흰자위에 글씨가 새겨집니다. 그 방법을 이용했을 겁니다. 그리고 그 동양인 청년은 호머 헐버트라는 감리교 목사의 주선으로 기번 추기경을 만나게 됐지요."

"잠깐만요. 헐버트라고요? 헐버트?"

"네. 늘 고종 황제 곁에서 그를 도왔던 선교사 말입니다. 그리고······."

"말을 끊어서 미안해요. 그렇다면 그 동양인 청년은 한국인이었나요?"

"러시아 정교에 입교하면서 받은 세례명인 블라디미르로 알려진 한국인, 블라디미르 세르게예비치 리! 프랑스의 생시르 사관학교를 졸업하고 러시아 황제로부터 훈장까지 받은 귀공자였어요. 새삼 기번 추기경의 서신에서 읽었던, 그 청년을 소개한 구절이 생각나는군요. 7개 국어를 구사하는 아주 현명한 러시아 장교."

"도대체 누구냐고요?"

"이위종!"

"이위종? 정말, 정신없군요. 느닷없이 일본 신화 얘기를 하더니, 왜 이위종이 갑자기 뛰어들죠? 잠깐 머리 좀 식혀야겠어요. 머릿속부터 정리하고."

지호가 노트북 상판을 쾅 닫더니 눈을 가늘게 뜨고 나를 쏘아보았다.

"혹시······ 다른 꿍꿍이가 있는 건 아니겠죠? 연구논문도 조작하는 세상인데 신부님이 판타지 소설을 쓰지 말란 법도 없잖아요. 거 참, 나폴레옹이 설립했다는 프랑스의 사관학교를 졸업하고 7개 국어를 구사했다고요? 게다가 러시아 장교에, 달걀이 어쩌고저쩌고······."

"방금 조작이라고 했어요? 난 신부라고요, 신부. 마치 내가 허풍쟁이인 양······."

93

"오호, 신부님인 걸 깜빡했네요. 그럼 얘기해 보시죠. 왜 신부는 여자보다 원수를 사랑하는지. 내가 어제 답을 찾아놓으라고 했죠?"

지호가 자리를 박차고 벌떡 일어나더니 팔짱을 낀 채로 나를 내려다보았다.

"여기서 갑자기 왜 그 얘기가 나와요? 이위종 얘기를 하는데."

"왜요? 갑자기 생각나서 그랬어요. 이위종도 갑자기 끼어드는데, 나는 그러면 안 되나요? 어제 약속했잖아요. 납득할 만한 답을 찾아놓겠다고. 허풍이었나요, 신부님?"

"좋아요, 좋아. 까짓 거 대답하죠, 뭐. 여자든 남자든, 아니면 원수든 아니든 친구로서 당신을 사랑합니다. 성자께서 친구를 위해 십자가에 달리셨듯이."

"그럼, 난……. 아니에요. 수녀님, 죄송해요. 큰 소리 내서."

지호가 갑자기 풀이 죽은 표정으로 눈시울을 붉히더니 휙 몸을 돌려 자신의 방으로 들어가 버렸다.

"허풍쟁이가 맞군요, 신부님! 방금 말씀하신 친구로서의 사랑 얘기가 허풍이 아니라면 한번 스스로에게 물어보세요. 허 검사님을 친구로서 사랑할 자신은 있었는지, 그리고 지금은 어떤지."

모니카가 차가운 눈초리로 나를 내려다보면서 냉랭하게 말하고는 방으로 들어가 버렸다. 나는 자리에서 일어나 휑한 거실을 가로질러 베란다로 나가 썰렁한 가을하늘만 멀뚱히 바라다보았다.

8

1907년 7월 19일, 덴하흐, 더용 호텔.

"고대 중국에서 얇은 비단에 메시지를 적어 넣은 다음 그것을 작은 구슬 모양으로 동그랗게 말아 밀랍을 바르고 꿀을 입혀서 마치 먹는 경단인 것처럼 위장했다. …… 그런 게 스테가노그라피라는 건 알겠네. 그리고 부사가 이탈리아 과학자의 기발한 방법을 이용해서 우리에게 어떤 메시지를 전하려 했다는 것도. 하지만 이 도리이 문양만 가지고 부사가 우리한테 할 말을 다 했다고 하기엔 어딘지 꺼림칙하지 않나? 만약 그 사람의 메시지가 이 문양뿐이라면 우리가 무엇을 어찌하겠나?"

"사실 저도 그게 마음에 걸려서 급히 왕립 도서관에 다녀온 거예요. 그리고……, 이런, 음식도 안 시키고 30분 넘게 앉아 있었네요. 우선 음식부터 시키고 말씀을 계속 나누시는 게 어때요?"

"점심이라면 뻔하잖은가. 허링이라고 했지! 고놈을 빵에 끼워 먹는 거 말고 뭐 있겠나. 그건 그렇고, 비단에 글을 적어 넣고 그걸 경단으로 만든다면 열댓 개만 만들어도 천자문 한 권은 충분히 집어넣을 수 있을 걸세. 하지만 지금 우리 앞에 놓인 건 고작 달걀 하나뿐이니, 원. 자네 생각은 어떤가? 부사가 정말 이것으로 할 말을 다했다고 여기나?"

블라디미르가 얀센을 불러 커피와 허링 샌드위치를 주문하고 나서 이상설에게 대답했다.

"이 달걀 문양만으로 메시지를 추정한다는 건 너무 막연해요. 더구나 부사는 '그로티우스적 합리'라는 말을 늘 입에 달고 다녔는데. 그런 부사의 기질로 봐서 무언가 빠진 느낌이 들어요. 부사는 일을 논리적이고 꼼꼼하게 처리해야만 직성이 풀리는 사람이었잖아요."

"그로티우스적 합리라고 하니까 생각나네. 기억하나? 부사가 덴하흐에 발을 딛자마자 대뜸 국제법의 아버지 그로티우스의 정신이 살아있는 땅이라고 했던 거. 사실 난 그 소리 듣고 내심 덴하흐에 온 걸 걱정했다네. 과학적 근거만 따지는 놈들로 득시글댈 거라 생각했거든."

이상설이 손사래를 치면서 고개를 가로저었다.

"부사가 그랬잖아요. 마흔을 바라보는 나이에 와세다대학 법학부에 들어가서 매료된 인물이 그로티우스였다고요. 특히 그로티우스의 《전쟁과 평화의 법》은 충격 이상이었다고요. 국가 간의 관계란 반드시 상대방을 존중하는 데서 출발해야 한다는 국제법 사상도 그렇거니와 유스 겐티움 (jus gentium) 이론, 그러니까 항상 형평하고 선한 인간의 이성에 따라 국제법을 만들자는 내용도 너무 신선했다고요."

"그로티우스라는 양반 말일세. 서구 강국들이 중상주의를 내세워 경쟁적으로 해외식민지를 개척할 무렵에 활동했다고 들었네. 그렇다면 그 양반이 말한 공공의 법으로서의 국제법도 결국 유럽 열강의 법규범이지 않을까? 식민지 국가들의 의사도 반영한 법이 아니라."

"어찌 보면 그렇죠. 애당초 유스 겐티움이란 용어는 유스 시빌레(jus civile)의 보완개념으로 나왔으니까요."

"위종 군, 좀 쉽게 말하게. 알아듣게 말해야 이해하지. 어이구, 음식이 나왔군. 이게 바로 내가 유일하게 아는 합리적이고 과학적인 근거라네. 잘 먹어야 잘 나온다!"

얀센이 주문한 음식을 가져와 테이블에 차리는 동안 이상설이 팬스레 포크와 나이프를 매만졌다. 블라디미르는 딴전을 부리는 이상설을 보면서 빙긋이 웃었다.

"죄송해요, 선생님. 차근차근 말씀드릴게요. 유스 겐티움은 만민법으로 구체화됐고, 그 만민법은 애초에 로마제국의 이익을 위해 만들어졌어요. 로마제국의 식민지가 늘어나면서 로마시민과 이방인들 사이에 분쟁이 빈번해졌고 그 분쟁을 해결하려고 만든 법이거든요. 로마가 도시국가

일 때만 해도 시민법인 유스 시빌레로 충분했는데 식민국들의 문화가 다르다보니까 더 광범위한 법이 필요했던 거죠. 마찬가지로 그로티우스의 국제법도 유럽 패권국들이 해외시장을 개척하면서 그 필요성을 느꼈기 때문에 만들어졌죠. 이런 점에선 공평한 법이란 결국 산업자본을 가진 국가들의 이익을 위한 거라 할 수 있어요. 하지만 '합리적 이성에 따른 선의 최대화와 악의 최소화'라는 만민법의 기본정신은……."

"존중돼야 한다는 거지? 그 말도 맞네. 그러고 보면 법이란 게 귀에 걸면 귀걸이요 목에 걸면 목걸이라니깐. 아마 부사가 이 말을 듣는다면 버럭 화를 내겠지?"

"순수한 분이셨잖아요. 하느님의 사랑 안에서 모든 사람이 구원받기 바란다는 존 웨슬리의 기도를 당신의 신념처럼 이야기할 정도로. 어쩌면 웨슬리보다 더 순수한 아르미니우스주의자였을지도 몰라요. 구원받을 자는 이미 예정되어 있다는 칼뱅주의를 철저히 거부했으니까요. 이런, 또 실수했네요. 칼뱅주의는……."

"어허, 이거 왜 이러나. 그건 나도 아네. 칼뱅은 예정된 사람들만 구원받는다는 예정론을 말했고, 아르미니우스는 칼뱅의 반대……. 어쨌든 부사가 평리원 특별검사를 할 때만 해도 일본인들에게 합리적인 이성이 있다고 믿었지만, 이곳으로 오는 동안의 그는 영락없는 칼뱅이었네. 일본은 결코 구원받을 수 없다고 하지 않았나. 뭐라더라? 세상에서 유일하게 징벌이 예정된 곳이라고 했던가?"

"순수한 아르미니우스의 갈등이었지요. 예정론에 대해 부정적이었던 웨슬리라도 부사의 처지였다면 같은 말을 했을 거예요."

"그렇지. 참 어린아이 같은 양반이었네. 그렇게 여린 양반이 만국평화회의장에서 쫓겨났을 때 그 심정이 어땠겠나. 그렇게도 믿었던 국제법의 아버지가 그를 쫓아낸 셈이었으니……. 어쩌면 부사가 달걀 하나로 모든 것을 이야기했는지도 모르겠네. 어디 구체적이고 상세한 메시지를 남길 마음의 여유가 있었겠나?"

"글쎄요. 설혹 부사가 심하게 낙담했다고 할지라도 결코 합리적인 사고에서 벗어나지는 않을 분이었습니다. 어쨌든 어렵네요. '솔라 피데, 솔라 크룩스, 솔라 헤디안'이라는 글귀가 아직 마음에 걸립니다. 특히 솔라 피데가 걸려요. 물론 브런데크랄을 암시한다는 것은 알겠는데……. 직감이라고 해도 좋아요. 어딘지 어색하단 말입니다. 첫 번째 의문은 왜 루터의 모토인 '솔라 그라티아, 솔라 피데, 솔라 스크립투라(Sola Gratia, Sola Fide, Sola Scriptura)'를 이용했느냐는 거고. 참, 이건 '오직 은총으로만, 오직 믿음으로만, 오직 성서로만'이라는 뜻이에요. 두 번째 의문은 과연 아무런 의미 없이 솔라 그라티아와 솔라 스크립투라를 누락시켰겠는가 하는 점이에요. 이 두 가지가 걸립니다."

"솔라 솔라가 또 나왔군. 머리를 쓰려면 우선 먹어야겠지. 허링부터……. 아이고, 이 디글디글한 청어 눈알 좀 보게나. 나도 웬만한 비위를 가졌네만 여기 사람들은 참 속도 좋으이. 소금에 절이기만 한 청어를 대가리까지 생으로 썹어 넘기니 말일세. 내가 이곳에 와서 처음 청어를 봤을 때 얀센 저 친구가 청어주의를 창시한 줄 알았네. 생각해 보게. 청어주의자가 아니고서야 생으로 대가리까지 먹을 수 있겠나?"

이상설이 청어의 대가리를 떼어내고 몸통 부분만 빵 사이에 끼워 넣으면서 투덜거렸다.

"얀센의 청어주의? 그래요. 얀센주의! 부사가 '솔라 크룩스, 솔라 헤디언'으로 대체한 '솔라 그라티아와 솔라 스크립투라'만을 놓고 보면, 내 머릿속에 연상되는 단어는 얀센주의밖에 없어요. 하지만 이건……, 17세기? 어쨌든 꽤 오래전의 신학이론으로 알고 있는데."

"얀센주의? 그것이 '오직 은총으로만', '오직 성서로만'이라는 모토와 무슨 상관이 있다는 건가?"

"그건 이곳 네덜란드 신부 코르넬리우스 얀센이 주장했던 교의예요. 솔라 그라티아, 그러니까 하느님의 절대적 은총을 강조했지요. 조금 전 말했던 칼뱅과 개혁교회에 많은 영향을 끼쳤고요."

"그들도 예정론을 강조했나보구먼?"

"네. 칼뱅보다 더 극단적이었어요. 얀센주의자들은 인간의 자유의지와 상관없이 오직 선택된 소수만 구원받을 수 있다고 주장했으니까요. 그들은 정치적으로 상당한 영향력을 지녔던 예수회와 대립이 심했고 결국 이단선고를 받았지요."

"예수회? 요즘 중국을 휘젓고 돌아다니는 그 선교사들 말인가?"

"네. 예수회는 교황의 명령을 지체 없이 수행해야 한다는 내부강령에 따라 일사분란하게 움직이는 조직이에요. 그리고……, 만약 구원이 예정되어 있다고 하면 선교의 명분이 없기 때문에 예수회는 예정론을 부정했어요. 어쨌든 선교정신으로 무장한 예수회는 늘 제국의 상선에 앞서 다른 대륙에 발을 디뎠어요. 중국과 일본, 그리고 우리나라도 예외는 아니었지요."

"대신 박해도 심하게 받지 않았나? 특히 일본에서는 전대미문의 고문을 당했고. 그건 그렇고 솔라 스크립투라는?"

"그 역시 얀센주의의 기본적인 모토였어요. 대표적인 얀센주의 철학자가 있는데, 바로 파스칼이에요. 그는 '성경 없이는 아무것도 알 수 없다'는 대명제를 전제로 《팡세》를 썼어요. 그리고 '인식하기 위해서 믿는다'는 인식명제를 증명했지요. 파스칼은 이 명제로 '생각하기 때문에 존재한다'는 데카르트의 인식방법을 반박하려 했던 거예요. 말하자면 인식의 방법에 있어서 성서가 인간의 이성보다 앞선다는 뜻이에요. 얀센주의는 이처럼 인식의 시작과 끝을 성서에 두었어요."

"결론을 말하자면, 솔라 그라티아와 솔라 스크립투라는 얀센주의를 지칭한다는 건가? 그리고 얀센주의는 한마디로 인간의 이성보다 신앙에 강조를 두고 있고? 제길, 오늘따라 유달리 청어 비린내가 심하지 않나? 저 친구 좀 불러주게. 맥주라도 마셔야겠네."

이상설이 허링을 한입 물더니 곧바로 식탁에 놓인 커피를 단번에 들이켰다. 블라디미르는 이상설의 비위 상한 표정을 보고 서둘러 얀센을 불러 맥주를 시켰다.

"으, 푹 삭힌 홍어 맛이 간절하네. 김치에 홍어를 싸서……. 침이 다 고이는구먼. 참, 그리고 보니까 여기 네덜란드에는 얀센이 우리나라의 개똥이만큼 많지 않나? 저번에 부사가 일본에 있을 때 자주 만났다던 신부도 얀센 어쩌고가 만든 수도회 소속이라고 하지 않았나? 그 창설자도 네덜란드인이었지?"

이상설이 냅킨으로 입가에 흐른 침을 닦으면서 우물거렸다.

"일본에서 만났던 신부? 아, 삼십여 년 전 네덜란드에서 창설됐다는 수도회 소속 신부 말이죠. 그 수도회 이름이 거룩한 뭐라고 했는데……. 아마 창설자 이름이 아르놀트 얀센이었을 거예요."

"그래, 그 아르놀트 말이야. 철학자 얀센, 신학자 얀센……, 그리고 아마 우리가 타고 온 기차 역무원도 얀센이었지. 그래도 난 네덜란드의 개똥이들 중에 저기 내가 마실 맥주를 잔에 담고 있는 얀센이 제일 좋더라고! 부사도 저 얀센은 잊지 못할 거야. 아침마다 달걀을 삶아서 방에까지 가져다주었으니까."

이상설이 주방에 있는 얀센을 향해 장난기 어린 눈짓을 던졌다.
"솔라 그라티아와 솔라 스크립투라, 얀센주의와 예수회, 칼뱅과 아르미니우스……. 코르넬리우스 얀센과 아르놀트 얀센, 칼뱅과 웨슬리, 그리고……. 얀센? 그래요. 얀센! 얀센입니다. 네덜란드의 개똥이. 정말 선생님은 현명하세요."

블라디미르가 혼잣말을 하다 말고 벌떡 일어나 맞은편에 앉은 이상설을 껴안았다.

"이보게, 지금 뭐하나? 여기 우리만 있는 게 아냐. 저 사람들 좀 보게. 자네와 내가 그렇고 그런 사이인 줄 오해하겠네. 아, 어서 떨어지게. 도대체 왜 이러나?"

"얀센요. 얀센! 솔라 그라티아와 솔라 스크립투라를 누락시킨 것은 얀센과 관련이 있을 거예요. 제가 예언 하나 할까요? 지금 저기 맥주를 들고 오는 얀센이 틀림없이 우리한테 필요한 모든 것을 가지고 있을 거예요. …… 얀센! 여기 잠깐만 앉아 볼래! 너한테 한 가지 물어볼 게 있어. 여기 앉아 봐."

블라디미르가 얀센에게서 맥주를 건네받더니 그의 손을 잡아끌어 옆자리에 앉혔다. 이상설은 얀센의 입만 뚫어져라 바라보며 양 손바닥을 비벼댔다.

"얀센, 혹시 이준 부사로부터 어떤 메시지나 이야기라도 들은 거 없어? 뭐든 좋아. 무슨 이야기라도 말이야."

얀센이 골똘히 생각에 잠긴 표정으로 한동안 말없이 앉아 있다가 블라디미르를 바라보고 입을 열었다.

"별 말씀 없으셨는데요. 게다가 저나 그분이나 서로 말을 못 알아들어서……. 아침에 달걀을 가지고 올라가면 부사님은 그냥 눈짓으로만 말했어요. '굿모닝'이나 '생큐'라는 간단한 인사는 하셨지만."
　얀센이 말을 마치고 이상설과 블라디미르를 번갈아 바라보고는 조용히 자리에서 일어났다. 이상설은 두 손을 모은 채 멍하니 얀센을 올려다보고 고개를 가로저었다. 블라디미르도 뒤돌아서 멀어져 가는 얀센을 바라보면서 깊은 한숨을 내쉬었다.
　"참, 부사님한테서 받은 선물이 하나 있어요. 잠깐만 기다려 보세요!"
　얀센이 카운터로 가다말고 휙 몸을 돌려 블라디미르와 이상설에게 큰 소리로 말했다. 그는 황급히 카운터 안으로 들어가서 무언가를 꺼내들고 다시 블라디미르에게 뛰어왔다.
　"돌아가시기 사흘 전인가 나흘 전에 한국 부채라면서 이걸 주셨어요."
　"합죽선!"
　블라디미르가 얀센에게서 건네받은 합죽선을 펼쳐 이상설에게 보여주었다. 큼지막한 글씨가 합죽선 선면을 가로질러 적혀 있었다.
　"국가 이상의 권력은 없다! 부사의 글씨체군. 부사가 대한자강회에서 강연할 때 했던 얘기라네. 〈생존의 경쟁〉이란 주제로 강연을 했었네. 세계의 경쟁을 간과하지 말고, 깨어나기 싫어도 깨어나서 빼앗기지 말며, 빼앗긴 것은 다시 찾아와 무궁부강하자는 내용이었지. 강연이 끝나고 질의응답 시간이 있었네. 그때 한 청년이 우리도 큰 나라가 될 수 있냐고 물었네. 그때 부사가 그랬지. 땅덩이가 크고 사람이 많은 나라보다 위대한 인물이 있는 나라, 바로 그것이 큰 나라라고. 그러니까 그 청년이 다시 묻더군. 그렇다면 권력과 국민의 관계는 어떤 것이냐고 말이야. 한마디로 위대한 인물 어쩌고 했지만 그건 결국 강한 권력을 말한 것 아니냐는 거였지. 난 그때 그놈 뒤통수를 갈겨줄 생각뿐이었네. 그런데 부사가 멋지게 응수했지. '가장 좋은 권력과 가장 높은 권력은 국민 전체의 권력이

다. 이것이 곧 국가 이상의 권력은 없다는 말과 같다'고 말이야."

이상설이 눈시울을 붉히면서 맥주를 들이켜고 나서 다시 말을 이었다.

"온몸에 소름이 돋더군. 어쨌거나 그때 난 그 젊은 놈 뒤통수에 대고 속으로 그랬다네. 이 머저리 같은 놈아. 정신 바짝 차려! 네놈이 위대하지 않으면 우리는 또 빼앗기는 거야. 네놈이 국가고 네놈이 권력이야, 이 염병할 놈아! 알기 싫어도 알아야 하고, 결코 잊지 말아야 하는 거라고. 네놈 가슴에 위대한 꿈을 품어야 해. 이 난장 맞을 놈아, 네놈 이상의 권력은 없고 국가 이상의 권력은 없는 거야."

이상설이 오른손 등으로 슬그머니 눈을 훔치고 궐련을 꺼내 물었다.

"이거 보세요, 선생님. 여기 급하게 갈겨 쓴 글씨가 있어요. 여기요, 여기! 펜으로 쓴 희미한 단어 보이지요?"

블라디미르가 궐련을 피우면서 합죽선을 들여다보다가 별안간 소리를 질렀다.

"어디? 이거 말인가! 에스, 베, 데…… 뭐?"

"스테일이에요. 에스베데 스테일(S.V.D. Steyl). 스테일은 여기서 동쪽으로 독일연방 국경과 인접한 곳에 있는 작은 마을이고, 에스베데 스테일은 거기에 있는 수도원이에요."

얀센이 이상설의 등 뒤에서 눈을 동그랗게 뜨고 합죽선을 들여다보면서 말했다. 그러자 블라디미르가 이제야 생각이 났다는 듯 말을 이었다.

"에스베데는 소시에타스 베르비 디비니(Societas Verbi Divini), 즉 말씀의 공동체라는 뜻인데, 좀 전에 선생님께서 말씀하신 아르놀트 얀센이 창설한 수도원이에요. 부사가 일본에서 만났다던 신부가 소속돼있는 수도원이기도 하지요. 에스베데를 일본에서는 신언회(神言會)라고 부른다던데. 맞아요! 에스베데의 본원이 스테일에 있다는 말을 부사한테 들었어요."

"그런데?"

"어쩌면……, 아니, 틀림없이 우리가 찾고자 하는 게 거기에 있을 거예요. 솔라 그라티아와 솔라 스크립투라는 얀센주의를 의미하는 거예요. 자유의지를 철저히 거부하고 선택된 소수만이 구원받을 수 있다는 신학사상 말이에요. 때문에 솔라 그라티아와 솔라 스크립투라를 누락시켰다는 건……. 아직도 모르겠어요? 그건 얀센주의를 뺀다! 바로 그거예요."

"알겠네, 알겠어. 근데 자유의지는 또 뭐야? 나도 기독교인이지만…… 머리가 나쁘면 하느님도 믿을 수 없다는 생각이 드는구먼. 아마 죽어서 천국문 앞에 가면 베드로가 '자네, 아이큐가 어떻게 되나' 하고 물을 거야. 그럼 난 말 없이 지옥문으로 발길을 돌리겠지. 이마로 달걀을 많이 깨는 자, 천국이 너의 것이니라 하면 좀 좋아!"

이상설이 자못 심각한 표정으로 한숨을 내쉬고는 맥주를 들이켰다.

"음, 자유의지는……, 인간 스스로 선과 악을 선택할 수 있다는 의미예요. 때문에 자유의지론에 따르면 인간의 구원은 이미 결정된 게 아니고 인간의 노력에 달려있는 게 되지요. 기억하시죠? 얀센주의자인 파스칼은 솔라 그라티아와 솔라 스크립투라만 강조하는 건 이성보다 신앙이 앞선다는 의미라고 했어요. 이 말은 자유의지보다 예정론에 강조를 둔다는 뜻과 같아요. 인간의 의지와 상관없이 오직 신의 은총과 성경으로만 구원을 받으니까요."

"알 듯하구먼. 얀센주의를 빼고 자유의지를 넣는다. …… 하지만 네덜란드의 개똥이, 얀센을 찾아야 한다. 자유의지와 개똥이 얀센. 그렇다면 부사는 자유의지를 주장하는 얀센을 지목했다는 얘기로군!"

"네. 바로 그겁니다. 자유의지론의 얀센, 에스베데의 아르놀트 얀센이요."

"그러니까…… 아니 됐네. 뭐 그렇다면 그런 거지. 나한테는 맥주를 주는 얀센이 예정론이나 자유의지를 주장하는 개똥이보다 가깝다는 것 이외에는 모르겠네."

"바로 그거예요! 선생님은 정말 대단하세요. 부사는 우리에게 가까운 더용 호텔의 얀센을 찾은 다음 자유의지를 주장하는 얀센을 찾으라는 메시지를 전한 거라고요. 지금 떠나야 합니다! 스테일에 있는 수도원에 들려서 부사가 전하려 했던 메시지가 무엇인지 알아봐야겠어요. 그런 다음, 영국에서 배를 타고 미국으로 가야 해요. 헐버트를 만나야만 해요. 그가 우리를 도울 수 있을 거예요. 헐버트가 지난 10일에 미국으로 떠났으니까 아마 오늘쯤 도착할 거예요."

"그렇다고 이렇게까지 서두를 필요는 없잖나? 내일 아침에 출발해도 늦지 않아."

"영국에서 미국까지 대략 일주일 정도는 잡아야 한다고요. 더구나 독일 국경에 있는 스테일까지 갔다가 영국으로 가는 배를 타려면 다시 서쪽으로 가로질러 호크 반 홀란트 항으로 가야 해요. 그것만 최소 이삼 일은 잡아야 하고요. 게다가 호크 반 홀란트에서 영국 하리치 항으로 가서 다시 리버풀까지……. 갈 길이 멀어요. 어서 서두르세요. 지금 스테일로 가요!"

"알았네, 알았어! 이거 원, 아무리 비위가 상해도 히링을 더 먹어둘 걸 그랬어."

9

특별수사팀과의 첫 미팅은 특수3부장 검사실에서 있었다. 내가 계단을 통해 12층에 있는 특수3부장실에 들어섰을 때 먼저 도착한 지호와 모니카는 수사팀과 함께 회의용 탁자에 둘러앉아 나를 기다리고 있었다. 수사팀은 부장검사를 포함해서 모두 일곱 명이었다.

"올라오시느라 고생하셨습니다. 조금 전 허 검사한테 들었습니다. 엘리베이터를 무서워하신다고요. 엘리베이터 공포증은 말로만 들었는데, 그런 분을 이렇게 직접 만나게 되다니 영광……, 흐음! 여기 허 검사 옆에 앉아서 숨 좀 돌리세요. 흐음 험."

부장검사가 지호의 옆자리를 내게 권하면서 괜한 헛기침을 해댔다. 나는 자리에 앉으면서 지호를 곁눈으로 살짝 흘겨보았다. 지호도 곁눈질로 나를 흘끔 보더니 입술을 쌜쭉거리고는 탁자 앞에 놓인 이동식 스크린으로 눈을 돌렸다.

"이미 명단을 통해 수사팀 검사들의 이름은 익히셨겠지만, 그래도 여기 있는 검사들을 소개해 드리겠습니다. 저기 스크린을 사이에 두고 마주 앉은 검사들부터 소개하지요. 두 사람은 모두 의료담당 전문부서인 형사2부 소속으로 오른쪽은 박수범 검사, 왼쪽은 김재준 검삽니다. 그리고 바로 옆에 마주한 두 사람 중 프로젝터 리모컨을 들고 있는 친구가 첨단범죄수사부 정수현 검사, 왼쪽이 특수1부의 이명민 검삽니다. 이 검사는 수사경력보다는 대학 때 생리학을 전공한 이력을 감안해서 차출했습니다. 다음은 오른쪽이 마약조직범죄수사부 소속의 윤세호 검사, 신부님 옆에 있는 특수3부의 허지호 검사, 그리고 제 옆자리에 나이가 지긋하신 수녀님은……, 흐음, 신부님의 소개가 필요할 것 같군요."

부장검사는 팀원들을 소개하고 나서 모니카를 한번 힐끗 보고는 내게 시큰둥하게 말했다.

"제 소개는 직접 할게요. 저는 휴고 신부님을 보좌하고 있는 모니카 수녀예요. 하나같이 멋진 분들을 만나 뵙게 돼서 정말 기뻐요. 그러고 보니까……, 연세 높으신 어르신만 아직 소개를 안 하셨네요?"

모니카가 곰살갑게 자신을 소개하고 나서 부장검사에게 얼굴을 돌리고 쌀쌀맞게 말했다.

"어르신? 누구…… 아, 저 말입니까? 저는……, 여배우 미셸 파이퍼와 똑같이 쉰 살로……, 모두들 아시다시피 이번 수사를 총괄하고 있는 특수3부장 검사 최태민인데……. 어쨌든…… 수녀님께서 이 자리에 참석하신 것을 일단 환영하는 바입니다. 다음은…… 정 검사, 프레젠테이션 준비는 잘 됐겠지? 이 검사는 블라인드 내리고."

부장검사가 손수건을 꺼내 신경질적으로 얼굴을 닦으면서 검사들을 채근했다.

"박 검사! 자네가 먼저 수빈 군 부검 결과를 설명하고. 다음으로 수빈 군과 최근 사체로 발견된 여아의 겨드랑이에 새겨진 타투에 관해 허 검사가 브리핑을 하게. 마지막으로 여아살해 사건 현장상황과 사체검안 결과를 김재준 자네가 간략히 설명하도록. 각 사안별로 의문이나 질문이 있으면 담당 검사의 설명이 끝날 때마다 제기하고 자유롭게 의견을 나누도록 하지요. 혹시 오늘 회의 과정에 관한 다른 의견이나 질문이 있으면 해 주세요. 특별한 의견이 없으면……. 이봐, 정 검사 뭐하나, 프로젝터 켜야지. 박 검사, 빨리 나와서 설명하게."

박수범 검사가 자리에서 일어나 스크린 앞에 서자 곧바로 수빈이의 신상기록이 스크린에 투영됐다. 그는 레이저 지시봉으로 화면을 가리키며 수빈이의 신상에 대해 간단하게 소개했다. 곧이어 수빈이 부검 사진이 스크린에 나타났다. 박 검사는 사망경과를 간단히 언급한 다음 부검경과 및 소견에 대해 설명하기 시작했다.

"이번 부검은 2007년 10월 23일 오후 6시 40분부터 9시 30분까지 국립과학수사 연구소 박수진 법의관이 보조연구사 2명, 사진사 1명과 함께 실시했습니다. 그리고 K대학 황국진 법의학 교수와 제가 참관했습니다. 먼저 외관상으로는 왼쪽 겨드랑이에 도리이 문양의 타투가 있으며······. 여기 화면에 있는 문양입니다. 그 외의 것들은 입원과정과 수술과정에서 생긴 상처자국으로서 특기할 만한 외상은 보이지 않았습니다. 이어서 시행한 부검에서는 주로 소아와 영아의 부검에 이용되는 루텔레 기법을 적용해 머리, 목, 복강, 골반강 내의 장기를 각각 적출했습니다. 그리고 보시는 바와 같이 장기별로 해부를 시행했습니다. 복강과 골반강 내의 장기에서는 특기할 사항이나 사인과 관련된 직접적인 증거는 찾을 수 없었습니다. 그리고······."

박 검사가 잠시 말을 멈추고 물을 한 잔 마시는 동안 정수현 검사가 통째로 들어낸 수빈이의 두뇌 사진을 스크린에 올렸다.

"그리고 오후 8시를 넘어 두부에 대한 검사가 이루어졌습니다. 여기서 결정적인 증거들이 나타나기 시작했는데······. 두개골을 열고 들어가 뇌를 확인해본 결과 좌측 전두엽 피질에 악성 종양을 제거한 흔적이 있었습니다. 화면에도 잘 나타나있지만 종양은 측뇌실 측두각까지 전이된 상태였습니다. 정 검사, 다음 화면! 보시는 것은 종양제거 수술 후 1주일이 경과하면서부터 나타난 뇌부종입니다. 뇌조직 내 수분이 과다해 뇌가 팽창된 상태였고, 화농균 감염에 따른 뇌농양으로 아이의 뇌에 노란 고름덩어리가 덮여있었습니다. 이런 점들로 미루어 수빈이의 직접적인 사망원인은 뇌부종과 뇌농양으로 인한 뇌연수마비로 볼 수 있습니다. 부검에 참관한 황국진 교수와 국립과학수사연구소, 그리고 아이가 입원해 있던 S병원 주치의 등의 의견을 종합해 봐도 위와 같은 결론을 내리는 것이 타당

합니다. 그 외의 부검소견으로는, 어떠한 과정을 통해 뇌종양이 발병했는가를 밝히고 여러 정황을 따져서 보다 근원적인 원인과 진실을 밝혀내야 한다는 의견이 있었습니다. 이상입니다."

박 검사가 설명을 마치고 다시 물잔을 집어 들었다. 모두들 한동안 화면에 비추어진 노란 뇌농양 사진을 바라보며 말없이 앉아있었다. 부장검사가 어둠 속에서 무거운 침묵을 깨고 입을 열었다.

"자, 자. 아이의 억울한 죽음을 해결해야지! 이 안건에 대해 의견이나 질문이 있으면 말들 해 보세요. 없으면……."

"제가 질문해도 될까요?"

손 그림자 하나가 스크린 위로 쑥 튀어나오더니 어지럽게 스크린을 휘젓고 돌아다녔다.

"수녀님께서? 글쎄요, 뭐……."

부장검사는 눈을 껌벅거리면서 가만히 화면을 들여다보다가 모니카의 말에 퉁명스럽게 응대했다.

"어머나. 고마워요, 부장님. 저한테 질문할 기회를 주셔서. 저, 박범수 검사님이라고 하셨나요? 아니에요? 이런, 내가 이렇다우. 나이를 먹으니까 자꾸 기억력이 떨어져요. 그러니까 젊고 잘생긴 검사님께서 이해를 하시우. 어쨌든 박 검사님은 맞죠?"

모니카가 부장검사의 말을 끊고 박 검사에게 무작정 질문을 던졌다. 부장검사는 옆에 있는 모니카를 한번 쳐다보고 앵돌아앉아 콧바람을 거칠게 내뿜었다.

"아까 뇌종양의 발병원인을 밝혀야 한다고 하셨는데 뇌세포의 유전자 이상에 따른 발병인가요, 아니면…… 일반적으로 알려진 발병원인 이외의 어떤 특이한 발병원인을 추정하게 하는 징후가 있나요? 두 번째 질문은 같은 맥락에서 묻는 건데…… 지금까지 부검과정 이외에 조직학적, 화학적, 독물학적, 세균학적 검사, 그리고 바이러스 검사는 했는가 하는 거랍니다."

"네에, 그건…… 뇌종양 제거수술 직후에 종양을 검사한……, 이거 참, 수녀님께서 생각지도 못한 질문을 하시는 통에……. 잠시만 기다려 보세요."

박 검사는 어물어물 말꼬리를 흐리면서 파일 첩을 뒤적였다. 무거운 침묵이 방 안을 내리눌렀고 부장검사의 콧바람만 쉭쉭 소리를 내고 있었다. 지호가 대신 나섰다.

"제가 말씀드릴게요. 수사팀이 꾸려지면서 박 검사가 최근에 저한테서 수빈이 사건의 그 부분을 인계받았거든요. 그래서 아직 완전하게 파악이 안 됐을 거예요. 아이가 사망하기 직전까지는 제가 사건을 담당했으니까요. 제가 대신 말씀드릴게요. 당시 국립과학수사연구소와 국립보건원에서 수술 시 적출된 종양을 가져다가 현미경 관찰과 조직검사를 했어요. 그리고 조직검사의 경우 좀 더 세밀한 조사가 필요할 것 같아서 외국기관에도 의뢰를 했습니다. 아마 최종결과가 나오려면 이삼 주 정도 더 걸릴 거예요. 현미경 관찰 결과는, 음…… 종양의 단면을 잘라 관찰을 했는데, 머리카락 두께 정도의 가는 선이 마치 암모나이트 화석처럼 나선 모양으로 감겨 있더군요. 전이된 종양까지 더하면 그런 흔적이 3개 정도 발견되었던 걸로 기억해요. 그 당시 소수 의견으로, 나선 모양의 흔적과 종양 사이에 직접적인 관계가 있을지도 모른다는 주장이 제기됐지요. 그래서 종양 샘플을 다시 여기 신부님께서 속해 있는 교황청 산하 연구기관으로 보냈습니다. 수녀님! 충분한 답변이 되었는지 모르겠네요."

모니카가 지호를 향해 환하게 웃음을 지어보였다. 부장검사는 가볍게 한숨을 내쉬고 슬며시 의자를 모니카 쪽으로 돌려 스크린을 보면서 말문을 열었다.

"다른 질문 없으면 허 검사가 타투에 관해서 설명을 해 보게."

지호가 박 검사에게서 레이저 지시봉을 건네받고 스크린 앞에 섰다. 그녀는 곧바로 전날 나와 나누었던 타투 이야기를 간략하게 설명하기 시작했다. 지호의 설명이 끝날 때까지 모니카와 나를 제외하고는 모두들 휘둥그런 눈으로 서로의 얼굴을 쳐다보았다.

"선배님. 죄송한 얘기지만, 우리가 판타지 소설을 들으려고 이 자리에……."

윤세호 검사가 지호의 말이 끝나기 무섭게 질문을 던졌다.

"그 도리이 문양이 일본의 특정 종교집단과 관련이 있을 개연성을 인정한다 하더라도 뭐랄까, 역사적 배경이라고 언급한 부분은 도통 이해할 수 없네요. 한마디로 허무맹랑한…… 아니, 소설 같아요. 더구나 누구라고요? 헤이그 특사들요? 일회성 외교행위에 불과한 헤이그 특사 사건을 끌어들이는 건 지나친 비약 아닙니까? 물론 그 세 사람은 위대한 독립지사였지요. 하지만 그들이 당시 서구 지식인들 못지않은 국제적 감각과 사상을 지녔다고 하기엔……. 특히 선배님께서 이야기하신 이위종의 모습은 마치 한국판 슈퍼맨 같아요. 서구의 문화와 사상, 심지어 종교까지 섭렵하고 당시에 강국이란 강국은 다 돌아다니면서 교육을 받았고……. 이게 말이나 됩니까? 좋습니다. 얘기하신 게 다 맞는다고 해보죠. 그렇다면 왜 이위종은 우리 역사에서든 세계사에서든 한 번도 조명을 받지 못한 거죠? 슈퍼맨 같은 인물이었다면 최소한 우리가 국사시간에 배웠어야 하지 않을까요? 죄송하지만 오늘 선배님 모습은 극단적인 애국주의자 같습니다."

윤 검사가 지호를 신랄하게 비판하는 동안 동료검사들은 말없이 고개를 끄덕거렸다. 지호는 고개를 푹 숙이고 어깨를 축 늘어뜨렸다.

"자, 자, 그만 하지. 허 검사, 서운하겠지만 윤 검사 말도 일리는 있네. 윤 검사! 자네, 질문이라기보다 비난에 가까웠네. 지금은 당면한 사건을 해결하는 게 목적이잖나. 역사를 들먹이면서 비난할 이유는 없지. 또 아나? 우리가 모르는 역사적인 사건들이 실제로 있었는지 말이야. 아무튼 지금으로선 별 의미도 없는 역사 얘긴 그만하자고. 고깟 것 알아봐야 골치만 아프지. 다음은……."

지호가 조용히 내 옆으로 돌아와 앉더니 왼 팔꿈치로 내 옆구리를 쿡 찔렀다. 나는 지호를 보면서 무심결에 빙긋이 웃었다. 순간 눈물이 그렁그렁 고인 지호의 눈과 마주쳤다.

"부장검사님! 방금 고깟 역사라고 하셨나요? 별 의미도 없는?"

모니카가 옆에 있는 부장검사에게 눈을 흘기면서 한마디 톡 쏘아붙였다. 부장검사는 몸을 움칠하면서 의자 등받이에 등을 바짝 기댔다.

"부장검사님, 역사란 무엇인가요?"

모니카가 부장검사에게 자신의 얼굴을 바짝 들이대면서 한 번 더 다그쳐 물었다. 부장검사는 모니카의 얼굴을 피해 의자 팔걸이를 두 손으로 꽉 쥐고 의자 등받이를 한껏 뒤로 젖혔다.

"수녀님! 지금 역사학 강의를 듣자고 앉아있는 게 아니잖습니까. 우린 지금……."

"우선 대답부터 하세요. 설마 모르니까 그러시는 것은 아니겠지요?"

"수녀님, 초등학생만 돼도 그 정도는 압니다. 제 말은 지금 우리가……. 좋아요, 좋습니다. 대답하죠. 역사란! 에……, 역사란 옛날에 있었던 사실들을 기록한 거죠. 그러니까 옛날얘기는 그만하고 지금 우리 문제를……. 이러다 의자가 뒤로 넘어가겠어요. 좋아요. 간단히, 아주 간단히 역사얘기를 끝내자는 겁니다. 그러니까 제발 얼굴 좀."

모니카가 얼굴을 부장검사에게 바짝 들이미는 바람에 부장검사와 모니카의 코끝이 서로 맞닿았다.

"고마워요, 부장검사님. 그럼 간단히 얘기하죠. 흠, 흠."

모니카가 자세를 고쳐 앉고 옷매무새를 매만지면서 목을 가다듬었다. 부장검사도 의자에 바로 앉으면서 붉게 달아오른 얼굴을 손수건으로 연방 훔쳐댔다.

"외람되지만 제가 몇 마디 할게요. 역사란 무엇이냐는 제 질문이 좀 생뚱맞게 들렸겠지만, 사실 아주 중요한 물음이랍니다. 왜냐하면 역사란 지금 우리의 문제이기 때문이에요. 역사란 무엇인가? 이 질문은 나는 누구인가라는 물음과 같답니다. 말하자면 부장검사님처럼 역사를 고깟 것으로 여기는 건 자기 자신을 고깟 놈이라고 부르는 것과 같은 짓이라는 거죠. 부장님, 역사가 옛날에 있었던 사실들의 기록이라고요? 어쩜 그렇게 중요한 한 가지는 쏙 빼놓고 얘길 하시죠? '산 자들'이 옛날에 있었던 사실들을 기록한 것이라고 얘기해야 하는 거예요. 역사는 죽은 자들의 몫이 아니라 살아가는 자들의 책임이거든요. 게다가 헤이그의 세 사람은 부장님처럼 고깟 현재를 살았던 게 아니라 역사를 책임지는 자세로 당시의 현재를 살았죠. 어머나, 부장님 눈을 보니까 그럼, 이번 사건과 무슨 관계가 있냐고 묻고 계시네요. 어떻게 그런 무책임한 질문을 함부로 던질 수 있죠? 그 말은 결국 나와 무슨 상관이 있느냐는 질문이나 다름없잖아요. 나는 살아있고 역사는 산 자의 책임이니까 관계가 있는 거예요. 그리고…… 윤세호 검사님이라고 하셨나요? 윤 검사님은……. 부장검사님, 물 좀 주시겠어요?"

부장검사가 물을 마시다 말고 얼떨결에 들고 있던 물 컵을 모니카에게 내밀었다. 모니카는 대뜸 컵을 받아들더니 물을 단숨에 들이켜고 부장검사에게 빈 컵을 건넸다.

"어휴, 이제야 좀 살 것 같네! 잘 마셨어요, 부장검사님. 그런데 윤 검사님, 어디까지 했죠? 아, 윤 검사님은 꼭 예수님의 제자 중에서 토마스 같네요. 토마스는 의심이 많았죠. 하지만 의심은 곧 질문이 되죠. 윤 검사님뿐만 아니라 다른 젊은 분들도 의심을 많이 하면 얼마나 좋을까요. 그렇다면 많이 질문하고 많이 배울 텐데. 미셸 파이퍼 나이쯤 되면 만사가 귀찮아지는 법인데 윤 검사님은 안 그러시네요. 어머나, 말이 또 다른 데로 샜네. 윤 검사님이 물으셨죠, 정말로 헤이그 특사들이 당대의 누구 못지않은 국제적 감각과 사상을 가졌냐고? 네, 그랬어요. 믿기 어려우세요? 그럼, 찾아보세요. 구하면 얻는다고 하느님은 말씀하셨답니다. 보는 것만 믿는 분이 왜 볼 생각은 안 하고 의심만 하세요. 한 가지 더. 이위종이 한국판 슈퍼맨이었냐고요? 슈퍼맨까지는 아니었겠지만 역사적인 거인이었어요. 그는 러시아혁명에서도 중요한 역할을 했어요. 그가 아니었으면 러시아혁명이 성공하지 못했을지도 몰라요. 그럼 왜 우리 역사서에 그렇게 기록되지 않았냐고요? 왜 우리는 모르냐고요? 윤 검사님, 그걸 왜 죽은 자에게 물으세요? 지금을 살아가는 나 자신한테 물어야죠. 나는 왜 잊었는가? 나는 왜 모르는가? 나는 왜 기록하지 않는가? 죽은 수빈이더러 사건을 해결하지 못했다고 다그칠 건가요? 그건 산 자의 책임이죠. 역사도 마찬가지예요. 윤 검사님, 이 늙은이의 말을 꼭 기억하세요. 역사란 지금을 살아가는 나 자신의 책임이라는 걸. 어쩜 좋아, 내가 말을 너무 많이 했죠? 잘생긴 검사님들이 이해해주구려. 배우 제러미 아이언스처럼 나이가 육십이 되면 말을 많이 하게 되는 법이라우."

모니카가 이야기를 마치고 탁자에 돌라앉은 사람들을 빙 둘러보면서 활짝 웃어보였다. 누군가 어둠 속에서 두어 번 손뼉을 쳤고, 급기야 방 안에 있던 모두가 휘파람까지 불어가면서 박수를 쳤다.

"흐음, 흠, 흠! 김재준. 지금 뭐하는 거야, 응? 자네 차례잖아. 어서 나가서 브리핑하게. 정수현! 프로젝터, 프로젝터 준비하란 말이야. 빨리 해, 시간 없어."

부장검사가 모니카를 노려보면서 짜증스런 목소리로 검사들을 다그쳐댔다. 정 검사와 김 검사는 어수선한 방안을 부산하게 오가면서 브리핑 준비를 마쳤다. 한 여자아이의 사체가 스크린 화면에 나타나면서 방안은 다시 정적에 휩싸였다.

"사체로 발견된 여아는 아홉 살이나 열 살 정도로 추정되며, 발견장소는 인제에서 고성으로 넘어가는 미시령 초입 56번 지방도로 변이었습니다. 발견될 당시 아이는 지금 화면에서 보이는 바와 같이 고성 방면 도로변에 연분홍색 원피스를 입고 오른쪽 팔에 분홍색 고양이 인형을 안은 채 엎드러져 있었습니다. 경찰은 사체유기 현장을 중심으로 반경 1킬로미터까지 수색에 나섰지만 뚜렷한 증거나 단서를 찾지 못했습니다. 그리고 사체검안 결과 수빈이와 마찬가지로 왼쪽 겨드랑이에서 도리이 문양이 발견됐지만, 외관상 특기할 만한 외상은 없었습니다. 끝으로 국립과학수사연구소에서 내일 오후 6시부터 부검에 들어갈 예정이라고 합니다. 이상입니다."

"수고했네, 김 검사. 자, 질문 있으신 분들은 말씀하세요. 어, 그래, 이영민."

"아이의 자세한 인적사항은 아직 밝혀내지 못했나요? 만약 그렇다면 어떤 대책이 있습니까?"

"아직까지 아이의 신변을 밝혀줄 만한 증거물이나 단서는 찾을 수 없었습니다. 아까 얘기했듯이 현장 주변을 샅샅이 훑었지만 소득이 없었어요. 그리고 아이에게서도 치과치료 흔적이나 그 외 신분을 알 수 있는 단서는 발견되지 않았습니다. 사진에 나온 분홍색 고양이 인형이 전부입니다. 대책은…… 글쎄요. 지금으로서는 현장 주변을 중심으로 목격자를 찾아 탐문하는 수밖에 없습니다."

모니카가 안경집에서 안경을 꺼내 쓰고 사진에 나온 분홍색 고양이 인형을 유심히 살피더니 내게 슬쩍 윙크를 했다.

"이 늙은이가 한 번만 더 끼어들어도 되겠죠? 저, 방금 설명하신 검사님! 고양이 인형 사진은 아이 팔에 감겨 있는 저것뿐인가요? 사진을 확대하거나 고양이 인형만 찍은 사진을 볼 수는 없을까요?"

"프로젝터로 확대할 수 있습니다. 정 검사, 고양이 인형만 확대해 주게. 수녀님 어떠십니까? 이 정도면 되겠어요?"

모니카는 정 검사를 향해 오른손 엄지를 세웠다. 사진 속 인형을 유심히 들여다보던 모니카가 갑작스레 "유레카!" 하고 탄성을 질렀다.

"어머나! 죄송해요. 뜻밖의 단서를 찾아서 그랬답니다. 저기 고양이 인형 왼쪽 엉덩이 쪽에 붙은 상표 보이세요? 바로 저거예요. 저거만 있으면 불쌍한 아이의 신상을 알 수 있지요. 왜냐면 저 고양이는 나이와 이름, 그리고 생년월일과 혈액형까지 있거든요."

"뭐, 뭐라고요? 거 참, 수녀님. 저 고양이가 진짜 고양이인 줄 아세요? 저건 인형입니다, 인형. 세상에 인형한테 혈액형이 있다고요? 만화 속에서나 가능하죠. 만약에 정말 그렇다면 제 이름을 그 인형 이름으로 바꾸죠. 허허."

부장검사가 지그시 감고 있던 두 눈을 번쩍 뜨더니 모니카를 바라보며 너털웃음을 터뜨렸다.

"저 고양이는 퍼린세스 키티(Purrincess Kitty)예요! 빌드어베어 워크숍(Build-A-Bear Workshop)이라는 회사의 제품이지요."

모니카가 코에 걸친 안경 너머로 부장검사를 뚫어져라 쳐다보면서 말을 이었다.

"그 회사는 말이죠, 소비자가 전시된 샘플 중에서 마음에 드는 인형가죽과 액세서리를 고르면 그것을 갖고 그 자리에서 인형을 제작해 판매하는 사업 아이템으로 유명하답니다. 먼저 아이가 자기 마음에 드는 인형가죽을 골라요. 그러면 예쁜 점원 언니가 이상한 기계에 연결된 파이프 관을 인형의 등에 끼우고 솜을 채운답니다. 그러면 인형은 금세 통통하게 살이 쪄요. 그 다음에 점원 언니는 작고 어여쁜 하트 모양의 심장을 아이에게 건네죠. 왜냐하면 아이가 심장에 뽀뽀를 쪽 해주어야 인형이 살아나거든요. 심장을 달고 갓 태어난 인형은 갓난아기처럼 샤워실에 들어가 샤워를 한답니다."

모니카는 주변을 둘러보면서 애교 섞인 코맹맹이 소리로 이야기를 계속했다.

"인형이 예쁘게 샤워를 마치면 그 다음에 무엇을 할까요? 그래요. 잘 어울리는 장식을 골라 꾸며야겠지요! 저 사진 속의 가엾은 공주님은 고양이 친구에게 빨간 드레스를 골라주었네요. 드레스가 너무 예쁘죠? 나음은 무엇을 골랐나요? 맞아요, 선글라스와 빨간 딸기 장식이 달린 신발을 신겨 주었네요. 가엾은 공주님의 고양이가 너무 사랑스럽지요? 이제, 마지막 일이 남았어요. 고양이의 출생신고를 해야 한답니다. 먼저 이름과 나이를 쓰고 혈액형과 생일을 적어 넣지요. 그러면 점원 언니가 그 모든 것을 컴퓨터에 저장합니다. 물론 그 내용은 대부분 그 인형을 갖고 가는 공주님의 출생내역과 같아요. 그래서 인형이 혈액형도 갖게 되는 거랍니다. 그러니 이제는 부장검사님께서 이름을 인형 이름으로 바꾸셔야겠네요. 새 이름은 제가 지어드리죠!"

좌중의 시선이 일제히 모니카에게 쏠린 사이에 부장검사는 멀뚱히 앉아서 두 눈을 껌벅거리기만 했다.

"빌드어베어 워크숍이 어디 있는지도 아세요?"

"그럼요, 허 검사님. 서울과 수도권에 서너 군데가 있다고 들었어요. 어떤 지점에서든 인형만 보여주면 곧바로 그 인형 주인의 신상을 확인할 수 있을 거예요. 아참, 부장검사님! 새 이름으로 방귀대장 뿡뿡이 어떠세요? '뿡뿡이가 좋아요, 왜? 그냥 그냥 그냥' 하는 노래도 좋잖아요?"

킥킥 소리가 여기저기서 터져 나왔다. 부장검사는 얼굴을 잔뜩 붉힌 채 모니카에게 볼멘소리로 대들었다.

"수녀님, 조크였습니다. 조크! 이래뵈도 저는 대한민국 검찰 특수3부장입니다. 그리고 아까도 얘기했지만 저는 미셸 파이퍼랑 같은 나이라고요. 쉰, 쉰 살이요. 그런데 아무리 장난이라도 그렇지. 방귀대장…… 으흠, 뿡뿡이가 뭡니까, 뿡뿡이가."

"아유, 뭐 이런 일로 화를 내시고 그러세요. 제 눈엔 부장검사님이 젊어 보이니깐, 그 뭐냐, 저도 조크 한번 해본 거랍니다. 부장검사님 눈에는 제가 미셸 파이퍼처럼 보이겠지만, 저는 제러미 아이언스랑 동갑이라고 말했잖아요. 그냥 늙은이가 던진 농담이라고 여겨 주세요. 아무튼 미셸 파이퍼처럼 봐줘서 고마워요."

부장검사는 한참 동안 입을 헤 벌리고 모니카를 바라보더니 어깨를 축 늘어뜨리면서 눈을 지그시 감았다.

"질문 더 있나? 없으면 이만 하자고. 에, 그리고…… 지금까지 나눈 의견을 참고해서 각자 조사할 것은 조사하고 수집할 자료가 있으면 더 보충하도록 하게. 특히 부검결과가 나오기 전까지 김재준 검사는 빌드……, 거 뭐라고 했지, 수녀님이 말한 그 회사에 협조를 구해 아이의 신상을 파악하고, 가능하면 빨리 그 부모를 수배하도록 하게. 그리고 박수범 검사, 자네는 수빈이의 종양에서 발견된 그 나선형의 흔적이 무엇인지를 반드시 알아오도록 하게. 나머지는 내가 차후에 지시를 내리도록 하겠네. 그리고…… 신부님! 며칠 전 신부님과 이야기를 나눌 때 제기됐던 크래킹에 관한 얘기입니다만, 여기 정수현 검사는 ICPO(국제형사경찰기구)에서도 인정하는 첨단범죄 전문가이니 이 친구를 한번 믿어 보세요. 그리고 저희 팀원들에게도 이번 사건관련 기록은 USB 메모리에 따로 저장하도록 지시했습니다. 게다가 그 USB 메모리는 국가정보원으로부터 지원받은 겁니다. 이 정도면 안심하시겠지요? 참, 허지호 검사! 타투에 관한 자네 얘기의 신빙성이 너무 빈약한 건 사실일세. 보다 구체적이고 분명한 증거를 가져오라고. 기왕이면 그 일본의 결사단체가 무엇인지 밝혀내란 말이야. 그러기 전까지는 아무리 개연성이 짙다고 해도 한낱 추론에 불과한 법이야. 알겠나?”

부장검사가 팀원들에게 수사지시를 내리면서 중간중간 양손가락으로 관자놀이를 눌렀다. 미팅이 끝나고 방안에 있던 사람들이 하나둘 흩어지기 시작했다. 지호와 나, 그리고 모니카 수녀도 방문을 나서려고 할 때 부장검사가 내 등을 살짝 치면서 내 귀에 입술을 대고 속삭였다.

"신부님, 한 가지만 여쭤봅시다. 저 깐깐한 수녀님 말입니다. 신학교 사감선생님이라도 되십니까? 예전에 내가 다닌 고등학교 국어선생님하고 똑같아요. 별명이 마귀할멈이었지요!"

"대학 때 저를 가르치시던 교수님이십니다. 대학원에선 제 지도교수님이시기도 했습니다."

"담당 과목은?"

"법의학입니다. 범죄심리와 뇌신경학을 전공하셨고요. 제가 이번 일을 맡게 되면서 어렵게 모시고 왔습니다."

3

1

우리들 가운데 가장 거룩하신 에우제니오 파첼리 추기경 각하께,
　하느님의 종 중의 종 Q신부가 드립니다.
　친애하는 에우제니오 파첼리 추기경 각하, 미천한 종은 재를 머리에 뒤집어쓰고 "흙에서 왔으니 흙으로 돌아갈 것을 기억하라"(창세기 3, 19)는 말씀을 되새기며 성하의 회칙 〈미트 브레넨데르 조르게(불타는 근심으로)〉를 각하의 친서와 함께 쾰른 대성당의 대주교 카를 요제프 슐테 추기경께 전해 드렸습니다. 각하의 친서를 읽으신 슐테 추기경께서는 "나흘 뒤인 1937년 3월 28일, 성자(聖子)께서 부활하신 날 아침은 성좌와 독일 국민들, 나아가 인류에게 결코 잊을 수 없는 날로 기억될 것입니다"라는 말을 제게 전했습니다. 그리고 각하께 보내는 회답 쪽지를 제게 건네셨습니다. 그 회답 쪽지를 첨부합니다.

121

✳︎✳︎

국무원장 에우제니오 파셀리 추기경께,

쾰른 대성당 대주교 카를 요제프 슐테 드림.

"최근 몇 년간 눈앞에 벌어진 일들에 대해 책임을 추궁한다. 처음부터 오직 몰살을 위한 전쟁을 목표로 해왔던 음모가 폭로된 것이다. 우리가 참된 평화의 씨앗을 애써 심어놓은 고랑에 성경의 적들이 불신과 불안, 증오와 비방이라는 잡초를 파종하였다. 그리고 그들은 도처에서 타오르는 적의를 뿌렸다. 온갖 수단을 동원하여 공공연하고도 은밀하게 그리스도와 교회에 대항하기로 작정한 것이다."

이는 회칙 〈미트 브레넨데르 조르게〉 가운데 각하께서 꼭 음미하라고 하신 부분(제4항)입니다. 저는 이 부분을 충분히 이해하고 있습니다. 너무나 많은 사람들이 지난 몇 년 동안 독일의 나치 정부와 이탈리아의 파시즘 정부, 그리고 일본의 군국주의 정부가 저지른 폭력으로 인해 무고하게 죽어갔습니다. 그들이 저지른 일들은 반드시 정의의 빛 아래 분명하고 명증하게 드러날 것입니다. 지금 우리는 무고히 피를 흘린 숱한 아벨들을 무기력하게 바라볼 뿐이지만 하느님의 역사하심을 믿는 이상 결코 좌절할 수는 없습니다.

불신과 불안, 증오와 비방의 잡초는 이제 싹을 틔우기 시작했습니다. 이 같은 폭력과 학대가 앞으로 얼마나 오랫동안 지속될지, 그리고 그 살인의 광기가 얼마나 더 심해질지를 우리는 알 수 없습니다. 하지만 한 가지 분명한 점은, 그럼에도 불구하고 하느님의 공의와 진리가 실현되도록 최선을 다해야만 한다는 것입니다.

앞으로 나흘 뒤 성자께서 부활하신 날 아침이면 〈미트 브레넨데르 조르게〉가 독일 내 모든 교구의 강단에서 동시에 선포될 것입니다. 세례자 요한이 "하느님 나라가 다가온다"고 선포했듯이 우리는 〈미트 브레넨데르 조르게〉를 선포함으로써 진리를 사랑하는 이들이 길고도 힘든 싸움에 대비하도록 할 것입니다. 저는 Q신부의 긴 보고서를 통해 동토의 땅에서 사라져간 동방의 세례자 요한을 만났습니다. 그리고 저는 동방의 세례자 요한으로부터 진리를 위해 투쟁하는 법을 배웠습니다. 그러므로 저는 힘든 전장에 두려움 없이 뛰어들 것입니다.

블라디미르 세르게예비치 리! 그는 이방인이며 철저히 소외된 자였지만 저에게, 그리고 우리에게 "공의와 진리는 인간 스스로 역사에 대한 책임을 질 때 비로소 실현될 수 있다"는 것을 일러주었습니다. 우리가 칼에 의지하는 집단을 두려워하고 저들의 무책임성에 편승한다면 하느님은 우리에게 당신의 얼굴을 가리실 것입니다.

우리는 하느님과 성좌의 뜻을 좇아 공의와 진리의 실현을 위해 나흘 뒤 성자의 부활을 기념하며 동시에 역사적 책임을 선포할 것입니다. 성좌가 역사적 책임을 방기하지 않도록 하느님의 강인하신 손길이 이끌어 주시기를 기도드립니다.

2

1907년 7월 28일, RMS 카파시아 호 선상.

"카파시아 호는 말이죠. 총톤수 8600톤에 전체 길이가 무려 541피트나 되고요. 폭은 64피트 6인치, 깊이는 34피트 7인치에 이르지요. 그리고 이 배는 항해속력이 14노트이고 최대속력은 자그마치 15노트랍니다. 참, 이 배에 얼마나 많은 사람들이 탈 수 있는지 아세요? 무려 2550명이에요."

한 젊은 여성이 흰색 모슬린 드레스 자락을 들어 올리고 선상에 모여 있는 부인들 틈에 끼어든 뒤 쉬지 않고 연방 좋알댔다.

"아마 세인트루이스로 돌아가서 이 얘길 하면 한동안 사교모임에서 여왕처럼 지낼 수 있을 거예요. 어떤 남자도 제 옆에서 좀처럼 떨어지려 하지 않을 테고, 여자들은 부러움과 질투를 담은 눈으로……. 근데 그 촌년들이 제 말을 믿으려 할까요? 어쩌면 나를 너무 질투한 나머지 그렇게 큰 배가 어떻게 물 위에 뜨냐고 하면서 나를 거짓말쟁이로 몰 거예요."

맥고모자를 쓴 남자가 옹기종기 모여 있는 사람들 사이를 오가며 기웃거리다 모자를 벗어들고 젊은 여성 뒤로 슬그머니 다가섰다.

"저처럼 대서양 여객선 기념엽서를 한 장 사두면 되잖습니까. 여기 보세요. 검은 색의 선체와 적갈색 흘수선, 그리고 흰색 건현과 옅은 갈색의 갑판 의장품들. 특히 여기 이 부분을 보세요. 밀크초콜릿색의 돛대와 암적색의 굴뚝을 보면 아무리 촌놈이라도 이 배가 물위를 뜰 수 있다는 걸 믿게 될 겁니다."

남자는 재킷 주머니에서 꺼내든 우편엽서를 흔들어 보이며 주위에 있는 부인들에게 큰 소리로 말을 걸었다. 젊은 여성이 오른손으로 오페라안경 손잡이를 꼭 쥐고 그의 옆에 바싹 붙어서 엽서를 유심히 들여다보았다.

"이보게, 위종 군. 난 좀체 이해할 수가 없네. 벌써 아흐레째야. 오늘 오후쯤이면 뉴욕에 도착한다고. 한데 어떻게 된 게 여기 있는 사람들은 리버풀에서 출항한 날부터 하루도 빼놓지 않고 앵무새처럼 만찬장에서 들었던 얘기만 반복할 수 있냐고. 지겹지도 않나? 그렇잖아도 뙤약볕 아래서 온종일 바다만 바라보는 것도 지루해 죽을 지경인데."

이상설이 실눈을 뜨고 선상에 드문드문 모여 떠들고 있는 사람들을 휘둘러보면서 투덜거렸다.

"이런 큰 배를 탄다는 게 쉽지 않은 경험이니까 그렇겠지요. 그런데 죄송한 말씀이지만 선생님의 영어 듣는 실력이 그동안 꽤 느셨나보네요?"

"날 놀리는 건가? 이건 영어실력하고는 아무런 상관이 없는 문제라고. 생각해 보게. 귀머거리가 아니고서야 매일 같은 얘기를, 그것도 배를 탄 첫날 로스트런 선장이 했던 얘기를 반복해서 말하는데 어떻게 못 알아듣겠나. 더구나 저 시커먼 맥고모자를 쓴 놈은 내가 몇 번째 보는 줄 아나? 저놈의 우편엽서가 닳지 않는 게 놀라울 정도라니까. 도대체……."

이상설이 하던 말을 멈추고 배를 쫓는 한 무리의 돌고래를 우두커니 서서 바라보았다.

"《해저 2만리》 보셨지요? 그 책에서 쥘 베른도 이 배를 운영하는 회사인 커나드라인에 찬사를 보내잖아요. 이 회사 소속 선박들이 대서양을 무려 2000여 차례나 횡단했지만 항해취소나 인명사고가 단 한 번도 없었다고. 그러니 저 사람들이 이 배에 관해 매일 반복해서 이야기하는 것도 한편 이해할 수 있지요. 더구나 여객해운왕 커나드의 배를 타게 됐으니 더 말할 나위가 있겠어요?"

"결국 자네 얘긴, 이런 배를 탄다는 건 평생 가야 한 번 올까 말까 한 기회니까 달떠서 그런단 말이군. 물론 그럴 법도 하네. 나도 이 고래만한 배를 타자마자 천국에 가서 부사한테 자랑할 생각부터 했으니까. 8600톤에 2550명. 굴뚝은 초콜릿색이고 돛대는 암적색, 아닌가? 그 반대였던가. 왜 그러고 보나? 잠깐, 저기 보게!"

이상설이 크릴새우 떼를 찾아 북대서양까지 올라온 두 마리의 흰긴수염고래를 손가락으로 가리켰다. 고래들은 거대한 청회색 몸으로 수면 위를 부드럽게 미끄러지면서 우렁우렁한 소리와 함께 세차게 물을 뿜어댔다. 블라디미르와 이상설은 손차양을 하고 멀리 사라져가는 고래들을 바라보았다.

"정말 평화로워 보이지 않나? '보시기에 참 좋았다' 라는 성서구절이 저 고래들한테 어울리는군. 사람 사는 세상에서는 몸집이 좀 크다 싶으면 곧 거들먹거리고 으스대기 마련인데……. 참, 그러고 보니까 자네는 이 배에 오른 이후로 에스베데 수도원에서 받은 부사의 문서에 대해선 한마디도 하지 않는군. 내가 그 문서 얘기를 꺼내려 들면 자꾸 말을 돌리고. 자그마치 아흐레 동안 바다만 감상하고 있잖나. 이 배를 타려고 하리치 항까지 오는 동안 그 문서를 훑어본 게 전부였네."

"저 친구 때문이에요. 잠깐만요! 얼굴을 돌리시면 안돼요. 돌고래를 보는 것처럼 하면서 갑판승강구 계단 쪽을 보세요. 보셨어요?"

"다카이시 신고로(高石眞五郎) 기자 아니야! 저 친구가 어떻게 여기까지 왔지? 우리가 더용 호텔을 급작스럽게 떠나던 날 아침까지만 해도 호텔 앞을 서성거리지 않았나? 우연히 이 배에서 만난 건가? 아니면 저 친구가 알고 쫓아온 건가? 저 앞잡이 녀석, 우리가 덴하흐에 있는 동안 우리 동정을 쓰즈키 게이로쿠(都築馨六)한테 하루도 빼놓지 않고 보고하더니만. 저 자식을 보니까 만국평화회의장에서 일본 수석대표랍시고 거들먹거리던 쓰즈키 생각이 절로 나네그려. 저 자식, 고놈의 〈오사카마이니치신문〉 기자만 아니었어도 덴하흐에서 상대도 안 했을 텐데. 어떻게든 우리 활동을 조금이라도 더 세상에 알리고 싶은 생각에 그 시커먼 속을 뻔히 알면서도 마지못해 만났으니……."

이상설이 재킷을 걸친 서른 살가량의 다카이시 신고로를 보면서 구시렁거렸다.

"아니, 저건 또 누구야! 자네가 잠시 상트페테르부르크에 가 있는 동안 가끔씩 호텔로 부사를 찾아왔던 녀석 같은데. 틀림없네. 말할 때마다 불거진 눈알을 굴리는 품이 영락없어."

이상설이 눈으로 다카이시 옆에 서있는 남자를 가리키며 블라디미르에게 말했다. 다카이시 일행은 붉은 리본을 두른 밀짚모자를 비스듬히 쓰고 가는 입술로 시가를 물고 있었다.

"그때 뭐랬더라. 인류학 박사랬던가? 그때 호텔로 부사의 지인이라면서 찾아왔었네. 부사가 아프다기에 문병을 왔다더군. 그리고 다음날부터 매일 그의 조수라는 사람 편으로 부사의 고통을 진정시키는 데 효과가 있을 거라며 모르핀을 보내 주었네. 덕분에 그날 이후로 부사는 고통을 덜게 됐지."

"브라운 카메라를 둘러메고 있고 얼굴이 까무잡잡한 것을 보면 인류학자 같기도 하네요. 나이는 마흔 살?"

"음. 나도 그 정도로 짐작했네. 그건 그렇고, 자네는 언제부터 저 쓰즈키, 아니 다카이시가 이 배에 타고 있다는 걸 알았나?"

"세바스티앙이라고 기억하시죠? 첫날 로스트런 선장이 1등석 승객들에게만 베푸는 만찬장에 우리가 들어갈 수 있도록 주선해 주었던 친구요."

"아, 그 생시르 사관학교 동료라던 친구! 정말 그때 음식은 황홀 그 자체였어."

"네. 그 친구가 만찬장에서 그러더라고요. 우리 말고 두 명의 동양인이 더 있다고. 그것도 1등석에 말이죠. 그래서 유심히 둘러보았는데 다카이시가 선장하고 얘기를 나누는 모습을 보게 됐어요. 그래서……."

"잠깐만, 저 친구들이 우리 쪽으로 오고 있어!"

블라디미르가 고개를 돌렸을 때 이미 다카이시와 그 일행인 남자가 눈앞에 와 있었다. 인류학자라는 그 남자는 모자의 챙 밑으로 눈알을 굴리며 블라디미르와 이상설을 구석구석 훑어 내렸다.
 "여기서 뵙습니다! 두 분이 이 배에 타신 것을 진작 알았다면 무료하지 않았을 텐데. 어쨌든 다시 보니까 기쁩니다. 교수님, 이분이 이위종 부삽니다. 그리고 이분은 이상설 정사, 교수님께서도 안면이 있다고 하셨지요?"
 다카이시가 검은색 넥타이를 느슨하게 풀면서 블라디미르와 이상설을 그의 동료에게 소개했다.
 "왜 이렇게 속이 느글느글하지. 웩, 웩! 오늘따라 유독 뱃멀미가 심해서요. 인사가 늦었습니다. 부사가 병환 중일 때 여러 모로 신경 써 주셨는데, 그때는 경황이 없어서 성함조차 묻지 못했습니다."
 이상설이 연방 헛구역질을 해대며 인류학자에게 인사를 건넸다.
 "먼저 이분부터 소개를 했어야 하는데. 이분은 재야 인류학자로서 인디애나 주에서 열리는 우생학 세미나 참가를 위해 이 배에 오르셨습니다."
 "올해 인디애나 주에서 미국 주정부 가운데 최초로 강제불임법을 채택했지요. 그래서 미국 우생학자 로글린 박사가 강제불임법을 좀 더 많은 주와 국가로 확대하자는 뜻에서 세미나를 계획했습니다."
 인류학자가 입술과 눈알을 동시에 움직이며 새된 목소리로 끼어들었다.
 "아, 또 통성명 없이 넘어갈 뻔 했군요. 저는 도리이 류조(鳥居龍藏)입니다!"
 "도리이 류조!"
 블라디미르와 이상설이 돌연 몸을 꼿꼿이 세우고 동시에 인류학자의 이름을 내뱉었다.

'도리이 류조! 이준 선생이 달걀에 새긴 도리이 문양. 선생님께서 에스베데 수도원에 맡겼던 문서 첫 장에 급히 갈겨쓰신 짤막한 성서 글귀. 땅에 두루 돌아 여기저기 다니는 자를 기억하라!'

"너야, 바로 너! 이 살인자 녀석. 너는 결코 살아서 다시 땅을 밟기 어려울 거야!"

이상설이 다짜고짜로 도리이 류조에게 달려들더니 그의 멱살을 쥐고 버럭 소리를 질렀다. 블라디미르는 급히 나서서 두 사람을 떼어 놓으려 했지만 뒤미처 이상설이 상대를 떠밀면서 한데 엉켜 나뒹굴었다. 갑작스러운 소란이 일자 주변에 있던 사람들이 웅성거리며 난투극을 벌이고 있는 두 사람에게 몰려들었다. 여기저기서 남자들 몇몇이 들고 있던 지팡이로 바닥을 두드리며 고함을 지르고 휘파람을 불어댔다. 여자들도 멀찍하게 서서 구경만 하고 있다가 차츰 두 사내를 둘러 선 남자들 틈으로 끼어들어 수다스럽게 재잘거렸다. 어디선가 호각소리가 요란하게 울리더니 네댓 명의 갑판 선원들이 득달같이 달려왔다. 선원들은 구경꾼들 사이를 헤집고 들어가서 한데 뒤엉킨 두 사내를 떼어내고 그들의 팔을 등 뒤로 꺾어 결박했다.

"자, 자. 이제 제자리로들 돌아가세요. 모든 게 다 정상화되었습니다."

갑판 선원 중 하나가 술렁거리는 사람들을 진정시키려고 목소리를 높였다. 하지만 갑판은 뒤늦게 선실에서 나와 몰려드는 승객들로 금세 북새통을 이루었다. 갑판 선원들이 붉게 상기된 얼굴로 일제히 호각을 불어댔고, 이에 질세라 남자들이 고래고래 소리를 질렀다.

"선상에 계신 승객 여러분! 속히 해산하시기 바랍니다. 이성을 찾고 각자의 위치로 돌아가시기 바랍니다. 이민자 여러분! 브리지(조타실)의 명령에 따르시기 바랍니다. 불응할 경우 미국 이민국으로부터 그에 상응하는 불이익을 받게 될 겁니다. 서둘러 선실로 돌아가 주시기 바랍니다."

브리지의 경고방송이 나오고 사이렌이 날카롭게 울리기 시작했다. "앞으로!" 하는 힘찬 구령소리가 들리더니 한 무리의 선원들이 쿵쾅쿵쾅 발을 구르면서 승강구에서 뛰어나와 갑판에 두 줄로 정렬했다.

"승객 여러분, 저는 이 배의 갑판장입니다. 선원법에 따라 선내 질서 유지를 명한 선장의 지시사항을 전달합니다. 지금부터 선원들의 안내에 따라 모두 선실로 들어가시기 바랍니다. 불응할 경우 필요한 조치를 취할 것입니다."

갑판장이 목청을 돋워 군중을 향해 경고를 했고, 선원들은 일사분란하게 움직이며 사람들을 통제하고 나섰다. 그제야 승객들은 선원들의 안내를 받아 잠잠히 한 줄로 행렬하여 승강구로 향했다. 갑판은 안정을 되찾았다. 블라디미르와 다카이시는 자리를 뜨지 않고 선원들에게 결박당한 이상설과 도리이 류조 곁에 그대로 남아있었다.

"우선, 결박을 풀게!"

로스트런 선장이 선원들의 경례를 받으며 그들에게 다가왔다. 그는 네 개의 금빛 줄을 소매에 두른 검은색 정복을 입고 있었다.

"도대체 무슨 일입니까?"

선장이 블라디미르와 이상설을 얼핏 보고 다카이시와 도리이에게 물었다.

"아……, 이 사람이 아무 이유 없이 아……, 내 멱살을 잡고 죽여 버리겠다는 아……, 협박을 했습니다. 아……, 그래서 나는 자위수단으로."

도리이 류조가 부러진 시가를 물고 한 손으로 목을 매만지며 답을 했다. 이상설은 그를 가로막고 있는 선원들의 등 뒤에서 어깨를 들썩이며 숨을 씩씩거렸다.

"안녕하십니까, 선장님. 대일본제국의 다카이시 신고로 기잡니다. 지난번 인터뷰는 감사했습니다. 이분은 저와 같은 국적의 인류학자입니다. 조금 전 난동은 이분 말처럼 느닷없이 벌어졌습니다. 이분이 자신의 이름과 여행목적을 설명하고 있는데 여기 이 사람이 느닷없이 달려들더니 행패를 부렸습니다. 그리고 저기 젊은 사람은……."

바로 그때 이상설이 선원들을 거칠게 밀치고 도리이 류조의 턱을 주먹으로 들이갈겼다. 도리이 류조는 둔탁한 소리를 내며 뒤로 벌렁 나자빠졌다.

"잡아! 어서 잡아서 결박해."

갑판 선원들이 꼼짝 않고 부동자세로 서 있다가 부리나케 이상설에게 달려들어 그를 거칠게 내다꽂고 뒷짐결박을 지었다.

"앤더슨 갑판장! 어서 저분을 의무실로 모시고 가게. 이봐, 조지! 이자를 당장 갤리(선박의 식당) 옆 자재창고에 가두도록 하게."

선장이 선원들에게 명령을 내리고 고개를 돌려 블라디미르를 매섭게 쏘아보면서 차갑게 물었다.

"저 폭행범과 일행이십니까? 국적이 어디죠?"

"그 친군 국적이 없습니다."

다카이시가 바닥에 있던 도리이 류조의 모자를 집어 들면서 선장에게 답했다.

"국적이 없다고요?"

"아, 네. 그 친군 한때 조선이라고 불렀던 곳에서 왔습니다. 지금은 우리 대일본제국의 식민집니다. 그 점에선 이자도 저와 같은 천황의 신민이라 할 수 있지요."

"그렇다면 단순 폭행사건이 아니라 테러일 가능성이 짙군요."

선장이 오른손을 들어 갑판에 서 있는 선원들을 향해 손짓했다.
"이자도 체포하게!"
두 명의 선원이 황급히 달려오더니 블라디미르의 양쪽 팔을 붙잡았다. 선장은 다카이시에게 가볍게 목례를 하고 선원들에게 끌려가는 블라디미르의 뒤를 따랐다.
그때 승강구 층계참에서 한 청년이 계단을 내려가는 선원들을 막아섰다.
"아무도 생시리앙(생시르 출신)을 체포할 수 없다!"
그는 오른손 엄지와 검지로 코밑수염 끝을 쓰다듬어 올리면서 눈을 부라리고 서있었다.
"무슨 일인가? ……아니, 세바스티앙 백작 아니십니까! 무슨 불편한 일이라도."
"불편해서라기보다 무례함 때문입니다. 선장, 어떻게 이자들이 감히 생시리앙의 몸에 손을 댈 수 있지요? 이봐! 당장 그 손 치우지 못하겠나."
세바스티앙의 목소리가 계단 벽면을 타고 선실 복도로 쩌렁쩌렁 울려 퍼졌다. 선원들은 계단 중간에 멈춰 서서 선장을 올려다보며 우물쭈물했다.
"백작님 말씀대로 하게. 세바스티앙 백작님, 우선 진정하시고 이분과 함께 산책갑판으로 가시지요. 다른 승객들이……."
"좋습니다. 내가 납득할 수 있는 분명한 이유가 있어야 할 겁니다."
선장은 선원들을 돌려보내고 블라디미르와 세바스티앙을 선미의 산책갑판에 자리한 베란다 룸으로 데리고 갔다. 선장은 방 안을 둘러보더니 선미 쪽 창가에 있는 테이블로 두 사람을 안내했다. 블라디미르는 의자에 앉아 거대한 창문 너머로 보이는 수평선을 묵묵히 바라보았다.
"이분의 동료가 아무 이유 없이 일본 기자 일행을 폭행했습니다. 그 기자의 말로는 이분이나 그 동료는 국적이 없다더군요. 아니, 더 자세히 말하자면 일본의 식민지인 조선에서 온 사람들이라고 했습니다. 조선이 어딘지는 모르겠지만……."

"한쪽 얘기만 듣고 말씀하시는군요. 이 친구는 블라디미르 세르게예비치 리로 스웨덴 놀켄 가문의 여자와 결혼한 사람입니다. 게다가 대한제국 황제의 직계 손이어서 생시르 사관학교에서는 그를 프린스라 불렀습니다. 한데 선장은 이 친구한테 자신을 변호할 기회조차 주지 않으셨군요."

세바스티앙이 궐련을 꺼내 블라디미르와 선장에게 권하면서 말했다.

"바로 제 눈앞에서 폭행이 벌어졌습니다. 아니 그것은 테러였습니다. 그런데 어떻게……."

"선장, 죄송합니다만 테러라는 말은 삼가해 주셨으면 합니다."

블라디미르가 궐련을 물고 물끄러미 창밖을 보면서 입을 열었다.

"제 동료의 행위는…… 정당한 행위였습니다. 테러란 폭력적 공포정치를 말합니다. 선장, 식민지 백성의 항의가 테러라면 한 나라의 주권을 강탈한 짓은 무엇입니까? 당신들은 프랑스 시민과 영국 시민의 항거를 폭력이 아닌 혁명이라고 부르지 않습니까. 그런데, 왜 식민지 백성이 항거하면 폭도라 부르지요? 권력은 시민의 것입니다. 국가는 백성들의 주권기관입니다. 때문에 시민의 항의는 정당한 권력행사요, 백성의 항거는 정당한 주권행사입니다. 그래서 역사는 말합니다. 시민의 권력을 묵살하는 짓이 폭력이며 백성의 주권을 빼앗는 짓이 테러라고 말입니다."

"프린스, 카파시아 호는 대영제국을 대표합니다. 바다 위의 대사관이래도 좋고, 대영제국의 영지라고 해도 좋습니다. 어쨌든 저는 선장으로서 이 배의 안전을 책임지고 있습니다. 일본제국과 조선이란 국가 간의 문제는 잘 모르겠습니다. 분명한 것은 이 배 안에서 폭행이 발생했다는 겁니다. 대영제국의 주권이 미치는 이 배에서 말입니다."

"선장, 저와 제 동료는 면책특권을 지닌 특사입니다. 대한제국은 현재 강제조약으로 외교권을 상실했을 뿐 아직까지 독립국으로서의 지위를 유지하고 있습니다. 비록 외교권을 상실했다고는 하지만 우리는 대한제국 황제의 특사이기 때문에 면책의 권리를 갖고 있습니다. 게다가 만국평화회의 의장국인 러시아 황제의 초청장을 지니고 있고요."

블라디미르는 눈을 들어 선미 부근에서 날고 있는 갈매기 떼를 바라보다가 다시 시선을 돌려 선장의 푸른 눈을 가만히 들여다보았다. 선장의 푸른 눈이 가볍게 떨렸다.

"브랜디 한잔 하시겠습니까?"

웨이터가 여러 개의 술잔이 얹힌 은쟁반을 들고 테이블 앞으로 다가오자 선장이 블라디미르에게 넌지시 브랜디를 권했다.

"프린스! 먼저 저희 선원들의 무례함에 대해 심심한 사과를 드립니다. 창고에 갇힌 동료분이 특사라면 형사상 면책특권인 치외법권의 적용을 받습니다. 하지만 이 배에서 하선하기 전까지 프린스의 동료를 창고에 가두어둘 수밖에 없습니다. 배의 안전을 지키고 만약의 사태에 대비하기 위해 어쩔 수 없습니다. 이 점을 양해해 주셨으면 합니다. 다시 한 번 프린스께 실례를 범한 데 대해 사과를 드립니다."

"좋아요, 선장. 그렇게 합시다. 하지만 그분이 프린스의 동료라는 걸 꼭 기억해 두세요. 블라디미르, 선장의 뜻에 따랐으면 좋겠네."

블라디미르는 세바스티앙에게 고개를 끄덕이면서 선장과 그를 향해 잔을 내밀었다.

**

이상설은 어두운 식료품 창고 안을 서성대고 있었다. 칼질 소리와 그릇

부딪는 소리가 벽 너머 주방에서 들려왔다. 그는 숨을 씨근덕거리며 오른쪽 조끼 주머니에서 퀼련을 꺼내 물었다. 이준 부사의 얼굴이 불현듯 그의 뇌리를 스쳤다. 부사가 죽던 날 호텔 레스토랑에 혼자 앉아 주문한 음식을 기다리며 창밖을 내다보고 있을 때였다. 막 호텔 문을 나서는 도리이 류조의 조수를 똑똑히 보았다. 주문한 음식이 나왔지만 어딘지 켕기는 구석이 있어 서둘러 이준의 방으로 뛰어 올라갔다. 방문을 열고 들어섰을 때 부사는 거친 숨을 몰아쉬고 있었다. 다급히 달려가 부축했지만 부사는 그가 누구인지 알아보지 못한 채 마지막 숨을 헐떡이며 "내 조국을 도와주십시오. 일본이 우리를 짓밟고 있습니다" 하고 말했다. 그렇게 부사는 죽었다. 이상설은 물고 있던 퀼련을 짓씹으며 머리를 연방 흔들어댔다. 구둣발 소리가 복도 끝에서부터 뚜벅뚜벅 들려왔다. 그는 창고 문으로 달려들어 창살을 감아쥐고 고래고래 소리를 질렀다.

"야, 당장 이 문 열어! 문 열란 말이야."

"아…… 조센진! 원숭이 새끼마냥 창고에 갇혀서 무슨 소릴 그렇게 지르나? 아하, 이준 때문에 그러나? 속이 타서? 이히히히. 오늘 말이야. 난 놀라운 발견을 했어. 미천한 조선 인종도 머리를 굴릴 줄 안다는 사실. 어떻게 알았을까? 나란 걸 말이야. 아……, 이건 인류학사에 남을 놀라운 발견이야. 이히히히!"

도리이 류조가 창살에 얼굴을 바짝 들이밀고 킬킬거렸다.

"도리이 류조! 네 녀석이 부사를 죽였어. 그날 내 눈으로 분명히 봤어. 네놈의 조수란 자가 부사를 죽이고 황급히 나가는 것을 보았어. 그래, 맞아. 모르핀, 모르핀이야. 그걸로 부사를 죽였음에 틀림없어. 그때, 그때 부사의 동공이 풀려 있었어. 이 살인마, 오살할 놈! 반드시 네놈 모가지를 비틀어서 뼈째 갈아 먹어버리겠어!"

이상설이 문 앞에 서서 두 손으로 창살을 잡은 채 욕지거리를 내뱉었다.

"아……, 천박한 조센진 하나 죽었을 뿐인데 흥분할 건 없잖아? 자넨, 파리 한 마리 죽어도 이렇게 길길이 날뛰나? 아마테라스오미카미의 피를 이어받은 우리 순수 황국신민이 죽었다면 모를까. 아……, 조센진 주제에 침대에서 편하게 죽었으면 됐지, 뭐가 부족해서 그러는 게야. 어허, 문 부서지겠네. 천하고 열등한 종자들이란 대들 생각뿐이지. 요즘 조선 놈들은 툭하면 길거리에 나와서 바락바락 악을 쓰더군. 천황의 신민으로 받아주겠다는데. 아……, 아마테라스오미카미의 피가 얼마나 맑고 순수한지를 안다면 너희 열등한 종자들에게 황국신민의 지위가 얼마나 영광인지 알 텐데."

"아마테라스오미카미의 피? 네놈이 나를 웃기는구먼. 그 잡것은 양심도 모르잖아. 네놈은 양심이 뭔 줄 아는가? 선과 악은 구분할 줄 알아? 양심 없는 순수는 없는 법이야. 그런데 뭐라고? 순수? 모노노아와레가 순수야? 검든 허옇든 그저 눈물이나 찔끔거리는 건 순수가 아니라 히스테리라고 하는 거야. 그 히스테리 환자가 순수 혈통이라면 결국 네놈들은 다 우울증에 걸렸다는 말이군. 하긴, 소학교도 못 나온 놈이 길거리에 굴러다니는 해골바가지를 주워다가 순수인종 운운 하는 세상이니 히스테리 환자가 우성인자로 둔갑하지 말란 법도 없지. 더구나 네놈들의 역사서에 따르면 백성들은 돌멩이나 다를 바 없지 않나? 존재는 천황뿐이잖은가. 나머진 다 도덕적 판단을 해서는 안 되는 돌대가리들이고. 그렇담 황국신민은……."

"아……, 하지만 이걸 어쩌나. 우리 대일본제국은 해가 뜨는 곳이며 신성한 땅이라네. 때문에 우리 땅의 모든 것은 순수하고 신성하다고 할 수 있는 거야. 그러니까……."
"그러니까 황국신민은 순수 돌대가리라는 거 아냐. 방금 네놈 주둥이로 말했듯이 네놈들의 역사는 인간이란 땅의 소산에 불과하다고 가르치잖아. 그럼 돌멩이밖에 더 있냐. 아시아 원시부족들을 찾아다니면서 골상을 연구하겠다고 그렇게 애쓸 것 없네. 황국신민과 미개인의 대가리 크기가 얼마나 다른지 물을 필요가 없단 말일세. 대가리가 더 크고 둥글둥글하면 뭐하겠나. 그래봐야 자기존재에 대한 질문조차 할 줄 모르는 돌멩이들인 걸. 조금 예쁜 돌멩이도 돌은 돌일세."
이상설이 창살문 너머에서 희번덕거리며 구르는 눈알을 향해 목소리를 높였다. 도리이 류조는 부르튼 입술을 혀끝으로 연방 핥으면서 이따금씩 신음소리를 냈다.
"조센진, 구타밧테시마에(뒈져버려라)! 아……, 쥐뿔도 없는 종자가 주둥이는 살았다고 번드레하니 말은 잘하는구나. 그래? 그럼, 고놈의 주둥이로 나불대 보게. 이준이 어떻게 죽었는지 말이야. 아니, 내가 가르쳐줄까? 아……, 아까 자네 말처럼 모르핀을 목의 정맥혈관에 찔러 넣었지. 그리고 한 가지가 더 있었어. 쿠라레(Curare)라고 들어 봤나? 그걸 썼어. 과정은 간단하지. 먼저 모르핀 주사로 이준을 무기력하게 만든 다음에 원시부족한테서 구한 쿠라레를 단독 상처에 발랐지. 그러면 어떻게 되는 줄 아나? 이히히, 혈관 속으로 들어간 쿠라레의 독이 발과 손끝에서부터 전신으로 서서히 퍼지면서 몸을 마비시키지. 그러면 장기들이 하나씩 굳어가는 거야. 아……, 이준은 말짱한 정신으로 지켜보았지, 자신의 몸이 차츰차츰 굳어가는 걸. 상상해 봐. 죽음의 그림자가 자신의 장기를 하나씩 떼어가는 광경을 제 눈으로 직접 본다는 건…… 이히히, 스릴 넘치지 않나. 이히히히! 아…… 그리고 한 가지 더, 너는 무책임한 놈이었어. 넌 이준이 죽어가던 순간에 네 뱃속만 채우려고 했잖아. 그게 바로 미개한 놈들의 특성이야."

"이 오라질, 육시할 자식! 내가, 내가 반드시 너를……."

새된 웃음소리가 차츰 복도 끝으로 꼬리를 끌며 사라졌다. 이상설은 어두운 구석에 털썩 주저앉아 주먹 쥔 손으로 바닥을 세게 내리쳤다. 쿵쾅거리는 소리와 엉엉 우는 소리가 창살문으로 흘러나와 차츰차츰 복도를 따라 울려 퍼졌다.

3

모니카와 지호가 이른 아침부터 아침거리를 장만한다고 부산을 피워댔다. 나는 하는 수 없이 일찌감치 잠자리를 정리한 후 옷을 갈아입고 책상 앞에 앉아 신문을 펼쳤다.

"어제도 제법 규모가 컸나 보네요. 요즘 하루가 멀다 하고 한미FTA 반대 시위를 하는 바람에……. 근데 신부님은 이번 시위를 어떻게 생각해요? 시위하는 사람들은 우리 시장이 외국의 거대자본에 예속되기 때문에 한미FTA를 반대한다던데."

지호가 냉장고에서 바스락거리며 무언가를 꺼내더니 내 뒤로 와서 신문을 넘겨다보다가 내게 말을 건넸다.

"그럴 수 있다고 생각해요."

나는 게슴츠레한 눈으로 하품을 하면서 대충 얼버무렸다.

"그……래요? 그럼, 국제경쟁력을 강화하고 선진화를 이루기 위해선 반드시 한미FTA를 해야만 한다는 얘기는요?"

"그것도 괜찮다고 생각해요."

나는 깍지를 끼고 몸을 부르르 떨면서 기지개를 켰다. 나는 자세를 고쳐 앉으려다 문득 지호의 반응이 없다는 걸 알아차렸다. 나는 살며시 고개를 돌리고 눈을 치떠 위를 올려다보았다. 지호가 왼손에 달걀을 쥐고 오른손에 프라이팬을 든 채 색색거리며 나를 내려다보고 있었다.

"신부님, 생각은 그만하시고 선택을 해요. 달걀로 맞을래요, 프라이팬으로 맞을래요?"

"어, 어……. 난, 계란 프라이는 좋아해요."

나는 오른팔을 들어 얼굴을 가리면서 얼른 대답했다.

"우리 신부님은 뭐든지 그럴 수 있다, 괜찮다, 그래요. 괜스레 묻는 사람만 울화가 나니까 묻지 말고 윽박지르세요."

모니카가 조리대에서 칼질을 하면서 큰 소리로 지호에게 말했다.

지호는 느닷없이 "에비" 하고 프라이팬을 내 눈 앞으로 쑥 내밀었다. 내가 "어" 하며 주춤 뒤로 물러서자 지호는 까르르 웃으면서 주방으로 발길을 돌렸다.

"신부님, 좀 거들지 않고 뭐하세요. 원래 오늘 아침은 신부님 차례잖아요."

나는 마지못해 식탁으로 가서 느릿느릿 행주질을 하고 모니카에게 수저 세 벌을 건네받아 식탁 위에 가지런히 늘어놓았다. 모니카와 지호는 그 사이 모시 된장국과 계란 프라이, 그리고 두어 종류의 나물과 김치를 식탁에 차리고 자리에 앉았다.

"신부님, 뚝배기에서 바글거리는 이 된장국 좀 보세요. 음, 시원하다! 참, 김치는 부장검사님 댁에서 보내주셨대요. 어쩜, 볼이 미어지겠어요. 천천히 드세요. 근데 검사님, 무슨 일 있으세요? 아까부터."

나는 포기김치 한쪽을 쭉 찢어서 밥숟가락 위에 척 얹어 한입 가득 넣고 우적거리며 지호를 바라보았다.

"요즘 들어 심해진 한미FTA 반대시위 때문에 어제 청사에서 긴급 공안대책회의가 열렸거든요. 그런데 우리 특수부에도 시국사건을 배당했나 봐요. 지금 맡고 있는 사건들은 일단 중지하고 시국사건부터 해결하라고."

"그럼 수빈이와 이안이 사건은……."

모니카가 몇 술을 뜨지 않고 숟가락을 놓으며 지호에게 물었다. 나는 말똥하니 지호와 모니카를 번갈아보다가 뚝배기를 슬쩍 내 앞으로 당겼다.

"부장님 얘기론 춘천지방검찰청으로 이관하라고 했대요. 이안이 사체가 춘천 국도에서 발견됐으니까요. 그 애긴 사건해결 의지가 없다는 뜻이죠, 제 직감으로는."

"그래서요?"

"부장님이 한 달만 더 시간을 달라고 하셨대요. 뇌물수수 혐의가 있는 현역의원 명단을 들이밀면서 그 사건을 수빈이 사건 대신 다른 곳으로 이관하겠다고 하면서. 어떻게 됐냐고요? 별 수 있겠어요? 여권실세도 명단에 있는데. 어쨌든 한 달 안에 사건을 종결지어야 돼요. 가능할지는 모르겠지만."

"제러미 아이언스보단 못하지만 부장검사님도 생각보다 멋있네요. 신부님! 지금 이 판국에 밥이 넘어가요? 다람쥐 밤 까먹듯 양 볼에 가득 물고. 아휴, 누구는 스페인 군대 앞에서 '무력이 정당하다면 사랑이 설 자리는 없어집니다' 하고 멋들어지게 말했다는데……."

"모니카, 그건 영화 〈미션〉에 나오는 대사잖아요. 치, 그까짓 게 뭐 그리 대단하다고. 나도 영화에서라면 얼마든지 그렇게 말할 수 있어요."

내가 입 안 가득 음식을 물고 우물우물 하며 대꾸했지만, 모니카는 지호에게만 눈길을 두고 말을 이었다.

"개화기 때 일어났던 논쟁과 비슷한 논쟁이 다시 벌어지고 있네요. 자주적 자립경제냐 개방이냐. 어려운 문제죠. 하지만 분명한 건 미국이 원하는 한 한미FTA가 체결될 가능성이 높다는 거죠. 미국의 힘이 더 세니까."

"그렇다고 무작정 우리 시장을 다 내줄 수도 없잖아요."

"예나 지금이나 다르지 않은 게 무언지 아세요? 제국의 논리예요. 적자생존의 논리. 생존경쟁에서 가장 우수한 종족만 살아남는다는……. 밀림 한복판에서 길을 잃으면 반드시 따라붙는 포식자들이 있죠. 역사를 보면 우리 주위에는 늘 그런 포식자들이 어슬렁거리고 있었지요. 일본, 중국, 그리고 러시아. 유럽은 자신들의 영역을 쿵쿵거리며 돌아다니기 바빴죠. 미국은? 워낙 식성이 좋은 애들이라서."

모니카가 젓가락으로 밥을 깨작이며 한숨을 길게 내쉬었다.

"그럼 우리는 어떻게 해야 되죠?"

"어렵지만 간단해요. 살아남아야죠!"

나는 밥그릇을 다 비우고 나서 툭 한마디 내뱉고 물 한 컵을 벌컥벌컥 들이켰다.

"어이구, 참 간단하네요. 신부님, 한 달 남았어요. 아시죠? 얼른 상 치우고 해야 할 일을 하죠. 갈 길이 바빠요."

지호는 모니카와 함께 급히 식탁을 치우고 방에서 노트북을 가져와 다시 나와 마주 앉았다.

"수녀님, 정말 혼자 설거지하셔도 괜찮으시겠어요? 고맙고 미안해요! 자, 신부님! 심문 받을 준비됐어요? 당신은 묵비권을 행사할 수 없으며 아주 짧게 대답해야 합니다. 아셨죠? 그럼 시작하겠어요. 이위종이 기번 추기경에게 건넨 정보는 문서화된 건가요? 그렇다면 언제 어디서 입수한 거죠?"

"그건 이준이 한글로 직접 기록한 문서였어요. 그가 일본에서 수학할 때 어떤 경로를 통해 신도사상으로 무장한 군국주의자들의 음모를 알게 됐고 그걸 문서로 만들었죠. 그런데 고종이 이준을 급히 불러 헤이그 특사의 임무를 맡기게 되자 이준은 그 문서를 자신의 가방에 담아 덴하흐로 향했어요. 그리고······."

"잠깐, 거기까지. 다음! 그동안 내가 몇 가지 알아봤는데, 헤이그 특사들이 경유지인 상트페테르부르크에 도착하고 나서 며칠 뒤에 러시아 황제 니콜라이 2세를 알현했다고 하더군요. 그게 사실이라면 왜 니콜라이 2세에게 그 문서를 보이고 도움을 청하지 않았나요? 그게 여의치 않았다면 헤이그에서 열린 만국평화회의 참석자들이나 기자들에게 얼마든지 그 문서내용을 제보할 수도 있었을 텐데요."

"헤이그 특사 일행은 전 조선주재 공사였던 칼 베베르의 도움으로 여름궁전 페테르호프에서 러시아 황제를 알현하게 되었지요. 하지만 특사들은 배석한 외무대신 알렉산드르 페트로비치 이즈볼스키에게서 '비상식적인 행동을 삼가라'는 말만 들었어요. 이즈볼스키는 러일전쟁 패전과 1월혁명의 여파로 러시아가 혼란스러운 상황에서는 러시아 내정에 치중하기를 원했어요. 그래서 주변 강대국들과 원만한 관계를 유지하려 했지요. 때문에 그에게 헤이그 특사는 러시아 대외정책에서 군더더기 같은 존재였어요. 덴하흐 회의장에 모인 대부분의 국가들도 러시아의 입장과 크게 다르지 않았지요. 애당초 만국평화회의는 제국주의 국가들이 식민지를 둘러싼 서로 간의 갈등을 원만히 해결하는 데 목적을 두고 있었으니까요. 그리고 기자들은······."

"헤이그 특사들에게 호의적이었던 스테드 같은 언론인도 있었잖아요?"

"그 역시 특사들에게 호의적이었던 태도를 하루아침에 바꿨어요. 대신 일본을 옹호했죠. 어쩌면 당연한 태도였는지도 몰라요. 스테드가 비록 자신의 조국인 영국의 대외정책을 끊임없이 비판했다지만 영국의 식민지 개척 그 자체를 비판한 건 아니었으니까요. 언론이란 외교적 문제에 있어서는 철저히 자국의 이익을 우선시하기 마련이지요. 어쨌든 한마디로 헤이그 특사들이 믿을 수 있는 지원국이나 원조자는 없었어요. 그들은 '국가 이상의 권력은 없다'는 사실에 직면했던 셈이죠."

"국가 이상의 권력은 없다?"

"네. 이준이 자강회 강연에서 강조했던 말이에요. 개인의 주권이 곧 국가이고 권력이라는 의미죠. 달리 말하면 국가는 주권이라는 의미기도 하고요. 그들은 덴하흐에서 주권 없는 자는 존재하지 않는다는 현실에 맞닥뜨린 거죠. 존재하지 않는 자의 얘기를 누가 들으려 했겠어요? 그래서 이준은 그 문서를 품속에만 간직하고 있을 수밖에 없었지요."

모니카가 커피메이커에 내린 원두커피를 가져와 지호와 내게 잔을 내밀고 다시 주방으로 갔다.

"스테가노그라피라고 했나요? 이준이 그런 어려운 방법으로 이위종과 이상설에게 그 문서의 존재를 알린 이유는 뭐죠? 언제든 직접 전할 기회가 있었을 텐데."

"시간이 없었어요. 그들은 상트페테르부르크를 떠나 덴하흐로 가는 내내 만국평화회의에 참석한 국가들을 설득할 방법을 의논하고 불어로 연설문을 작성했죠. 덴하흐에 도착해서는 각국 대표단을 만나 한국의 사정을 설명하기에도 벅찬 시간을 보냈어요. 하지만 어느 나라 대표단도 헤이그 특사들을 지지하려 들지 않았어요. 특히 만국평화회의 의장인 러시아 대표 아르카디 넬리도프 백작과 주최국인 네덜란드의 외무대신 메이저 후온데스의 거절은 그들에게 다른 경로를 찾아 우리 실정을 알려야 한다는 걸 의미했죠. '각국은 보호조약에 근거하여 한국의 외교권이 일본에 이양됐음을 인정했다.' 이것이 그들의 답변이었습니다."

"그래서 그들이 각국 대표들 대신 기자들을 상대했군요. 이위종이 국제기자클럽에서 〈한국을 위한 호소〉라는 연설을 했던 이유도 그렇고. 그래도 그 뒤로는 얼마든지 이준이 자신이 갖고 있는 문서의 내용을 얘기할 시간이 있지 않았을까요?"

"이준은 덴하흐에 도착하기 전부터 여름철 감염성 피부질환인 단독으로 고생하고 있었어요. 오한과 고열이 심한 단독에는 휴식이 최선의 치료 방법이었죠. 하지만 당시 이준의 형편은 여의치 않았어요. 타지에서 겪어야 하는 음식과 잠자리 문제, 그리고 무엇보다 암담한 현실이 쉴 틈을 주지 않았죠."

"이준이 단독으로 죽었다는 이야기가 사실인 모양이군요."

그때였다. 바리톤이 느닷없이 크고 음울한 목소리로 거실 안을 무겁게 짓눌렀다. 지호와 나는 휘둥그렇게 눈을 뜨고 서로 마주 보았다.

"왜들 그러세요? 침울해서 그래요? 〈네 개의 엄숙한 노래〉예요. 죽음을 연습한다 생각하고 들으세요. 이 모니카에게도 하느님 뵈올 날이 하루하루 다가오고 있답니다."

모니카가 찻잔을 들고 지호 옆에 앉으면서 한숨을 푹 내쉬었다.

"클래식계의 발라드 황제 브람스예요. 물론 모니카식 표현이죠. 네 곡 모두 성서에서 가사를 따왔어요. 그가 죽음 얘기를 하고 싶어서 작곡했다는군요. 지금 듣는 부분은 전도서에 있는 구절로, 짐승이나 인간이나 죽음 앞에서는 같다는 그런 내용이에요. 참, 아까 어디까지? 아, 그래요. 단독, 단독은 그저 죽음을 예고하는 불길한 징조일 뿐이었어요."

"그럼 죽게 된 원인이 다른 데 있었다는 얘긴가요?"

"그의 죽음은 갑작스러웠어요. 이위종과 이상설의 행적이 그걸 증명하지요. 원래 만국평화회의 기간은 1907년 6월 15일부터 10월 18일까지였어요. 그것은 바로 그들이 덴하흐에서 활동해야 하는 기간을 의미했지요. 그래서 이위종도 7월 초에 자신의 처 엘리자베타 발레리아노브나 놀켄이 아프다는 전보를 받았을 때 2주 정도만 상트페테르부르크에 다녀오기로 했지요. 만약 특사활동의 전망에 대한 회의가 있었다면 굳이 그렇게 짧은 일정으로 상트페테르부르크에 다녀오려고 하지는 않았을 거예요. 그가 상트페테르부르크로 간 뒤인 7월 14일에 이준이 사망했지요. 그래서 그는 급히 덴하흐로 돌아왔어요. 그런데 이상한 점은……, 이위종이 덴하흐에 도착한 바로 다음날인 7월 19일에 갑자기 그가 이상설과 함께 미국으로 향했다는 거예요. 왜 그랬을까요? 10월 18일까지 덴하흐에서 계속 활동했어야 할 그들이 왜 미국으로 향했을까요?"

"그 전에……. 아직 말 안 했어요. 이준이 죽게 된 원인이 뭐죠?"

"조금만 더 들어보세요. 그들은 이준의 달걀을 발견하고 이준의 메시지를 해독했죠. 그 메시지는 문서가 어디에 있는지와 이준을 살해한 자가 누구인지를 말하고 있었어요. 아무튼 이위종과 이상설은 이준의 문서를 찾은 다음에 며칠 전 덴하흐를 떠난 헐버트를 만나기 위해 영국을 거쳐 미국행 배에 올랐죠. 그때까지만 해도 그들은 달걀에 새겨진 글자와 문양이 문서의 행방만을 암시한다고 생각했어요. 미국으로 가는 배 안에서 다카이시 신고로 기자와 일본인 인류학자를 만나고 나서야 그들은 비로소 이준의 메시지에 담긴 또 하나의 내용을 알게 됐지요. 이준을 살해한 자의 이름을……. 도리이 류조!"

"도리이?"

"네, 달걀에 새겨진 문양이 가리킨 살인자의 이름이에요. 이위종과 이상설은 도리이 류조를 만나고 나서야 이준이 그의 조수에 의해 살해당한 사실을 알게 됐지요."

"도리이 류조가 누구죠?"

"그는 인류학자, 더 정확히 말하자면 사이비 고고학자였어요. 그는 동남아시아와 중국, 그리고 우리나라를 돌아다니면서 각국의 민족과 원시 부족의 풍습과 문화에 관한 고고학적 자료를 수집했지요. 그 자료들은 일본의 과거사를 조작하는 데 크게 기여했어요. 그는 다윈의 진화론을 인류학에 접맥시킨 우생학에 관심이 많았지요. 당시 진화론과 우생학은 제국주의의 사상적 기반이었어요. 우생학은 뭐랄까, 혁명적 과학이론인 진화론을 정치이념화한 학문이라고나 할까요? 그건 인간의 생물학적 진화를 인위적으로 유도하여 문명을 발전시키는 것을 목적으로 한 사이비 학문이었죠. 한마디로 문명의 진보를 이루기 위해 생물학적 우성인자를 가진 사람의 수를 늘리고 열성인자를 가진 사람의 수를 줄여야 한다는 거였어요. 그래서 당시 미국에서는 강제불임법을 제정해서 인디언, 정신병자, 저능아, 간질병 환자 등에게 강제로 불임수술을 했어요. 그리고 독일에서는 나치정권이 소위 인종위생법이라 불리는 뉘른베르크 법을 통과시켜 유대인 학살의 토대를 마련했지요."

"도리이 류조는?"

"일본의 우생학은 비약이 더 심했어요. 일본의 신도 신화와 연결됐거든요. 저번에 신부님이 신도 신화에 대해 이야기하면서 가미의 마음, 종의 원리, 모노노아와레라는 세 가지 도덕판단 기준을 언급하셨지요? 그 세 가지 가운데 종의 원리에 우생학을 접목시켰답니다."

모니카가 자리에서 일어나 레코드플레이어의 볼륨을 높이면서 대화에 끼어들었다. 바리톤이 〈죽음이여, 고통스런 죽음이여〉를 격정적인 피아노 선율에 맞춰 노래하기 시작했다.

"전에 말했듯이 복고신도 세력은 천황권을 강화하기 위해 신화와 왕조사를 뒤섞는 방식으로 집필된 《고지키》와 《니혼쇼키》를 정사로 삼았지요. 하지만 정복전쟁을 목적으로 하는 군국주의자들에게 복고신도 사상은 그 효용가치가 약했어요. 그런데 도리이 류조가 서구에서 끌어들인 신학문 우생학이 그들의 명분을 강화시켰지요. 아마테라스오미카미의 신화와 우성인자들의 진화!"

"일본식 생존방식이죠. 따지지 말고 땡기는 대로 사는 형님 공동체!"

모니카가 냉장고에서 사과를 꺼내면서 다시 끼어들었다.

"그러니까 내부적으로는 종의 원리에 따라 천황이 우성인자의 정점에 있고 그 나머지는 우성적 신민이란 얘기군요. 외부적으로는 우성 민족국가인 일본이 대동아공영권의 맹주가 되고 동아시아의 여러 국가들을 열성 신민으로 둔다!"

"그렇죠. 도리이 류조는 그런 이론을 정당화하기 위해 골상학, 관상학, 인종학과 관련된 자료의 수집에 나섰어요. 일례로 그는 한일병합 이후 조선총독부의 위탁을 받아 국내 여러 지역에서 성인 남녀와 아이들의 사진을 촬영했지요. 그리고 그 사진들을 '유전적으로 낙후되고 미개한 조선인들에 대한 일본의 정당한 통치'를 선전하는 데 활용했어요. 물론 그 사진들은 자국민들에겐 황국신민으로서의 자부심을 불러일으켰지요. 일부 식민지 조선인들은 근대화된 일본의 생활상과 자신들의 삶을 대비시킨 도리이 류조의 사진을 보면서 민족개조가 필요하다는 생각을 갖게 됐고요."

"민족개조? 사실 뭐, 민중이야 모르니까 속아넘어갈 수도 있었겠지만……."

"배운 놈들이 더 심했어요! 소위 개화기 신지식인들이 앞 다투어 우생학 이론을 받아들였고 게다가 그것을 계몽사상이라 칭하면서 민중에게 교육했거든요."

모니카가 지호 옆에 앉아 사과를 깎으면서 나 대신 대꾸했다.

"전 그런 얘기 처음 들어요. 개화기나 일제 강점기 때 우리나라에서도 우생학 얘기가 오갔다고요?"

"사회진화론이라는 이름으로 일본에서 유입됐어요. 사회진화론은 다윈의 자연선택 법칙, 그러니까 생물진화론을 개인, 집단, 인종에 적용시킨 이론이죠. 나치와 백인우월주의자들이 이 이론을 가지고 앵글로색슨족이나 아리안족의 문화적, 생물학적 우월성을 정당화했어요. 일본은 조금 전 말씀드린 것처럼 자신들의 신도와 연계시켰고."

"말 그대로의 계몽을 주장했을 수도 있잖아요? 물론 몇몇 친일파들은 사회진화론을 계몽으로 불렀을 수도 있지만."

"마르크스의 변증법마저 사회진화론으로 조작했던 이들이 바로 신도 사상가들입니다. 그러니까 일제의 한반도 강점기 때 일본을 통해 우리나라에 들어온 사회주의는 사회진화론으로 조작된 돌연변이였어요."

"말도 안 돼요!"

"'민족의식의 개조와 각성!' 이것은 소위 일본유학파를 중심으로 주창됐던 1910년대 우리나라 지식인들의 모토였어요. '역사의식에 의해 계몽된 민족과 계급, 그리고 공산주의를 향한 진보의 메커니즘!' 이건 1920년대 조선 사회주의 운동가들의 입에서 나온 말이었지요. 두 주장은 서로 극단에 놓여 있지만 '우성인자로의 개조와 우성인자들의 사회로의 진화'라는 같은 사상적 발판 위에 서 있었다고 볼 수도 있어요. 황국신민으로의 개조와 진화! 이것이 일본 우생학의 모토이자 정복전쟁의 명분이었다는 걸 기억하세요."

"그건 지나친 상상 아닌가요? 신화든 사상이든 뭐든 그들이 다 조작했다고 하는 건……. 그들을 너무 과대평가하는 것 아닌가요?"

"일본의 기리시탄들도 마찬가지였어요. 일본이 미국과 몇몇 유럽 국가들에게 마지못해 개항을 하고 메이지 유신을 단행하자 가톨릭도 선교 활동을 재개했죠. 그때 몇몇 프랑스 선교사들이 그동안 박해를 견디며 숨어 지내던 기리시탄들의 존재를 알게 됐어요. 그런데 다시 양지로 나온 기리시탄들의 모습은 상상할 수 없을 정도로 변해 있었지요. 그들은 탄압을 피해 숨어 지내는 동안 차츰 가톨릭 고유의 전례를 잃어버리고 전혀 다른 성격의 종교집단으로 변질돼 있었어요. 어떤 모습이냐 하면, 그게……."

"포켓몬 아시죠? 애들 만화영화요. 잡다한 정령들이 나오는. 걔네들 얼굴에다 마리아와 예수의 얼굴을 새겨 넣었다고 생각하시면 돼요. 그들은 신도의 무곡인 가구라 음조에 성서의 구절을 은어화한 가사를 붙인 것을 찬송가로 불렀지요."

모니카가 사과 한 조각을 포크로 찍어 지호에게 권하면서 내 말에 덧붙였다.

"슬픈 일이네요. 신앙을 지키려다 변질됐으니. 그렇다면 우리나라의 사회주의자들이 일본을 통해 받아들인 마르크스 이론도 그처럼 변질된 것이었다는 말인가요?"

"재미있는 사실은 메이지 유신에 의해 밀려난 정한론(征韓論)자들이 일본 사회주의 운동의 주축이었다는 겁니다. 그들은 전체주의적 민족의식을 전제로 공산주의를 수용했지요. 집단을 위한 개인의 희생이 그들의 기본 사고였어요. 바로 사무라이 정신이죠."

나는 자리에서 일어나 책상서랍에서 서류철을 꺼내들고 다시 돌아와 지호에게 보여주며 말을 이었다.

"여기 이 문장을 보세요. '인심에 갱신이라든지, 개혁이라든지, 변천이라든지, 혁명이라든지 하는 관념이 드는 것이지마는 갱신, 개조, 혁명 같은 관념만으로 만족치 못하고 더욱 근본적이요, 더욱 조직적이요, 더욱 전반적, 삼투적인 개조하는 관념으로야 비로소 인심이 만족하게 된 것은 실로 이 시대의 특징이라 하겠습니다'라고 적힌 부분요."

지호는 머리를 숙인 채 붉은 밑줄이 그어진 문장을 들여다보았다. 바리톤이 부드럽고 경쾌한 음조로 '내 몸을 불사르게 내어줄지라도 사랑이 없으면 아무 유익이 없다'고 노래하고 있었다.

"이광수?"

"네! 〈민족개조론〉입니다. 한마디로 자연선택의 시대에 살아남는 방법은 민족개조뿐이라는 얘기죠. 우리의 정신과 문화는 적자생존의 법칙에 따라 퇴화될 수밖에 없기 때문에……. 자생한 돌연변이죠! 일부 사회주의자들처럼 변질된 이론을 받아들인 게 아니라 스스로 사회진화론에 감염되어 돌연변이를 일으킨 괴물입니다."

"좋아요! 여기까지만. 그렇다면 지금까지 얘기한 신민화 음모에 관한 내용이 이준의 문서에 들어있었다는 건가요?"

"네. 그리고 한 가지 더 있었습니다. 메이지 유신 때부터 정한론자들의 입에 오르내렸던 일선동조론(日鮮同祖論). 우리와 일본은 조상이 같은 근친관계이고 우리가 신화시대부터 일본의 지배를 받아왔기 때문에 우리에 대한 일본의 식민통치는 당연하다는 논리였죠. 어쨌든 을사늑약 체결은 그들에게 조선 땅에서 일선동조론을 실현할 기회를 의미했어요. 그래서 일본의 군국주의자들이 철저히 그런 계획을 세웠고, 이준이 그 정보를 입수했던 겁니다."

"알겠어요. 결국 우리의 소위 계몽주의자들은 일본의 일선동조론에 동조했던 셈이군요."

"참, 여기 이준의 자강회 연설문이 있습니다. 여기, 이 부분을 보세요."

힘이 있는 대로, 지혜가 있는 대로, 정성이 있는 대로 모든 것을 발휘하여 국내 만반 사이에 있어서 극렬한 경쟁심을 분발하여 우리의 것은 우리의 손으로 휘어잡아 타민족에게 빼앗기지 말며, 타민족에게 빼앗겼던 것은 모두 도로 빼앗아 우리 동족의 생존경쟁에 지장이 없게 하여야 할 것입니다.

"우리 것을 빼앗아오자는 얘긴 민족개조론의 괴물들에겐 웃기는 말이었죠. 그들이 보기엔 어차피 퇴화될 하등동물이 살아보겠다고 발버둥치는 꼴이었을 테니."

"우리 잠깐만 쉬어요. 가슴이 저며서 차마 말을 못하겠어요. 어쩌면 지금 우리도 사회진화론에 감염돼 있는지도 모르겠네요. 아직까지 우리가 일제잔재 청산도 못하고 있는 걸 보면 이광수의 돌연변이 유전자가 지금 내 피 속에 흐르고 있을지도 모르겠어요. 끔찍해요. 3년 뒤면 한일병합 100주년인데……. 덴하흐에서 이준이 죽은 지 벌써 100년이나 지났는데."

4

우리들 가운데 가장 거룩하신 에우제니오 파셀리 추기경 각하께,

　하느님의 종 중의 종 Q신부가 드립니다.

　친애하는 에우제니오 파셀리 추기경 각하, 오늘 미천한 종은 지옥의 한복판에서 성부(聖父)의 응답을 간절히 구했습니다. 하지만 하느님은 어디에도 계시지 않았습니다. 죄 없는 어린아이들이 불타는 거리 한복판에서 어찌할 바를 몰라 하염없이 울기만 합니다. 그러나 성부께서는 차가운 달빛처럼 무관심하실 뿐입니다. "야훼여! 어느 때까지이니까, 나를 영영 잊으시나이까. 주의 얼굴을 나에게서 언제까지 숨기시겠나이까(시편 13:1)" 하며 미친 사람처럼 소리를 질러도 아무런 대답도 없습니다. 유리창이 산산이 깨지는 소리만이 지옥 같은 거리에 가득할 뿐입니다.

　하느님의 참된 종이신 에우제니오 파셀리 추기경 각하, 지난 10월 독일의 유대인들이 나치의 뉘른베르크 법에 의한 폭압적 차별을 피해 폴란드 국경을 넘으려다 폴란드 정부로부터 거부를 당했습니다. 비가 심하게 내리는 가운데 그들은 국경에 머무르며 폴란드 정부에 천막과 음식만이라도 제공해 줄 것을 요청했지만 이 역시 거부당하고 말았습니다. 그들은 결국 다시 독일 쪽으로 발길을 돌릴 수밖에 없었습니다. 그런데 독일 국경수비대는 여자와 아이들에게까지 무자비하게 총격을 가했습니다.

　각하께서도 이미 보고를 받으셨겠지만, 파리의 폴란드계 유대인 청년 헤르헬 그린슈판이 이 비참한 소식을 듣고 지난 11월 7일 주프랑스 독일 대사관의 서기관인 에른스트 폼 라트를 저격했습니다. 그리고 바로 어제 저녁 에른스트 폼 라트가 사망했다는 소식이 이곳 베를린에 전해지자 이곳은 지옥의 도시로 돌변했습니다.

하느님의 참된 종이신 에우제니오 파셸리 추기경 각하, 1938년 11월 10일 새벽은 우리 인류가 결코 잊을 수 없는 재앙의 시간으로 기록될 것입니다. 그 시간부터 나치 돌격대와 나치 친위부대가 민간인으로 위장하고 유대인들의 상점에 유리창을 깨고 들어가 불을 지르고 유대인들에게 폭행을 일삼고 있습니다. 어린이나 여자들도 무차별적 폭력 앞에 예외가 아닙니다. 지금 제가 서 있는 곳은 온통 피로 뒤엉킨 유리조각들로 가득합니다. 두려움이 몰려옵니다. 죽음의 그림자가 이것은 시작에 불과하다고 속삭이는 듯합니다. 주여, 우리를 불쌍히 여기소서!

"밤새도록 애곡하니 눈물이 뺨에 흐름이여, 사랑하던 자 중에 위로하는 자가 없고 친구도 다 배반하여 원수가 되었도다(예레미야애가 1:2)" 하며 비통해 하던 예레미야 선지자의 심장이 내 가슴에 박혔습니다. 바로 어제만 해도 아리안 친구들이 유대인 친구들과 물건을 놓고 흥정했는데 오늘은 주먹을 휘두르고 있습니다. 인간으로서 어찌 이럴 수 있는지, 이 비천한 종의 머릿속은 온통 회의와 절망뿐입니다.

하느님의 참된 종이신 에우제니오 파셸리 추기경 각하, 1923년 9월 1일 간토 대지진을 기억하십니까? 당시 이 미천한 종은 황도신도에 관한 정보를 수집하기 위해 잠시 일본에 들렀다가 도쿄의 지진 소식을 듣고 급히 그곳으로 달려갔습니다. 그때 이 미천한 종은 처음으로 지옥을 접했습니다. 형체를 알아볼 수 없을 정도로 갈라지고 무너진 폐허와 붉고 긴 혀를 날름거리던 불길들, 그리고 결코 잊히지 않는 잔혹한 한국인 학살 현장!

오, 아버지! "늙은이와 젖먹이는 다 길바닥에 엎드러졌사오며 내 처녀들과 소년들이 칼에 죽었나이다. 주께서 진노하신 날에 죽이시되 긍휼히 여기지 아니하시고 살육하셨나이다(예레미야애가 2:21)." 무고한 한국인들의 외침이 오늘 밤 산산이 부서지는 유리창의 파편에 실려 이 죄인의 귀에 박혀 듭니다. "조선인들이 우물에 독약을 뿌리고 신성한 땅에 저주를 퍼부어 지진을 일으켰다"고 떠들고 다니던 붉은 눈의 일본인 청년들이 지금은 베를린 거리를 활보하고 있습니다.

하느님의 참된 종이신 에우제니오 파첼리 추기경 각하, 우리의 성부 하느님은 도대체 어디에 계십니까? 저들이 얼마나 더 무고한 피를 마셔야만 성부 아버지께서 당신의 감추신 얼굴을 드러내고 우리를 구원하시겠나이까?

지난 5월 3일 성 십자가의 날, 그리스도의 십자가가 아닌 다른 십자가의 표지, 즉 하켄크로이츠가 히틀러의 이탈리아 방문과 동시에 우리 성좌에 내걸렸습니다. 하지만 성부께서는 여전히 침묵 가운데 계시고, 정의의 빛은 크리스탈나흐트(유리파편의 밤)의 어둠 속으로 사라져버렸습니다.

"우리 머리에서 면류관이 떨어졌사오니, 오호라 우리의 범죄함을 인함이니이다!"(예레미야애가 5:17)

부디 하느님께서 이 미천한 종의 기도를 들으시고 떨어진 면류관을 우리에게 다시 씌워주시기를 바랍니다.

5

1907년 8월 10일, 워싱턴 D.C., 내셔널 몰.

"목사님, 기번 추기경이 우리에게 도움을 줄 수 있을지 모르겠습니다. 가져간 문서를 다 읽고 나서 그가 했던 말이 마음에 걸려요."

블라디미르는 느릅나무 아래 벤치에 헐버트 목사와 나란히 앉아 이야기를 나누며 저 멀리 우뚝 솟은 오벨리스크를 바라다보았다. 나비 한 마리가 블라디미르의 눈앞을 지나 잔디밭에 드러누운 이상설의 머리맡에 사뿐히 내려앉았다. 이상설이 게슴츠레한 눈으로 나비를 쫓다가 하얀색 오벨리스크에 시선을 고정시킨 채 궐련을 꺼내 물었다.

"뭐라고 했는데?"

이상설이 길게 담배연기를 내뿜더니 고개를 돌리고 블라디미르와 헐버트를 번갈아 올려다보며 물었다.

"바티칸의 상황이 여의치 않다는 내용이었어요. 피우스 9세 교황 때 가리발디 장군이 붉은 셔츠단을 이끌고 와서 교황령인 로마를 이탈리아 통일정부로 병합한 뒤로 바티칸은 국가주권을 행사할 수 없게 됐거든요."

"붉은 셔츠가 교황이 머리에 쓰는 삼중관보다 무서웠나 보군. 아닐세, 아니야. 괜한 농담 한번 해 봤네. 뭐 한마디로 이탈리아의 식민지가 됐단 말이군. 그래서 예전처럼 정치적으로 교황의 말발이 안 선다는 얘기 아닌가."

이상설이 퉁명스럽게 말을 내뱉으며 엄지와 검지로 꽁초를 집고 가운뎃손가락으로 담뱃불을 턱 튕겼다. 콩알만한 불똥이 헐버트의 발끝에 떨어져 마른 잔디를 태우기 시작하자 블라디미르가 급히 발을 뻗어 불을 비벼 껐다.

"제길, 또 울화가 치미는군! 요놈의 불덩이 때문에 가슴이 답답해. 후……, 지랄 같은 날씨야. 식민지 얘기를 하니까 하야시 다다스 놈이 생각나서 그러네. 지난달에 그놈이 덕수궁에 들어가서 폐하를 퇴위시킬 때 얼마나 거들먹거렸겠는가? 안 봐도 눈에 선하네."

이상설이 자리를 박차고 일어나 한참을 시근벌떡거리더니 리플렉팅풀 쪽으로 가서 호수에 비치는 워싱턴 기념비를 바라보며 뛰기 시작했다.

"저러다가 병이라도 나면 어쩌려고……. 정사가 이곳에 온 뒤로는 좀체 말도 하지 않고 웃지도 않던데. 그렇게 잘 웃던 사람이 말이야. 그 도리이 류조라는 작자 때문인가?"

헐버트가 멀어져가는 이상설을 바라보면서 흰 턱수염을 매만졌다.

"카파시아 호 창고에 갇혀 있을 때 도리이 류조가 선생을 찾아와서 헛소릴 지껄였나 봐요. 자기 조수가 이준 선생을 죽일 때 당신은 뭘 하고 있었느냐고. 그 비열한 인간이 선생님을 찾아와서 왜 그런 얘기를 했는지는 뻔하죠."

"도덕관념이라곤 전혀 없는 놈들의 특성이야. 그런 작자들이 누구보다 죄책감에 대해서 잘 알거든. 결국 저 사람 자책감 때문에 저러는구먼. 그 맘 알지……. 나도 자네들만 남겨두고 덴하흐에서 며칠 만에 이곳으로 도망치듯 와버렸으니 말일세. 내가 고종 폐하와 자네들한테 몹쓸 짓을 했어."

헐버트가 한숨을 길게 내쉬면서 어느새 돌아온 이상설을 올려다보았다.

"참, 잊고 있었네. 오늘 아침 한국에 있는 지인이 전해온 소식이네만, 자네 두 사람에 대한 궐석재판 선고가 있었다더군. 정사에게는 사형을, 그리고 자네와 이준 부사에게는 종신형을 선고했다고. 그런 선고는 내가 받아야 하는데 말이야."

"놀고들 자빠졌네! 개자식들, 더 이상 빼앗을 것이 없으니 정의의 여신이 들고 있는 칼과 저울까지 빼앗았나 보군. 저울을 빼앗긴 조선 법관 놈들도 개새끼……."

이상설이 숨을 헐떡이면서 힘겹게 말을 이어가다가 헐버트와 눈이 마주치자 말끝을 얼버무렸다. 블라디미르가 두 사람을 번갈아 바라보더니 끼어들었다.

"두 분 다 너무 자책하지 마세요. 목사님도 어쩔 수 없으셨잖아요. 지난달에 목사님이 호텔 건너편 길에서 다카이시 기자하고 얘기 나누시는 걸 제가 제 방에서 내려다 봤어요. 다음날 아침에 저희 세 사람한테 목사님께서 그러셨지요? 미국에 신교도 회의가 있어서 가서야 한다고. 하지만 우리는 짐작하고 있었어요. 다카이시가 쓰즈키 대사의 밀명을 받고 목사님께 고종 황제의 폐위 문제를 언급했다는 걸……."

"그래, 그랬지. 그놈이 내게 그러더군. 애초에 내가 덴하흐에 온 것이 잘못이라고. 이준 부사와 내가 부산항에서 블라디보스토크로 향하는 배에 오른 순간 이미 폐하의 운명이 결정됐다더군. 그러면서 한다는 말이……."

헐버트가 말을 끊고 고개를 숙인 채 가만히 발끝을 내려다보더니 다시 고개를 들고 눈을 지그시 감았다. 나비 서너 마리가 얇은 날개를 파닥거리며 헐버트의 머리 위를 한 바퀴 돌더니 벤치 위 느릅나무 가지 사이로 사라졌다.

"한다는 말이, 일국의 국모도 불태운 판에 국부라고 해서 문제될 게 있겠느냐고……. 그래서 더 이상 어찌할 수 없어 몸이 아픈 부사를 뒤로 하고 매정하게 덴하흐를 떠났다네. 부사는 한국에서부터 나와 함께 했었네. 그런데 나는 이렇게 두 눈 멀쩡히 뜨고 숨을 쉬고 있으니 하느님 보시기에 얼마나……."

헐버트는 떨리는 목소리로 머뭇머뭇 말을 마치고 감았던 눈을 떴다. 눈물방울이 눈가에 맺혀 있다가 차츰 굵어지더니 깊게 패인 주름을 타고 흘러내렸다.

"다 제 잘못입니다. 서른여덟씩이나 처먹은 놈이 바로 눈앞에서 벌어지는 살인을 막지 못했어요. 게다가 부사를 죽인 놈을 만났는데도 손 한 번 제대로 쓰지 못했다고요. 궐석재판에서 사형선고를 했다고요? 도리이 류조. 난 그놈을 만난 순간에 이미 죽었어요."

이상설이 바닥에 털썩 주저앉아 호주머니에서 담뱃갑을 꺼내 궐련 한 개비를 피워 물었다.

"자꾸 왜들 이러세요! 앞으로의 일이 중요하잖아요. 자책일랑 그만들 하세요."

나비가 느릅나무에서 나와 이상설의 눈앞으로 날아들더니 검은 줄무늬로 장식된 노란 날개를 팔랑거리며 이상설의 머리 위에 내려앉았다.

"이거 보세요! 이준 선생이 나비가 돼서 대서양을 건너 이곳까지 왔나 봐요. 선생님 머리 위에 앉은 걸 보면 부사도 선생님 맘을 아는 거예요."

이상설이 잔디밭 위를 날아다니는 나비들을 바라보았다.

"선생님, 이젠 우리가 태평양을 건널 차례예요. 살아남은 우리가 태극기를 깃대에 꽂고 태평양을 건너야지요. 언제까지 욱일기가 휘날리는 현해탄을 바라보며 가슴만 치고 있을 수는 없잖아요. 과거는 죽은 자들에게 매장하게 하고, 우리는 바로 지금 행동해야 해요."

"자네들은 이미 태평양을 건넜네. 저 나비들을 보게. 고작 몇 센티미터밖에 안 되는 작고 가냘픈 날개로 아프리카 북부에서 북유럽까지 날아간다네. 저놈들은 멀리 날기 위해 해수면에 바싹 붙어서 날갯짓을 하지. 폭풍과 사나운 갈매기가 가득한 바다 한복판에 뛰어드는 저놈들을 보고 있으면…… 나도 모르게 '이준, 이상설, 이위종' 하면서 자네들 이름만 반복해서 되뇌곤 하지. 시베리아를 횡단해 대서양을 건넌 작은 멋쟁이 나비들! 어떤 제국도, 어떤 영웅도 작은 멋쟁이 나비들만큼 과감하게 바다로 뛰어들 용기를 지니지 못했네. 일본제국? 그들이 현해탄 이외에 어디를 건너려 하던가? 고작 객기를 부린다는 것이 만주벌판뿐이지. 하지만 난 믿네! 작은 멋쟁이 나비들이 시베리아를 횡단하고 대서양을 건넌 것을 내 눈으로 목격한 이상 나는 믿네. 언젠가 대한국인이 태평양도 건너리라는 걸 말이야."

여름햇볕이 세 사람의 그림자를 느릅나무 그림자 옆에 나란히 늘어뜨렸다. 이상설은 두 팔을 뒤로 짚고 앉아 느릅나무 사이로 차츰 강렬해지는 햇살을 올려다보면서 말을 꺼냈다.

"부사의 문서를 보면 그놈들이 우리 조선을 전진기지로 삼아서 만주에 또 다른 제국을 건설하려나 보던데, 그게 가능할까?"

"한 가지 분명한 사실은 이미 그들의 손아귀로 대한제국이 넘어갔다는 걸세."

"맞아요, 목사님. 앞으로의 문제는 과연 황도신도(皇道神道) 집단의 계획대로 될 건가 하는 겁니다. 문서에 적혀 있던 '신만주 신천지 건국'이라는 문구가 아직도 눈에 선해요. 아마도 중국 본토에 가칭 '신만주국'을 세우고 이제껏 그들이 자기네 역사를 조작했듯이 중국의 역사도 조작하려고 하겠지요?"

"한 가지 이해가 안 되는 점이 있네. 그놈들이 계획한 제2의 신민(臣民) 정책을 보면 말일세. 우리나라를 그 대상으로 삼고 있던데. 왜, 하필 우린가?"

헐버트가 대신 나서서 답했다.

"아시아의 패권을 쥐기 위해서라네. 아마 을사늑약을 체결한 직후였던 걸로 기억하는데, 고종황제를 만나고 나오던 길에 당시 학부대신이던 이완용을 잠시 만난 적이 있네. 그때 그가 이토 히로부미의 속내라며 귀띔해 주더군. 대한제국이 신민화되면 한반도를 전진기지로 삼아 만주지역을 점령하고, 그 다음 신만주국과 조선을 발판으로 러시아의 연해주에 진출할 계획이라고 말일세. 물론 그 작자가 나를 회유하려고 한 말이었지만, 신빙성 있는 얘길세. 부사도 문서에서 이토 히로부미를 대표적인 황도신도파로 지목하지 않았나. 이런, 자네 얼굴에 땀 좀 보게. 햇볕 아래 너무 오래 있었네. 어서 일어나게. 어디 시원한 카페를 찾아 그곳에서 얘기를 나눔세."

헐버트가 흠뻑 땀에 젖은 이상설의 얼굴을 보고는 서둘러 자리를 정리하고 일어섰다. 그는 내셔널 몰 주변에 늘어선 상점과 카페들을 대강 둘러보더니 포토맥 강 쪽 거리를 향해 걸음을 옮겼다. 블라디미르와 이상설은 앞장서 가는 헐버트의 뒤를 따라 노란 차양을 친 카페로 들어섰다.

"아까 자네가 그랬나? 과거는 죽은 자들에게 매장하게 하라고. 암, 그렇고 말고. 죽은 자는 우울한 과거를 매장해야 하고 산 자는 즐겁게 위를 채워야지. 목사님, 제 위는 어떤 경우에도 결코 우울증에 걸리는 일이 없습니다. 하하하."

이상설이 코를 벌름거리며 고기 굽는 냄새를 맡더니 헐버트에게 너스레를 떨어댔다. 헐버트는 입가에 미소를 머금고는 자리에 앉자마자 스테이크와 레모네이드 세 잔을 주문했다.

"한 가지 더 궁금한 게 있네. 도리이 그 자식이 말하는 우생학과 황도신도 집단의 계획 사이에 무슨 관계가 있나?"

이상설이 방금 나온 스테이크에 포크를 푹 찔러 넣고 그대로 들어 올려 덥석 베어 물면서 블라디미르에게 물었다.

"우생학은 신민화를 위한 교육 프로그램이라고 생각하시면 돼요. 진화론에 근거를 둔 원시종족 근대화 프로그램이라고 할까요? 우리 백성들에게 신민교육을 시킬 때 진화론에 따라 사상교육을 하겠다는 거죠. 일본은 지금 플라톤과 아리스토텔레스의 철학을 가르치면서 그들도 우생학적 입장에서 이상국가를 실현하려 했다고 가르치잖아요. 이렇게 조작된 철학으로 교육받은 제2의 신민들은 그것을 진리라고 믿겠지요. 그런 신민들이 성장하면 대동아 신질서를 위해 앞장서게 될 테고.”

"한 가지 더 있네. 생체실험! 우생학의 입장에선 순수혈통을 제외하고는 모든 인간이 인류의 먼 조상인 원숭이에 불과하지. 본토 국민 외에는 모두 다 짐승이란 말일세. 그들은 식민지 백성, 아니 원숭이들을 데려다가 본토에 있는 황국신민의 우성생식에 기여할 수 있도록 의학적 실험을 할 걸세. 더욱이 전쟁의 야욕을 버리지 않는 한 보다 효과적인 살상무기에 대한 꿈을 버리지 못할 테고. 그렇다면 신무기의 살상력을 실험하기 위해서라도 짐승이 필요하지 않겠나? 어쩌면 그 원숭이들을 전쟁도구로도 사용할지 모르지. 움직이는 병기……, 전염성 세균이나 질병에 감염된 원숭이는 그 자체로도 어마어마한 파괴력을 지니게 될 테니 말이야.”

헐버트가 한 손으로 턱을 괸 채 창문 너머로 어렴풋이 보이는 의사당 건물을 보면서 한숨 섞인 목소리로 말했다.

"그럼 그들이 우리나라에서 생체실험을 한단 말인가요?”

"제2의 신민교육 프로그램은 노동하는 꼭두각시를 생산하는 데 목적을 두고 있다네. 말하자면 대한제국은 황국의 안락한 환경에 필요한 물질적 자원을 대는 공급처라네. 섬나라 일본에겐 조선이 대륙의 자원을 공급받는 관문일 수밖에 없으니까. 그렇다면 생체실험을 하기에 가장 적합한 곳이 어디겠나? 바로 만주라네. 문서에도 나와있다시피 하얼빈 주변 지역이 제격이지. 러시아와 경계를 이루고 있는데다 한반도와 연결돼 있으니까 위치상으로는 가장 좋은 지역이라고 할 수 있네.”

"원숭이들을 배치하기에도 좋고 러시아를 견제하기에도 좋단 말이로

군. 아주 기막힌 대가리야. 이성이라고는 조금도 없는 대가리. 근데 인간을 인간이라고 부르는 건 인간이 이성을 갖고 있기 때문이잖나. 그렇다면 되레 그들이 원숭이이고, 인간이 원숭이에게 놀아나는 꼴 아닌가?"

이상설이 작은 빵조각을 집어 접시에 남은 소스를 싹싹 훑으면서 혼잣말을 했다.

"하지만 그들도 인간인데 과연 그럴 수 있을까요?"

블라디미르가 헐버트의 시선을 좇아 눈을 가늘게 뜨고 의사당의 둥근 지붕 꼭대기에 세워진 자유의 여신상을 보면서 질문을 던졌다.

"글쎄, 그들도 인간인데 역사를 조작하고 있지 않은가?"

"우문에 현답이시네요."

쓴웃음이 블라디미르의 입가에 스쳤다. 헐버트도 입 가장자리를 씰그러뜨리면서 오벨리스크 뒤로 숨어드는 해를 바라다보다가 이내 블라디미르와 이상설에게 눈을 돌렸다.

"그건 그렇고, 자네들은 앞으로 어찌할 셈인가?"

"전 상트페테르부르크에서 아버님과 함께 그곳 러시아 한인들을 중심으로 의병부대를 만들 계획입니다. 제가 러일전쟁 때 참전한 경험이 있으니 당장 의병부대를 조직하는 데는 어려움이 없을 거예요. 의병부대를 결성하기엔 아무래도 연해주가 낫겠지요. 한인들이 그곳으로 이주해 살고 있으니까요. 그렇다고 남의 나라에서 무작정 무장조직을 만들 수는 없겠지요. 그래서 계획한 건데, 프랑스에서 마치지 못한 군사학교를 러시아에서 마치고 러시아 장교로 임관할까 해요. 러시아 장교로 임관해서 공훈을 세워 차르에게 인정만 받는다면 코사크 용병들처럼 우리 한인들만으로 구성된 군대를 만들 수 있을 거예요."

"전 한시가 급합니다. 더욱이 황제께서 폐위 당하신 마당에 물불 가릴

거 있겠습니까? 쇠뿔도 단김에 빼라고, 가급적 빨리 한반도와 가까운 연해주로 가서 거기에 독립운동 기지를 건설할 생각입니다. 그러려면 무엇보다 돈이 필요하겠지요. 그래서 나무 장사가 어떨까 생각 중이에요. 러시아에 깔리고 깔린 게 나무잖아요. 뭐, 힘만 있으면 거저 가져다 팔 수도 있으니까요. 어떤가? 어떠세요, 제 생각이? 봉이 김 선달이 울고 가지 않겠어요. 대동강물 장사보단 러시아 나무 장사가 더 근사하지 않아요? 아무튼 돈만 마련되면 러시아 여기저기 흩어져서 독자적으로 활동하고 있는 의병들을 단일 군단으로 모을 생각입니다. 일본 놈들을 한방에……."

이상설이 씩씩 숨을 몰아쉬며 두 주먹을 허공에다 대고 휘둘러댔다.

"그래, 그래야지. 김 선달이 자네더러 형님이라 부를 게 틀림없네."

"한방에 날리는 겁니다. 잡히는 족족 이렇게 내리쳐서 으스러뜨려야죠."

이상설은 벌겋게 얼굴을 붉힌 채 헐버트의 만류에도 아랑곳하지 않고 탁자를 세게 내리쳤다. 포크와 찻숟가락들이 한꺼번에 공중으로 튀어 올라 휘돌더니 여기저기서 쨍그랑 소리를 내며 바닥에 나뒹굴었다. 블라디미르와 헐버트가 허둥지둥 자리에서 일어나 바닥을 훑으면서 포크와 스푼들을 주웠다. 이상설은 두 눈을 씀벅씀벅하며 멀뚱히 앉아서 두 사람을 지켜보다가 냅킨으로 식탁을 쓱 훔쳤다.

"이거 죄송하게 됐습니다. 어서들 앉아서 레모네이드……, 엎질러졌네요. 위종 군, 자네 실력이면 외교적 활동을 계속하는 것도 괜찮을 듯싶네. 자넨 어렸을 때부터 아버지를 따라서 러시아뿐 아니라 미국, 프랑스, 오스트리아 등지로 돌아다니지 않았나. 그러니까 내 말은 더 조건이 좋은 다른 나라에서도 얼마든지……."

"무슨 말씀인지 알아요. 왜 하필 러시아냐 이거죠? 답은 간단해요. 러시아밖에 없어서예요. 거의 모든 대륙에 식민지를 세운 영국은 지금의 지위를 유지하는 데 급급하고, 프랑스는 보불전쟁에서 패한 뒤로 황제의 위신이 실추된 지 오래잖아요. 교회국가인 바티칸도 가리발디로부터 스스로를 지켜내지 못할 지경이 됐고, 미국은……. 러일전쟁이 끝날 무렵 루스벨트가 했던 말을 전 아직도 잊지 못하고 있어요. '조선인들은 그들 자신을 방어하기 위해 주먹 하나도 날릴 수 없기 때문에 미국은 조선을 도와줄 여지가 없다. 그러므로 조선은 일본의 보호국이 되는 길 뿐이다.' 그리고 나서 루스벨트와 일본이 필리핀과 조선을 맞바꾸는 밀약을 맺었잖아요."

"구두쇠 에버니저 스크루지!"

"정사, 뭐라고 했나?"

헐버트가 웨이터를 불러 맥주를 주문하고 이상설을 보면서 물었다.

"《크리스마스 캐럴》에 나오는 구두쇠 영감 있잖습니까. 미국은 딱 그 영감 같은 생존방식으로 살아왔다는 거죠. 제가 헤이그 특사로 임명되던 날 제일 염려했던 게 언어였거든요. 그래서 영어공부도 할 겸 《크리스마스 캐럴》을 읽었지요. 그때 그런 생각을 했습니다. 그 왜 쇠사슬 칭칭 감고 꿀꿀한 귀신으로 등장하는, 스크루지의 친구 영감탱이 있잖습니까? 제이컵……. 그래, 제이컵 말리! 과거의 구두쇠 영감탱이! 그 영감탱이는 영국이고, 앞으로 장래가 촉망되는 새 시대의 구두쇠 영감탱이는 미국인 거죠. 미국은 스크루지처럼 자국에 이익이 되지 않으면 어떤 것에도 관심을 두지 않아요. 스크루지 앤드 말리(Scrooge & Marley)! 이게 20세기 초의 세계적인 상표죠. 아마 크리스마스 때 아이들이 산타클로스한테 선물을 받으면 선물상자에 이렇게 찍혀 있을 거예요. 스크루지 앤드 말리!"

헐버트가 차가운 맥주를 쭉 들이켜고 나서 한 손으로 수염에 묻은 거품을 걷어내며 너털너털 웃어댔다.
"스크루지 앤드 말리, 스크루지 앤드 말리! 하하하."

6

시간은 어느새 오후 4시를 넘기고 있었다. 지호와 나는 늦은 점심을 라면으로 대충 때우기로 결정하고 조심스레 모니카에게 그렇게 하자고 말했다. 모니카는 흔쾌히 동의하더니 주방으로 향했다. 지호와 나는 베란다로 나가 잠시 휴식을 취하고 다시 식탁으로 돌아와 앉았다.

"신만주국 건설과 제2의 신민 정책, 그리고 우생학과 생체실험에 관해서는 충분히 이해하겠어요. 문서에 드러난 계획들이 한일병합 이후 일본이 한국을 통치하는 과정에서 그대로 실행됐으니까요. 그런데……. 어머나, 이건 라면이 아니라 요리네요, 요리!"

모니카가 한참동안 분주하게 냉장고와 조리대 사이를 오가더니 해물탕에 라면사리를 얹어서 내왔다. 우리는 결국 한 시간 가까이나 식사를 하고 각자 편한 자리를 찾아 흩어졌다. 나는 간이침대에 앉아 꾸벅거리다가 지호의 방에서 울리는 신호음에 놀라 잠에서 깼다. 지호가 얼마 지나지 않아 부리나케 거실로 뛰어 나왔다.

"지금 당장 청사로 가야 해요. 빨리들 준비하세요. 속초의 한 콘도에 투숙하고 있던 이안이 엄마의 신병을 확보했대요. 지금 청사 조사실에 있다더군요. 고양이 인형을 안고 있던 그 여자아이의 엄마 말이에요. 신부님, 뭐 하세요? 신부복을 입으세요? 아니면 신부화장을 하세요? 왜 그렇게 오래 걸려요?"

지호는 되는 대로 노트북과 서류철을 가방에 쑤셔 넣고 모니카와 함께 현관을 나서면서 연신 나를 채근했다. 나는 주섬주섬 회색 클러지 셔츠에 검정 재킷을 걸치고 따라나섰다.

"잘 들어요! 류이안, 나이는 9세, 주소지는 분당구 ○○동 ○○아파트이고, 엄마는 5년 전 이혼해서 아이와 함께 지금까지 분당 친정집에 머물고 있다더군요. 젠장, 차에 기름 넣는 걸 깜박했잖아! 시간 없는데, 언제 주유소에 가서 기름을 넣느냐고."

자동차 열쇠를 꺼내들고 옹잘거리는 지호를 보더니 모니카가 택시를 잡아 세웠다.

"하느님께서 인간이 가끔 건망증에 걸리게 하신 건 택시 기사님들을 위해서예요. 두 분 다 어서 뒤로 타세요. 기사님, 서울지방검찰청요!"

"나는 왜 택시를 탈 생각을 못 했을까? 그건 그렇고 신부님, 아까 밥 먹느라 묻지 못했는데, 그 문서에 나오는 황도신도 말이에요. 실제로 그런 게 존재했었나요?"

지호가 코트를 벗어들고 내게 바싹 붙어 앉으면서 작은 소리로 물었다. 나는 그녀의 온기를 느끼는 순간 몸을 움찔하면서 택시 문에 엇비스듬히 기댔다.

"어, 그게……. 남만주철도 폭파사건 아시죠? 류타오거우(柳條溝) 사건이라고도 하는데. 1931년일 거예요. 신만주국 건설을 꿈꾸던 관동군 간부들이 계획적으로 저지른 사건이죠. 그들은 의도적으로 철도를 폭파한 다음 본토에 중국 항일조직의 소행이라고 보고했어요. 그리고 한반도에 주둔해 있던 일본 부대까지 동원해서 만주 전역을 제압하고는 중국과 만주를 분리할 목적으로 청의 마지막 황제 푸이(溥儀)를 내세워 만주국을 건설했지요. 바로 그들이 일본 파시즘 운동을 일으킨 주역들이자 황도신도 조직을 결성한 자들이죠."

"일본 파시즘인가요?"

"네. 그들은 일본 본토에서 보통선거가 실시되면서 정치 일선에서 군부가 밀려나고 정당정치가 성행하게 된 데 반감을 가지고 있었어요. 그런데 간도 대지진의 여파가 계속되는 가운데 1920년대 말부터 세계적인 경기침체의 영향까지 겹치자 국민들은 무능한 정당정치에 싫증을 느끼게 됐지요. 바로 이걸 기회로 군부통치를 꿈꾸던 군 간부들이 파시즘 운동을 일으켰어요. 그 결과물이 바로 만주국이죠."

"그렇다면 군인들이 황도신도를 만들었다는 얘긴가요?"

"그렇다고 볼 수 있어요. 파시즘 운동을 주도한 이들은 크게 두 개의 단체로 결집했는데, 그중 하나는 겐요샤(玄洋社)로 주로 메이지 유신 때 몰락한 사무라이들이 주축을 이루었죠. 이 단체는 도야마 미쓰루(頭山滿)에 의해 결성됐어요. 일본으로 망명한 김옥균을 보호해 줬던 바로 그 사람이죠. 그는 대표적인 정한론자로 민족주의와 국가주의를 표방하면서 한일합방을 주도했고, 관동군과 함께 만주국 건설을 위한 대중국 테러를 감행했어요. 잠깐만, 창문 좀 열고요. 다음으로…… . 두 번째 세력은 오카와 슈메이(大川周明)와 기타 잇키(北一輝)가 결성한 유존샤(猶存社)예요. 이 단체는 천황의 권위로 모든 정당을 축출하고 천황독재 국가로 일본을 개조하고자 했어요. 소위 초국가사회주의자들이죠. 정당정치를 주장하는 정치인들에 대한 암살음모에 관여했지요. 후지은행의 전신인 야스다은행을 소유한 재벌 야스다 젠지로(安田善次郎)와 평민 출신으로 총리가 된 뒤에도 작위를 받기를 고사해 '평민재상'으로 불린 하라 타카시(原敬)가 그들의 총에 맞아 숨졌어요. 아무튼 겐요샤와 유존샤, 이 두 단체로 결집한 세력들이 군부와 함께 우생학과 사회진화론을 국가신도에 접목해서 새로운 국교를 만들고자 했고, 그게 바로 황도신도죠."

"왜 그렇게 자꾸 차창 쪽으로 몸을 비트세요? 얘기하려면 나까지 몸을 기울여야 하잖아요. 허리 아파요. 이쪽으로 오세요! 그럼 그들이 아직까지 활동하고 있단 얘긴가요? 이번 사건의 배후이기도 하고?"

지호가 다짜고짜 내 오른팔에 팔짱을 끼더니 바싹 끌어당겼다. 나는 그녀의 몸에 찰싹 달라붙은 채로 몸을 잔뜩 웅송그리고 침을 꿀꺽 삼켰다. 택시가 갑자기 왼쪽으로 커브를 틀었고 일순간 그녀의 가슴이 내 어깨를 지그시 눌렀다. 나는 왼손으로 로만칼라를 잡아당기면서 숨을 크게 들이쉬었다.

"일본이 패전한 직후에는 국교였던 국가신도는 해체되었는데 황도신도는 비밀 결사단체였지요. 일본이 항복하자 미국은 GHQ, 그러니까 연합군 총사령부를 설치하고 일본에 대한 간접통치를 시작했죠. 그때 경제적으로는 군부와 제휴했던 재벌을 해체하고, 정치적으로는 천황에게 인간선언을 하게 하고 종교적 자유를 헌법에 명시했어요."

"어쨌든 황도신도는 여전히 존재한다는 말로 들리는군요. 그건 그렇고, GHQ는 어떻게 한 나라의 종교를 해체할 생각을 했지요? 아무리 일본이 제정일치 체제였다지만 종교탄압이라는 비난을 감수하면서까지 그럴 필요는 없었을 텐데요."

"미국에게 일본군의 전투방식은 충격이었거든요. 무작정 들이밀고 보는 가미카제의 자살공격 말이에요. 어쨌든 미국 국방부에선 일본인들의 그 독특한 정신세계가 전쟁의 원인이라고 여겼어요. 그래서 그들은 자연스럽게 일본인들의 종교문화에 관심을 가지게 됐고, 문화인류학자인 루스 베네딕트에게 일본을 포함한 패전국들의 문화에 관한 연구를 의뢰했지요. 《국화와 칼》아시죠? 그녀의 보고서 중 일본에 관한 내용을 편집한 책이 바로 《국화와 칼》이에요. 미국 국방부는 일본 파시즘의 정점에 있는 국가신도를 상세히 파헤쳐서 일본이 또다시 비극적인 전쟁을 일으킬 수 없게 할 대책을 세우려고 했지요. 그 결과물이 천황제도의 폐지와 전쟁포기를 명시한 일본의 평화헌법이고요."

"제가 듣기에는 좀 느닷없네요. 어쨌든 미국이 그전에는 관심을 두지 않던 종교문화에 갑자기 관심을 보였다는 거지요? 그것도 국방부에서 말이에요."

지호가 엉덩이를 바싹 붙이고 다가앉는 바람에 나는 하던 말을 멈추고 차창으로 얼굴을 돌렸다. 검찰청사 건물이 가깝게 보이자 나는 비로소 느슨하게 풀린 로만칼라를 꽉 조이면서 씩 웃었다.

**

"신부님, 아까 뭐가 좋아서 혼자 싱글거리셨어요? 무슨 엉큼한 생각을……."

모니카가 택시에서 내리자마자 내 옆구리를 쿡 찌르고 눈으로 지호를 가리키면서 속삭였다.

"모니카! 수녀님은 도대체……."

"아니면 말구요. 참, 아까 검사님이 오늘은 엘리베이터를 타야만 한다던데요."

청사 10층은 복도에 보안문을 설치해두었기 때문에 나는 하는 수 없이 엘리베이터를 이용할 수밖에 없었디.

"어서 오세요. 지금 김정미는 식사 중입니다. 아, 이안이 엄마 말입니다. 여기 도착한 지 30분가량 됐는데, 그 여자를 속초에서 급히 데리고 오느라 저녁식사 시간을 넘겼거든요."

부장검사가 엘리베이터 문 앞에서 우리를 맞이했다. 지호는 곧바로 부장검사에게서 보안카드를 건네받아 복도 문을 열고 모니카와 나를 관찰실로 안내했다. 우리가 방에 들어섰을 때 정수현 검사와 윤세호 검사가 디지털 녹화장비 앞에 앉아서 매직창 너머에 있는 조사실을 들여다보고 있었다.

"이건 매직창입니다. 조사실에선 우리가 보이지 않죠. 지금 저기 앉아서 식사를 하고 있는 여자가 김정미입니다. 그 맞은편은 우리 여성 수사관이고요. 여기 탁자 위에 놓인 디지털 설비가 심문내용을 하나도 빼놓지 않고 녹음, 녹화할 겁니다."

부장검사는 관찰실 안에 들어서자마자 모니카와 내게 방 안의 시설들을 하나씩 설명해 주었다. 조사실은 짙은 갈색 벽지가 발라진 방이었고, 한쪽 모퉁이에 테이블야자 화분 하나가 덩그러니 놓여 있었다. 김정미는 방 한가운데 놓인 원형탁자 앞에 앉아 여전히 식사를 하고 있었다.

"거 참, 속이 없는 거야? 아니면 정신이 없는 거야? 삭삭 비울 작정이구만. 저러는 걸 보면 오늘 조사하기가 꽤나 힘들겠는데. 하긴, 아까 음식을 배달시킬 때부터 알아봤어. 글쎄 여기 오자마자 저녁을 안 먹었다고 밥부터 먹고 하자는 거예요. 게다가 이빨도 좋지 않고 날씨도 쌀쌀하니 도가니탕을 먹어야 한다면서."

부장검사가 매직창으로 김정미를 들여다보며 볼통스럽게 몇 마디 말을 쑥 내뱉었다. 김정미가 고개를 들어 조사실 천장에 있는 감시카메라를 한번 올려다보더니 옆에 놓인 물컵을 집어 들었다. 여성 수사관이 빈 그릇들을 치우는 동안 부장검사가 윤세호 검사를 조사실로 들여보냈다.

"우선 신상부터 확인하겠습니다. 편하게 대답해 주세요. 이름 김정미, 나이 39세, 직업은……."

윤세호 검사의 목소리가 디지털 녹화장비에 연결된 스피커를 통해 들려왔다.

"이 사진을 보세요. 이 아이가 김정미 씨의 딸 맞지요?"

"내 딸이라고요? 지금은 아니에요. 왜냐하면 저는 더 이상 김정미가 아니거든요. 저는 김전희예요. '비녀 전(鈿)'에 '임금의 아내 희(姬)'를 쓰죠. 그러니까 '왕의 정식 아내로 머리를 올린 여자'라 할 수 있어요."

"김정미 씨! 민주국가에서 개명하는 거야 마음대로 할 수 있다지만 그래도 공식적인 자리에선 호적상의 이름을 따라야지요. 좋습니다. 호적상 이름이 김정미, 맞지요? 주민번호는 69****-2******이고."

"주민번호는 맞아요. 어쨌든 내 이름은 김전희예요. 왕의 아내."

갸름한 얼굴의 미인형인 김정미는 대답할 때마다 말꼬리를 길게 늘어뜨렸다.

"네, 좋습니다. 김전희 씨. 조금 전에 이 사진 속 아이를 보고 당신 딸이 아니라고 했는데."

"지금은 아니라고 했지요."

"네? 지금은 아니라고요?"

"아까 말했잖아요. 난 김정미가 아니라고. 근데 어째서 자꾸만 그 여자의 딸 애길 나한테 하는 거죠? 여기 이 계집애는 나한테 자기 엄마가 아니라 딴 사람 같다고 대들었어요. 내가 그년한테 오늘부터 네 엄마는 임금의 아내 김전희가 됐으니까 너도 이제부터 왕비의 딸답게 살라고 했거든요. 그랬더니 이 계집애가 바락바락 대들잖아요. 그래서 그랬지요. 그럼 난 더 이상 네 엄마가 아니라고."

"이것 보세요, 김정미 씨! 도대체 무슨 얘기를 하는 겁니까? 혹시 정신병력이 있으신가요? 아니, 아닙니다. 이런 걸 물은 내가 잘못이지."

"정신병이라니요? 이름을 바꾸고 생활방식을 바꾼 게 잘못인가요? 아니면 아이의 생활태도를 개선시키려고 한 걸 가지고 그러세요? 모든 엄마가 다 그렇게 하지 않나요? 그게 인성교육이잖아요. 내가 뭘 어쨌다고 화를 내시죠?"

윤 검사가 관찰실을 향해서 고개를 갸우뚱하면서 어깨를 으쓱거려 보였다.

"후! 조금만 더 성의 있게 대답해 주세요. 김정미 씨, 이 사진을 보세요. 이 아이가 왜 여기 이렇게 죽은 채로 유기됐는지 설명해 줄 수 있겠어요?"

"버려졌군요. 참, 다시 말하지만 저는 김전희예요. 천황께서 이 계집애한테 벌을 내리신 거예요. 엄마한테 바락바락 대드는 못된 아이는 버려져야 마땅하죠."

"천황이라고 하셨나요? 천황이 누구죠?"

"어휴, 정말 답답하네. 아까 말했잖아요, 나는 임금의 아내라고. 당연히 내 남편이죠. 모르겠어요? 그분이 나한테 '전희'라는 새로운 이름을 지어줬다고요. 그 뒤로 나는 다시 태어났지요. 그런데 이년이……, 됐어요! 시원한 물 한 컵만 주세요."

김정미가 앞에 놓인 사진을 힐끗 한번 보더니 오른쪽 검지로 톡 치고 입아귀를 실쭉거렸다. 윤 검사가 관찰실을 향해 난감한 표정을 지어보였다. 부장검사가 팔짱을 끼고 서서 조사실을 한참 들여다보더니 정수현 검사를 시켜 윤 검사를 불러들였다.

"부장님, 저 여자 정신감정부터 하는 게 낫지 않을까요? 도무지 말이 통해야."

"아무래도 그래야 되겠네. 도통 알 수 없는 얘기만 하니."

윤 검사는 방으로 들어서자마자 불평을 늘어놓기 시작했고, 부장검사는 김정미를 바라보면서 입맛을 다셨다.

"제가 들어가 보면 안 될까요?"

"신부님께서요? 글쎄요, 그건……."

부장검사는 윤 검사와 정 검사를 번갈아보면서 어깨를 한번 들먹였다.

"제가 같이 들어갈게요."

지호가 내 곁으로 다가서더니 나를 거들고 나섰다.

"뭐, 그렇다면……. 법의학자로 들어가시는 겁니다, 아시겠죠? 근데 그 칼라 좀."

지호가 목에 두르고 있던 작은 머플러를 풀어서 내게 건넸다. 나는 그것으로 로만칼라를 가리고 지호와 함께 조사실로 들어갔다. 우리가 문을 열고 들어섰을 때 이안이 엄마는 툭툭 발장단을 맞추며 콧노래를 부르고 있었다. 그녀는 우리를 한번 흘끗 올려다보더니 내게 웃음을 흘렸다.

"안녕하세요. 저는 허지호 검삽니다. 그리고 이분은 심문과정을 참관하기 위해 오신 신부, 아니 법의학자……, 휴고 박사님이세요."

지호는 양미간을 찡그리고 의자를 끌어당겨 내 옆에 앉으면서 자기와 나를 소개했다.

"안녕하세요, 부인! 참 미인이십니다. 저, 몇 가지만 질문을 드려도 되겠습니까?"

"네, 그럼요. 편하신 대로 하세요."

김정미는 눈웃음을 띠고 나를 곁눈질로 바라보며 내답했다. 지호가 그녀를 위아래로 훑어보더니 내게 휙 고개를 돌리고 눈을 치떴다.

"조금 전에 아이가 천황의 벌을 받았다고 하시던데, 왜 벌을 받은 거죠?"

"나한테 엄마가 아니라고 바락바락 대들었으니까요. 난 천황의 아내거든요."

"왕비의 마음을 상하게 해서 천황이 화가 났다? 하지만 아이 입장에서 엄마가 어느 날 갑자기 다른 태도를 보인다면 엄마가 변했다고 생각하지 않겠어요?"

"내가 변했다고요? 아니죠. 난 왕비로 다시 태어난 거예요. 그리고…… 엄마가 달라졌다고 해도 그렇죠. 엄마는 엄마잖아요?"

"네, 맞는 말씀이세요. 엄마는 엄마지요. 하지만 자식도 마찬가지 아닌가요? 아이가 달라졌다고 해도 자식은 자식이잖아요. 그런데 왜 김전희 씬 아이가 변했다는 이유만으로 자식이 아니라고 하시는 건가요?"

"아이는 완전한 인격체가 아니잖아요? 그렇다면 당연히 엄마가 시키는 대로 해야죠. 더구나 엄마가 완전한 인격체로 다시 태어났다면 마땅히 엄마의 가르침을 따라야 하지 않을까요? 근데 어떻게 감히 엄마한테 '변해서 엄마가 아닌 것 같다'는 얘기를 할 수 있죠? 그건 악마가 들렸을 때나 가능한 짓이라고요."

"그러니까 김전희 씨 얘긴 불완전하고 미숙한 인격체인 아이는 성숙하고 완전에 가까운 인격체인 엄마의 말을 따라야만 한다는 거로군요?"

"맞아요! 하등한 년이 감히……. 교수시라더니 역시 다르네요."

그녀가 나를 빤히 쳐다보면서 코를 한번 찡긋하더니 깔깔거리며 웃어 댔다.

"그럼 다른 질문을 할게요. 아이한테 악마가 들렸다고 하셨는데, 그래서 아이를 버리셨나요? 아이가 악마라서?"

"네! 더구나 내 자식도 아닌데 묻어줄 이유는 없죠."

김정미가 웃음을 멈추고 차분한 목소리로 무덤덤하게 대꾸했다. 지호는 그녀를 노려보면서 의자 좌판을 양손으로 꼭 쥐고 바르르 몸을 떨었다.

"저…… 김전희 씨! 한 가지 확인할게요. 김전희 씨가 아이를 사진에 나온 장소에 유기하셨다는 거죠? 그럼 아이를 죽인 사람도, 아니 아이에게 벌을 내린 사람도 김전희 씨인가요?"

"아니요! 죽이진 않았어요. 그 아인 천황께서 내린 벌로 죽은 거예요. 내 두 눈으로 똑똑히 봤어요."

"무엇을? 아이가 벌 받아 죽는 장면 말인가요?"

"네. 콘도 근처에 작은 저수지가 있는데 아이가 혼자 그 물로 뛰어들지 뭐예요. 고양이 인형을 안고 그 인형한테 노래를 불러주면서 물속으로 걸어 들어갔어요."

"아이가 자살을 했다고? 좋아, 자살했다고 치지. 한데 엄마라는 작자가 붙잡을 생각도 안 하고 빤히 보고만 있었다는 거야?"

지호가 갑자기 자리에서 벌떡 일어나 버럭 소리를 지르면서 발로 의자를 냅다 뒤집어 엎어버렸다. 나는 갈팡질팡 방안을 오가며 팽개쳐진 의자를 바로 세우고 지호를 진정시켰다.

"나도 붙잡으려고 했어요. 근데 그 애가 나를 무슨 괴물 보듯 하얗게 질린 얼굴로 쳐다보면서 내 팔을 거칠게 뿌리치고 물에 뛰어들었다고요. 그 계집애 표정을 보았어야 하는데. 그건 악마의 얼굴이었어요. 어떤 엄마라도 애가 그렇게 일그러진 얼굴로 쳐다보면 등골이 오싹할 거예요. 지금 생각만 해도. 으으으……."

"더러운 년! 넌 쓰레기……."

"허 검사, 허 검사! 어서 죄송하다고 말하게. 어서!"

지호가 숨을 가쁘게 몰아쉬면서 이안이 엄마에게 심한 말을 내뱉었다. 부장검사는 황급히 조사실 천장 귀퉁이에 설치된 스피커를 통해 지호를 불렀다. 지호는 잠시 관찰실 쪽을 흘겨보고 느닷없이 구두 뒷굽으로 내

발등을 내리찍더니 쌩하니 바람을 일으키면서 밖으로 나가버렸다.

"어…… 어쨌든, 이안이는 익사했다는 얘기군요. 그럼 물에 빠진 아이는 직접 건져내셨나요? 그런데 왜 아이를 시내 병원으로 데려갈 생각을 안 하셨지요? 하나만 더, 혹시 김전희 씨 말고 다른 목격자는 없나요?"

나는 발등의 통증 때문에 핑 도는 눈물을 손등으로 슬쩍 닦아내면서 김정미에게 질문을 했다.

"애가 물에 빠질 때 저수지 근처에 대학생으로 보이는 남자와 여자가 있었어요. 그 남학생이 물로 뛰어들어서 건져냈지요. 어두워서 그런지 한참 만에 물속에서 아이를 끌어내더라고요. 내가 가서 봤을 때 애는 벌써 죽어 있었어요. 나는 그 학생에게, 내가 엄마니까 병원으로 데려가겠다고 말하고는 애를 안고 내 차로 와서 뒷좌석에 눕혔어요. 그 다음에 뭐였지?"

"왜 시내 병원으로 아이를 데려가지 않았나 하는 질문이었습니다."

"처음엔 나도 시내 병원으로 갈 생각이었어요. 근데 등 뒤에서 그 계집애가 나를 일그러진 얼굴로 쳐다보고 있잖아요! 그 악마가 말이죠. 그래서 생각했지요. '이 애는 내 아이가 아니다. 열등하고 비천한 김정미의 아이다. 김정미의 분신이다' 하고 말이죠. 그런 생각이 스친 순간 핸들을 돌려서 사진에 나온 장소로 간 거예요."

"김전희 씨 얘긴 자식을 버린 게 아니라, 어리석은 김정미라는 이름을 버렸듯이 김정미의 분신을 버렸다는 말이군요. 그럼 왜 하필 그 장소에 버리셨지요?"

"미시령 고개가 있으니까요. 그 계집애 영혼이 험한 길을 오르내리면서 천황께 잘못을 속죄하라는 뜻에서 그랬지요. 그래도 한때는 내가 엄마였잖아요!"

"이건 그냥 여쭤보는 건데, 이안이가 죽어서 슬프지 않으세요?"

"아메노우즈메노미코토의 춤을 아세요? 동굴로 숨어든 천황의 시조 여신 아마테라스오미카미가 나오도록 그 동굴 앞에서 춤을 추었던 여신 말이에요. 그 아메노우즈메노미코토의 춤은 폭력에 대한 두려움과 죽음이 주는 슬픔을 한순간에 없애주고 여성들과 약자들을 통쾌한 열정의 공범자로 만들어 주죠. 나는 그날 콘도로 돌아와서 신명나게 아메노우즈메노미코토의 춤을 추었어요."

"좀 피곤해 보이시네요. 제 질문에 성의 있게 답변해 주셔서 감사합니다. 잠깐 쉬도록 하세요."

나는 한 발을 쩔뚝거리며 방문을 나서서 수사팀이 모여 있는 관찰실로 들어섰다.

"신부님은 감정도 없으신가요? 어떻게 그렇게 태연하게. 전 따귀라도 한 대……."

"미인 앞에 앉아있는데 그냥 좋지 뭘!"

지호가 내게 눈을 흘기며 비아냥거렸다.

"또 왜 이러나, 허 검사! 뭐 그런 소릴 가지고. 미인은 미인이잖나."

"어머나, 미셸 파이퍼가 안쓰럽네요. 늑대들의 속물본성이란."

모니카가 지호와 팔짱을 끼고 서서 부장검사에게 무뚝뚝하게 말을 던졌다. 나는 씩씩거리는 부장검사 옆으로 슬쩍 다가서서 조용히 말을 건넸다.

"부장검사님, 그래도 모니카가 부장님 보고 멋있다는 얘길 했었어요. 참, 부탁이 있는데요. 김정미 씨 몸에 어떤 타투가 있는지 살펴주시고 매독 검사를 해주셨으면 합니다. 그리고 콘도에 그녀와 함께 묵었던 남자가 누군지 탐문을 해 주세요. 특히 아이를 유기하고 돌아온 이후에 그녀가 콘도에서 누구와 잠자리를 같이 했는지 꼭 좀 확인해 주셨으면 합니다."

"네? 매독 검사요? 아니 그건 왜……. 이보게, 정 검사! 신부님이 하신 얘기 다 들었지? 내일 오전까지 필요한 검사를 다 끝내고 그 결과를 가져오게."

부장검사가 눈을 동그랗게 뜨고 고개를 갸웃거리더니 바로 옆에 서있던 정 검사에게 지시를 내렸다.

"거 참, 일이 묘하게 전개되는군요. 어쨌든 고생하셨습니다. 앞으로 종종 신부님의 도움을 받아야 되겠는데요. 참, 조만간 이곳으로 다시 와 주세요. 조금 전 정 검사에게 지시하기는 했지만, 신부님의 추론에 대해 구체적인 설명을 들었으면 합니다. 아, 허 검사. 아직 우리 수녀님께서 식사를 못하셨을 텐데 근처 식당에라도 모시고 가서 대접해 드리게. 신부님, 내일 뵙겠습니다."

부장검사가 모니카와 지호에게 슬쩍 윙크를 하고는 내게 가볍게 목례를 했다. 모니카와 지호는 부장검사의 눈길을 피한 채 내게 눈을 흘기더니 쌩하니 복도로 나섰다.

7

피우스 12세 교황 성하께,

　하느님의 미천한 종 중의 종 Q신부가 드립니다.

　피우스 12세 교황 성하의 즉위를 감축 드립니다. 이 미천한 종은 라디오로 성하의 대관식 소식을 들으며 성 베드로 광장에서 거행된 장면 하나하나를 생생하게 떠올렸습니다. 시스티나 성당의 굴뚝에서 흰 연기가 치솟는 동시에 "아반티 파파(교황 성하 발코니에 나서세요)!"라고 한 목소리로 외치는 수많은 순례자들의 환호성, 그리고 성 베드로 대성당 강복(降福)의 발코니에서 성하께서 "우르비 에트 오르비(로마와 세계에)……."라고 하며 강복하시는 모습! 미천한 종이 성좌의 부름을 받고 나선 이래로 눈물과 한숨이 끊이지 않았으나, 성하의 대관식을 떠올릴 때마다 기쁨이 샘솟고 입술에서는 찬양이 절로 나옵니다.

하오나 성하, 앞으로 성하께서 성좌의 운명과 함께 지고 가실 십자가를 생각하면 '비아 돌로로사(슬픔의 길)'를 걸으시던 성자의 모습이 미천한 종에게 떠오릅니다. 나치 정부는 영국과 프랑스, 이탈리아와 뮌헨협정을 맺어 체코슬로바키아 주데텐란트를 점령한 뒤 평화를 약속했지만, 지금 체코슬로바키아의 나머지 영토를 침공하려 하고 있습니다. 게다가 일본의 관동군과 우익 파시스트들은 7년 전 무력으로 만주를 점령하고 괴뢰정권을 세웠고, 최근 국제연맹에서 조사단을 파견하자 이를 빌미로 국제연맹을 탈퇴했습니다. 지금 그들은 한국인들과 중국인들을 대상으로 무자비한 학살을 자행하고 있습니다. 독일과 일본이 보여준 이와 같은 일련의 행태를 보건대 그들은 조만간 성좌에 대해서만이 아니라 모든 대륙에서 폭력과 전쟁을 일삼을 것입니다.

성하, 어쩌면 평화를 향한 노력은 이미 늦었을지도 모릅니다. 역사상 가장 잔혹한 전쟁이 모든 대륙, 모든 나라에서 벌어질 것이라는 소문이 파다합니다. 지금 성좌를 포함한 모든 나라가 자신의 안위를 염려하기조차 힘든 때를 맞고 있습니다. 어떤 이들은 "우리 시대는 평화롭다고 믿는다"라고 말하지만, 그것은 맹수에게 쫓기면 모래더미에 머리를 처박는 타조의 행태와 다를 바 없는 현실부정입니다.

성하, 말씀드리기 두렵고 죄송하오나 성하께서는 다가올 재앙의 한복판에서 홀로 무거운 역사의 십자가를 지고 슬픔의 길을 가셔야 합니다.

미천한 종은 이 비극적 현실을 적어 올리는 손가락을 자르고픈 심정입니다. 외람된 말씀이지만, 여전히 성하께서 국무원장 에우제니오 파첼리 추기경으로 머물러 계셨더라면, 펜을 쥔 저의 손이 원망스럽지 않았을 것입니다. 더욱이 성하께서는 예전과 다름없이 미천한 종의 보고를 직접 받으시겠다는 뜻을 전해 오셨습니다.

성하, 성하께서는 당신의 마음과 달리 침묵하며 외면해야 할 수많은 비극을 맞닥뜨리게 될 것입니다. 성하께서는 성좌의 생존을 위해 눈앞의 죽음을 외면하는 고통을 감내하셔야 합니다. 앞으로 이 미천한 종이 성하께 얼마나 더 많은 비극을 적어 올리게 될는지요? 또 성하께서는 성좌의 주권을 지키기 위해 침묵하시는 동안 얼마나 많은 비난을 감수하셔야 할까요?

하지만 저는 성하를 믿습니다. 십자가에 달리신 성자께서 "네가 만일 하나님의 아들이어든 자기를 구원하고 십자가에서 내려오라"(마태복음 27:40)라는 비아냥거림에도 불구하고 침묵하셨듯이 성하께서는 하느님 나라와 성좌의 주권을 위해 역사적 책임을 다할 것을 믿습니다. 부디 고난의 길을 걸으신 성자와 함께 하셨던 하느님의 영이 성좌와 성하를 지켜주시기를 기도합니다.

8

1910년 4월 16일, 상트페테르부르크, 노바야 데레브냐, 체르노레첸스카야 5번지.

네바 강은 봄 햇살에 기운을 얻어 겨우내 언 몸을 풀고 천천히 움직였다. 세찬 봄바람이 자작나무 숲을 가로질러 강물을 따라 내달리면서 잔물

결을 일으켰다. 네바 강물은 부드럽게 넘실대며 아직 남아있는 얇은 얼음 조각들을 서서히 집어삼키고 유유히 바다를 향해 나아갔다. 혹독하던 겨울은 네바 강과의 지루한 싸움에 지쳐 자취를 감추었다. 고도 상트페테르부르크의 봄은 늘 그랬듯이 네바 강의 조용한 혁명과 함께 시작되고 있었다. 까치 한 마리가 가장 큰 자작나무 위에 앉아 사람들에게 네바 강의 혁명 이야기를 들려주며 요란하게 울어댔다. 바쁜 발걸음이 새벽안개를 헤치고 까치의 서사시 율격에 장단을 맞춰 거리를 가로질렀다.

두 명의 낯선 방문자가 체르노레첸스카야 5번지 저택 앞에 멈춰 섰다. 그들은 두터운 외투를 입고 새끼 산양의 털로 만든 모자인 코삭을 썼다. 한 사내가 성큼성큼 계단을 올라 칠이 벗겨진 문을 세게 두드렸다. 사내는 잠시 손을 멈추고 얼굴을 돌려 덥수룩하게 기른 수염을 매만지면서 거리를 둘러보았다. 안개가 걷히면서 가로수들이 옅은 햇살에 반짝였다. 사내가 다시 문을 거칠게 두드리며 상트페테르부르크의 아침을 흔들어 깨웠다.

"위종 군! 이보게 위종 군 있나?"

"누구세요?"

가냘픈 목소리가 들리더니 젊은 여성이 문을 방싯 열고 밖으로 나왔다. 그녀는 창백한 얼굴 위로 흘러내린 머리카락을 쓸어 넘기며 사내를 빤히 바라보았다.

"저……. 이상설이라고 합니다. 이위종, 아니 블라디미르 세르게예비치 리라고 계십니까?"

이상설은 황금빛으로 반짝이는 그녀의 머릿결을 멍하니 바라보다 더듬더듬 입을 열었다.

"안녕하세요. 기다리고 있었어요. 지금 남편은 옷을 갈아입고 있어요.

아직은 밖이 쌀쌀해요. 어서 들어오세요. 여보, 여보! 이상설 선생님께서 오셨어요."

이상설과 파란 눈의 동료는 엘리자베타 놀켄을 따라 거실로 들어와 페치카 앞에 놓인 의자에 앉았다.

"여기서 몸 좀 녹이고 계세요. 남편은 금방 내려올 거예요. 참, 코삭과 코트는 제게 주세요. 따뜻한 우유라도 가져다 드릴까요?"

따사로운 햇살이 창문으로 들어와 엘리자베타의 투명한 얼굴을 비췄다. 이상설과 파란 눈의 일행은 똑같이 두 손을 무릎에 가지런히 모으고 앉아 엘리자베타를 쳐다보면서 고개만 끄덕였다.

"선생님! 제가 역으로 마중 나갔어야 하는데, 이렇게 빨리 오실 줄은 몰랐어요."

블라디미르가 2층에서 급히 나무계단을 뛰어내려오자마자 이상설은 자리에서 일어나 두 팔을 벌려 블라디미르를 껴안았다.

"이분이 홍석구 신부님이신가요? 안녕하세요, 신부님. 형님한테 신부님 말씀 많이 들었어요. 형님이 늘 아버지 같은 분이라고 하셨거든요."

블라디미르는 이상설과 포옹을 풀고 손을 맞잡은 채 고개를 돌려 홍석구라는 이름으로 불리는 프랑스인 신부 조세프 빌렘에게 목례를 했다.

"우리 얼마 만인가? 두 해 전 봄이었나? 자네가 동의회(同義會)를 조직할 때 보고 처음이지? 영산(靈山) 전투에서 패한 직후에 동의회가 둘로 나뉜 뒤로 자네가 상트페테르부르크로 돌아왔다는 소식은 안중근을 통해 들어 알고 있었네. 그래, 그동안 잘 지냈나? 아버님은? 아버님께서도 건강하시지?"

"네, 조금 있으면 오실 거예요. 한 시간 전에 강변으로 산책을 나가셨으니까 오실 시간이 됐네요. 아버님께서도 형님 소식을 애타게 기다리고 계셨어요. 이토 히로부미가 죽었다는 소식을 들으신 다음부터 형님 생각에 좀처럼 잠을 이루지 못하셨거든요."

이상설과 블라디미르가 서로 얼굴을 마주하고 이야기를 나누고 있을 때 현관문이 삐걱하고 열렸다. 이범진이었다.

"이게 누구야! 이상설, 상설 군 아닌가?"

"공사(公使)님! 우선 절부터 받으세요."

이상설이 이마에 양손을 모으고 대뜸 바닥에 엎드려 큰절을 했다.

이범진은 왼팔에 외투를 걸고 문 앞에 가만히 서서 눈물을 글썽였다. 눈물방울이 금세 볼을 타고 흘러 그의 희끗희끗한 카이저 수염을 적셨다.

"그래, 그래. 고맙네. 어서 일어나시게."

이범진이 외투를 바닥에 팽개치고 이상설에게 다가와 그를 일으켜 세우더니 깊은 포옹을 했다. 엘리자베타가 데운 우유를 쟁반에 얹어 들고 들어와 탁자 위에 올려놓고 급히 바닥에 떨어진 외투를 집어 들었다.

"우유가 따뜻할 거예요. 우선 몸 좀 녹이세요. 아버님, 식사 준비할까요?"

"당연히 해야지. 우선 자쿠스카(전채요리)부터 내오너라. 참, 포도주는 몰도바 산 네그루 드 푸르카리로 가져오고, 샤실릭은 양고기와 돼지고기로 넉넉하게 구워야 한다. 위종아, 넌 어서 페치카에 석탄 좀 더 넣어라."

엘리자베타는 이상설과 빌렘 신부에게 우유를 건네고 서둘러 부엌으로 향했다. 이위종은 어느새 뒤뜰 창고에서 석탄 양동이를 가져와 석탄 한 움큼을 꺼내 페치카에 넣었다. 석탄 덩어리들이 페치카 안에서 금세 타닥거리며 발갛게 달아올랐다. 작은 불똥들이 페치카 아가리에서 튀어나와 희미한 빛을 뿌리며 거실 안으로 날아들었다. 이상설과 빌렘 신부가 발그레한 얼굴을 하고 가물가물 날리는 불똥을 바라보며 의자 등받이에 몸을 기댔다.
"이런, 인사가 늦었습니다. 신부님, 저는 전 주러시아 공사 이범진입니다. 신부님에 대해서는 중근이에게 종종 들었습니다."
"좋은 소식을 가져왔어야 하는데, 이래저래 폐만 끼치는 건 아닌지……."
"무슨 말씀을. 중근이 소식이라면 뭐든 좋습니다. 아, 자쿠스카가 나오는군요. 얘기는 나중에 나누도록 하고, 저기 식탁으로 자리를 옮겨서 우선 편하게 요기부터 하세요. 상설 군, 많이 들게. 자네도 고생이 많았네그려."
엘리자베타와 블라디미르가 간단한 전채요리로 호밀빵과 청어절임, 오이와 버섯 피클을 식탁에 차리고 포도주를 내왔다. 이범진은 손님들을 식탁으로 안내하고 자리에 앉자마자 포도주병 마개를 열어 그들에게 술을 권했다. 이상설이 곧바로 이범진에게 술병을 건네받아 그의 잔을 채울 때 꼬르륵 소리가 이상설의 배에서 요란하게 울렸다. 엘리자베타가 냄비에 담긴 청어 한 토막을 이상설의 접시에 담으려다 꼬르륵 하는 소리에 흠칫 놀라 식탁 위로 툭 떨어뜨렸다.
"기차가 흔들리면 요놈의 위도 덩달아 춤을 추거든요. 자그마치 열닷새 동안 기차 안에 있었으니. 한번 생각해 보세요. 요놈의 위가 팔짱을 끼고 쪼그리고 앉아서 열닷새 동안 춤을 췄다는 걸요. 당연히 꼬르륵 소리가 나지 않겠어요?"
엘리자베타가 얼굴을 붉힌 채 허둥지둥 식탁에 떨어진 청어를 치우자 이상설이 뒷머리를 긁적긁적하면서 말했다.
"새아가 미안하다만 솔랸카는 아직 멀었느냐?"

"아녜요. 거의 다 끓었어요. 아비가 금방 가지고 나올 거예요."

블라디미르가 얼마 지나지 않아 부엌에서 솔랸카를 담은 냄비를 가져와 식탁 위에 올려놓고 자리에 앉았다. 엘리자베타는 국자를 들고 솔랸카를 한 접시씩 떠서 사람들에게 건네주었다.

"러시아 어디에도 우리 새아기만큼 솔랸카를 맛있게 끓이는 사람은 없을 겁니다. 여기 크림소스를 부어서 드세요. 솔랸카가 포도주 맛을 돋워줄 겁니다. 자, 우선 건배부터 하고 식사들 하시죠."

이범진이 오른손에 든 잔을 앞으로 내밀었다. 블라디미르와 빌렘 신부도 동시에 술잔을 들어 이범진의 잔에 가볍게 부딪쳤다. 이상설이 스프를 그릇째로 들고 후루룩거리다 말고 뒤늦게 왼손으로 술잔을 집어 올렸다. 엘리자베타는 빈 스프그릇들을 치우고 양고기와 돼지고기, 그리고 야채를 꼬챙이에 꽂아 구운 샤실릭을 내왔다. 식탁은 넉넉히 차린 음식들로 가득 찼고 거실에는 네 남자들의 이야기가 넘쳐흘렀다.

"잘 드셨어요? 이제 웬만큼 요기를 했으니까 보드카 한 잔씩 하시는 게 어떻겠습니까?"

엘리자베타가 식탁 위에 수북하게 쌓인 꼬챙이를 치우는 동안 이범진이 이상설과 빌렘 신부에게 물었다. 블라디미르는 의자에서 일어나 부엌에서 보드카와 안줏거리를 가지고 와서 다시 자리에 앉았다.

"그래, 중근이는, 안중근은 편하게 갔습니까?"

이범진이 보드카를 채운 잔들을 둘러앉은 사람들에게 한 잔씩 돌리면서 말을 꺼냈다.

"토마스는……. 저와 함께 지난 3월 고난주간에 뤼순 감옥에서 성자의 몸과 피를 나누고 천국문 앞에서 고해를 한 후 눈을 감았습니다. 토마스가 형장의 이슬로 사라진 다음날 종현성당과 황해도 신천성당에서는 부

185

활절 기념미사를 드리면서 우리 토마스가 하느님의 품에서 편히 잠들기를 기도드렸습니다."

빌렘신부는 단번에 잔을 비우고 고개를 숙인 채 조용히 대답했다.

"신부님께서 어려운 결단을 내리셨군요. 바티칸에서는 유럽의 몇몇 국가들을 제외하고는 어느 나라에 대해서나 정치적 불간섭주의를 지킨다고 들었습니다. 이번 일로 신부님께서 난처한 입장에 처한 건 아닌지 모르겠습니다."

"그렇지 않아도 중근이의 고해성사를 받고 성체성사를 거행한 일로 조선교구장 뮈텔 주교가 신부님한테 프랑스 송환 조치를 내렸답니다. 게다가 2개월 미사 집행 정지처분을 받으셨다는군요."

이상설이 남은 샤실릭을 안주 삼아 보드카를 마시면서 대화에 끼어들었다.

"그럼 프랑스로 돌아가시는 길에 이 먼 곳까지 들르신 겁니까?"

"아닙니다, 공사님. 이번 뮈텔 주교의 조치에 대해서 로마 공소법원에 상고하려고 로마로 가는 길이었습니다. 그런데 토마스가 고해성사를 마친 후 제게 부탁을 해서 도중에 이곳 상트페테르부르크에 들르게 됐습니다. 토마스가 블라디미르 씨에게 꼭 전해야 할 서신이 있다고 하기에."

"아, 살다 살다 이렇게 무모한 신부님은 처음 봤어요. 글쎄 무작정 블라디보스토크로 가서 길 가는 조선인들을 붙잡고 블라디미르를 찾았다지 뭡니까. 모래더미에서 바늘을 찾겠다는 생각이 아니고서는. 어쨌든 기차를 타고 오다가 만약 저를 만나지 못했으면 어쩔 생각이었냐고 물었더니 연해주를 다 뒤질 생각이었대요. 그랬다면 연해주에 있는 도적놈들이 산양고기 대신 신부님을 잡아다가 샤실릭으로 만들⋯⋯. 아, 뭐 그만큼 신부님의 의지가 강하셨다 이런 얘깁니다. 샤실릭이 될지언정⋯⋯."

블라디미르가 식탁 밑으로 손을 뻗어 옆에 앉은 이상설의 허리를 꾹 찔렀다. 이상설은 말을 끊고 블라디미르를 멀뚱멀뚱한 눈으로 바라보았다.

"로마 공소법원에서 소명하시려면 그 역시 보통 어려운 일이 아닐 텐데…… 형님 일로 너무 많은 고생을 하시게 됐습니다."

"아닙니다. 만약 내 안위만 생각했다면 굳이 로마까지 갈 생각은 안 했겠지요. 어차피 2개월만 지나면 모든 것이 원상태로 돌아오거니와 설사 고향 슈파이헤른으로 돌아간다고 해도 나쁠 건 없지요. 하지만 만약 뮈텔 주교의 조치에 대해서 성좌로부터 시정을 받아내지 못한다면 토마스가 했던 고해성사와 성체성사는 그 의미를 잃게 됩니다. 이미 토마스에 대한 출교조치가 내려진 상태입니다. 앞으로 토마스가 복권되려면 몇 년이 걸릴지, 아니 몇천 년이 걸릴지도 모릅니다. 그렇지만 토마스가 옥중에서 성자와 함께 했던 성사만 인정받는다면 틀림없이 언젠가는 복권될 날이 있을 겁니다."

이범진은 묵묵히 보드카 두어 잔을 연이어 비우면서 빌렘 신부의 이야기에 귀를 기울였다.

"참, 진작 여쭈었어야 하는데…… 우리 중근이가 무슨 유언이라도 남겼습니까?"

"네, 공사님. 여기 토마스가 친필로 적은 서신과 유언장을 가져왔습니다."

이범진은 빌렘 신부로부터 봉투를 넘겨받아 안에 든 종이뭉치를 꺼내려다 말고 봉투째 탁자 위에 올려놓고 파이프를 꺼내 피워 물었다. 짙은 담배연기가 금세 뿌옇게 일더니 식탁 위에 놓인 보드카 잔 사이로 흩어졌다.

"위종아, 차마 내 눈으로 읽지 못하겠구나. 아니다. 아서라! 지금은 내 귀조차 견디지 못할 게다. 나중에, 나중에 이놈의 보드카가 내 귀와 눈을 마비시키거든 그때 네가 읽어라. 그래, 빌렘 신부! 우리 중근이가 영성체는 잘 떼었습니까?"

이범진이 파르르 손을 떨면서 빈 잔을 블라디미르에게 내밀었다. 이상설과 빌렘 신부도 단번에 잔을 비우고 블라디미르에게 빈 잔을 내밀었다.

"네, 아주 경건한……. 불경한 곳에서 드린 경건한 미사였습니다. 지난 3월 8일 밤 토마스를 처음 면회했지요. 토마스는 저와 마주앉은 면회실에서 백지에 고해할 내용을 빼곡히 적어 참회를 했습니다. 고해 내용은 자그마치 20여 장에 이르렀어요. 그날 저는 감옥 근처 숙소로 돌아가서 우리 토마스가 적은 고해 내용을 밤새도록 읽고 또 읽었습니다. 다음날 아침 일찍 저는 토마스의 고해성사를 집전하기 위해 다시 면회를 요청했습니다. 그런데 교도소장이 참관자 없이는 고해성사를 할 수 없다더군요. 재차 '참회성사의 비밀봉인은 불가침'이라는 교회법 조항을 들이대며 물러나 달라고 요청했지만 역시 거절당했습니다. 그래서 하는 수 없이 토마스한테 삿갓을 씌운 채 신문기자와 교도소장, 통역관, 감리, 간수 등이 지켜보는 데서 고해성사를 집전했습니다."

"무식한 놈들! 하긴 벌건 대낮에 벌거벗고 춤추는 아메노우즈메노미코토를 섬기는 놈들이니 오죽하겠어? 두 눈에 핏발을 세우고 음탕한 짓거리나 일삼는 것들이니 신성하다는 말을 알기나 하겠어?"

이상설이 시근덕시근덕 거친 숨을 몰아쉬면서 혼잣말로 구시렁거렸다.

"뭐라 했는지 알고 싶지만……. 안 되겠지요, 신부님?"

"삿갓을 쓰고 조금의 주저함도 없이 조용히 고백했다는 말밖에는……."

 빌렘 신부가 잠시 입을 다물고 식탁 위에 놓인 은제 담배상자에서 궐련을 꺼내 불을 붙였다.

 "고해성사를 마치고 나서 저는……. 영혼으로 낳은 아들 토마스에게 '인자하신 천주께서 너를 버리지 않을 것이요 반드시 거두어 주실 것이니 안심하고 있으라' 하고 강복을 한 뒤 면회실을 나섰습니다. 이제껏 제가 들었던 고해 중 가장 경건하고 순전한 고해였지요. 아니, 그건 바로 나 자신과 우리 성좌의 죄고백이기도 했습니다."

 "성체성사는?"

 "다음날 저는 작은 제기 하나와 성작(聖爵)을 들고 면회실로 다시 갔습니다. 그곳에서 토마스와 마주앉은 성자께서 친히 최후의 만찬을 나누셨습니다. 성자께서는 빵을 떼어 토마스에게 건네시며 '받아먹어라. 이는 너를 위하여 내어줄 내 몸이니라' 하시고 함께 나누셨습니다. 그리고 당신의 성혈 한 방울을 성작에 담긴 성수에 떨어뜨리신 다음 '받아마셔라. 이는 새롭고 영원한 계약을 맺는 내 피의 잔이니 죄를 사하여 주려고 너와 모든 이를 위하여 흘릴 피니라' 하고 말씀하시고 함께 마셨습니다."

 페치카의 불길이 시나브로 사그라졌다. 아무런 소리도 들리지 않았고, 어떤 움직임도 없었다. 네 남자가 하염없이 내뿜는 담배연기만 싸늘한 거실 안에 자욱했다.

 "신부가 되려 했습니다. 내 아들, 내 아들 토마스가."

 빌렘 신부가 침묵을 깨뜨렸다. 그가 궐련 한 모금을 깊게 빨아들이고 두 손을 탁자 위에 얹으면서 다시 회상에 잠기자 이범진이 말했다.

 "작년 가을이었지요. 중근이가 하얼빈에 가기 전에 인사를 여쭙는다고 이곳에 왔더군요. 그때 중근이가 무명지……. 무명지가 잘린 왼손을 보여주며 그러더군요. '하느님의 계명 가운데 다섯 번째 계명을 어겨야 할 것 같다'고. 그 말을 하더니 여기 앉아서 멍하니 페치카를 바라보면서 '신부가 되고 싶다'는 말만 되뇌었지요. 그때 그 녀석이 했던 말을 생각하면 이 가슴이 찢어집니다. 대한제국의 녹을 먹고 살아온 내가 죄인인데 왜 그놈이 자책해야 했는지……."

"공사님, 토마스는 결코 '살인하지 말라'는 제 5계명을 어기지 않았습니다. 토마스의 행위는 정당했습니다. 그 아인 단지 사랑을 했을 뿐입니다. 해 아래서 행해지는 모든 학대를 보았고, 학대받는 자들이 애통해 하는 소리를 들었습니다. 토마스는 그들을 위로하고자 했습니다. 사랑을 아는 자는 정의를 압니다. 그리고 정의를 아는 자는 역사 앞에 져야 할 책임을 압니다. 폭력과 학대가 정당하다면 아무도 학대받는 이들을 위로하려 들지 않을 것입니다. 아무도 역사 앞에서 책임지려 하지 않을 겁니다. 내 아들 토마스는 결코 살인을 하지 않았습니다. 그 아인 대한의용군 참모중장 자격으로 하얼빈에서 선전포고를 했습니다. 한 나라의 황후에게 테러를 가한 테러집단에게 정당한 전쟁선포를 한 겁니다. 무자비한 폭력 앞에서 토마스는 도덕적 존재로서 져야 할 책임을 졌습니다."

빌렘 신부는 머리를 숙이고 손끝에서 타고 있는 담배꽁초를 물끄러미 바라보며 한숨을 내쉬었다. 석탄불이 서서히 시들고 싸늘한 냉기가 바닥에서 일어나고 있었다. 이상설이 어깨를 움츠리고 두 손을 모아 쥔 채 이를 덜덜대면서 곁눈질로 페치카를 흘끔거렸다.

"그래요. 형님은 오히려 그리스도의 말씀을 그대로 행한 겁니다. 그리스도와 나눈 빵은 값없이 주는 사랑이고 그리스도와 함께 마신 피는 학대받는 이들에게 베푸는 위로죠. 도덕적 존재로서 역사 앞에 져야 할 두 가지 책임. 사랑과 위로! 형님은 사랑했고 위로했어요. 무자비한 폭력 앞에 사랑과 위로는 책임이라는 걸 선포했어요. 우리는 형님한테 빚을 졌어요. 그의 사랑과 위로를 거저 받았죠. 나는 잊지 않을 겁니다. 내가 빚진 자라는 걸. 나는 역사에, 이준 선생님한테, 그리고 중근 형님한테 빚진 자라는 걸 결코 잊지 않을 겁니다. 아니, 러시아에 있는 한인들에게 내가 죽는 그날까지 외칠 겁니다. 우린 역사에 빚진 자임을 잊지 말아야 한다고……."

블라디미르가 이렇게 말하고는 페치카 앞에 쪼그리고 앉아 부삽을 들고 불씨를 찾아내어 마른 소나무 가지에 대고 불꽃을 일구었다. 그런 다음 석탄을 한 삽 떠서 관솔불에 던져 넣자 석탄 덩어리들이 타닥거리며 금세 발갛게 달아올랐다. 이상설이 두 눈을 끔벅끔벅하면서 페치카를 바라보다가 고개를 꾸벅거렸다.

"먼 길을 오느라 고생하셨는데 아들놈과 제가 신부님을 너무 오래 붙들고 어려운 말씀을 청한 건 아닌지 모르겠습니다. 새아가, 엘리자베타! 신부님과 이상설 선생이 쉬실 방은 준비되었는지 모르겠구나."

이범진이 식탁 위에 놓인 빈 병들을 치우면서 엘리자베타를 불렀다. 그녀는 블라디미르와 함께 이상설을 부축해서 2층 방에 누이고 빌렘 신부를 다른 방으로 안내했다.

"아버님, 안중근 선생의 서신은 어떻게 할까요?"

블라디미르가 거실로 내려와 탁자에 놓인 봉투를 이범진에게 내밀었다.

"지금 네가 읽어주렴."

블라디미르가 가볍게 떨리는 손으로 봉투를 들고 창문에 걸린 커튼을 열었다. 그는 창문 앞에 서서 안중근의 편지를 한 장 한 장 읽어 내려갔다. 이범진은 응접탁자 앞에 앉아 눈을 지그시 감은 채 가끔 고개만 끄덕였다.

"아버님, 형님이 남긴 유언입니다. '내가 죽은 뒤에 나의 **뼈**를 하얼빈 공원 곁에 묻어두었다가 우리 국권이 회복되거든 고국으로 반장해 주소서. 나는 천국에 가서도 또한 마땅히 우리나라의 회복을 위해 힘쓸 것입니다……. 대한독립의 소리가 천국에 들려오면 나는 마땅히 춤을 추며 만세를 부를 것입니다.'"

"그래. 빼앗긴 우리 주권을 되찾아야지. 내가 죽어서 중근이를 만나면 같이 손을 맞잡고 덩실덩실 어깨춤을 출 수 있게 말이야. 하지만…… 어쩌지? 내가 우리 중근이한테 빚을 갚지 못하면 어쩌지? 우리 중근이가 영영 남의 땅에서 돌아오지 못하면……."

이범진이 불라디미르 곁으로 다가와 창가에 기대어 한 손으로 성에 낀 창을 닦고 밖을 내다보았다. 한 무리의 참새 떼가 우르르 가로수 사이를 오가다가 집 앞 자작나무에 앉아 요란하게 재잘거렸다.

"웬 참새들이 저리도 많은고? 중근이가 차마 길을 나서지 못하고 삼천리 반도를 돌아서 예까지 왔나 보구나. 훠이, 어서 우리 중근이를 근심 없는 곳으로 안내하려무나. 훠이! 이보시게, 중근이. 어서 서둘러 길 떠나시게."

이범진이 다시 창에 낀 성에를 닦아내고 참새 떼를 향해 손을 휘저었다.

9

"신경매독이라더군요. 김정미 말입니다. 이보게, 박수범 검사! 어서 신부님께 김정미의 매독 검진 결과를 간단히 말씀드리게."

김정미의 심문이 있은 지 사흘 만에 나와 모니카는 부장검사로부터 자신의 집무실로 와달라는 연락을 받았다. 우리가 그의 방에 들어서자마자 그는 대뜸 김정미의 진단서를 꺼내들고 박수범 검사에게 설명하도록 했다.

　"이틀 전 경찰병원에서 매독 혈청반응 검사인 왓세르만 반응검사와 뇌척수액 검사를 했는데 김정미에게서 모두 양성반응이 나왔습니다. 주치의 얘기로는 인지장애와 감각결손, 그리고 안과질환인 포도막염 등 임상적 의심증상도 관찰됐다고 합니다. 게다가 조울증과 편집망상, 극심한 정서불안 증세를 동반하는 것으로 보건대 신경성 매독 말기로 보인다더군요."

　"그렇다면 수막혈관성 신경매독 병변과 실질 신경매독 병변도 관찰되었겠네요?"

　"도대체 무슨 말인지. 이보게, 박 검사! 여기 수녀님도 알아들으실 수 있게 설명하게. 나야 상관없지만, 그래도."

　부장검사가 나와 박수범 검사의 설명을 옆에서 듣고 있다가 머리를 긁적이더니 대뜸 끼어들었다. 그러나 모니카는 박 검사를 보고 가볍게 미소를 지어보이면서 오히려 거들고 나섰다.

　"폐색성 내혈관염이 수막과 뇌, 그리고 척추의 작은 혈관을 침범해서 염증을 일으킨 경우를 수막혈관성 신경매독이라고 하지요. 뇌혈관이 염증으로 막히기 때문에 몸의 왼쪽 또는 오른쪽에 반측마비 증상이 나타날 수 있어요. 그리고 실질 신경매독은……. 으흠, 이건 매독균이 혈관이 아니라 신경세포를 파괴하는 경우로 주로 대뇌 피질에 있는 신경세포에 문제를 일으키지요. 조금 전 박 검사님이 피의자에게 조울증과 편집증 증상도 관찰된다고 했는데, 그건 매독균이 대뇌 피질의 신경세포 사이를 돌아다니고 있다는 증거예요. 지난번 조사실에서 신부님이 김정미와 얘기를 하는 내내 왜 그 여자의 얼굴을 빤히 쳐다보고 있었는지 아세요? 그건 부장검사님처럼 그 여자를 매력적인 미인으로 봐서가 아니랍니다. 그 여자의 눈이 붉게 충혈돼 있었기 때문에 매독에 의한 포도막염이 아닌지 살피고 있었던 거예요. 물론 그 전에 신부님이 그 여자의 심문 과정을 지켜보면서 그 여자가 조울증과 편집증에 걸린 사람들에게서 관찰되는 망상언어와 와해언어를 사용한다는 걸 감지했지요. 그래서 신부님이 그 여자와 얘기를 해보겠다고 하셨던 거고요. 그리고 매독 검진을 요청했던 거죠. 한 가지 더. 신부님께서 김정미와 함께 투숙한 남자가 있을 거라고 추정했던 이유는……. 김정미가 콘도로 돌아와서 아메노우즈메노미코토 춤을 췄다고 했기 때문이에요. 그건 혼자 추는 춤이 아니거든요. 음…… 뭐랄까, 벌거벗고 추는 춤은…….”

무안해진 부장검사가 뛰어들었다.

"뭘 그렇게 뜸을 들이세요? 간단히 말해서, 에스 이 엑스는 자고로 X 염색체와 Y 염색체 둘이 있어야 한다는……. 으흠! 어쨌거나 난 그 여자가 미인이라고 했지 매력적이란 얘긴 안 했어요. 섹시한 여자하고 매력적인 여자는 다르다고…….”

"섹시한 건 뭐고, 매력적인 건 뭔가요?”

"흠! 그런데 박 검사, 지금 몇 신데 다른 팀원들은 아직 안 오는 거야? 내가 아홉 시까지 오라고 했으면……, 뭐? 십오 분 전이라고? 그럼 미리 와서 준비해야지, 응?”

부장검사는 모니카의 눈초리를 피해 탁상시계를 집어 들고 박 검사에게 괜한 트집을 잡기 시작했다. 지호와 나머지 팀원들이 방으로 들어와 부장검사의 굳은 얼굴을 슬쩍 보고 조용히 회의용 탁자에 둘러앉았다.

"다 왔나? 누구 나가서 음료수와 간단한 간식거리 좀 가져오라고 하게. 그래, 허 검사! 김정미와 함께 속초 콘도에 투숙했던 남자의 신병은 확보했나?"

"지금 윤 검사가 분당에 있는 그의 사무실에서 이송해오고 있습니다."

부장검사가 탁자의 상석에 앉아 부루퉁한 얼굴로 팀원들을 주욱 둘러보면서 무뚝뚝하게 입을 열었다.

"그래. 그러면 그 남자의 신상은 조사했나?"

"네. 그런데 제법 큰놈입니다. 대어예요."

"대어라니?"

지호는 자리에서 일어나 스크린 앞으로 가면서 정수현 검사에게 눈짓을 보냈다. 정수현 검사가 프로젝터를 노트북에 연결하고 스크린에 문서 한 장을 띄웠다.

"이름 이동희. 나이 47세. 거주지는 김정미와 같은 단지 내 아파트입니다. 직업은 동물학 연구원으로 일본의 교쿠지쓰 생명공학연구소 서울지부에 근무하고 있습니다. 그런데……."

"대어라고 하기에 너무 평범하지 않나?"

"네. 그의 이력에서는 눈에 띄는 게 없습니다. 하지만 집안이 상당해요. 바로 이도술 의원의 아들이거든요."

"이도술 의원? 여권 실세, 그 이도술?"

부장검사가 의자를 탁자에 바싹 붙이고 앉으면서 지호에게 물었다.

"네. 정확히 말하면 이도술 의원이 후처에게서 낳은 자식입니다."

"나도 그에게 후처가 있다는 풍문을 들었네만 증거가 있어야지."

"네. 물증은 확보했습니다. 김정미가 이안이를 유기하고 콘도로 돌아가던 길에 국도변 주유소에서 주유를 했는데 그때 이동희의 신용카드를 사용했어요. 그 신용카드 계좌를 추적해 보니까 이동희의 어머니가 정기적으로 이동희의 계좌에 입금을 했더라고요. 그래서 다시 그의 어머니 계좌를 뒤졌더니 이도술 의원으로부터 정기적으로 입금된 내역이 나왔어요. 게다가 지금 이동희가 다니고 있는 교쿠지쓰 생명공학연구소도 아버지 도움으로 입사했더라고요"

"이거 완전 깡치네요, 깡치."

정 검사가 노트북 마우스를 만지작거리면서 불쑥 한마디를 던졌다.

"깡치?"

"제가 알기 쉽게 설명해 드리죠. 에, 이건 사안이 복잡하고 어려운 사건을 말합니다. 검사들이 쓰는 전문용어죠. 잘 기억해 두세요. 꽁치가 아니라 깡칩니다, 깡치."

모니카가 두 눈을 똥그랗게 뜨자 부장검사가 벌쭉벌쭉 웃으면서 대답했다. 그러자 모니카는 눈살을 찌푸리고 혀를 차면서 무슨 말인가를 우물거렸다.

"저, 허 검사님. 교쿠지쓰라고 하셨습니까? 한자로는 어떻게 표기하는지 알 수 있을까요? 그리고 그 연구소에 관한 자세한 자료가 있나요?"

"교쿠지쓰의 한자 표기요? 정 검사님, 화면을 아래로 내려주시겠어요. 신부님, 여기 하단에 한자 표기가 있어요. '욱일(旭日)'이라고 적혀 있네요. 그리고 연구소에 관해선 정 검사가 개략적인 설명을 할 거예요."

"좋아. 이동희의 신상에 대해서는 이 정도로 하지. 조금 있으면 본인이 이곳으로 온다니까 상세한 얘기는 그에게 물어 보자고. 그리고 김정미와 대질도 시켜보고 말이야. 자 정 검사, 신부님 말씀 들었지. 연구소에 대해 말해 보게."

정 검사는 지호에게 프로젝터를 맡기고 자리에서 일어나 스크린 옆에

섰다. 연구소의 조직도와 연혁이 스크린 화면에 나타났다.
"교쿠지쓰 생명공학연구소는 일본의 고위관료 출신인 이시이 다카미(石井隆美)에 의해 설립된 연구소입니다. 알려진 바로는 일본의 특정 우익단체가 후원하고 있다고 하는데 그 실체는 분명하지 않습니다. 일본에 있는 연구소 본부는……, 보시는 것처럼 뇌신경연구센터, 게놈연구센터, 기생생물연구센터, 동물실험연구센터 등 총 4개의 센터로 구성되어 있으며 각 센터별로 보통 네댓 개의 부서를 두고 있습니다. 그리고 교쿠지쓰 생명공학연구소는 우리나라와 대만뿐 아니라 동남아시아에도 몇 군데 지부를 설립해 운영하고 있습니다."

"각 국가별 지부 규모는 어떻게 되나? 그리고 서울에 있는 것의 규모는?"

"대부분 그 규모가 협소합니다. 일본에 있는 연구소 본부의 각 센터에서 지역별로 한 명씩만 연구원을 파견해놓고 있고, 현지채용 인원도 몇 명씩에 불과합니다. 우리나라와 대만에 있는 지부가 그중 규모가 좀 큰 편입니다. 그런데 조사과정에서 특기할 만한 사실을 발견했습니다. 이 연구소가 지부를 두고 있는 지역에서만 수빈이 사건이나 이안이 사건과 유사한 사건이 발생했고, 사건이 발생하기 두세 달 전이면 반드시 그 지역 연구소에 네댓 명의 연구원이 더 파견됐다는 점입니다. 우리나라도 출입국관리기록을 조회해 봤더니 사건이 있기 두 달 전부터 파견 연구원 수가 급증했습니다. 이동희의 일본출장 횟수 또한 급격히 증가했고요."

"김정미도 이동희와 일본에 간 적이 있나요?"

"네, 신부님. 대략 1년 전부터 함께 일본을 오가기 시작했어요. 처음 일본에 갔을 때는 이안이도 동행했고, 거의 한 달 가까이 일본에 체류했습니다."

"부장님, 이동희를 10층 조사실에 데려다 놓았습니다. 근데 그 녀석도 좀……."

방문이 열리고 윤세호 검사가 들어왔다. 그는 대뜸 오른손 검지를 자신의 옆머리에 대고 원을 그리면서 말꼬리를 흐렸다.

"그럼 내려가 보세. 나머지 내용은 조사실에서 얘기하기로 하지. 그 전에 화장실 다녀올 사람은 다녀오고 담배 태울 사람들은 태우라고. 대신 15분 내로 오도록."

부장검사가 방문을 나서자 모두들 시끌벅적 떠들어대면서 우르르 복도로 몰려나갔다. 나는 담뱃갑을 꺼내들고 뒷짐을 쥔 채 엘리베이터 문 앞을 어슬렁거렸다.

"담배여, 그대 때문이라면 나는 죽음만 빼고 그 무어라도 할 것이다. 얼른 타요!"

지호가 나를 엘리베이터 안으로 밀치면서 말했다. 우리는 1층에서 내려 건물 밖에 마련된 흡연구역으로 걸음을 옮겼다.

"왜 연구소 이름을 재차 확인한 거죠?"

지호가 내 손에서 담뱃갑을 낚아채 한 개비를 꺼내 물고 내게도 담배를 권하면서 물었다.

"욱일(旭日)이란 용어는 신도의 주된 개념이거든요. 아침해, 특히 여덟 줄기의 햇살이 퍼지는 아침해를 의미하죠. 해를 여덟 줄기의 햇살로 이미지화한 건 8이라는 숫자가 복을 상징하거나 팔괘(八卦) 혹은 팔방위(八方位)를 의미하기 때문이에요. 도교와 불교에서도 그렇지만 특히 일본인들에게 8은 각별한 숫자지요. 그들의 국토기원 신화를 보면, 남매 사이인 이자나기와 이자나미가 서로의 생식기에 관해 질문을 던지면서 '밤에 하는 가구라'인 요카구라(夜神樂) 춤을 추다가 성관계를 맺게 되고,

마침내 이자나미는 8개의 섬을 낳은 다음 8개의 산과 8개의 계곡, 8개의 강을 낳아 복 받은 섬나라를 세우죠. 그리고 《니혼쇼키》를 보면, 아마테라스오미카미의 직계 자손이며 천황가의 첫 시조인 진무(神武) 천왕이 본토를 통일한 후 제일 먼저 조칙인 팔굉일우(八紘一宇)를 반포했다고 기록하고 있는데……, 여기서 말하는 팔굉일우가 바로 복고신도에서 황도신도로, 그리고 다시 대동아공영론으로 이어지는 사상의 기반이죠."

"팔굉일우가 무슨 의미인데요?"

"팔굉은 동서남북 네 방위와 동남, 동북, 서남, 서북 등 모두 여덟 방위를 의미해요. 흔히 말하는 사방팔방이 바로 팔굉이에요. 그리고 일우는 우주의 중심으로서 하나의 사당을 의미하죠. 따라서 팔굉일우란 '하나의 사당 아래 세상을 둔다'는 의미죠."

"그럼 '욱일'이란 이름이 팔굉일우와 관련이 있다는 뜻인가요?"

"아까도 말했다시피 팔굉일우를 이미지화한 것이 바로 교쿠지쓰이니까요. 자연법칙에 따르면 세상은 하나의 태양 아래 있거든요."

"그러니까 욱일승천기(旭日昇天旗)는 하나의 태양이 팔굉으로 뻗어나가는 형상을 나타낸 것이군요?"

"네. 저번에 말했었지요. 일본 지배층이 《고지키》와 《니혼쇼키》를 집필하면서 자신들의 신화와 역사를 조작했다고. 그들은 문자를 모르는 서민들에게도 팔굉일우의 사상을 주입시키려고 8이라는 숫자를 선택했어요. 여덟팔자(八)는 팔복(八福), 팔방(八方)을 의미하고 한 점에서 세상을 향해 점차 벌어지는 무한을 뜻하니까요."

나는 담배꽁초로 재떨이에 담긴 모래 위에 한자로 여덟팔자를 그렸다.

"이 모양을 보면 조금 전에 한 말의 뜻을 이해할 거예요. 그 외에 페니스를 상징하는 우주목(宇宙木)을 심는 구멍(穴)을 뜻하기도 하죠. 그래서 신도의 제의적 춤인 가구라를 보면 항상 아메노우즈메노미코토의 성적인 춤이 등장해요. 신화에서 아메노우즈메노미코토가 굴 속으로 숨어든 아마테라스오미카미를 불러내기 위해 음부를 드러낸 이유도 바로 우주목을 유혹하려는 목적에서죠. 아마테라스오미카미는 원래 태양을 상징하는 신인데, 보통 여신으로 알려져 있지만 사실은 남신이었다는 설도 있어요. 여하튼 태양신이 동굴에 숨었다는 얘기는…… 태양신이 다른 땅으로 건너가고 8개의 섬은 암흑에 묻혔다는 의미죠. 그래서 태양신을 유혹하는 가구라를 해마다 추는 거예요. 태양이 다른 곳으로 사라지지 않게 하려고."

"김정미가 가구라를 춘 것도 같은 목적에서였겠네요? 이동희의 우주목을 유혹하려고……. 그럼 해가 숨어든 땅은 어딘가요?"

지호가 갑자기 말끝을 흐리면서 시선을 내리깔고 귓불부터 붉히더니 오른발 끝으로 바닥을 쓱쓱 긁어댔다.

"대륙입니다. 바다 한가운데 고립된 섬에서 가장 먼저 보이는 대륙, 즉 한반도지요. 페니스의 땅, 8개의 섬을 향해서 예리한 칼처럼 길게 뻗은 대륙이 그들에겐 항상 두려움의 대상이었지요. 아마테라스오미카미가 두려워했던 그녀의 오빠 스사노오노미코토의 칼처럼 말이에요. 만약 그들이 한반도를 점령하지 못한다면 언제 또다시 아마테라스오미카미가 동굴로 숨어들지도 모를 일이죠. 그렇게 되면 8개의 섬은 다시 암흑 속에 갇히게 될 테니까요."

"당신 얘긴, 일본의 소위 황도주의자들은 결코 한반도를 점령하려는 야욕을 버리지 못할 거란 말인가요?"

"일본은 1970년대 초까지 우리나라에 자위대원을 스파이로 파견해 우리의 군사상황을 정탐했어요. 미국 국무부에서 공개한 〈미국외교 사료

집〉에 보면 미국 국무장관 키신저와 중국 총리 저우언라이(周恩來)의 대화 내용이 나오는데, 그때 저우언라이가 '일본 군국주의자들은 한국을 결코 잊지 못할 것'이라는 말을 했어요. 게다가 키신저에게 '주한미군 철수 후 곧장 일본이 한국에 들어가는 일이 없을 것임을 보장해야 한다'는 요구까지 했지요. 사실상 미군의 한반도 주둔을 용인하면서까지 일본 군대의 한반도 재진출 가능성에 대한 우려를 표시한 거죠."

"어머, 벌써 시간이 이렇게 됐네. 빨리 올라가요. 어디로 가려구요? 그냥 엘리베이터에 올라타세요. 늦었다고요."

우리가 10층에 있는 관찰실로 들어갔을 때 이미 이동희에 대한 심문이 진행되고 있었다. 부장검사와 모니카는 잠시 고개를 돌려 우리를 흘긋 보더니 이내 조사실에 있는 윤세호 검사와 이동희에게 눈길을 돌렸다. 다른 사람들도 서로 귓속말을 주고받으며 조사실의 상황을 보여주는 모니터 화면만 들여다보고 있었다.

"난 그 시간에 혼자 룸에서 맥주를 마시고 있었소. 그 여자가 주유소에서 내 카드를 썼다고 해서 내가 동행했다고 할 순 없잖소. 그건 당신의 지나친 억측이야."

"그러면 죽은 아이를 태우고 여자 혼자 차를 몰고 나가는데도 가만히 지켜보고만 있었다는 말씀이신가요?"

"난 아이가 죽은 줄 몰랐어! 만약 그랬다면 경찰에 신고부터 했겠지. 하지만 그날 밤 전희가 아이한테 감기기운이 있어서 시내 병원에 다녀와야겠다고 하기에 난 그저 내 자동차 키를 건네줬을 뿐이오. 다시 말하지만 신용카드는 나도 잘 모르겠소. 언제 그랬는지 모르겠지만, 나 몰래 그 여자가 카드를 꺼내 간 거요. 그런 점에서 나도 피해자라면 피해자요."

"일찌감치 발을 뺄 심사군!"

정수현 검사가 뒤통수에 손깍지를 끼고 앉아서 모니터 화면을 들여다 보며 말했다.

"다시 정리해 봅시다. 그러니까 그날 저녁에 세 사람은 콘도 근처 식당에서 콩나물국밥으로 간단히 식사를 한 후 곧바로 룸으로 돌아왔다. 그리고 이동희 씨는 들어오자마자 몸을 씻기 위해 욕실로 들어갔다. 이동희 씨가 몸을 씻는 동안 무슨 이유에서인지 아이가 자꾸 보채기 시작했고 엄마가 아이를 때리면서 꾸중했다. 그래서 기분이 상한 상태로 몸을 다 씻고 욕실에서 나와 보니까 아무도 없었고, 기분전환이라도 하려고 혼자 술을 마셨다. 이 말이지요?"

"그렇소. 그 다음은 조금 전에 충분히 설명했고."

"그렇다면, 남의 자식이라고 너무 무관심했던 거 아닙니까?"

"무관심? 그 아이에게 나 같은 아버지가 생겼다는 건 축복이지. 그런 한심한 여자 밑에서 애비 없는 자식으로 살았던 녀석한테 나 같은 아버지가 생겼는데."

"그럼 댁에 계신 부인과 아이들을 대하듯 하셨다는 겁니까?"

"그건 경우가 다르지! 내 아이들은 어려서부터 내가 키우고 교육시켰기 때문에 그에 걸맞은 대우를 받아야 마땅하지. 내 아이들은 순수혈통이야. 하지만 그 아이는 미개한 피를 타고 났어. 그 애비가 어떤 놈인지 알아? 하우스보이야, 하우스보이! 도박장에서 잡일이나 하던 놈의 새끼는 엄한 교육을 받아야 해. 김정미는 또 어떻고? 걔는 지 자식 하나 부양하기도 힘들어 했어. 근데 내가 걔를 김전희로 새롭게 태어나게 해준 뒤로 완전히 달라졌지. 나를 알아본 거야. 순수혈통이며 왕가의 피를 타고난 나를 섬기는 법을 배웠다고. 그러면 됐지, 그 여자한테 더 이상 뭐가 필요하냐고. 나 같은 순수혈통을 섬길 수 있다는 게 어디야. 성악설 알지?"

"이동희 씨! 지금 무슨 말을 하시는 겁니까?"

"신부님, 지난번처럼 윤 검사를 구원해 줘야겠는데요."

부장검사가 매직창 너머로 조사실을 들여다보면서 내게 불쑥 한마디를 던졌다. 나는 지난번과 마찬가지로 지호의 머플러를 건네받아 로만칼라를 가린 채 조사실로 들어섰다. 윤 검사가 나를 보더니 자리에서 일어나 오른손으로 내 왼쪽 어깨를 가볍게 톡 치고 방을 나섰다.

"안녕하세요, 이동희 씨. 저는 검찰청의 요청을 받고 온 상담 전문가입니다. 이동희 씨께서 피의자 신분이 아니신 만큼 편하게 얘기를 나눴으면 합니다."

이동희는 나를 보자마자 양미간을 찌푸리더니 다리를 꼬고 의자 등받이에 엇비스듬히 기대앉았다.

"조금 전 성악설 말씀을 하시던데, 계속 이야기해 주시겠습니까?"

"그건 말 그대로 인간이란 태어나면서부터 악하기 때문에 교육과 훈련을 받아야 한다는 얘기지. 이안이 문제만 해도 그래. 그 계집앤 하우스보이의 씨에서 태어났다고. 나쁜 피! 알아? 나쁜 피를 타고났단 말이야. 게다가 제대로 된 교육을 받지 못했기 때문에 그 대가리 속에는 똥만 가득하다고. 그런데 천황의 선택을 받은 날 만난거야. 이건 그런 계집애한테 축복이지 축복!"

"그래서 이동희 씨가 김정미 씨와 이안이를 새롭게 개조했다는 말씀이시군요. 그러면 두 사람의 지난 시간들은 어떻게 되는 거죠? 그 시간들은 한 인간의 역사입니다. 그게 악이든 선이든 자신이 살아 온 역사지요."

"역사? 김정미와 그 계집애한테 역사가 있다고? 웃기는 소리! 짐승한테도 역사가 있나? 짐승한테도 역사가 있다면 그건 진화의 법칙이겠지. 그것들의 역사는 진화에서 도태되는 순간 단절되는 거라고. 더구나 김정미와 이안이는 나쁜 피를 타고 났어. 악마의 자식이라고. 악에는 역사가 존재하지 않아!"

"글쎄요. 선과 악은······. 인간이 스스로 책임져야 할 문제가 아닐까요? 스스로 져야 할 십자가처럼 말이죠."

"당신 종교가 뭔가? 종교가 뭐냐고?"

나는 잠시 입을 다물고 그의 충혈된 눈을 찬찬히 살펴보았다.

"가톨릭입니다."

"그럴 줄 알았어. 꼭 신부 같은 이야기만 늘어놓는군. 십자가에 매달린 작자나 하는 얘길 주절대는 게. 이봐, 그는 구원자가 아니야. 자신을 조롱하는 자들 앞에서 스스로 굴욕을 선택한 신이지. 과거 구약의 신은 파괴와 창조를 거듭했는데, 그 아들이란 작자가 결국 굴욕의 존재로 퇴화한 거라고. 진화의 법칙에서 도태되었단 말이야. 하지만 내가 선택한 신은 굴욕을 가장 싫어하지. 우리는 파괴 뒤에 창조를 하는 능력을 가지고 있네."

"내가 아는 한에는 구약의 신은 그 아들과 마찬가지로 인간에게 역사 앞에서 져야 할 책임을 물었습니다. 단지 그 책임을 묻는 방법이 달랐을 뿐이죠. 구약의 신은 무책임한 자들을 징벌하는 방법을 택했고, 그의 아들은······. 인간들이 부인한 책임을 대신해서 짊어졌습니다. 역사 앞에서 져야 할 책임은 사랑과 위로라는 것을 인간들에게 선포하려고."

"그건 변명이지! 역사 앞에서 책임을 진다고? 사랑과 위로? 사랑과 위로는 굴욕의 다른 말이지. 힘없는 놈들의 자기변명이야."

"책임은, 사랑과 위로는 이성을 가진 인간의 도덕적 의무입니다."

"도덕적 의무? 너희 같은 원숭이가? 도태될 운명에 처한 것들이? 천황에 대한 절대복종과 천황의 명예, 이것 외에 도덕적 가치기준은 없어. 이게 바로 진화의 정점에 있는 신민의 정신이야. 이런 얘길 하면 퇴화된 원숭이들이 절대복종은 폭력과 학대라고 나불대더군. 이봐, 학대는 곧 권력이야. 그리고 천황의 명예! 그게 정의라고."

그는 말을 마치고 탁자 위에 놓인 생수병을 집어 들더니 반 정도 남은 물을 단숨에 들이켰다.

"선악을 판단하는 준거는 복종과 명예라는 말씀이군요? 그럼 이안이는 두 준거 중 무엇을 어겼기에……, 악하고 무지한 아이라는 말을 하죠?"

"둘 다! 그년은 나더러 자기 아빠가 될 수 없다고 했어. 그러면서 만약 내 아이들이 그년의 어미한테 엄마라고 한다면 자기도 나를 아빠라고 부르겠다는 거야. 그 계집애가 미치지 않고서야 어떻게 감히 그런 소릴 할 수 있지? 그 어미, 그 원숭이 년한테 순수혈통인 우리 아이들이 엄마라고 부르면 어쩐다고? 그 계집애는 악마야. 내게 복종하지도 않았거니와 오히려 나를 치욕스럽게 만들었어!"

"그래서 죽였나요?"

"천만에! 내가 왜 그런 자비를 베풀어. 그보다 더한 고통에……."

그가 얼굴을 벌겋게 붉히며 고래고래 소리를 지르다가 갑자기 입을 다물었다.

"더한 고통이라고 하셨나요?"

"신의 심판에 맡겼다는 말이야. 굴종을 싫어하는 진정한 파괴의 신! 더 이상 말하고 싶지 않군. 지쳤어. 난 참고인으로 여기 와 있는 거야. 이제 그만 쉬고 싶어!"

그는 손을 가로저으며 벽을 보고 돌아앉아 호주머니에서 종삼 뿌리를 꺼내 씹기 시작했다. 지호가 벌컥 방문을 열고 들어와 다짜고짜로 내 손을 잡아채더니 관찰실로 향했다.

"신부님, 고생하셨습니다. 또 한 건 올려주시는군요. 저 친구 힘들었나 보군, 한겨울에 굶주린 멧돼지마냥 삼 뿌리를 씹는 걸 보면. 참, 윤 검사, 콘도에서 저 멧돼지가 어떻게 지냈는지 행적을 샅샅이 뒤지게. 이봐, 이영민, 그 연구소라는 곳 말이야. 어딘지 구린내가 나지 않나? 그 연구소에서 무슨 일을 벌이는지 알아보게."

부장검사는 내게 슬쩍 윙크를 하고는 고개를 돌려 매직창 너머로 이동희를 노려보면서 검사들에게 지시를 했다.

"부장검사님, 이동희가 돌아앉을 때 보니까 뒷목에 타투가 보이던데. 지금 그 타투를 사진기로……."

"타투요? 정 검사, 뭐 하나? 디카 있지? 어서, 수사관 데리고 들어가서 저 멧돼지 뒷목에 있는 낙인을 찍어오게."

정수현 검사는 방을 나선 지 얼마 지나지 않아 카메라를 들고 들어와서 컴퓨터에 USB 케이블을 연결했다. 눈에 익은 문양이 컴퓨터 화면에 나타났다. 타투는 병원이나 앰뷸런스에서 흔히 볼 수 있는 의사협회의 문양과 흡사했다.

10

피우스 12세 교황 성하께,

　하느님의 미천한 종 중의 종 Q신부가 드립니다.

　"밤 초경에 일어나 부르짖을지어다. 네 마음을 주의 얼굴 앞에 물 쏟듯 할지어다. 각 길머리에서 주려 혼미한 네 어린 자녀의 생명을 위하여 주를 향하여 손을 들지어다 하였도다."(예레미야애가 2:19)

성하, 하켄크로이츠와 교쿠지쓰가 걸린 곳마다 인간살육이 무자비하게 벌어지고 있습니다. 하느님의 형상으로 빚어진 인간은 붉은 벽돌의 장막 너머 세상에는 단 한 명도 없습니다. 살육하는 자는 양심을 악마에게 팔아치웠고, 죽어가는 자는 인간으로서의 권리를 상실했습니다.

성하, 역사가 하켄크로이츠와 교쿠지쓰가 걸린 세상을 기록해야 합니까? 이것이 인간의 역사라며 낱낱이 기록해야만 하는 것입니까? 모르모트로 변한 인간들의 고통에 찬 소리와 괴물로 변신한 자들의 잔혹한 살육이 진정 우리의 역사입니까?

성하, 보소서! 산 채로 두개골이 절개된 이들이 감압실에서 마주 앉아 서로의 지주막에서 터져 나오는 피를 보며 죽어갑니다. 살인자들은 이것을 감압실험이라 부르며 희생자들의 죽음을 즐깁니다. 집시들은 매일 바닷물로 만든 스프로 배를 채우고 바싹 타들어간 몸으로 바닥에 떨어진 물 한 방울 때문에 서로 다투며 바닥을 핥고 있습니다. 아이들은 결핵실험에 동원되어 더욱 처참하게 죽어갑니다. 살인자들은 아이들의 모든 림프절을 제거하고 결핵균에 노출시켰습니다. 또한 그들은 많은 사람들의 정맥에 페놀과 가솔린, 그리고 청산가리를 주사하고 사지를 절단한 채 방치합니다.

성하, 이 참혹한 현실을 더 나열하오리까? 몇 날 며칠 밤을 지새워도 부족할 것입니다. 끔찍한 실험들이 하켄크로이츠와 교쿠지쓰 아래 자행되고 있습니다. 살인자들은 이것을 의학사와 과학사로 기록합니다. 아마도 이 기록은 보암직하고 먹음직하기에 한입 베어 물기를 원하는 이들에게 대대로 전달될 것입니다. 이러한 이유 때문에 하켄크로이츠와 교쿠지쓰의 세상 또한 우리의 역사일 수밖에 없을 것입니다. 어쩌면 판도라와 결혼해 판도라의 상자를 열어본 '나중에 생각하는 자' 에피메테우스와 같은 사람들이 언젠가 다시 이 참담한 현장의 기록을 그들의 새로운 문명 건설에 써먹으려고 열어볼지도 모릅니다. 이것이 우리의 비극입니다.

　성하, 주를 향하여 손을 들고 무어라 기도해야 하나이까? 모르모트로 전락한 이들의 무고한 피는 어찌하며, 괴물로 변신한 이들의 죄는 또 어찌해야 하나이까? 또다시 성자께서 이 모든 것에 대한 역사적 책임을 지고 십자가에 달리셔야 합니까? 진정 의인은 단 한 명도 없습니까? "자기를 부인하고 자기 십자가를 지며"(마태복음 16:24), 역사 앞에 책임을 지는 의인은 어디에 있습니까? 성하께서 부디 책임 없는 국가 이상의 악은 없다는 것을 알리시고, 바로 지금 인류가 자신의 십자가를 짊어지고 갈 수 있도록 그들의 양심에 호소해 주시기를 간절히 바랍니다.

11

1911년 1월 21일, 상트페테르부르크, 페트로파블로프스크 시립병원.

　굵은 눈발이 얇게 드리운 회색 구름에서 끝없이 흩날려 떨어져 지상에 내려앉고 있었다. 네바 강은 차가운 덩어리로 얼어붙은 채 창백한 흰색으로 뒤덮였다. 매서운 삭풍이 짙푸른 먹구름을 몰아오더니 흰색의 도시 위로 회색 파편을 휘몰아쳤다. 연회색 연기가 지붕 위 굴뚝마다 솟아오르지만 금세 눈보라의 기세에 눌려 사그라졌다. 사람들은 검은 코삭과 두꺼운 아스트라칸을 걸치고 적막한 거리를 느릿느릿 걸으며 차츰 하얀 눈 속에 파묻혔다. 상트페테르부르크는 그 고색창연한 풍경을 잃어버렸다. 다급한 말발굽 소리가 창백한 도시를 뒤흔들었다. 여섯 마리의 말들이 흰색 휘장으로 덮인 마차를 끌고 페트로파블로프스크 시립병원 앞에 멈춰 섰다. 말들은 일제히 거친 숨을 몰아쉬며 콧잔등에 낀 차가운 성에를 털어냈다. 사람들이 걸음을 멈추고 웅성거리면서 마차 주위로 몰려들기 시작했다. 카멜색 제복의 기마병들이 사람들을 헤치고 건물 앞뜰로 달려와 건물 주위를 막아섰다.

"전체, 차렷!"

군청색 제복의 장교가 붉은 띠를 두른 모자를 매만지며 마차 앞에 서더니 힘차게 구령했다. 기마병들은 질서정연하게 건물현관 양쪽으로 마주보고 도열했다. 현관문이 열리고 흰색 실크햇을 쓴 남자가 오동나무 지팡이를 끌며 나타났다. 흰색 상복을 입은 여섯 남자들이 그의 뒤를 따라 납으로 테두리를 두른 참나무관을 매고 현관계단을 내려섰다. 목관은 양쪽에 도열한 기마병들을 사열한 뒤 천천히 마차에 올랐다. 한 무리의 사람들이 상복에 굴건을 쓰고 병원에서 나와 목관을 뒤따랐다. 눈발은 습기를 잔뜩 머금은 채 점점 굵어져가고 카멜색 제복의 기마병들은 어느새 하얀 상복으로 옷을 갈아입었다.

"이제 출발해도 되겠습니까?"

장교가 흰색 실크햇을 쓴 남자에게 다가가 물었다.

"블라디미르 씨, 출발해도 되겠습니까?"

블라디미르는 눈을 깜빡거리며 짙푸른 하늘을 올려다보더니 말없이 고개를 끄덕였다. 장교는 부관을 불러 이범진의 영정을 블라디미르에게 건네주고 자신의 말에 올랐다. 블라디미르는 왼손으로 아버지의 영정을 감아쥐고 마차 앞으로 다가가 오른손에 쥔 지팡이를 들어올렸다.

"출발!"

블라디미르가 흰 상장(喪杖)을 짚고 무거운 발걸음을 천천히 옮겼다. 그러나 여섯 필의 말들이 연방 고개를 흔들어대며 제자리걸음을 했다. 마차바퀴가 눈 속에 파묻혀 좀처럼 움직이려 하지 않았다. 마부가 거칠게

209

채찍을 휘둘러대자 말들은 그제야 힘겹게 마차를 끌기 시작했다. 기마병들이 마차 앞으로 달려 나가 양쪽으로 행렬을 지어 말머리를 북쪽으로 돌렸다. 블라디미르는 잔뜩 몸을 웅크린 채 예리한 북풍을 마주하고 걸음을 내디뎠다. 짙푸른 하늘이 차츰 어두워지면서 얼음 섞인 눈발을 토해냈다. 긴 장례행렬은 온통 하얗게 뒤덮인 거리를 따라 발자국도 남기지 못한 채 창백한 상트페테르부르크 시내를 벗어나고 있었다.

오후 12시 30분, 운구용 특별열차가 검은 연기를 내뿜으며 핀란드 역에 도착했다. 흰색 휘장을 두른 열차는 뿌연 수증기를 내뱉으며 굵은 눈송이를 떨어냈다. 운구행렬이 하얀 적막을 뚫고 역사를 향해 바쁜 걸음으로 다가왔다. 칼바람이 역사 지붕을 훑고 사람들 틈을 비집고 날카롭게 스쳤다. 굵은 눈발이 엇비슷하게 내리치면서 서너 개의 굴건들을 바닥으로 내팽개쳤다. 여섯 마리의 말들이 역사 앞에 운구마차를 세우고 갈기에 달라붙은 눈을 털어댔다. 블라디미르는 굴건을 벗어들고 역사 처마 밑으로 들어가 영정을 닦았다. 운구열차가 긴 기적을 두 번 울려 사자의 도착을 알렸다. 운구마차의 문이 열리고 흰색 상복의 남자들이 목관을 내렸다.

"멈춰요, 멈춰!"

검은 말이 한 사내를 태우고 눈 속에서 휘청거리며 마차를 향해 달려들더니 눈길 위에 폭 고꾸라졌다. 사내는 눈으로 뒤범벅이 된 채 마차 앞으로 나뒹굴었다.

"멈춰요! 공사님, 안 됩니다. 내가 공사님을 보내드릴 수가 없어요. 내 허락 없인 가실 수 없다고요."

사내가 겨우 몸을 일으키고 두 팔을 휘적거리며 상여꾼들을 막아서더니 목관을 바싹 끌어안았다.

"선생님, 괜찮으세요? 어떻게…… 그 먼 길을 어떻게 아흐레 만에 오셨어요?"

"이렇게 공사님을 보낼 수 없네. 그러니까, 그러니까……."

이상설은 목관에 얼굴을 파묻은 채 울음 섞인 목소리로 중얼거렸다. 검은 말이 눈 속에 머리를 처박고 가쁜 숨을 헐떡이다 이내 싸늘하게 식어가고 있었다.

"선생님, 진정하세요. 선생님도 오셨으니까 이제 아버님도 맘 편히……."

블라디미르가 이상설의 어깨를 붙들고 일으키려다가 그의 등에 얼굴을 묻고 말끝을 흐렸다. 차가운 삭풍이 블라디미르의 굴건을 낚아채어 하늘로 날려 보냈다. 운구열차가 재차 기적을 울렸고, 검은 연기가 역사 지붕 위로 연거푸 솟아올랐다.

"이보게, 위종이, 이 선생, 어서 일어들 나세요. 공사도 이젠 편히 쉬게 해야지요."

검은 상복 차림의 놀켄 남작이 블라디미르를 일으켜 세우고 이상설의 등을 가볍게 두드렸다. 이상설은 포옹을 풀고 외투 안주머니에서 반듯하게 접은 태극기를 꺼내 목관에 덮었다. 태극기가 눈보라에 날려 펄럭 들썩였다. 목관이 다시 무거운 몸을 움직여 역사 안으로 들어서자 기마병들이 고삐를 당겨 말머리를 돌렸다. 목관이 마침내 운구열차에 옮겨지고 상주와 몇몇 사람들만 차량에 올랐다. 운구열차는 수북한 눈을 털어내며 천천히 우스펜스크 교회묘지를 향해 달리기 시작했다.

"선생님, 안색이 안 좋으세요. 기차로 열닷새가 걸릴 거리를 아흐레 만에 오셨으니. 블라디보스토크에서 여기까지…… 아흐레 만에……."

블라디미르가 이상설과 철제 좌석에 나란히 앉아 그의 손등을 도닥거리면서 입을 열었다. 이상설은 어깨를 축 늘어뜨리고 차창에 머리를 기댄 채 멀거니 눈을 뜨고 있었다. 눈발이 뿌연 차창 너머로 어지럽게 흩날렸다.
　"선생님, 한숨 주무세요. 족히 한 시간 정도는 가야 하니깐."
　"부사처럼 독살 당하신 건 아닌가? 그 황도파 놈들이. 이토 히로부미가 암살된 일로 그놈들이 앙갚음한 건 아닌가? 내가……, 내가 그놈들 멱을 하나씩 따놓고 말겠어."
　"자결하셨어요. 지난번 빌렘 신부님을 만난 이후로 잠 한숨 주무시지 못하셨어요. 당신이 죄인이라시면서……. 이미 작년에 국치를 당한 다음부터는 살아갈 기력조차 잃으셨어요."
　"자결, 자결……."
　이상설은 같은 말을 몇 번이고 되뇌면서 이마를 차창에 마구 짓찧었다. 붉은 피가 그의 이마에서 배어나와 허옇게 얼어붙은 차창에 번졌다. 블라디미르가 황급히 이상설에게 달려들어 왼손으로 그의 이마를 감싸고 오른팔로 그의 목을 감아 안았다.
　"나는 아네! 공사님께서 왜 그러셨는지……. 너무 지루하니까. 이제는 피곤하니까……."
　이상설이 블라디미르의 가슴에 안긴 채 울먹대며 말끝을 잇지 못했다.
　"선생님까지 이러시면 어떻게 해요. 언젠가 헐버트 목사님한테 그러셨잖아요. 죽은 자는 우울한 과거를 매장하고 산 자는 즐겁게 위를 채워야 한다고."
　"내 머리는 아닌데, 이놈의 가슴이……. 울다가, 울다가 지쳐간다네……. 궐련 있나?"
　이상설이 블라디미르를 살짝 밀치고 자세를 고쳐 앉았다. 블라디미르는 바지 주머니에서 궐련 한 개비를 꺼내 불을 붙여 이상설에게 건네고 또 한 개비를 꺼내 피워 물었다.

"13일이라고 했지? 어찌 돌아가셨나?"

이상설이 차창 밖으로 끝없이 이어지는 하얀 지평선을 바라보면서 담배연기를 길게 내뿜었다.

"당신 혼자서 오랫동안 떠날 준비를 하셨더라고요. 변고가 있던 날 제일 먼저 장의사가 집으로 왔어요. 그 사람 말로는 이미 한 달 전에 조만간 변고가 생길 거라면서 당신 관을 맞추고 장례비용까지 치르셨대요. 블라디보스토크로 운반할 비용까지……."

블라디미르가 구부정하게 몸을 굽히고 차창을 반쯤 열었다. 차가운 눈송이가 객차 안으로 들이치면서 블라디미르와 이상설의 뺨을 스쳤다.

"현관문을 열고 들어서니까……, 축 늘어진 두 다리가 먼저 눈에 들어왔어요. 속으로 이건 꿈이라고 몇 번이나 다짐하면서 천장을 올려다봤는데……. 천장 전등에 목을 맨 채 오른손에 권총을 꽉 쥐고 계셨어요. 매일 아침에 산책을 하시고 저녁이면 지인들하고 호텔 카페에서 담소를 나누셨는데, 그냥 그렇게 하루하루 살아오셨는데……. 아버지는 지칠 줄 모른다고 생각했어요. 절대로 지치거나 피곤해하지 않을 거라고 생각했어요."

"지천명이 뭔 줄 아나? 하늘의 뜻을 안다는 게? 그건 말이야. 이 가슴으로, 이 가슴으로 사는 거라네. 쉰까지 울다보면…… 산다는 게 참으로 고달프지. 그래서 절로 아는 거라네. 하늘의 마음이 어떤 건지. 내 나이 아직 지천명까진 멀었지만, 이걸 어찌 하나, 하늘의 마음을 벌써 알아버렸는데. 난 안다네, 공사님이 왜 그러셨는지……. 오늘따라 담배 맛이 정말 좋구먼. 그래, 말씀은 있으셨나?"

"아악!"

이상설이 차창을 활짝 열더니 고개를 밖으로 내밀고 소리를 질렀다.

그러고는 다시 좌석 등받이에 몸을 기대고 앉아 연방 담배를 뻐끔거리며 블라디미르를 보고 슬픈 미소를 지어보였다.
"유품을 정리하면서 보니까 영문으로 세 통의 유서를 써 두셨더군요. 고종 황제와 러시아 궁내성, 서울에 계신 기종 형님 앞으로. 그리고 거실 탁자 위에다가는 경찰서장 앞으로 된 쪽지를 남기셨어요. 여기……."
블라디미르가 바지주머니에서 구겨진 쪽지 한 장을 꺼내 천천히 읽었다.
"그 누구에게도 잘못이 없고 지극히 평정한 마음상태에서 자결한 것이며……. 이는 조국이 주권을 빼앗긴 상태에서 더 이상 목숨을 부지할 명분이 없고 적에게 복수할 수도 없기 때문……."
블라디미르가 길게 담배연기를 빨아들이면서 눈으로 뒤덮인 하늘을 쳐다보았다.
"유서는?"
"여기……."
블라디미르가 상복 소매에서 이범진의 유서를 꺼내 이상설에게 건넸다. 이상설은 모은 무릎 위에 유서를 고이 펼쳐 올려놓고 머리를 숙여 읽으려다 왼 손등으로 눈언저리를 훔쳤다.
'우리의 조국 한국은 이미 죽었습니다. 전하께서는 모든 권리를 빼앗겼습니다. 소인은 적에게 복수할 수도, 적을 응징할 수도 없는 무력한 상황에 처해 있습니다. 소인은 자살 외에 아무것도 할 수 없습니다. 소인은 오늘 생을 마감합니다.'
이상설이 유서를 반듯하게 접어 블라디미르에게 건네고 말없이 차창에 머리를 기댔다. 굵은 눈발이 끊임없이 이상설의 얼굴을 때렸다.
"블라디보스토크에 매장해 달라고 하셨다면서? 당신 몸이나마 우리 땅에 누이시려고…….”

"네. 하지만 싸늘한 시신인들 거기서 편하시겠어요? 이젠 우리 땅이 아닌데. 우리가, 내가 주권을 되찾으면 그때 모시고 가야죠."

"서울 어머님과 형님은?"

"서울 주재 러시아 공사에게 비밀전보를 부탁했어요. 이토가 죽은 뒤로 어머니와 형님도 고초를 심하게 겪으셨어요. 게다가 형님은 고문 때문에 정신까지……. 그냥 돌아가셨다는 얘기만 전했어요."

블라디미르가 불 꺼진 꽁초를 입에 그대로 문 채 물끄러미 객실 천장을 올려다보았다.

"참, 아버님께서 선생님 앞으로…….”

블라디미르가 상복 안에 걸친 코트 속주머니에서 봉투 하나를 꺼내 이상설에게 내밀었다.

"이게 뭔가? 5백 루블? 이걸 왜 나한테…….”

"미안하다고 하셨어요. 항상 빚진 느낌이라고, 중근 형님이랑 선생님한테."

**

매장은 쉽게 끝났다. 장례미사는 없었다. 추도사 한 구절 읽지 않았다. 그저 우스펜스크 교회묘지에 들어서서 빈구덩이를 찾아 목관을 내렸다. 378번! 씨늘한 시신은 번호표를 달고 차가운 땅 속에 얼어붙었다. 늦은 오후 흰색 상복의 행렬은 교회묘지에 죽은 자를 홀로 덩그러니 남겨둔 채 열차에 올랐다. 하늘은 어느덧 어두운 잿빛으로 무겁게 내려앉았다. 하얀 눈발도 어두운 잿빛으로 옷을 갈아입었다.

"목탄으로 그린 세상 같아요."

블라디미르가 철길 위에 서서 고개를 젖히고 잿빛 하늘을 올려다보면서 이상설에게 말했다. 이상설은 묵묵히 궐련 한 개비를 꺼내 물고 멀어져가는 열차를 바라보았다. 열차는 검은 연기를 내뿜으며 잿빛 지평선 너머로 사라져갔다.

"선생님, 한 번 안아봐도 될까요?"

"어허, 징그럽게 왜 이러나? 좋아, 한 번일세. 이번 한 번만……."

이상설의 말이 채 끝나기도 전에 블라디미르가 이상설을 와락 껴안고 그의 어깨에 머리를 기댔다.

"그거 아세요? 선생님한테서는 늘 목탄 냄새가 난다는 거."

블라디미르가 이상설의 목덜미에 얼굴을 파묻고 숨을 크게 들이쉬더니 어깨를 들썩였다.

"내가 자네한테 무심했구먼. 실컷 울게! 내 속이 이런데. 자네 가슴은 오죽하겠나. 어서 울게. 원 없이 울게."

이상설은 손에 쥔 담배를 떨어뜨리고 블라디미르의 머리를 쓰다듬으면서 말을 이었다.

"위종 군. 너무 가슴 아파 말게. 공사님은, 아버님은 지치신 게 아니라네. 자네 말마따나 아버님은 피곤할 틈이 없었다네. 투쟁하신 거라네. 한 주권국의 공사로서 자결로 무책임한 국가들에게 초대장을 보내신 게야. 핀란드 역까지 따라왔던 러시아 주재 공사들을 봤나? 아버지는 장례식에 그들을 초대하신 거야. 언젠가 역사가 물게 될 책임을 당신의 죽음을 통해 먼저 물으시려고. 봐라, 이놈들! 무책임한 방관자들, 학대를 받는 이들을 보고도 눈감아 버리는 한심한 놈들. 너희들이 말하는 정의는 어디 가고, 네놈들이 믿는 신은 왜 코빼기도 내밀지 않느냐? 나는 죽었다! 나는 죽어서도 운다. 그런데 네놈들은 살아서도 울지 못하느냐? 위로할 줄도 모르느냐? 나는 죽어서도 학대받는 이들을 위해 운다. 너희는 살아서 누구를 위해 우느냐?"

　이상설은 블라디미르를 꼭 부둥켜안고 보이지 않는 반도를 향해 소리 내어 울었다. 두 마리 소쩍새가 검은 하늘에서 하염없이 내리는 잿빛 눈을 맞으며 밤새 울었다.

12

"이 문양, 어디서 많이 본 거 같은데?"
　부장검사가 모니터 화면을 들여다보면서 혼잣말을 했다.
　"카두세우스입니다. 그리스 의술의 신 아스클레피오스의 지팡이, 또는 신들의 전령 헤르메스의 지팡이라고도 불립니다. 병원이나 앰뷸런스에서 흔히 볼 수 있는 문양입니다."
　"아, 그래? 그러고 보니 메디컬 드라마에 늘 나오던 문양이군. 그런데 이 타투는……. 그 카두 어쩌고 하는 것 하고 다른 거 같은데? 김 검사, 어딘지 기형적이지 않나?"
　부장검사는 김재준 검사의 얘기를 듣더니 고개를 갸웃갸웃하면서 되물었다.
　"네, 많이 다르네요. 하지만 지금 우리 주변에서 보는 카두세우스도 본래는 의술의 상징이 아닌 전령의 상징이었습니다. 카두세우스는 올리브 가지에 화환 장식을 한 헤르메스의 지팡이를 지칭했지요. 어쨌든 고대 그리스와 로마에서 대사나 전령들이 평화의 상징으로 카두세우스를 들고 다녔습니다."
　나는 화면을 곰곰이 들여다보다가 무심코 부장검사의 말에 대꾸했다.
　"그럼, 의술의 신 아스클레피오스의 지팡이는 헤르메스의 지팡이와 모양이 달랐다는 건가요?"

지호가 허리를 굽힌 채 모니터 화면을 들여다보다가 몸을 곧추세우면서 내게 질문을 던졌다.

"네. 아스클레피오스의 지팡이는 지팡이의 끝부분이 두 갈래로 갈라지고 한 마리의 뱀 같은 것으로 휘감긴 모양이었어요. 그런데 언제부턴가 의술의 상징으로 헤르메스의 지팡이가 아스클레피오스의 지팡이를 대신하게 됐지요. 그리고 지팡이의 장식도 헤르메스의 날개와 머리를 맞댄 두 마리의 뱀으로 바뀌었습니다."

"방금 아스클레피오스의 지팡이에 감긴 동물을 뱀 같은 것이라고 하셨는데, 뱀이 아니란 얘긴가요?"

"기생충이에요. 메디나 선충이라고 하는 기생충으로 중세 때까지 흔히 불뱀으로 불리기도 했지요. 메디나 선충은 유충 시기에 민물에 사는 작은 물벼룩의 몸속에서 자라나 성충이 됩니다. 그러다 누군가가 그 물을 마시면 물벼룩과 함께 그의 위로 들어가서 위산에 의해 물벼룩이 녹기를 기다리지요. 그리고 자유롭게 풀려나는 순간, 창자를 통해 복강 속으로 파고든 다음 짝짓기를 합니다. 이후 암컷은 숙주인 인간의 다리에 도착할 때까지 피부 이곳저곳을 후비고 다니다가 목적지에 도착하자마자 자신의 자궁 속에서 부화된 새끼들을 낳지요. 그러고는 숙주가 물가로 가도록 유도합니다. 새끼들이 성충으로 성장하려면 다시 물벼룩 속으로 들어가야 하기 때문이죠."

"작은 기생충이 인간을 조종할 수 있다는 말입니까?"

부장검사가 얼굴을 잔뜩 찡그리고 지호와 내가 주고받는 얘기를 듣다가 끼어들었다.

"그게 기생동물의 타고난 능력이죠. 대부분의 기생충이 그렇듯 성충인 메디나 선충은 숙주의 면역신호 체계를 잘 알고 있기 때문에 자신을 죽이려고 달려드는 항체를 교묘하게 피해 다닙니다. 하지만 어린 유충은 그럴 능력이 없어요. 이것을 잘 아는 어미는 숙주의 면역신호 체계에 혼동이 일어나도록 조치를 취합니다. 숙주의 다리 중 한 부위에 어린 새끼들을 모두 몰아넣어 면역 항체들이 그리로 급격히 몰려들게 만드는 거죠. 그러면 그 부위는 물집이 생기면서 퉁퉁 부어오르게 됩니다. 바로 이때 숙주는 메디나 선충이 유도한 대로 행동하게 됩니다. 따가운 상처를 달래기 위해 발을 물속에 담그지요. 그때 새끼들은 물속으로 헤엄쳐 들어갑니다. 대략 50만 마리의 유충이 그렇게 빠져나오고 어미도 다리 상처를 통해 다시 물로 귀환하게 되고요."

"웩! 조금 있으면 저녁 먹어야 하는데. 그 역한 기생충 얘기는 그만 하시죠, 신부님. 한데 메디나 선충하고 그 지팡이는 무슨 관계죠?"

"과거에는 메디나 선충에 감염되는 일이 매우 빈번했습니다. 성서의 민수기에도 나올 정도로요. 성서에서는 메디나 선충의 감염을 뱀에 물린 재앙으로 말하지만, 그 치료법을 보면 메디나 선충의 감염이 분명합니다. 하느님이 모세에게 장대 위에 불뱀 형상을 매달아두라고 하면서 뱀에 물린 자들이 그것을 보면 살아날 거라고 가르쳐주거든요. 그것은 메디나 선충 감염 환자를 치료하는 방법을 상징하는 것이기도 하지요. 그러니까 메디나 선충 감염을 치료하려면 다리 부위를 절개한 후 직접 선충을 잡아내야 합니다. 그런데 실 모양의 긴 살색 벌레를 뽑아내다가 끊어지기라도 하면, 끊겨서 살 속에 남게 된 나머지 부분이 썩어 들어가면서 인체에 치명적인 염증을 일으키게 됩니다. 그래서 고대에 고안해낸 치료법이 일주일 동안 천천히 나무막대에 메디나 선충을 감아올려 뽑아내는 거였죠."

"그러니까 아스클레피오스의 지팡이에 감긴 녀석은 나무막대에 감겨 있는 메디나 선충이라는 거군요? 참, 정 검사. 프린트됐나? 난 모니터 화면만 보면 어지러워서 말이야. 그래, 이리 주게. 신부님, 그럼 이것도 그 기생충을 그린 건가요?"

부장검사가 정수현 검사에게서 막 건네받은 이동희의 타투 문양 프린트를 들어 보이며 내게 물었다.

"야마타노 오로치(八岐大蛇)!"

모니카가 내 눈앞으로 불쑥 고개를 내밀고 타투 문양을 찬찬히 훑어보면서 한마디 던졌다.

"네? 야마 돈다고요? 아니, 수녀님께서도 그런 말씀을 하세요? 으하하하!"

부장검사가 큰소리로 껄껄대며 웃다가 호주머니에서 손수건을 꺼내 입을 막고 킥킥거렸다. 모니카는 팔짱을 끼고 부장검사를 노려보면서 고개를 설레설레 흔들다가 대꾸했다.

"야마타노 오로치라고 했어요. 일본 신화에 나오는 머리가 여덟 개 달린 뱀요, 뱀! 그건 여덟 개의 머리뿐 아니라 여덟 개의 꼬리를 가졌고, 여덟 개의 계곡과 산을 덮을 정도로 큰 뱀이었지요. 신화에 보면 그 뱀의 배는 항상 피로 붉게 물들어 있었다고 해요. 그만큼 잔학한 괴물이었죠. 어쨌든 그 뱀은 아마테라스오미카미에 의해 쫓겨난 스사노오노미코토의 칼에 죽게 돼요."

"배앰! 난 또……. 한데, 대가리가 여덟 개라고? 진짜, 이 타투도 대가리가 여덟 개네."

부장검사가 웃음을 뚝 그치고 프린트된 문양을 슬쩍 보더니 두 눈을 끔벅거리면서 말했다.

"일본사람들은 8이란 숫자를 좋아한대요. 일본이 여덟 개의 섬으로 이루어진 것과 관련된 국토기원 신화도 있어요. 여덟 개의 섬으로 이루어진 나라이니 그 나라 신화 속의 괴물도 여덟 개의 머리를 가지게 된 걸 거예요. 아무튼 그들에게 8은 천황이 지배하는 팔굉, 그러니까 완전한 세상을 의미한대요. 이 괴물이 뭘 의미하는진 모르겠지만요."

지호가 대꾸하면서 모니카에게 싱긋 웃어보였다.

"천황가의 권력을 의미한답니다. 스사노오노미코토가 죽인 뱀에게서 천총운검(天叢雲劍)이라는 청동 칼이 나왔는데 구사나기라고도 해요. 이건 천황가의 3대 보물 중 하나죠. 알려진 바로는 나고야의 아쓰다 신궁에 보관되어 있는 이 검은 여덟 겹의 하얀 금속인데 창포 잎과 비슷하게 생겼대요."

"정말 복잡하군. 아무튼 수녀님, 이 타투에 있는 대가리들은 뱀 대가리라는 거죠? 그리고 강한 힘이나 권력을 뜻한다는 거고. 그렇다면 이동희는 야쿠자 조직이나 일본 국내 조직폭력배하고 관련이 있다는 얘긴가? 그렇다면 왜 그것을 아스클레피오스의 지팡이와 합성을 했지요? 이보게, 허 검사. 교쿠지쓰 생명공학연구소가 뭐 하는 곳이라고 했지? 의학연구소인가?"

부장검사는 오른손으로 머리를 벅벅 긁으면서 지호에게 물었다.

"두뇌공학 연구를 한다고 들었어요. 그 연구소가 두뇌의 메커니즘에 관한 한 상당한 연구성과를 가지고 있다던데요. 그렇지 않아도 이영민 검사가 그 연구소에 대해 조사 중입니다. 오후까지는 도착할 거예요."

"허 검사, 알았네. 근데 조금 전에 기생충 얘기가 나와서 하는 말인데, 기생생물연구센터는 뭐야? 오전회의 때 그 연구소의 센터들 중 하나라고 안 했나? 그리고 신부님, 불뱀 기생충이라고 했지요? 인간의 두뇌에 자리 잡고 앉아서 인간을 물속으로 뛰어들게 만드는 불뱀 기생충도 있나요? 아, 그 마징가제트 있잖습니까? 쇠돌인가 쇠똥인가 하는 놈이 로봇 머리에 앉아서 조종하듯이 불뱀 기생충도 그러냐고요? 그렇지 않고서야 어떻게 두뇌 연구를 한다는 것들이 기생충 연구를 하느냐 이 말입니다."

"잠시만, 잠시만요! 방금 부장검사님께서 뭐라고 물으셨죠?"

"네? 마징가제트 말입니까?"

"아니요. 그 전에, 그 전에 말입니다."

"글쎄, 그 다음엔 쇠똥이 얘기를 했고……."

"인간을 물에 뛰어들게 만드는 불뱀 얘기요?"

부장검사가 더듬적더듬적 말끝을 흐리자 김재준 검사가 끼어들었다.

"그래요. 인간을 물에 뛰어들게 만드는 기생충! 그런데…… 수빈이가 걸려요. 유독 수빈이만은 뇌부종과 뇌종양으로 사망했어요. 다른 지역에서 발생한 유사 사건들과 이안이의 경우에는 직접적인 사인이 다 익사였는데."

"어? 내가 얘기 안 했어요? 하긴, 그다지 중요하지 않은 거라서 깜빡 했을 수도 있었겠네. 수빈이가 처음 병원에 실려 오게 된 건 뇌종양 때문이 아니에요. 보육교사가 아이들을 데리고 수영장에 갔다가 수빈이가 물에 빠지는 바람에 급하게 병원으로 후송해 왔던 거예요. 물론 안전요원이 곧바로 건져냈기 때문에 심각한 상황은 아니었는데, 검진 과정에서 의사가 몇 가지 의심증상을 발견하고 정밀검사를 했고, 그래서 뇌종양으로……."

"허 검사님! 그걸 이제야 얘기하시면 어떻게 합니까?"

"아니, 왜 화를 내고 그러세요? 살다 보면 깜빡할 수도 있잖아요. 당신도 한동안 수빈이를 지켜보았고요. 그럼 그때 얘기하시지 그랬어요? '이 아이에게서 막대기로 불뱀 한 마리를 건져 올린 적이 있는가' 하고 말이에요."

"네, 네. 다 내 잘못입니다. 건망증이 심한 아줌마라는 걸 모른 내 잘못……."

"방금 뭐라고 했어요? 뭐 아줌마라고요?"

지호가 내게 얼굴을 바싹 들이밀고 손마디를 우두둑거리면서 쏘아붙였다.

"허허, 또 왜들 이러시나."

부장검사가 모니카와 함께 달려들어 우리를 떼놓았다.

"모니카, 잠깐 나갔다 올게요. 머리 좀 정리하고."

나는 두어 번 숨을 고른 다음 모니카에게 다가가 퉁명스레 말을 내뱉고 방을 나서서 청사 계단으로 향했다.

'아스클레피오스의 지팡이, 메디나 선충, 그리고 모세와 불뱀. 팔굉일우, 황도와 교쿠지쓰 생명공학연구소, 8개의 머리를 가진 붉은 뱀, 천황의 심판, 그리고 물과 익사, 두뇌, 기생충과 숙주…….'

나는 한 계단 한 계단 밟을 때마다 떠오르는 것들을 하나씩 되뇌면서 1층 현관까지 내려갔다.

"같이 가요! 차를 타고 갈 거예요? 아니면 걸어 갈 건가요?"

지호가 갑자기 나를 가로막아 섰다.

"됐거든요! 혼자 갈 겁니다."

나는 지호에게서 얼굴을 휙 돌리고 입술을 쭈뼛거리면서 현관문을 나섰다.

"그렇게 쌜쭉대니까 왠지 정이 가는데요."

지호가 잰걸음으로 뒤따라와 내 옆구리를 쿡쿡 찌르면서 귀엣말을 했다. 나는 지호를 쓱 째려보고 발을 빠르게 놀려 청사 정문 오른쪽 길로 접어들었다.

"어디로 가는 거예요? 그런 눈으로 보지 말아요. 성질 건드리지 않을 테니까."

13

1917년 3월 17일, 상트페테르부르크, 네브스키 프로스펙트, 리테라투르나야 카페.

"니에트(없다)!"

빵을 달라고 외치던 굶주린 사람들이 이 말에 차갑게 얼어붙은 네바 강 위로 내달렸다. 그들은 거대한 물결을 이루며 상트페테르부르크의 거리마다 무섭게 범람했다. 제국 군대와 검은 백인단은 굶주린 민중의 물줄기를 돌리지 못하고 속절없이 무너져 내렸다. 성난 물결은 마침내 겨울궁전마저 삼키고 황제의 깃발을 내렸다. 대신 붉은 깃발이 1056개의 방과 117개의 계단, 2000여 개의 창문을 뒤덮었다. 상트페테르부르크는 더 이상 차르를 기억하려 하지 않았다.

"블라디미르!"

블라디미르는 카멜색 제복에 군모를 쓰고 리테라투르나야 카페에 앉아 모이카 운하 건너편을 물끄러미 바라보고 있었다. 카잔 성당의 반원형 회랑이 옅은 안개 사이로 희미하게 드러났다.

'아흔넷…….'

"이보게, 블라디미르, 블라디미르!"

누군가 옅은 안개를 헤치고 블라디미르에게 다가오면서 그의 이름을 불렀다. 화가인 미하일 네스테로프였다.

"어? 네스테로프 선생님, 여긴 웬일이세요?"

"내가 모스크바에서 상트페테르부르크까지 왜 왔겠나? 에르미타슈에 있는 그림들을 보려고 왔지. 그런데 이미 그곳을 임시집행위원회가 본부로 사용하고 있더군. 괜한 헛걸음을 했네."

"어서 여기 앉으세요. 많이 어수선하죠? 혁명 때문에. 모스크바도 마찬가지 상황이라고 들었는데 그곳에서 여기까지 오는 동안 벌어진 일이라 모르셨나보네요. 바로 이틀 전에 차르께서 폐위되셨습니다."

블라디미르는 자리에서 일어나 네스테로프에게 테이블 의자를 빼주었다. 네스테로프는 블라디미르에게 살짝 목례를 하고 자리에 앉아 오른손에 든 화구를 자신의 무릎 위에 올려놓았다.

"하긴, 그렇지 않아도 경기가 안 좋은데 독일과 3년 동안 전쟁을 벌였으니……. 오죽했으면 민중이 들고일어났겠나! 배급카드로 받아갈 수 있는 거라곤 4분의 1파운드밖에 안 되는 검은 빵 한 덩어리니 어떻게 버틸 수 있었겠어. 참, 자네도 혁명군에 가담했나보군? 붉은 별을 붙인 걸 보면."

네스테로프가 오른손 검지로 블라디미르의 제복 소매를 가리키면서 물었다. 블라디미르는 제복에 붙어있던 견장을 떼어내고 대신 소매에 붉은 별을 달고 있었다.

"차마 시위대를 사살할 수 없었어요. 지난 27일 오후에 제가 속해 있는 황실근위대 파블로브스키 연대가 폭동진압 작전에 투입되었지요. 저는 연대 전령장교로 시내 다른 지역에 투입된 연대와의 연락 임무를 수행했고요. 그런데 상부에서 시위대를 사살하라는 지시가 내려왔어요. 하지만 병사들은 대부분 명령에 불복했지요. 그러자 몇몇 지휘관들이 직접 군중을 향해 기관총을 들고 난사를 했어요. 단지 굶주림 때문에 살기 위해 빵을 달라며 시위를 벌이는 사람들한테……. 그래서 다른 장교들과 함께 혁명군에 가담하기로 했죠."

"그럼 지금은 중대 소비에트 대표로 있는 건가?"

"네? 아, 네."

"자네, 아까부터 뭘 그렇게 넋 놓고 보고 있나?"

네스테로프가 블라디미르의 시선을 쫓아 모이카 운하 건너편을 바라다보았다. 예닐곱 명의 아이들이 까르르 웃으면서 푸른 다리를 건너 카페 앞 네브스키 사거리를 향해 달려오고 있었다. 그러더니 어느새 거리에 있는 참호들 사이를 들락날락 뛰어다녔다.

'아흔넷, 여섯 개만 더 있으면…….'

"이보게, 블라디미르!"

"네! 성당 회랑의 기둥을 세느라고요. 아흔넷……, 저 아이들 수만큼만 더 있으면 백 개가 되겠네요."

"이 사람, 도통 알아들을 수 없는 말만 하는군."

"이런, 죄송해요. 회랑의 기둥을 세다가 일본에 병합된 지 백 년 후면 우리나라가 어떻게 돼 있을까 생각했어요. 백 년…… 백 년 뒤 우리 땅의 아이들은 어떻게 변해 있을까요?"

블라디미르가 성당 회랑의 코린트식 기둥들을 쳐다보다가 아이들에게 다시 시선을 돌리고 한숨을 내쉬었다.

"〈슬라브 행진곡〉이군! 꼭 저 아이들의 밝은 웃음소리 같은 곡이야."

네스테로프가 카페에서 흘러나오는 차이코프스키의 곡에 귀를 기울이며 가볍게 미소 지었다.

"선생님이 그린 그림 〈어린 바르톨로뮤의 환상〉에 나오는 어린 바르톨로뮤가 떠오르네요. 어린 바르톨로뮤가 검은 옷을 입은 수도승과 성체인 프로스포라(Prosphora, 향기로운 양식)를 나눠먹는 장면이었죠? 프로스포라를 먹은 뒤로 바르톨로뮤가 글을 읽게 되었다는 얘길 성당에서 들은 기억이 납니다."

"그래, 우리 슬라브 아이들의 꿈을 담으려고 그 그림을 그렸네.《카라마조프가의 형제들》에 나오는 조시마 장로를 모델로 했지. 프로스포라를 떼는 수도승 말이야."

"그런 기적이 나라를 빼앗긴 우리 아이들에게도 일어나면 얼마나 좋을까요? 프로스포라, 향기로운 양식을 매일 먹고 단잠을 잘 수만 있다면……. 혁명을 일으킬 수 있다는 건 축복입니다. 내 나라가 있기에 달콤한 빵을 당당하게 요구하는 거죠. 주권이 있으니까. 하지만 주권을 빼앗긴 우리 백성은 빵을 요구할 수 없어요. 우리 아이들은 개처럼 일본의 식탁에서 떨어지는 빵 부스러기나 주워 먹고 있지요. 혁명은 빵을, 즉 생존을 위해서라지만 독립은 존재의 문제입니다. 러시아 사람들은 인간으로서 빵을 요구하고 있지만, 대한제국 사람들은 인간이기를 소망하고 있죠. 부스러기를 먹는 개가 아닌 인간이기를……."

블라디미르는 군모를 벗어 테이블 위에 올려놓고 군모에 비슥이 붙어 있는 붉은 띠를 가만히 들여다보았다.

"그렇지……. 달콤한 빵과 단잠은 인간의 권리지. 태어나면서부터 주어진 권리 말일세. 자유와 정의라는 게 뭐 별건가? 달콤한 빵과 단잠을 누릴 수 있는 권리, 바로 그거라네. 그러나 하느님께서 그러지 않았나. 사람은 빵으로만 사는 것이 아니라 말씀으로 산다고 말이야. 부스러기라도 빵은 빵이지. 하지만 그건 남아도는 찌꺼기일 뿐이네. 비록 검은 빵이라도 함께 나누는 음식엔 사랑과 위로가 들어 있지."

네스테로프는 카잔 성당을 바라보면서 왼손으로 희어진 머리카락을 뒤로 쓸어 넘겼다.

"백 년 뒤 우리 아이들은 무엇을 먹고 있을까요? 지금 우린 남의 나라 식탁 밑에 앉아 부스러기나 주워 먹고 있는데."

깊은 숨을 들이쉬는 블라디미르의 입술이 바르르 떨렸다.

"향기로운 양식을 먹을 걸세. 여기 내 앞에 검은 옷의 수도승이 있잖나!"

네스테로프가 블라디미르의 검게 그을린 얼굴을 가리키며 환한 미소를 지었다.

"정말 백 년 뒤에 우리 아이들이 우리 식탁에서 달콤한 빵을 먹고 우리 땅에서 단잠을 잘까요?"

"그렇고 말고. 자네가 사랑과 위로를 담아 빵을 굽고 있지 않은가. 자네, 남의 땅에서 붉은 별은 왜 달았나? 빵이 없어서인가?"

"아니요! 한 알의 밀알이 되려고요. 내가 썩어서 싹을 틔우려고요. 그래서 우리 아이들에게 빵을 먹이려고……. 우리 아이들이 달콤한 빵을 먹을 수만 있다면 이위종이라는 이름은 망각 속에 내던져질지라도……."

"무슨 소릴 하는가! 망각이라니? 밀알을 기억해야 수확도 하는 법이네. 부스러기의 맛을 알아야 한 덩이의 빵이 얼마나 달콤한지를 알 수 있단 말일세. 잊히면 안 되네. 저기, 네바 강이 혁명을 회상할 때마다 자네

이름도 떠올리도록 해야 하네. 일본제국이 자네를 기억 속에서 지우려 해도 지워지지 않도록 저들의 기억 속에 불로 달군 인장을 찍게나. 저들이 이가 갈리도록 말일세. 잊지 않아야 빼앗기지 않네."

작은 얼음알갱이들이 거리를 떠돌다가 바람에 실려 카페 안으로 날아들어왔다. 블라디미르는 양손바닥을 펴서 앞으로 내밀고는 떨어지는 얼음알갱이들을 받았다. 얼음알갱이들이 겨울햇살을 받아 반짝거렸다.

"리 중위님!"

혁명군복의 병사가 들어와 꼿꼿이 몸을 세우고 나서 블라디미르를 불렀다.

"이반, 무슨 일인가?"

"여기 이 신부 때문입니다. 우리 중대 앞을 어슬렁거리기에 백군 첩자가 아닐까 해서 붙잡았습니다. 그랬더니 중위님을 찾아왔다고 해서 확인하려고 데려왔습니다."

병사는 작은 트렁크 가방을 블라디미르에게 건네고 눈짓으로 옆에 서 있는 신부를 가리켰다. 신부는 병사에게 양손을 붙들린 채 파랗고 큰 눈을 끔벅거리면서 블라디미르를 내려다보았다.

"누구신지?"

"신한혁명당 이상설 본부장의 전갈을 가지고 왔습니다."

"이상설 선생님요? 지금 어디 계십니까? 아니, 잠깐만, 죄송합니다. 이반 동지! 어서 그 결박부터 풀어드리고 자네는 막사로 돌아가게. 우리 병사가 큰 결례를 범했습니다. 이쪽으로 앉으세요."

블라디미르는 자리에서 일어나 신부에게 의자를 빼주고 커피 한 잔을 주문했다.

"이런, 벌써 가야 할 시간이군. 블라디미르, 이만 일어나야겠네. 손님도 오셨고. 참, 놀켄 남작 부부에게 내 안부나 전해주게. 언제 기회가 되면 찾아뵙겠다고 말이야."

네스테로프가 자리에서 일어나 블라디미르와 악수를 하고 신부에게 가볍게 눈인사를 했다. 블라디미르는 네스테로프를 푸른 다리까지 배웅하고 카페로 돌아와 신부와 마주 앉았다.

"선생님은 잘 계시죠? 5년 전에 가쓰라 다로가 러시아를 방문하면서부터 러시아 경찰들이 블라디보스토크와 하얼빈을 중심으로 한인들을 대대적으로 단속했거든요. 그때 이후로 선생님 소식을 접하지 못했어요. 선생님이 어디 계신지 알아보려고 혁명군 정보기관을 동원해서 수소문했는데 헛수고였지요."

"전쟁이 발발하던 해에 상하이로 이주해서 신한혁명당을 결성했다고 합니다. 그리고 2년 뒤부터는 하바로프스크로 돌아와 러시아에서 활동을 재개했고요."

"그랬구나! 건강하시죠? 그럼 지금 하바로프스크에 계시겠네요?"

블라디미르가 환하게 웃으면서 의자를 당겨 신부 곁으로 바짝 다가앉았다.

"상하이로 갈 때 감기증세가 있었는데 전쟁 중이라 몸을 돌볼 겨를이 없었나 봅니다. 하바로프스크로 돌아오기 전부터 폐결핵을 앓았다는군요. 그래서 얼마 전에 기후가 더 따뜻하고 온화한 니콜리스크(우스리스크)로 옮겼다고 합니다."

"많이 안 좋으신가요? 내일이라도 가봐야겠네요. 참, 여기서 이럴 게 아니라 저희 집으로 가시지요. 마침 식사 때도 됐고, 요즘은 혁명위원회든 차르 추종세력이든 곳곳에 첩자를 깔아놓고 있어서."

블라디미르가 자리에서 일어나 신부의 트렁크를 들고 카페 밖으로 나가 길가에 서 있던 마차를 불렀다. 마차는 두 사람을 태우고 네바 강을 따라 달리다가 북쪽의 한적한 거리로 접어든 뒤 나무로 지은 2층 집 앞에 멈춰 섰다. 두 사람은 마차에서 내려 낮은 나무울타리 문을 열고 마당정원을 가로질러 집 안으로 들어갔다.

"아빠!"

신부가 블라디미르를 따라 집안으로 들어서자마자 세 여자아이들이 주방에서 뛰어나왔다. 큰 아이는 이제 갓 열 살을 넘긴 듯했고, 다른 두 아이는 언니와 두세 살 터울로 보였다.

"자, 자. 손님 오셨으니까 인사부터 해야지! 엘리자베타, 신부님께서 선생님 소식을 가져 오셨어요. 신부님, 이 사람이 제 집사람 엘리자베타입니다. 그리고 큰 아이가 베라, 둘째는 니나, 그리고 여기 요 녀석이 막내 예브게니야입니다."

예브게니야가 블라디미르 뒤쪽으로 쪼르르 달려가더니 그의 다리 사이로 얼굴을 빠끔히 내밀고 신부를 올려다봤다.

"신부님, 아스트라칸은 저한테 주세요. 그리고 저기 페치카 앞 탁자로 가서서 몸 좀 녹이세요. 엘리자베타, 차 좀 가져오구려."

블라디미르가 신부에게서 외투를 건네받아 옷걸이에 걸고 탁자로 그를 안내했다.

"참, 선생님 소식을 묻느라 경황이 없어서 인사도 제대로 드리지 못했습니다. 성함이……?"

"아닙니다. 먼저 제 소개부터 했어야 하는데. 그냥 저를 퀼리베트라고 불러 주십시오."

"퀼리베트? 세례명이 좀 낯설군요."

"'누구든(anyone)'이라는 의미일 뿐입니다. 성좌에서 제게 맡긴 임무 때문에……."

"바티칸의 네모 선장이시군요. 네모는 '아무도 아닌 자'라는 뜻이지요. 네모 선장은《해저 2만 리》에 나오는 인물이고요."

블라디미르가 신부 곁으로 의자를 끌어다 앉으면서 말을 이었다.

"참, 선생님이 몇 년 전 아버님 장례식 때 오셔서 Q신부라고 불리신다면서 신부님 얘길 하셨던 것이 기억나는군요. 콜로라도 덴버에서 열린 애국동지대표회에 참석했다가 헐버트 목사의 소개로 만났다고……."

"네. 그때 이상설 선생을 처음 뵈었지요. 성좌에서 볼티모어의 기번 추기경이 보낸 문서를 검토한 후 제게 막중한 책무를 맡겨 그곳에 파견했거든요. 이 선생을 만난 다음부터 몇 번이고 중위님을 만나려고 시도했는데, 전쟁과 러시아의 정정 때문에 여의치 않았습니다. 그랬다가 이번에……. 이토 히로부미에 관한 정보도 확인할 겸 해서."

"그냥 블라디미르라고 불러 주세요. 어쨌든 러시아 상황이 가장 안 좋을 때 오셨습니다. 니콜리스크에서 여기까지 오시는 동안 어려움이 많으셨을 텐데요."

"어찌 하다 보니 그렇게 됐습니다."

퀼리베트 신부는 말하는 내내 블라디미르의 눈길을 피한 채 페치카만 들여다보고 있었다. 석탄 덩어리들이 페치카 안에서 타닥타닥 소리를 내며 발갛게 달아올랐다.

"여보, 지금 식사준비를 할까요?"

"신부님, 요기라도 하셔야지요."

"감사합니다만, 우선 급한 이야기부터."

블라디미르가 엘리자베타에게서 크바스를 얹은 쟁반을 받아 들면서 고갯짓을 했다. 엘리자베타는 조용히 아이들을 2층으로 올려 보내고 부억으로 향했다.

"크바스예요. 이곳은 물이 온통 석회수뿐이라서 크바스로 식수를 대신합니다. 민트를 넣어서 향이 좋을 거예요. 참, 안중근 선생이 빌렘 신부 편으로 보낸 서신을 가져오겠습니다."

퀼리베트 신부가 크바스를 마시는 동안 블라디미르가 서재에서 봉투 하나를 가져와 자리에 앉았다.

"메이지 정부의 〈대일본제국헌법〉과 관련된 내용입니다. 이토 히로부미가 주도해서 만든 강력한 천황제 중심의 헌법이지요. 종교와 정치를 하나로 결합시켜 그들이 말하는 고쿠타이(國體), 즉 천황 중심의 국가체제를 성문화한 겁니다. 과거 복고신도 세력이 가미의 마음, 종의 원리, 그리고 모노노아와레라는 종교적 이념을 신국사상으로 발전시켰듯이 이토 히로부미를 중심으로 한 세력들이 종교적 국수주의 이념을 성문화한 거죠. 여기 이 부분이 제국헌법의 '제1장 천황'입니다. 천황의 신성불가침을 명기해서 '가미의 마음'이라는 종교이념을 법제화했어요. 그리고 천황자손의 신권세습이라는 내용을 첨부해서 '종의 원리'를 법제화했습니다. 마찬가지로 같은 장 제4조에서 주권은 천황에게 병합한다는 표현으로 '모노노아와레'를 법제화했지요."

"모노노아와레가 주권이라는 뜻인가요?"

"모노노아와레는 일본인들 특유의 정서이자 이성입니다. 그들만의 판단기준이랄까요? 애련이라고 할까요? 모노노아와레에 따르면 굴욕은 곧 악입니다."

"애련이든 굴욕이든 정서 아닌가요?"

"인식론적으로는 이해하기 어려운 그들만의 정서죠. 굳이 설명을 하자면, 그들은 애련을 선의 기준으로 삼으며, 굴욕적인 것을 악하다고 합니다. 어쨌든 제국헌법에서 주권을 천황에게 병합한다는 조항은 개개인의 모노노아와레를 천황에게 바친다는 의미입니다. 천황의 애련이 곧 한 개인의 애련이요 국가의 애련이라는 말이죠. 이것은 천황의 굴욕은 반드시 앙갚음해야 할 개개 국민의 굴욕이라는 말과 같다고 할 수 있지요. 유대 전설에 골렘(Golem)이라는 자동인형 이야기가 있다지요? 제국헌법에 따르면 황국신민은 천황의 골렘이라 할 수 있어요."

"골렘……. 그럼 일본이 한국과 만주 일대에서 벌이고 있는 신민화 정책도 고쿠타이를 법제화한 〈대일본제국헌법〉에 기초하고 있겠군요. 일본에 있는 저희 에스베데 수도원의 한 신부 얘기로는, 이토 히로부미는 합리적인 인물로 한국문제에 있어서 온건하고 공평한 입장을 유지했다고 하던데. 결국 〈대일본제국헌법〉 제정을 위한 물밑 작업이었던 셈이네요."

"네. 단지 군부에 의한 것이냐 협상에 의한 것이냐의 차이일 뿐이죠. 어쨌든 메이지 정부가 고위관료들과 각 계파를 완전히 장악하지 못해 가급적 온건한 변화를 선택할 수밖에 없었습니다. 이토 히로부미가 우리나라 문제에 있어서 온건한 입장을 견지한 건 조약이나 법으로 식민지배를 합리화하려는 거죠. 대동아 골렘화의 명분을 마련하려고 말입니다."

"그렇군요. 지금 중국의 상황을 보면 일본정부가 무엇을 계획했는지 알 수 있을 듯합니다. 일본은 연합군 참전을 명분으로 독일의 점령지였던 중국의 산둥반도와 만주 등을 점유했지요. 중국에 있는 저희 수도원에서 그러더군요. 중국에 주둔하고 있는 일본군이 만주를 중심으로 새로운 국가를 건설하려 한다고. 만주의 신생국이 〈대일본제국헌법〉을 건국헌법으로 삼는다면 사실 국제사회에서 뭐라 할 명분이 없겠군요. 그 내용이야 어떻든 법에 따라 합리적으로 통치하는 거니까."

"아주 오랫동안 조작을 해왔던 자들입니다. 다른 나라의 역사도 하루 아침에 자신들의 역사로 뒤바꾸니까요. 가톨릭도 뼈저린 경험을 했잖습니까! 하루아침에 신도(神道)의 신상으로 뒤바뀐 예수 말입니다. 돌연변이가 진화한 거죠! 법을 명분으로 조작을 정당화하겠다는 생각 말입니다. 〈대일본제국헌법〉은 진화한 돌연변이의 결과물입니다."

블라디미르가 자리에서 일어나 페치카 앞에 놓인 부지깽이를 들고 석탄 더미를 뒤집은 다음 다시 자리로 돌아와 말을 이었다.

"내일 저는 선생님이 계신 니콜리스크로 가볼 생각인데, 신부님도 그곳으로 다시 돌아가실 거지요? 가급적이면 저와 함께 가세요. 저와 동행하시면 어려움 없이 먼 길을 여행하실 수 있을 겁니다."

"네, 그러죠 뭐. 아 참, 이 본부장의 전갈을 드린다는 게 깜빡했습니다."

퀼리베트 신부가 의자 옆에 놓인 작은 트렁크를 열고 손바닥만한 크기의 마트로슈카 인형을 꺼내 탁자 위에 조심스레 올려놓았다. 마트로슈카는 붉은색 꽃무늬로 장식된 러시아 민족의상 사라판을 입고 있었다.

"마트로슈카군요. 선생님은……. 짓궂기도 하시지. 제법 묵직한 걸 보면 작은 마트로슈카들이 꽤 들어있나 봐요. 선생님 손을 타서 그런지 목탄냄새가 나네요!"

블라디미르가 양손으로 마트로슈카를 집어 들고 찬찬히 살펴보다가 코를 대고 냄새를 맡았다. 그는 마트로슈카를 다시 식탁 위에 내려놓고 싱긋이 웃으면서 두 손으로 인형 뚜껑을 열었다. 찬 겨울바람이 갑작스레 창문을 거칠게 흔들면서 윙윙 울어댔다. 블라디미르는 눈을 들어 거실 창문들을 쭉 한번 훑어보고는 시선을 돌려 인형 몸통 속을 들여다보았다. 몸통 안에서 잿빛 연기가 아른아른 피어올랐다. 연기는 금세 사그라지는

가 싶더니 다시 모락거렸다. 굵은 눈물방울이 인형 몸통 속으로 뚝뚝 떨어지자 연기는 더 이상 일지 않았다. 죽음은 혁명보다 빨랐다. 마트로슈카보다 더 은밀했다. 매서운 바람이 쉬지 않고 창문을 두드리고 있었다. 눈물이 볼을 타고 하염없이 흘러내렸다.

"모, 목탄 냄새가……?"

블라디미르가 얼굴을 들고 신부를 쳐다보았다. 신부는 말없이 고개를 끄덕였다. 인형 뚜껑이 블라디미르의 손에서 떨어져 바닥에 나뒹굴었다.

"유골입니다! 이 본부장의……."

"언제……?"

"지난 3월 2일 니콜리스크에서 임종하셨습니다. 제가 막 도착한 다음 날."

"장례는……?"

블라디미르는 입술을 들먹들먹하면서 좀처럼 말을 꺼내지 못했다. 퀼리베트 신부가 허리를 숙이고 인형 뚜껑을 주워 식탁 위에 올려놓으면서 대답했다.

"화장했습니다. 신한혁명당원들과 함께 라즈돌리노예 강에서 유품과 함께……. 생전에 주권을 잃은 죄인이 어떻게 편하게 땅에 묻힐 수 있겠느냐고 하셨기에 강변에 있는 나뭇가지들을 모아다가 태웠습니다."

엘리자베타가 부엌문 앞에서 두 손으로 얼굴을 감싸고 흐느꼈다. 세찬 바람이 윙윙거리며 굴뚝으로 파고들었다. 페치카는 아가리에서 울컥울컥 검은 연기를 토해내면서 꺼이꺼이 목을 놓았다.

"마지막으로 남기신 말씀은……, 유골은 바다에 날려버리고 결코 제사도 지내지 말라고 하셨습니다. 그리고…… 숨을 거두시면서 길 떠나기 전에 중위님을 만나고 싶다고 하시기에 당신의 유골 몇 줌을 마트로슈카에 담아 왔습니다. 아, 혁명당원들이 그러더군요. 생전에 이준 선생과 이범진 공사가 있는 북해에 묻히고 싶어 하셨다고."

별안간 블라디미르가 벌떡 일어서더니 마트로슈카를 품에 안고 무작정 밖으로 뛰어나갔다. 신부도 급히 외투를 왼팔에 걸고 블라디미르를 뒤쫓았다. 블라디미르는 마구간으로 뛰어 들어가 말 두 필에 마구를 채우고 마차를 연결했다.

"지금, 지금 가시려고요?"

퀼리베트 신부가 막 출발하려는 마차에 뛰어오르면서 블라디미르에게 물었다. 블라디미르는 아무 말 없이 남쪽으로 마차를 몰았다. 마차는 단숨에 상트페테르부르크 시내를 가로질러 핀란드 만을 향해 달렸다. 그는 시내를 벗어나자마자 쉼 없이 채찍을 휘두르며 서쪽으로 말을 몰았다. 마차는 핀란드만을 따라 한참을 달리더니 로모노소프에서 멈춰 섰다. 말들이 가쁜 숨을 쏟아냈다.

"로모노소프입니다."

이 한마디만 던진 채 블라디미르는 마트로슈카를 품에 안고 눈앞에 펼쳐진 발트 해를 향해 달려갔다. 크론슈타트 요새가 발트 해 한가운데 서 있었다.

"선생님! 어디 계세요? 선생님……."

블라디미르가 외투도 걸치지 않은 채 바닷바람을 맞으며 이상설을 찾아 외치고 또 외쳤다. 아무도 없었다. 매 한 마리만 크론슈타트 요새 위로 원을 그리며 날고 있었다.

"블라디미르, 선생님을 바람에 태워드리세요. 이젠 쉬시라고."

퀼리베트 신부가 그의 등을 가볍게 도닥거렸다. 블라디미르는 휘청거리며 바닷물 속으로 걸어 들어갔다. 푸른 파도가 그의 허리에 부딪쳐 물거품을 뿜고 이내 부스러져 물비늘을 일으키며 반짝였다. 블라디미르는 마트로슈카를 왼손으로 꼭 감싸 안고 뚜껑을 열었다. 그런 다음 오른손을 마트로슈카의 몸통 속에 집어넣어 잿빛 가루를 꺼내 들었다. 세찬 바람이 블라디미르의 손가락 사이로 파고들며 잿빛 가루를 푸른 하늘 위로 산산이 흩어버렸다. 블라디미르는 다시 잿빛 가루를 한 움큼 쥐었다. 야속한 바람은 그에게 작별인사조차 허락하지 않았다. 마트로슈카는 금세 텅 비었다. 블라디미르는 뚜껑을 닫고 마트로슈카를 바닷물에 띄웠다. 마트로슈카는 바다 위에 일렁이며 블라디미르에게 손을 흔들더니 어느새 푸른 파도에 휩쓸려 사라졌다.

"쓸쓸하다. 너무나 쓸쓸하다. 너무나……."

1

'이동희 말로는 이안이의 죽음은 신의 심판이라 했어. 아이는 스스로 물에 뛰어들었고. 결국 아이의 자살은 천황의 심판이라는 얘긴데. 물로 투신한 행위가…….'

나는 머리를 숙인 채 보도 위를 걸으면서 보도블록마다 연상되는 단어들을 하나씩 덧끼우고 있었다.

"위험해요!"

내가 막 길모퉁이에 접어들었을 때 지호가 황급히 내 왼팔을 잡아끌었다. 오토바이 한 대가 느닷없이 오른쪽 곁길에서 튀어나와 내 앞을 쌩 하고 지나쳤다.

"다칠 뻔 했잖아요. 도대체 무슨 생각을 그렇게 골똘히 하는 거예요?"

'아시아 대부분의 지역에서 발생한 사건들 모두 직접적 사인은 익사

였어. 수빈이를 제외하고 모든 아이들이 스스로 물에 뛰어들었지. 신의 심판! 투신자살이…….'

"악! 저것들 좀 어떻게 해 봐요. 난 저 날아다니는 시궁쥐들이 끔찍하게 싫다고요. 어머, 저, 저것들이 이쪽으로 날아오잖아요! 빨리 어떻게 좀 해 봐요. 빨리!"

지호가 갑자기 외마디 비명을 지르더니 발을 동동거리면서 어쩔 줄 몰라 했다. 나는 고개를 들고 눈을 깜짝거리며 지호가 하는 양을 지켜보다가 지호의 시선을 따라 눈을 돌렸다. 한 떼의 비둘기들이 바로 앞 가로수 아래로 몰려들어 대가리를 까딱거리면서 무언가를 마구 쪼아 먹고 있었다. 비둘기 몇 마리가 뒤늦게 주변 건물에서 가로수 주위로 날아들었고 보도는 금세 새까만 비둘기들로 바글거렸다. 지호는 내 등 뒤로 숨어 옷자락을 붙들고 늘어지면서 얼굴을 붉히고 악악거렸다. 나는 발끝으로 깨진 블록의 갈라진 틈을 비비적거리며 마구 후벼서 작은 돌조각을 꺼냈다. 내가 비둘기 떼를 쳐다보면서 주춤대자 지호가 어느 틈에 등 뒤에서 나와 비둘기 떼를 향해 돌조각을 냅다 걸어찼다. 비둘기들이 흠칫하며 푸드덕 공중으로 튀어 올라 흩어졌다. 불그죽죽한 토사물 찌꺼기가 가로수 주변 바닥에 들러붙어있었다.

"날아다니는 시궁쥐들. 기생충들! 평화의 상징이라는 허울 좋은 가면을 쓰고 인간들 틈에서 기생하는 더러운 것들……."

지호는 토사물을 피해 차도로 내려가 종종걸음을 치면서 혼잣말을 주절거렸다.

"기생충은 자신의 형태나 모습의 완벽함 따위에는 관심이 없다. 단지 음식과 은신처, 두 가지만을 원할 뿐이다."

나는 지호의 뒤를 따라 다시 보도 위로 올라서면서 말했다.

"그래요. 음식과 은신처! 저 날아다니는 시궁쥐들도 오직 음식과 은신처만 원할 뿐이에요. 근데, 그 말 명언이군요. 설마 당신 말은 아니겠지요?"

"헨리 드러몬드가 한 말이에요. 《정신계에 있어서의 자연법》에서. 우리나라에선 몇몇 종교인들이 설교할 때 종종 드러몬드를 진정한 기독교인으로 소개하더군요. 아이러니지요."

"뭐가 아이러니라는 거예요?"

"'너희는 진화하라. 너희 종족은 최대한 완벽해져라. 이것이 최고의 계명이다.' 어디서 많이 들어 본 얘기 같지 않아요?"

"히틀러와 사회진화론. 맞죠?"

"맞기도 하고 틀리기도 하고……. 이것도 드러몬드가 한 얘기예요. 진화론과 하느님의 계시를 동일시한 사상을 잘 드러낸 말이죠. 이 모토는 나중에 나치의 뉘른베르크 법으로 이어졌어요. '진화의 계명을 어긴 인종은 기생충'이라는 드러몬드의 말 한마디가 엄청난 인종학살을 예고한 셈이지요."

지호는 내 얘기를 묵묵히 들으면서 걷다가 갑자기 멈춰서더니 나를 매섭게 째려봤다.

"뭐예요? 듣고 보니까 기분 나쁘네. 마치 나는 죄 없는 비둘기를 박멸하려는 나치당원이고 당신은 너그러운 하느님의 종 같네요."

"아, 아니에요. 그런 뜻이 아니라, 허 검사가 기생충 얘기를 하니까 문득 생물진화론과 사회진화론이 생각나서……."

"그 말이 그 말이잖아요! 기생충 어쩌고 하는 나는 진화론자라는 얘기 아니에요? 다짜고짜 기생충은 음식과 은신처만 원한다고 해놓고 내가 그 말에 말려들기를 기다렸다가 걸려드니까 '때문에 너는 나치주의자다'라고 비아냥거리는 거잖아요. 내가 뭐 어린애인 줄 아세요? 그런 치졸한 꿍꿍이조차 모르는 어린애인 줄 아냐고요?"

지호가 내게 얼굴을 바싹 들이대더니 침을 튀겨가며 날카롭게 쏘아붙였다.

"저…… 다른 뜻은 없었어요. 난 단지 자살은 신의 심판이라는 생각에 골몰하다가……, 허 검사가 기생충 얘기를 꺼내니까 숙주를 물로 이끄는 메디나 선충이 생각났고, 그래서…… 어쩌면 인간이 자연에 기생하는 가장 큰 기생충일지 모른다는 연상을 하다가…… 나도 모르게 한 말이라고요."

나는 오른손을 들어 소맷자락으로 얼굴을 슬그머니 문지르면서 대꾸했다.

"옳아! 결국 그 얘기를 하고 싶었군요? 비둘기더러 기생충이라고 하는 넌 자연파괴나 일삼는 더 나쁜 기생충이다! 아까 청사에서 있었던 일로 상당히 기분이 상하셨나본데……. 그리고 얼굴은 왜 닦죠? 기생충의 침이라서 더럽다 이거예요?"

지호는 입술을 앙다물고 두 눈을 부라린 채 온몸을 부르르 떨었다.

"난 더러운 기생충이 아니에요. 얼굴은 왜 돌려요? 좋아, 그렇게 나온다 이거지? 난 기생충이 아니에요. 기생충, 기생충, 기생충……."

내가 얼굴을 뒤로 빼면서 슬쩍 모로 돌리자 지호가 내 얼굴 앞으로 입술을 바짝 들이밀고 기생충의 충자를 내뱉을 때마다 마구 침을 튀겨댔다.

"애들처럼 왜 이래요."

"어린애 취급하니깐 그렇죠! 내가 그 치, 치졸한 꿍꿍이조차 모르는 어린앤 줄 알아요?"

"맞아! 어린애! 어린아이들만큼 좋은 실험도구도 없지요. 어린아이들은 오직 음식과 은신처만 원하니까. 음식과 은신처! 고매한 어른들의 눈엔 음식과 은신처만을 바라는 건 한심스러운 일이겠지만, 아이들에게는 그게 곧 전부죠. 엄마! 아이에게 엄마는 음식이고 은신처예요. 엄마만 있으면 두려울 게 없는 존재가 바로 아이들이죠. 엄마를 이용해서 아이들을 실험한 거예요. 자살실험 말입니다. 음식과 은신처를 이용한 실험……. 지금 당장 청사로 가요! 돌아가서 확인할 게 있어요."

나는 대뜸 두 손으로 지호의 양 어깨를 잡고 흔들면서 떠오르는 말들을 내쏟았다. 지호는 몸을 바짝 세우고 두 눈을 뻔득거리며 나와 눈을 맞췄다.

"지호야, 가자!"

나는 몸을 돌려 급히 왔던 길로 한참을 뛰다시피 걷다가 어떤 기척도 없어서 걸음을 멈추고 뒤를 돌아보았다. 지호가 여전히 그 자리에 우두커니 서서 나를 바라보고 있었다.

"지호야! 서둘러야 한다니까."

내가 부르는 소리에 지호는 그제야 나를 향해 바삐 달려왔다.

"조금 전에 나한테 뭐라고 했는지 기억나? 지호라고 했지? 두 번이나 그랬어. 두 번이나……."

지호는 청사로 뛰어가는 내내 내게서 눈을 떼지 않고 같은 말만 되풀이했다.

"연구기관에 의뢰한 종양 조직검사 결과 나왔어요?"

나는 지호의 눈길을 피한 채 정면에 보이는 청사를 향해 길을 재촉하면서 생뚱맞게 물었다.

"박수범 검사가 오늘 오후 4시까지 그 결과를 가져올 거라고 했어요. 아마, 지금쯤이면……. 두 번이나 그랬어. 뭐라고 했는지 알아? 다시 해

봐. 안 하면 엘리베이터 안에서 평생 살아야 할 거야."

지호는 청사 현관으로 들어서자마자 나를 엘리베이터 안으로 밀어 넣고 우격다짐으로 대답을 채근했다. 나는 마지못해 뿌루퉁히 "지호야" 하고 말했다.

"어딜 갔다 오셨어요? 조직검사 결과가 나왔습니다. 제 방으로 올라가시지요."

엘리베이터 문이 10층에서 열리자 부장검사가 마침 승강구 앞에 서 있다가 엘리베이터 안으로 들어서면서 12층 버튼을 눌렀다. 우리가 부장검사와 함께 그의 방에 들어섰을 때 모니카와 다른 팀원들은 벌써 회의용 탁자에 둘러앉아 있었다.

"박 검사! 검사결과부터 말해보게. 이영민, 교쿠지쓰 생명공학연구소에 대해 자세히 알아 왔지? 오케이! 그럼, 박 검사부터. 그냥 앉아서 얘기하게."

부장검사는 자리에 앉자마자 수첩을 꺼내 들고 옆에 앉은 박 검사에게 검사결과를 다그쳐물었다.

"저, 부장님. 조직검사 결과가 좀 그렇습니다. 생뚱맞다고 해야 할까요? 조금 전 생리학을 전공한 이 검사한테도 말했지만……."

"이봐, 박 검사! 생뚱맞은지 아닌지는 듣고 나서 판단하기로 하자고."

"네. 조직검사 결과, 신경전달물질의 분비에 관여하는 단백질 변이가 관찰됐습니다. 그런데 그게……, 기생충에 의한 단백질 변이일 가능성이 짙다고 합니다."

"기생충? 그 메디나 선충 말인가?"

"부장님, 메디나 선충은 결코 인간의 뇌를 침범하지 못합니다. 그것들은 절대 뇌로 올라가지 않습니다. 기생충은 인간처럼 무의미하거나 무모한 행위를 하지 않거든요. 그것들은 숙주에게 필수불가결한 손상만 입힙니다. 왜냐면 숙주에게 너무 심한 위해를 가하면 결국 자신에게도 치명적이라는 것을 알기 때문입니다."

"무슨 말이야? 박 검사 말은 그 추잡한 생명체가 인간보다 지혜롭다는 건가? 아니, 됐네! 내가 그 더러운 놈들의 사생활까지 알아서 뭐하겠나. 조금 있으면 밥 먹을 시간이야. 지금은 내 위의 사생활 보장이 우선일세. 그러면 도대체 어떤 기생충이란 말인가? 뇌로 들어가는 놈들은 없나?"

"뇌로 침입하는 대표적인 기생충으로는 아프리카 등지에서 수면병을 일으키는 파동편모충이 있습니다. 체체파리를 중간숙주로 해서 기생하다가 파리가 사람을 물면 그때 최종 숙주인 인간에게로 옮겨가는 놈입니다. 이렇게 인간에게 유입된 파동편모충은 먼저 림프절을 공격하고 다음으로 중추신경계를 침범하는데, 그때부터 감염된 사람에게 소위 수면병이라고 불리는 증상이 나타납니다. 그러면 사람은 결국 코마(혼수상태)에 빠집니다. 하지만 수빈이의 경우는 파동편모충이 아닙니다. 만약 그것이었다면……."

"아니면 됐네. 그러면 다른 놈들은?"

"기생충도 간혹 실수하는 경우가 있는데, 그럴 경우 뇌에서 기생충이 발견되기도 합니다. 편충이나 촌충의 경우가 그렇습니다. 걔들은 인간의 몸속에서 리본 모양의 긴 몸체로 변하기 전에 중간숙주인 돼지를 거쳐야만 합니다. 돼지가 먹이에 묻은 그 기생충의 알을 삼키면 그 알은 돼지의 모세혈관을 타고 돌아다닙니다. 그러다가 적당한 곳에 자리를 잡고 진줏빛 자갈 모양의 포낭을 만든 후 그 안에서 최종숙주를 기다립니다. 그런데 간혹 걔네들을 몸속에 가진 사람이 음식을 만들 경우 그 음식을 통해서 알이 직접 인체에 유입되기도 합니다. 그때 돼지의 경우와 마찬가지로 그 알이 모세혈관을 타고 돌다가 우연히 뇌에 포낭을 만들어 성충으로 자라기도 하죠. 그리고 쥐를 거쳐 고양이를 최종숙주로 삼는 톡소포자충이나 말파리가 인간의 머리에 알을 낳는 경우도 가끔…….."

"그만! 그래서 그 네 놈 중 하나라는 얘긴가?"

"아닙니다. 그렇지 않습니다. 왜냐면 지금까지 언급한 기생충들은 신경전달물질이나 그것의 분비에 관여하는 단백질과 상관이 없으니까요. 뇌로 직접 이동하는 파동편모충의 경우 인간의 면역체계를 교란시키는 방법을 사용하고 나머지는……."

"됐네! 그런데 박 검사, 나한테 무슨 억한 감정 있나? 조직검사 결과와 상관없는 기생충 얘기를 그렇게 자세히 하는 이유는 뭔가? 아직 저녁식사도 안 했네. 어디 그 얘기 듣고 밥이 목구멍에 넘어가겠나? 주방에 들어가서 요리사들이 구충제를 먹었는지 일일이 확인할 수도 없고."

부장검사는 입맛을 쩝쩝 다시면서 얼굴을 잔뜩 찌푸리고 박 검사에게 괜한 트집을 잡았다.

"구체적으로 뇌에 어떤 단백질 변이가 발생했습니까?"

나는 의자를 앞으로 당겨 앉으면서 목을 쑥 빼고 탁자 끝에 앉은 박 검사에게 물었다.

"네, 신부님. 세로토닌, 노르에피네프린, 도파민 등의 분비를 억제하도록 단백질을 변이시켰습니다."

"자살? 자살을 유도한다는 뜻인가요?"

"그렇다고 볼 수 있습니다. 세 가지 신경전달물질이 결핍되면 우울증 증상이 나타나는 동시에 자살충동이 강해지니까요."

"자살이라……. 조금 전에 말한 톡소포자충도 자살을 유도하는 걸로 아는데."

"네, 맞습니다. 톡소포자충에 감염된 쥐들은 여느 다른 건강한 쥐들과 똑같이 먹이다툼을 벌이고 짝짓기도 하지만, 건강한 쥐와 달리 유독 고양이를 두려워하지 않습니다. 톡소포자충이 최종숙주인 고양이에게 들어가려고 쥐의 불안감을 없애버리기 때문입니다. 그래야만 중간숙주인 쥐가 빨리 고양이에게 잡아먹힐 테니까요."

"세계 인구의 3분의 1 정도가 톡소포자충 보균자로 알고 있는데요?"

"어쩌면 여기 계시는 분들의 뇌에도 톡소포자충이 돌아다니고 있을지 모릅니다. 만약 그렇다면 남자는 사회규범을 어겼을 때 가해지는 형벌을 두려워하지 않게 됩니다. 그리고 여자는 밖으로 나돌기를 좋아하게 되고 누구에게나 인정이 넘치는 행동양태를 보이게 된다고 알려져 있습니다. 톡소포자충에 감염된 쥐와 마찬가지로 외부 불안요인을 의식하지 않게 되는 거죠. 하지만 인간을 잡아먹는 고양이는 없다는 점에서 문제될 건 없지요."

"아이고, 신부님! 이젠 별의별 걱정을 다 하게 만드십니다. 내 창자 속도 모자라서 머리 속까지 뒤져야 하니……. 그만들 하실 수 없어요?"

부장검사가 듬성한 머리카락을 양손으로 마구 긁적이면서 박수범 검사와 나를 번갈아 쏘아보았다.

"얼마 전 도쿄대학에서 쥐의 뇌에서 후각신경이 집중된 후구 부분의 신경세포를 제거하는 실험이 있지 않았나요? 톡소포자충에 감염된 쥐처럼 고양이에게 두려움을 느끼지 않는 쥐를 만드는 실험 말입니다."

나는 부장검사에게 살짝 눈웃음을 지어보이고 다시 박 검사를 보면서 물었다.

"네, 그렇습니다. 두 경우 모두 두려움은 학습되는 것이 아니라 유전적으로 습득된다는 걸 증명합니다."

"자, 자! 그만 합시다. 박 검사, 나중에 신부님하고 비위 좋은 사람들끼리 저녁 식사를 하면서 자세한 얘기를 나누게. 이봐, 이영민! 그 연구소는 어떤가?"

부장검사는 허리를 굽히고 큰 머리를 불쑥 내밀어 박 검사의 얼굴을 가리더니 얼굴을 내게로 돌리고 씽긋 웃어보였다.

"교쿠지쓰 생명공학연구소의 조직이나 최근 행적에 대해서는 오전에 정 검사가 말씀드렸으니까 생략하도록 하겠습니다. 저는 별도로 일본의 연구소 본부와 서울의 연구소 지부 사이에 있었던 거래의 내역과 연구소장인 이시이 다카미의 주변을 조사했습니다. 그런데 연구소 본부와 서울 지부 간 거래는 주로 이시이 소장과 이도술 의원의 개인계좌를 통해 이루어져 왔더군요. 더구나 두 사람은 일본과 우리나라의 정부요직 인사들과 관계를 맺고 로비활동을 벌여 왔습니다."

"연구소가 로비자금 세탁처로도 이용됐겠구먼?"

"네, 그렇습니다. 그리고 로비자금, 그러니까 뇌물 심부름은 주로 이동희가 했습니다."

"물증은?"

"아직은 소액거래밖에 찾아내지 못했습니다. 압수수색 영장만 있으면 제법 큰 금액의 물증을 찾아낼 수 있을 테지만……."

부장검사가 잠시 고개를 숙인 채 펜으로 무언가를 수첩에 긁적거리다가 입을 열었다.

"결국 이도술이군! 지난번 공안대책회의에서 수빈이와 이안이 사건을 춘천지검으로 이관한다고 했을 때 말이야. 이미 알고 있는 사람들도 있겠지만……. 우리가 이 사건을 계속 조사한다는 조건으로 국유지 매입 청탁 비리자 명단에 대한 수사를 포기했네. 그 비리자 명단에 의원도 몇명 포함돼 있었는데 이도술이 제일 많이 처먹었더라고. 지난번 회의 때 의원들이 이번 사건을 걸고넘어진 것도 어쩌면 그 명단 때문이었을 거야. 이번에도 어떤 식으로든 여기저기서 압력을 넣겠지. 그러기 전에 연구소를 뒤져야 하는데……, 물증이 없으니. 그래, 이 검사. 더 할 말 있나?"

"한 가지 덧붙이자면 국내 지부가 단순히 로비자금 통로로만 쓰인 거 같지 않습니다. 두뇌와 기생충 연구분야에서 연구원들의 활동이 아주 두드러집니다. 특히 서울 지부에선 뇌신경 회로를 '구획화'하는 단백질이 존재한다는 사실을 발견했습니다. 그리고 정보출력 신경세포에 있는 단백질과 정보입력 신경세포에 있는 단백질이 일대일 대응관계로 작용하고 있다는 사실도 밝혀냈고요. 이건 대단한 연구성과로 세계의 유수 과학잡지에 소개되기도 했습니다. 게다가 그들은 기생충의 기생 메커니즘과 인간의 뇌 단백질들 간 관계를 규명해내는 연구실적도 가지고 있습니다만…… 아직 그건 연구보고서나 논문으로 발표되지는 않았습니다."

"뭔 말을 하는 건지. 근데, 아까부터 기생충 얘기만 하면 단백질이 나오던데 그놈들이 단백질을 먹고 산다는 얘기인가? 신부님, 맞나요?"

'톡소포자충이 자살을 유도하는 메커니즘, 단백질의 정보전달 경로, 기생충의 기생 메커니즘과 자살 유도……. 집파리의 몸에 기생하는 곰팡이도 그렇지. 그놈은 파리 몸에 촉수를 뻗어 혈액에서 양분을 뽑아 먹다가 때가 되면 파리를 풀이파리의 끄트머리 같은 데로 끌고 가서 엉덩이를 공중으로 들어 올리도록 만든 다음 그대로 말라죽게 하지. 그리고 그 다음 희생자가 될 파리가 지나가면 포자를 발사해서 옮겨가고……. 개미를 중간숙주로 이용하는 꼬리유충도 마찬가지야. 그놈은 최종숙주인 소에게로 옮겨가려고 개미의 뇌를 조종하지. 선선한 밤이 되면 꼬리유충에 감염된 개미는 풀이파리 끄트머리에 가서 물구나무를 선 채로 소가 풀을 뜯어먹기를 기다리는 거야. 하지만 개미가 소에게 먹히지 않으면 꼬리유충은 해뜨기 전에 개미를 최면에서 깨워 개미굴로 돌아가도록 하지. 뜨거운 태양 아래에서 숙주가 말라 죽으면 안 되거든. 그리고 개미는 죽을 때까지 그런 행동을 반복하고. 그렇다면 숙주가 물속에 뛰어들어 자살하도록 유도하는 기생 메커니즘은 뭘까? 물로 유도하는……'

"신부님, 신부님! 눈 뜨고 주무시는 건 아니시죠?"

지호가 내 등을 톡톡 두드리면서 나를 불렀다. 나는 고개를 돌려 왼쪽에 앉은 지호를 힐끗 보고 주위를 둘러보았다. 자장면들이 탁자 위에 자리마다 하나씩 놓여 있었다.

"자, 우선 먹고 보자고! 난 말이야. 배고픈 게 제일 싫어. 다음은 응가 못하는 게……"

부장검사가 자장면 가락을 한 입 가득 물고 입가에 국수 한 가닥을 축 늘어뜨린 채 웅얼거렸다.

"부장검사님, 손은 씻으셨어요? 손이 청결해야 편충하고 촌충에 안 걸려요. 어머나, 미안해요. 허연 자장면 가닥을 보니까 통통한 촌충 생각이 나서 그냥……"

모니카가 부장검사의 입 언저리를 쳐다보면서 짓궂은 농담을 던졌다.

"초, 촌충이라고요? 하필 식사시간에 그 말씀을 하세요. 왜요, 십이지장충 얘기도 하시죠? 촌충, 편충, 십이지장충, 이충, 저충……"

부장검사는 이마 양쪽에 파란 실핏줄을 세우고는 씹다만 국수가닥을 튀겨 가며 툴툴거렸다.

"으으, 부장님! 제 그릇에 다 튀잖아요. 머리카락이면 빼내고 먹겠지만 이건……"

정수현 검사가 부장검사의 맞은편에 앉아 얼굴을 잔뜩 찡그린 채 두 손으로 그릇을 가리고 나직한 소리로 투덜거렸다.

'모니카도 참 짓궂기는. 그래, 머리카락이라면 걷어내고 먹겠지만······.'

"호스헤어(Horsehair)! 그래. 호, 스, 헤, 어."

단어 하나가 불현듯 뇌리를 스쳤다. 나는 자리를 박차고 일어나 한 사람씩 돌아보며 "호, 스, 헤, 어"를 외쳤다. 자리는 졸지에 아수라장으로 바뀌었다.

"박 검사님, 호스헤어라면 가능하지 않을까요?"

"네? 네마토모프(Nematomorph) 말입니까? 네마토모프, 메뚜기나 귀뚜라미의 자살을 유도하는······. 맞습니다. 맞아요! 물에 뛰어들어 자살하도록 숙주를 유도하는 기생충은 네마토모프뿐입니다. 더구나 그놈들은, 최근의 연구결과에 따르면 단백질의 메커니즘을 이용한답니다. 신호 단백질을 새롭게 생성해서 숙주를 자살로 유도한다고······."

2

1919년 8월 12일, 모스크바, 보고슬로브스키이 페르스펙트 6번지, 모스크바 동방연맹 건물.

"한인 동지, 한인 적군부대원 여러분!

우리 한인 적군부대는 러시아 프롤레타리아와 형제적 동맹으로 단결하여 혁명에 앞장섰습니다. 그리고 마침내 지난 6월 반혁명 제국주의자인 알렉산드르 콜차크 제독의 군대를 우파(Ufa)에서 몰아냈습니다. 우리 한인 적군부대가 콜차크 백군부대를 지원한 일본 황군의 손에서 우파를 탈환했습니다. 바로 우리 한인들이 러시아를 지켜낸 것입니다.

지난 9년 동안 우리는 연해주와 블라디보스토크, 그리고 우리 땅에서 자행되는 일본제국의 살인과 폭력을 무기력하게 지켜볼 수밖에 없었습니다. 아무도, 어느 나라도 주권을 상실한 우리 한인들을 돌아보지 않았으며, 오히려 일본제국의 살인과 폭력을 묵인했습니다. 우리는 세상으로부터 철저히 잊혔고 철저히 소외되었습니다. 그리고 우리는 어느덧 희망을 잃어버렸습니다.

하지만 우리는 좌절하지 않았고, 드디어 우파 전투에서 일본제국 군대를 처단했습니다. 우리가 살아있다는 것을 만방에 알렸습니다. 정의와 평화는 결코 죽지 않는다는 것을 우리는 선포했습니다. 세상은 잊으려 했지만 우리는 결코 사라지지 않았습니다. 우리 한인 적군부대는 우랄산맥을 넘으려는 일본제국 군대를 단칼에 쓰러뜨렸습니다. 우리 한인이 없었다면, 우파 전투에서 반혁명 세력이 승리했다면 러시아혁명은 세상의 기억에서 잊혔을 것입니다. 그러나 우리 한인들이 있었기에 옴스크를 중심으로 서부 시베리아를 점령하려 했던 일본제국을 막아낼 수 있었습니다.

한인 동지, 한인 적군부대원 여러분!

해방의 시간은 이미 우리 앞에 다가왔습니다. 빼앗긴 우리의 주권을 우리 손으로 되찾을 때가 도래했습니다. 바로 지금 역사는 우리에게 역사적 책임을 묻고 있습니다. 주권을 빼앗긴 책임, 일본제국의 학대 앞에 침묵했던 책임, 그리고 우리 아이들의 달콤한 양식과 단잠을 빼앗긴 책임을 우리에게 묻고 있습니다. 지금 역사가 던지는 질문에 우리가 답하지 않는다면 우리 아이들은 일본제국의 식탁에서 떨어지는 부스러기만 먹고 살아야 합니다. 우리 아이들은 우리 땅에서 달콤한 양식을 먹고 단잠을 잘 권리를 가지고 있습니다. 한데 우리가, 내가 그 권리를 잃어버렸습니다. 우리 땅을, 우리 국가를 빼앗겼습니다. 국가는 곧 아이들의 향기로운 양식이며 단잠입니다. 때문에 국가 이상의 권력은 없습니다. 부스러기를 주워 먹도록 방치하는 권력은……."

블라디미르는 바싹 마른 입술을 혀끝으로 축이며 단상 아래 있는 부대원들과 한 사람씩 눈을 맞췄다.

"부스러기를 주워 먹도록 방치하는 권력은 국가가 아닙니다. 그건 학대이고 부정의입니다. 그러하기에 나는 일본제국의 식민지인 조선을 내 국가라고 부르지 않습니다."

블라디미르가 입술을 꾹 깨물고 움푹 들어간 눈으로 건물 천장을 올려다보았다. 그의 여윈 볼이 실그러지며 파르르 떨렸다.

"만약 우리가 우리 땅을 회복하지 못한다면 우리 아이들은 인간이 아닌 꼭두각시로 전락할 것입니다. 식민지 조선의 지식인들은 사회진화론과 일본제국의 자동인형으로 변모한 지 오래입니다. 일본제국 군대와 일본의 자동인형들은 우리의 존재와 주권을 망각 속에 던져버리려고 합니다. 이제 우리는 빼앗긴 국가를 되찾기 위해, 우리 아이들의 권리를 회복하기 위해 새로운 전장에 뛰어들어야 합니다. 한인 동지, 한인 적군부대원 여러분!

우리는 기억합니다. 작은 멋쟁이 나비들을 기억합니다. 이준, 안중근, 이상설, 그리고 숱한 동지들! 지친 날개를 접지 않고 시베리아를 가로질러 북해로 날아간 나비들을 기억합니다. 우리 아이들의 향기로운 양식과 단잠을 되찾기 위해 투쟁한 작은 멋쟁이 나비들을 우리가 기억하기에 반드시 우리 아이들이, 우리 국가가 되살아나리라 확신합니다. 마지막 한 마리의 작은 멋쟁이 나비가 날개를 뜯기고 바스러질 때까지 투쟁합시다!"

블라디미르는 입을 다물었다. 눈물이 그의 주름진 눈가에 맺혔다가 움

푹 꺼진 볼을 타고 흘러내렸다. 무거운 침묵이 한동안 모스크바 동방연맹 강당 안에 감돌았다.

"오치이 체르니에!"

누군가 발랄라이카의 선율에 맞춰 선창을 하자 부대원들이 동시에 〈검은 눈동자〉를 합창하기 시작했다.

"열정적이고 아름다운 눈동자! 얼마나 당신을 사랑하는지요. 얼마나 당신을 두려워하는지요. 불운한 당신을 만나게 되었군요."

'얼마나 아름다운 땅인가! 이준 선생과 아버지가 얼마나 사랑했던가. 안중근 선생이 살인하지 말라는 신의 계명 앞에서 얼마나 고민했던가? 이상설, 이상설 선생님이 얼마나 울었던가.'

블라디미르는 카멜색 군모를 벗어들고 단상 계단을 내려왔다. 강당 안은 퀼런 연기와 발랄라이카 튕기는 소리로 가득했다.

"오, 당신은 진정 깊은 어둠입니다. 당신에게서 내 마음의 죽음을 봅니다. 당신에게서 내 불행의 불길을 봅니다. 그 안에서 가련한 이 마음은 불타 사라졌지요."

'지금, 우리 땅에서 얼마나 많은 우리 아이들이 어둠 속으로 내몰리고 있는가. 계몽이라는 미명 아래 제국헌법의 자동인형으로 죽어가고 있는가. 우리 아이들에게 내 마음을 전할 수 있다면……. 천황의 꼭두각시로 변모해 가는 대한의 국민을 향한 내 불타는 마음을 우리 아이들에게 전할 수 있다면…….'

블라디미르는 이준, 안중근, 아버지, 그리고 이상설의 이름을 하나씩 되뇌며 보드카 잔을 들었다. 카멜색 제복을 입은 사람들이 무리를 지어 서로서로 팔짱을 끼고 발랄라이카의 박자에 발을 맞춰 흥겹게 춤을 추고 있었다.

"하지만 나는 슬퍼하지 않습니다. 우울에 잠기지도 않습니다. 나의 운명이 오히려 내게는 기쁨입니다. 신이 내게 준 가장 아름다운 것들을 나는 제물로 바쳤습니다."

블라디미르는 사람들 틈을 비집으며 건물 안을 가로질러 강당 출구로 향했다.

'작은 멋쟁이 나비들이 슬픔에 잠기지 않았듯이, 지치지 않았듯이, 이 운명을 오히려 기뻐할 것이다. 우리 아이들에게 내 운명을 제물로 바칠 것이다.'

블라디미르는 건물에서 나와 모스크바의 하얀 밤거리를 무작정 걷기 시작했다. 백야의 거리는 사람들로 붐볐다. 모스크바는 하얀 밤의 축제 분위기에 휩싸였다. 블라디미르는 사람들을 피해 한적한 곳을 찾아 비좁은 골목으로 발길을 옮겼다. 그는 골목 담장에 등을 기대고 궐련 한 개비를 피워 물었다.

"블라디미르 세르게예비치 리!"

두 명의 낯선 남자가 골목으로 들어서며 블라디미르의 이름을 불렀다. 블라디미르는 고개를 들어 하얀 달을 바라보며 마지막 담배 한 모금을 깊게 빨아들였다. 두 남자는 어느새 그에게 다가와 품에서 권총을 꺼내들었다. 블라디미르는 꽁초를 바닥에 던지고 그들을 향해 가볍게 미소를 지어 보였다. 그러나 그들은 블라디미르를 뒷짐결박한 후 비좁은 골목을 빠져나가 대기하고 있던 차에 태우고 자기들도 올라탔다.

3

"학명은 스피노코르도데스 텔니이(Spinochordodes tellnii)이고, 네마토모프 혹은 연가시라고도 부릅니다. 서양에서는 말갈기의 갈색 털처럼 생겼다고 해서 호스헤어라고 부릅니다. 수중에서 생활하는 호스헤어가 어떤 경로로 메뚜기나 귀뚜라미 같은 육서곤충에 기생하게 되는지는 아직 밝혀진 바 없습니다. 다시 말해 최종숙주까지 도달하기 위해 어떤 생물을 중간숙주로 삼는지가 분명하지 않습니다. 단지 네마토모프 유충들이 장구벌레(모기유충) 같은 수서곤충의 조직 속에 들어가서 포낭 형태로 숨어 지내다가 최종숙주에게로 들어간다고 추정할 뿐입니다."

저녁 식사 후 박수범 검사가 부장검사와 팀원들에게 호스헤어에 대해 설명하기 시작했다.

"최종숙주에게 들어간 호스헤어가 알을 낳기 위해서는 반드시 물로 돌아가야 합니다. 그런데 문제는 육서곤충은 물을 싫어한다는 겁니다. 그래서 놈들은 신경전달물질의 작동 메커니즘에서 실마리를 얻었습니다. 신경전달물질은 신경세포 사이의 의사소통에서 중요한 역할을 담당하죠. 어쨌든 그놈들은 그 메커니즘을 분석해서 숙주의 뇌를 조종할 수 있는 새로운 신호단백질을 만들어냈습니다. 그리고 그 신호단백질을 이용해서 숙주의 신경회로를 재구성하고 기존 신경전달경로를 자신들의 의지대로 바꾸어놓았습니다. 언제든지 자신들의 뜻대로 숙주가 물속으로 뛰어들게 만든 거죠."

"그 기생충이 인간의 신경회로도 바꿔놓을 수 있나? 그러니까 그 말갈기에 감염된 사례가 있느냐는 말일세."

부장검사가 탁자 위에 놓인 생수병을 들어 그 속에 담긴 물을 마시려다 말고 박 검사에게 질문했다.

"인간에게 감염된 사실이나 사례는 아직 보고된 바 없습니다. 최근 중국에서 30대 여성의 머리 속에서 호스헤어가 발견된 적은 있지만 두통과

어지럼증을 제외하고는 특별한 증상이 나타나지 않았습니다. 어쨌든 자연상태에서 인간이 메뚜기나 귀뚜라미처럼 호스헤어에 감염되진 않습니다. 물론 물에 뛰어들 가능성도 없고요."

"인위적인 방법으로는 가능한가? 아, 그런 거 있잖나. 체세포를 복제해서 곰을 여자로 만드는 거. 거참, 내 말 몰라? 그러니까……."

부장검사는 물 한 모금 머금고 올칵올칵 입 안을 헹구며 박 검사의 얘기를 듣다가 물을 꿀꺽 삼키고 되물었다.

"유전자 조작이겠죠!"

모니카가 머리를 설레설레 저으면서 한마디 툭 내뱉었다. 부장검사는 다시 물을 머금고 올칵거리면서 오른손 검지로 모니카를 가리키며 고개를 끄덕였다.

"이론적으로는 가능해요. 저녁 먹기 전에 이영민 검사님이 설명하셨죠? 인간의 뇌에 구획화 작용을 하는 단백질이 있다고……. 만약 호스헤어가 그 단백질의 메커니즘을 이용할 수 있도록 인간의 유전자를 조작한다면 인간도 호스헤어에 감염될 수 있겠죠. 그러면 호스헤어가 인간의 정보전달체계를 변형시켜서 자신의 의지대로 인간을 조종할 수 있을 겁니다. 더구나 교쿠지쓰에서 기생충의 기생 메커니즘과 인간의 뇌 단백질들 간의 관계를 규명한 게 사실이라면……. 그리고 그 기생충이 호스헤어라면 이 기생충을 이용해서 충분히 아이들을 익사시킬 수 있죠. 그건 그렇고, 자꾸 생각나서 참을 수가 없네. 체세포를 복제해서 곰을 여자로 만든다고요? 체세포가 무슨 마늘인 줄 아세요? 도대체……. 왜, 곰으로 미셸 파이퍼도 만들어 보시지……."

모니카가 젊은 검사들과 눈을 맞추고 사근사근히 말을 하다가 부장검사를 매섭게 쨰려보며 옹잘댔다.

"저도 그 점에서는 수녀님의 말씀에 동의합니다. 기생충 분야에선 교쿠지쓰 생명공학연구소가 상당한 연구성과를 가지고 있습니다. 더구나 연구소장인 이시이 다카미는 상당한 양의 생체실험 자료들을 수집했다고 합니다. 2차대전 때 하얼빈 외곽에 위치한 종마요새에서 전쟁포로와 민간인들을 대상으로 뇌신경 실험을 했었는데……. 이시이는 그때 만들어진 〈뇌신경 연구 및 해부〉라는 연구보고서를 오래전에 입수했습니다. 이 연구보고서가 지금의 교쿠지쓰 생명공학 연구소를 있게 했다고 해도 과언이 아닙니다. 어쨌든 과거의 생체실험 자료와 전후의 연구실적까지 감안한다면 기생충을 이용한 인간의 뇌신경 메커니즘 변이는 충분히 가능하다고 봅니다. 이런 점에서 압수수색 영장을 발부받으면 수빈이와 이안이의 살인에 기생충이 어떻게 이용됐는지 그 증거자료를 찾아낼 수 있을 텐데."

이영민 검사가 모니카의 말을 거들고 나섰다.

"수녀님과 자네가 한 말을 충분히 이해하겠네. 하지만 이동희가 살인을 부인하고 있는데다 김정미가 이안이의 사체를 유기할 때 함께 있었다는 증거가 없는 상황에서 무작정 영장을 청구할 순 없잖나?"

"하지만 사건 정황상 이동희와 교쿠지쓰가 개입했을 가능성이 짙잖아요. 게다가 증거를 인멸할 우려도 있는데."

박수범 검사가 부장검사에게 대꾸하고 나서자 모두들 고개를 끄덕이면서 술렁거렸다.

"자, 자! 조용히들 하게. 그래, 맞는 얘기야. 하지만 영장을 청구할 증거가 없어. 단순히 심증과 정황만으로 영장청구를 할 수는 없잖나?"

"그래도 한번 시도는 해볼 수 있잖아요. 저희가 지금까지 수사한 자료를 토대로 충분한 근거를 마련해서 청구하면 되지 않겠어요?"

윤세호 검사가 오른손으로 볼펜 꼭지를 연방 눌렀다 올렸다 하면서 말했다.

"글쎄. 기생충으로 살인을 한다는 게 걸려. 내가 믿지 못하겠다는 게 아니라 과연 누가 믿어주겠느냐 하는 걸세. 만약 이 얘기가 기자들한테 새나가기라도 한다면 곤란하지 않겠나? 물론 연구소를 뒤져서 구체적인 증거가 나온다면 상관없지만 만약 나오지 않는다면······. 생각만 해도 끔찍하네. 기생충을 이용한 살인은 현재로선 가설에 불과하다고."

부장검사가 자리에서 일어나 창가로 이동했다. 그러고는 밖을 내다보면서 말을 이었다.

"스테가노그라피라고 했나? 지난번 허 검사가 타투에 관해 브리핑을 할 때 말이야. 죽은 아이들이 이준 선생처럼 그런 메시지라도 남겼다면 모를까. 지금으로서는 영장을 청구한다는 건 너무 무모해. 포커 게임도······."

"맞아! 신부님, 그거 기억나세요? 수빈이와 소꿉장난했던 일이요. 우리가 어려서 했던 것처럼 그 아이와 함께 소꿉장난했잖아요."

"뭐? 두 사람이 어려서 소꿉친구였다고? 이거, 이거, 대단한 스캔들 기사감이군!"

부장검사가 지호의 얘기를 듣자마자 뒤돌아서서 눈을 가느스름히 뜨고 지호와 나를 번갈아가며 훑어보았다.

"부장님, 도대체! 아니, 됐어요. 어쨌든 신부님, 그때 수빈이가 '밥에 머리카락이 들어가면 안 된다'는 말을 몇 번이나 했잖아요. 그리고 또······ 이런 말도 했어요. 머리카락이 조종하는 로봇! 그래서 우리가 아이랑 소꿉장난을 할 때마다 밥그릇에서 머리카락을 꺼내는 시늉을 했었지요. 기억나세요?"

"아, 네. 그때 수빈이가 우리를 보면서 그랬지요. '머리카락이 들어간 밥을 먹으면 로봇이 된다'고 말이죠. 그럼……."

"네, 머리카락! 호스헤어라면 아이 눈에 머리카락처럼 보이지 않았을까요? 어쩌면 수빈이는 자기 머리 속에 호스헤어가 이식된 걸 알았을 수도 있어요. 그렇지 않고서야 그런 말을 할 까닭이 없잖아요?"

"어쩌면…… 충분히 가능성이 있어요. 한일병합 후 사회진화론을 이용해서 우릴 천황의 골렘으로 만들었던 황도신도라면 기생충을 이용해 골렘을 만들겠다는 생각도 충분히 가능하겠지요. 맞아요. 안중근이 이위종에게 남긴 문서에도 제국헌법에 맞춰진 자동인형이라는 표현이 있어요. 게다가 그 타투! 그 타투의 붉은 뱀! 그것이 호스헤어의 상징이라면……. 더구나 타투는 일종의 종교입문을 마친 사람에게 새기는 거지요. 어쩌면 종교예식의 일환으로 호스헤어를 이식했을 가능성도 있습니다. 천황의 골렘도 황도신도 신앙과 밀접했으니까요. 참, 이동희와 김정미가 무엇 때문에 일본에 갔는지 조사됐습니까?"

"교쿠지쓰 생명공학연구소 안에 있는 신사에서 정신수련을 했다는 것만……. 그런데 전 별로 중요한 행적이 아니라고 생각해서……."

윤세호 검사가 부장검사를 힐끗 올려다보더니 머리를 긁적이면서 말했다.

"김정미에게 교쿠지쓰에서 있었던 일을 추궁해 보면 어떤 종교의례가 있었는지 알 수 있을 겁니다. 의례 중에 어떤 생체실험이 있었다면 그것도."

"윤 검사, 김정미를 다시 심문하도록 하게. 그 연구소에 있는 신사에서 어떤 일이 있었는지 조사해 보라고. 하지만, 허 검사! 소꿉장난을 하다가 머리카락 어쩌고 했다는 아이 말만 가지고는 기생충으로 살해했다고 단정 지을 수 없네."

부장검사는 고개를 숙이고 왼발로 바닥을 톡톡 쪼면서 볼통스럽게 말했다.

"네, 부장님 말씀은 알겠어요. 대신 윤 검사님, 호스헤어를 주입하는 의식이 있었는지를 중점적으로 심문해 주세요. 부장님, 이건 괜찮죠? 근데, 신부님. 골렘은 또 뭐예요?"

"골렘은 유대 전설에 나오는 자동인형이에요. 유대식 프랑켄슈타인이라고 할 수 있죠. 저희 성좌에서 파견한 신부가 이준의 문서 때문에 상트페테르부르크에서 이위종을 만난 적이 있어요. 그때 이위종이 그랬다더군요. 한국인들이 신민교육을 받으면서 사회진화론으로 세뇌되어 천황의 골렘으로 전락할지 모른다고. 그리고 일제가 언젠가는 뇌를 조작해서 자동인형으로 만들 거라는 우려를 전했답니다. 물론 당시 그 보고를 받은 성좌에서는 그런 우려를 과대망상으로 치부했지요. 하지만 2차대전을 겪으면서 성좌의 생각이 바뀌었어요. 일본과 독일의 생체실험에 관한 보고를 들었거든요."

내가 물을 마시려고 머뭇거리는 사이에 모니카가 끼어들어 지호에게 대답했다.

"골룸? 수녀님, 지금 이 마당에 영화 얘기가 나옵니까? 스토리도 생뚱맞잖아요. 반지원정대가 골룸을 찾아서 유대까지 갔다고요? 더구나 절대반지를 프랑켄슈타인이 끼고 있었다니. 체세포 복제 얘길 가지고 저한테 뭐라고 하실 땐 언제고."

부장검사가 모니카를 쳐다보면서 투덜거렸다. 모니카는 두 눈을 감고 숨을 쌕쌕거리면서 성호를 그어댔다.

"골룸이 아니라……, 아녜요! 무슨 말을 하겠어요. 제 얘기에도 주의를 기울이지 않는 분이니 아이들 애기인들 신뢰를 하겠어요? 부장검사님 같은 어른의 선입견이 아이들의 말과 행동을 이해할 수 없게 하는 거죠. 수빈이의 소꿉놀이에 관심을 기울일 필요도 있는 거예요."

"뭐, 수녀님이나 저나 피장파장이니까 그건 각설하고……. 수녀님, 저는 검삽니다. 정신과 의사라면 아이들 얘기에 귀를 기울이겠지만, 저는 눈에 보이는 증거를 필요로 하지요. 설혹 제가 눈에 보이지 않는 것을 증거로 삼아도 판사가 물증을 요구하기 때문입니다. 더욱이 아이들의 증언은 아직 우리나라에서 증거능력을 갖지 못하죠."

"물증이 문제네요, 물증. 이안이 사건도 두말할 나위가 없을 테고."

지호가 탁자 위에 양 팔꿈치를 괴고 앉아서 혼잣말을 했다.

"아마 이안이도 나름대로 도움을 청하려 했을 거예요. 아이들은 어른들과 달리 자신의 생명에 대한 의지가 강하거든요. 본능이라고 해야 할까요? 아이들의 경우 이물감이나 위해를 느끼면 직감적으로 거부감을 표시하지요. 이를테면 이안이가 엄마한테 '우리 엄마가 아닌 것 같다'고 말한 것처럼요. 성장한 자식이라면, 자신을 김정미가 아닌 김전희라고 말하는 엄마 앞에서 이안이처럼 말하지 않지요."

"엄마가 이상한데 누구라도 그렇게 말하지, 꼭 어린아이들만 그러겠습니까?"

"부장검사님, 실례되는 얘기지만 지금 부장검사님께는 어머니가 음식과 안식처라고 할 수 없습니다. 그저 어머니일 뿐이지요. 하지만 이안이에게 엄마라는 존재는 음식과 안식처 그 자체예요. 자신의 생명을 유지할 수 있는 공기 같은 존재지요. 때문에 우리 엄마가 아닌 것 같다고 하는 건 내 음식과 안식처가 아니라는 말과 같아요. 아이에게 그건 자신의 생명을 걸고 하는 말입니다. 조금 전 부장검사님께서 그러셨지요? 검사는 보이지 않는 것을 증거로 삼을 수 없다고요. 왜죠? 이유는 간단합니다. 보이지 않는 걸 증거로 삼는 검사는 명예가 실추되기 때문이지요. 말하자면 검사님은 이안이에 비해 용기가 없는 겁니다."

모니카가 의자에 앉은 채 부장검사를 똑바로 쳐다보면서 퉁명스럽게 말했다. 부장검사는 양 어깨를 추켜올리더니 몸을 팽 돌리고 창밖을 내다봤다.

'모니카의 말처럼 아이들에게 엄마는 음식과 안식처이지. 프로스포라! 아이들이 엄마에게 요구하는 건 돈도 훌륭한 직책도 아니야. 오직 달콤한 음식과 안식처뿐이야. 프로스포라, 향기로운 양식! 그게 엄마야, 엄마. 그런데…… 이안이는 맛을 잃은 프로스포라에게 요구했던 거야. 나를 먹이고 재우세요. 그것이 당신의 책임입니다! 하지만 엄마는 거부했지. 그렇다면 아이는 어디에서 프로스포라를 구했을까? 〈섬집아기〉 노래에서는 혼자 남은 아이가 파도를 엄마 삼아 단잠에 들지. 그럼 이안이는…….'

"고양이! 고양이 어디 있지요?"

"고양이라고요? 청사에는 길냥이들 뿐인데."

부장검사가 두 눈을 동그랗게 뜨고 내게 물었다.

"아니요. 도둑고양이 말고, 고양이 인형요. 혹시 이곳에 보관돼 있습니까?"

"제가 살펴보느라고 조사실 보관함에 두었는데, 가져올까요?"

지호가 자리에서 일어서면서 물었다. 나는 말없이 고개를 끄덕였다. 지호는 한달음에 조사실로 달려가서 고양이 인형과 일회용 장갑을 가져왔다.

"잠깐. 지호야, 아니 허 검사님, 저 좀 도와주시겠어요?"

나는 일회용 장갑을 끼고 고양이 인형을 잡아 지호에게 쳐들어 보이면서 말했다.

"세 번째예요."

지호가 장갑을 끼고 인형을 잡으면서 내 귀에 대고 속삭였다.

"여기 뒤통수 부분 보이지요? 여길 뜯어야겠어요. 아이 솜씨 같지 않아요? 솔기를 뜯어내고 다시 바느질한 거 같은데요? 바느질이 엉성한 게 분명 아이 솜씨예요."

지호가 고양이 인형의 뒤통수를 벌리고 있는 동안 나는 뒤통수에 손가락을 쑤셔 넣고 구석구석 뒤졌다. 무엇인가 손끝에 걸렸다.

"그게 뭐예요? 장난감 주사기하고…… 왕꿈틀이예요!"

내가 인형 속에서 장난감 주사기와 길쭉한 젤리과자를 꺼내들자 지호가 손바닥을 펴고 그것들을 건네받으면서 크게 소리 질렀다.

"왕꿈틀이?"

"아이들이 먹는 지렁이 같은 젤리과자입니다."

"기생충도 먹어?"

"부장님, 아이들 과자라고요!"

모두들 지호의 손바닥 위로 머리를 들이밀고 저마다 한마디씩 해댔다.

"허 검사, 우선 여기 복사용지 위에 올려두게."

부장검사가 탁자 위에 흰색 종이를 펴 놓으면서 지호에게 말했다.

"부장님, 이제 영장청구 하시죠."

지호가 주사기와 젤리과자를 종이 위에 올려놓으면서 부장검사에게 말했다.

"거참 그게…… 어린아이의 행동이라……."

모니카가 갑자기 자리에서 일어서더니 탁자 위에서 빈 생수병을 집어

들고 부장검사에게 내밀었다.

"이거면 충분한 물증이지요?"

"네? 이건, 아까 제가 마시던……."

부장검사는 얼떨결에 생수병을 건네받으면서 말끝을 흐렸다.

"김정미가 사체를 유기한 다음 콘도로 돌아가는 길에 차에 기름을 넣었다고 했지요? 심문할 때 그 승용차 내부를 찍은 사진이 조사실 책상에 있기에 봤더니……. 주유소에서 주유권하고 생수를 받았더군요."

"그런데요?"

"이건 부장검사님이 마시던 게 아니라 이동희가 심문 받을 때 마셨던 생수병이라는 거죠. 마침 차 안에 있던 생수병과 같은 상품이더군요. 이 정도 물증이면."

"아니, 수녀님…… 제가 무신론자라 잘 모르긴 해도 십계명에 '이웃에게 불리한 거짓증언을 하지 말라'는 계명이 있지 않나요?"

"악마는 제 이웃이 아니에요!"

모니카는 몸을 홱 돌려 자리로 돌아와 머리를 꼿꼿이 세운 채 눈을 내리뜨고 다소곳이 앉았다.

4

피우스 12세 교황 성하께,

　하느님의 미천한 종 중의 종 Q신부가 드립니다.

"천황은 신(神)으로서 국가도덕률의 육화(肉化)이다. 곧 천황은 고쿠타이(國體)로서 국가의 정체이며 국가의 통일체요, 일본의 헌법이고 주권 그 자체이다."

성하, 성좌의 염려가 담긴 메시지에 대한 도쿄의 답변입니다. 지난 7월 26일 연합국은 포츠담 선언을 통해 공식적으로 일본제국에 무조건 항복을 요구했습니다. 하지만 스즈키 간타로(鈴木貫太郎) 총리는 '묵살한다!'는 단 한 마디의 말로 답변을 대신했습니다. 미천한 종이 도쿄의 고위 당국자를 만났을 때 그는 '일본 최고전쟁지도자회의'의 결정을 따를 수밖에 없다는 말만 되풀이했습니다. 이처럼 고쿠타이는 어떤 설득이나 이성적 해결책도 거부되는 상황을 만들었습니다. 길을 걷는 어느 누구를 만나도 그들의 대답은 항상 같았습니다. "고쿠타이!" 도덕적 근거도, 전쟁에 대한 해석도, 그리고 앞으로 닥칠지 모를 무시무시한 운명도 고쿠타이의 결정에 따를 뿐입니다.

성하, '책임 없는 국가 이상의 악은 없다'는 말을 기억하십니까? 언젠가 블라디미르가 했던 그 말이 미천한 종의 뇌리에서 떠나지 않습니다. 고쿠타이에는 책임이 없습니다. 때문에 개개 국민은 어느 누구에게도 책임을 묻지 않습니다. 그들의 국가가 악이냐 선이냐 하는 것은 의미 없는 물음일 뿐입니다. 고쿠타이는 절대진리입니다. 그들은 《고쿠타이노 혼기(국체의 본의)》라는 경전 속에 종교와 철학, 그리고 심지어 역사학까지 용해시켜 고쿠타이의 절대성을 합리화하고 있습니다. 모든 형이상학과 역사, 종교는 철저히 분해되고 찢겼습니다. 그 무엇이든 《고쿠타이노 혼기》라는 용광로에 녹아 '책임 없는 국토'로 육화합니다.

성하, 뉴욕 컬럼비아대학 푸핀홀(Pupin Hall)의 핵물리학 실험이 실제 현실로 다가오고 있는 것입니까? 만약 그 실험이 현실화된다면 인류에게 또 어떤 재앙이 뒤따르는 것입니까? 고쿠타이와 핵실험은 제동장치 없이 마주보고 달리는 열차처럼 보입니다. 무엇이 악이고 무엇이 선인지 끝없는 회의와 회한만 있을 뿐 어느 누구도 분명한 답을 하지 못합니다. 지금 우리는 신의 심판을 기도해야 합니까, 아니면 신의 자비를 소망해야 합니까?

성하, 어쩌면 지금과 같은 혼돈의 상황에서는 블라디미르의 말처럼 '책임 없는 국가 이상의 악은 없다'는 것만이 극히 명석하고 판명한 진실일 것입니다. 부디 성부께서 세상 모든 사람들에게 '책임 있는 주권 이상의 평화는 없다'는 자각을 일깨워 주시기를 간절히 기도합니다.

5

다음날 아침 수사팀은 압수수색 영장을 발부받아 서울에 있는 교쿠지쓰 생명공학연구소 지부를 압수수색하고 김정미와 이동희를 다시 심문했다. 김정미와 이동희는 황도신도의 종교의례에서 이안이의 머리 속에 '유전자조작 네마토모프의 유충'을 주입했다고 자백했다. 지호는 오피스텔에 가끔씩 들러 수사상황을 모니카와 내게 알려주었다. 수사팀이 연구소를 압수수색한 지 삼 일째 되는 날 지호가 특별수사팀과 회의가 있다고 알려왔다.

"신부님, 어서 오세요. 아이고, 우리 수녀님도 여기까지 오시느라 고생하셨습니다."

내가 모니카와 함께 부장검사실에 들어섰을 때 팀원들은 환한 미소로 우리를 맞았다. 부장검사는 그날따라 모니카에게 지나치다 싶을 정도로 친절하게 대했다.

"수녀님, 이쪽으로 앉으세요. 아, 정 검사! 거기 가만히 앉아 있지 말고 수녀님께 마실 것 좀 드리게. 이봐, 이영민. 수녀님께서 지나가시기 불편하잖아. 의자 좀 앞으로 당겨 앉으라고."

모니카가 부장검사의 에스코트를 받으며 자리에 가 앉자마자 윤세호 검사가 브리핑을 시작했다. 그는 이동희의 로비자금 운반 과정과 일본의 교쿠지쓰 생명공학연구소와 서울의 연구소 지부 사이에 오간 계좌내역 등을 상세히 설명했다. 윤 검사의 요약보고가 끝나고 방 안에 불이 꺼지더니 지호가 자리에서 일어나 스크린 앞으로 나왔다. 그녀는 이십여 분에 걸쳐 황도신도의 발전과정을 설명하고 이어 교쿠지쓰 생명공학연구소에서 그동안 비밀리에 행했던 실험을 자세히 보고했다.

"결론을 말씀드리자면, 이들은 동북아시아 및 동남아시아를 중심으로 설립한 교쿠지쓰 생명공학연구소 지부를 통해 황도신도의 신자들을 모집했습니다. 그리고 신자들의 자녀를 대상으로 '기생충을 이용한 뇌신경 변이에 관한 실험'을 했습니다. 물론 부모들은 자발적으로 그 실험에 동참을 했고, 그들 대부분은 김정미처럼 황도신도 신앙에 철저히 세뇌되어 있었습니다."

지호는 생수병을 들어 물을 한 모금 마시고 교쿠지쓰 생명공학연구소장 이시이 다카미의 이력을 설명했다.

"그의 아버지는 과거 만주국의 황군 장교로 국가사회주의를 지지하는 파시스트였습니다. 여기 이 화면에 보이는 것이 GHQ에서 그의 아버지에 대해 작성한 신상기록입니다. 그의 아버지는 전후 비인간적 생체실험을 한 죄목으로 미군정의 전범재판에 회부되자 할복했습니다. 그런데 자살하기 직전, 보관하고 있던 생체실험 기록들과 함께 일했던 황군 과학자들의 명단을 아들에게 남겼다고 합니다. 어쨌든 그 뒤로 이시이 다카미는 아버지의 유언에 따라 황도신도를 재건합니다. 물론 교쿠지쓰 생명공학연구소는 황도신도의 새로운 영역을 개척하고자 설립한 것입니다. 이상입니다."

방 안이 환해졌다가 다시 불이 꺼지자 박수범 검사가 자리에서 일어났다. 그는 수빈이와 이안이의 네마토모프 감염 경로를 설명하고 아이들의 뇌에서 일어난 변이과정과 병변 등을 보고하기 시작했다. 박 검사가 잠시 말을 멈추고 물컵을 집어 들었을 때 부장검사의 휴대폰이 탁자 위에서 심하게 요동쳤다. 부장검사는 전화를 받자마자 미간을 잔뜩 찌푸리더니 자리를 박차고 일어나 십여 분 동안 전화기에 대고 고래고래 소리를 질렀다.

"잠깐, 박 검사, 중단하고 자네 자리로 돌아가 앉게나."

부장검사가 전화를 끊고 어깨를 축 늘어뜨린 채 창가로 다가가면서 조용히 말했다.

"수사를 여기서 중단해야겠네. 외교적인 문제로 비화될 수 있다는 거야. 플리바긴(Plea Bargain)을 했네. 형량 거래를 마쳤다는 말일세. 김정미는 존속유기 혐의만 적용해서 구속하고 이동희는……. 이동희는 일본 국적을 가지고 있으니까 추방을 하고. 그러면……."

"부장님!"

모두들 한 목소리로 부장검사를 부르며 자리에서 벌떡 일어섰다.

"앉아, 앉으라고. 내가 능력부족이야. 수녀님, 이번만큼은 비아냥거리지 마세요!"

부장검사가 멀거니 창밖만 내다보면서 떨리는 목소리로 모니카에게 말했다.

"플리바긴이라뇨? 누가 무슨 거래를 했다는 거예요? 구체적으로 누가 누구랑……."

지호가 팔짱을 끼고 부장검사를 들쑤시려할 때 방문이 발칵 열렸다.

"이도술 의원님, 어떻게 여기까지?"

이도술 의원은 쭈글쭈글한 이마에 검버섯이 꽉 들어찬 얼굴을 치켜들고 들어왔다.

"수고들 많구먼. 에…… 부장검사, 얘기는 다 전했소?"

"네. 여기 있는 검사들에게 외교적으로 민감한 사안이라는 걸 주지시켰습니다."

"잘했네, 잘했어. 암, 그래야지! 에…… 여러분들 노고가 많으십니다. 국가적 대의를 위해 내린 결정이니까 이해들 하세요. 우선적으로, 에…… 나라가 안정돼야."

"얼굴이나 안정시키시지! 곯은 무같이 생겨 가지고."

모니카가 천장을 올려다보면서 구시렁거리자 이도술 의원이 굵은 목 위의 머리를 휙 돌려 모니카를 쏘아보았다.

"그런데, 부장검사! 이런 곳에 수녀가 왜 있소?"

"저…… 여기 교황청 대사님을 보좌하시는 분이라서……."

부장검사가 뒷짐을 지고 느릿느릿 이도술 의원에게 다가서면서 대답했다.

"그러면 수녀님은 밖에 계시게 해야지요. 길 가는 사람한테 물어보시오. 이런 곳에 수녀가 있다는 게 말이 되는지."

부장검사는 천천히 고개를 숙이면서 두 주먹을 불끈 쥐었다.

"입이 삐뚤어졌어도 말은 똑바로 하셔야지요. 이런 곳에 국회의원이 있는 게 이상한지 수녀가 있는 게 이상한지."

모니카 수녀는 비스듬히 서서 한쪽 다리를 약간 구부리고 흔들면서 대꾸했다.

"당신…… 에…… 수녀님! 나는 말이오. 국민을 대표하는 의원이오."

이도술 의원이 핏대가 선 두 눈알을 뒤룩뒤룩 굴리면서 언성을 높였다.

"어머나, 그러세요? 그럼, 우리 기자실에 내려가서 기자 양반들한테 한 번 물어볼까요? 검찰청에 의원 나리께서 계신 게 이상한 건지, 아니면 나 같은 수녀가 있는 게 이상한 건지."

모니카가 여전히 한쪽 다리를 흔들면서 손마디를 우두둑우두둑 꺾었다. 이도술 의원은 한 손으로 뒷덜미를 문지르며 무어라 말을 하려다가 몸을 돌려 횡하니 밖으로 나갔다. 부장검사는 여전히 고개를 숙인 채 어깨를 축 늘어뜨리고 자신의 책상 앞으로 걸어갔다.

"수사종결……. 이렇게 닫는 거야?"

부장검사가 자리에 앉아 책상 위에 수첩을 펼쳐 놓고는 볼펜을 쥐고 무언가를 긁적이며 혼잣말을 했다. 써늘한 냉기가 방 안에 감돌았다. 모두들 탁자에 둘러앉아 말없이 앞에 놓인 서류들만 들춰댔다. 그때 어디선가 귀에 익은 곡조가 요란하게 울렸다. 나는 그 현란한 첼로 선율에 맞춰 의자를 빼가닥거리면서 작은 소리로 흥얼거렸다.

"신부님, 땅벌이 부르잖아요!"

모니카가 탁자를 톡톡 치면서 나를 바라보았다. 나는 화들짝하며 얼른 바지주머니에서 휴대폰을 꺼내들었다.

"아휴! 검사님들 미안해요. 〈땅벌의 비행〉이라우. 제가 몇 번이나 바꾸라고 했는데도 저 곡이 좋다고. 애도 아니고……."

모니카가 주변을 둘러보면서 구구한 말들을 늘어놓았다. 킥킥거리는 소리가 여기저기서 흘러나왔다. 나는 부장검사의 굳은 얼굴을 슬쩍 보고는 자리에서 일어나 전화기를 들고 창가로 갔다.

"모니카, 주한 EU 대표부에 다녀와야겠어요. 성좌에서 전갈이 왔대서요. 금방 올 테니까 여기서 기다리고 있을래요? 부장검사님 부탁드립니다."

나는 전화를 끊고 부장검사에게 모니카를 부탁하고 방을 나섰다. 내가 막 몇 발짝을 옮겼을 때 부장검사가 복도로 나와 나를 불러 세웠다.

"신부님! 청사로 다시 오신다면서요? 그럼 제 차를 타고 가세요."

**

내가 주한 EU 대표부를 나섰을 때는 이미 자정을 넘기고 있었다. 나는 혹시나 하는 생각에 모니카에게 전화를 걸었다. 그녀는 아직 부장검사실에 있다고 했다. 나는 서둘러 부장검사실로 갔다. 부장검사와 모니카, 그리고 지호가 나를 기다리고 있었다.

"모니카, 성좌에서 내일 오후 비행기로 돌아오랍니다. 일본정부와 미묘한 갈등이 있었나 봐요. 그리고 이도술 의원이 인맥을 동원해서 여기저기 들쑤셔 놓았더군요. 아무래도 우리가……."

"별 수 없지요. 성좌의 입장도 있을 테니까요."

모니카는 지호와 팔짱을 끼고 서서 내게 시큰둥하게 대답했다.

"신부님, 사귀어볼 겨를도 없이 떠나시게 돼서 안타깝습니다. 언제 제가 휴가를 얻으면 저와 함께 트레비 분수 앞에서 로마의 휴일을 즐기도록 하지요. 뭐, 그렇다고 오해는 마세요. 저는 그냥 오드리 헵번이 생각나서 그랬지 무슨 이상한 생각으로……."

"어머나, 미셸 파이퍼는 어쩌시고요?"

"뭐, 로마에 가면 로마법을 따라야죠. 로마 하면 오드리 헵번 아닙니까?"

부장검사가 내게 목례를 하고 모니카와 눈웃음을 주고받으면서 농담을 건넸다.

"신부님, 아쉽네요. 저도 여기서 인사를 드릴게요. 잘 가요!"

지호는 엘리베이터 앞까지 따라오더니 내게 무덤덤한 말투로 인사를 하고 쌩하니 부장검사실로 돌아가 버렸다.

1

"신부님, 수면제는요? 조금 있으면 거대한 땅벌을 타고 끔찍한 여행길에 올라야 하는데, 어서 한 알 드세요. 창가 쪽 좌석인데 괜찮겠어요? 하긴 뭐, 주무실 테니……."

모니카는 공항 검색대를 지나 탑승 게이트에 들어설 때까지 쉬지 않고 계속 종알거렸다. 나는 애써 웃음 지으며 연결통로를 지나 비행기문 앞에서 주춤 걸음을 멈췄다. 모니카는 내 왼팔을 와락 끌어당겨 탑승권 좌석번호와 좌석을 확인하면서 기내통로를 비집고 들어섰다.

"여기네요, 31열. 어서 창가 좌석으로 들어가세요."

한 여성이 통로 쪽 좌석에 앉아 이어폰을 끼고 머리를 숙인 채 여행책자를 뒤적이고 있었다.

"저기요, 자리 좀. 저……."

나는 두어 번 그 여자에게 말을 걸었지만 그녀는 여전히 책장을 넘기면서 노래만 흥얼거렸다. 나는 하는 수 없이 오른손 검지로 그녀의 어깨를 슬쩍 찔렀다.

"뭐 하느라고 이제야 오는 거예요? 미리 좀 와서 기다리면 안 돼요?"

지호였다. 나는 말을 잃은 채 우두커니 서서 두 눈을 끔뻑거렸다.

"어머, 허 검사님 벌써 와 계셨네요?"

모니카는 자기가 창가 쪽 좌석에 앉으면서 지호에게 환한 웃음을 지어 보였다. 나는 지호와 모니카 사이에 앉아서 두 사람을 헬끔헬끔 곁눈질하면서 물었다.

"어떻게 된 거예요?"

"부장님이 트레비 분수를 보면서 아이스크림이나 실컷 먹고 오래요. 이륙하려나 봐요. 제 손 잡으세요."

어마어마한 땅벌이 하늘을 향해 육중한 몸체를 들어 올려 1만 피트의 고도에 이를 때까지 수직으로 급상승했다. 나는 지호의 왼손을 꼭 쥐고 붕붕대는 엔진소리를 들으며 가쁘게 숨을 내쉬었다. 지호가 나를 슬쩍 보더니 손수건을 꺼내 콧등에 뽀질뽀질 돋은 땀방울을 닦아주며 입을 열었다.

"수면제 먹었죠? 이거 들으세요. 조슬랭의 자장가예요. 내가 좋아하는."

지호가 자기 귀에서 이어폰을 뽑아 내 귀에 꽂아주었다. 나는 은은한 자장가를 들으면서 눈을 끔벅이다가 이내 깊은 잠에 빠져들었다.

'바보. 이렇게 장롱 문을 열면 되잖아! 울고 있지 말고 빨리 나와.'

내가 깜짝 놀라 눈을 떴을 때 비행기는 덜컥거리며 레오나르도다빈치 공항 활주로에 내려 검은 아스팔트 위를 질주하다가 멈춰 섰다. 나는 찌

뿌드드한 몸을 일으켜 지호와 모니카의 뒤를 따랐다. 두 사람은 나를 공항 라운지의 카페로 끌고 가서 진한 커피를 주문했다. 지호는 자리에 앉자마자 가방에서 노트북을 꺼내 전원을 켜고 인터넷을 검색하기 시작했다.

"수녀님! 벌써 헤드라인에 올랐네요. 여기 보세요. 이도술과 이동희가 구속됐어요. 굵은 무하고 멧돼지가 사이좋게 찍혔네요."

지호가 노트북 화면을 돌려 모니카에게 보여주면서 들뜬 목소리로 말했다. 나는 커피를 단숨에 마시고 고개를 비스듬히 돌려 노트북 화면을 들여다보았다. 이도술 의원이 구속됐다는 기사가 포털사이트 메인화면 뉴스 창에 올라와 있었다.

"익명의 제보자? 혹시 허 검사가?"

지호는 오른손으로 마우스 버튼을 누르면서 왼손 엄지와 검지로 동그라미를 만들어 보였다.

"모니카, 어떻게 된 거예요?"

나는 노트북 화면에 눈길을 박은 채 모니카에게 물었다. 아무 대꾸도 없었다.

"수녀님은 신앙교리성에 급히 전할 내용이 있다고 조금 전에 나가셨어요."

지호가 여전히 노트북 화면을 들여다보면서 예사스럽게 말했다.

"도대체 어떻게 된 겁니까?"

"어제 신부님이 주한 EU 대표부에 가 있는 동안 모니카 수녀님이 부장님하고 두 분이서만 얘기를 했으면 하시더라고요. 그러고 나서 부장님이 저를 부르시더니 '허 검사, 옷을 벗지 않겠나?' 하지 뭐예요. 부장님 특유의 낮고 길게 깔리는 그 느끼한 목소리 아시죠? 으으, 지금도 내 몸에 벌레가 기어 다니는 것 같아요."

"부장검사님께서요?"

"그래서 벗었죠. 아무튼 기자들한테 수사자료를 넘길 땐 정말 통쾌했어요."

나는 자리에서 일어나 카페 안을 이리저리 두리번거리면서 모니카를 찾았다.

"조금 전에 가셨다니까요! 참, 한 가지 물어볼게요. 당신은 왜 작은 멋쟁이 나비를 잡으려고 하는 거죠?"

지호가 내 손을 잡아 의자에 앉히면서 뜬금없는 질문을 했다.

"작은 멋쟁이 나비는 어떻게……. 아니, 아니야. 허 검사! 일어납시다. 여기선 곤란해요."

"옷 벗었다니까요! 그냥 지호라고 불러요. 안 그러면 여기서 한 발짝도 움직이지 않을 거예요. 다시 말해 봐요."

"지호 님. 아니, 지호 선생님. 지호 씨……."

지호는 팔짱을 끼고 휘파람을 불면서 딴청을 피웠다.

"알았다, 알았어. 지호야!"

지호는 그제야 자리에서 일어나 나와 함께 공항 로비를 나섰다. 우리는 택시를 잡아타고 바티칸 시내 동쪽에 있는 제르마니코 거리에 있는 모처로 향했다. 그곳은 성좌에서 오래전에 내게 마련해준 집무실 겸 숙소였다.

"도대체 어떻게 된 거예요? 모니카와 무슨 일이 있었지요? 어디까지 알고 있는 겁니까?"

지호는 내 말을 듣는 둥 마는 둥 집무실 안을 구석구석 살펴댔다.

"잠깐, 숨 좀 돌리고 얘기해요. 근데 여태까지 이러고 지낸 거예요? 딸

랑 침대 하나에 책상하고 책장. 완전 썰렁이네! 나도 여기서 지낼까봐요."

지호는 쉴 새 없이 조잘대며 냉장고에서 탄산음료를 꺼내들고 거실 한편에 놓인 티 테이블 의자에 앉았다.

"여기 앉아서 이것 좀 마셔요. 사실 이번 사건은 특이한 만큼 처음엔 도무지 이해하기 힘든 부분도 많았어요. 하지만 시간이 흐를수록, 그리고 실마리를 하나하나 풀어갈수록 의구심보다는 어떤 진실에 접근한다는 묘한 쾌감에 사로잡혔죠. 뭐랄까, 선택받은 자의 특권? 어쨌거나 교쿠지쓰의 음모가 밝혀지면서부터는 내가 마치 역사적 진실에 접근할 수 있는 유일한 사람인 양 여겨졌어요."

"우선 모니카와 무슨 얘기를 언제 주고받았는지……."

지호가 탄산음료를 마시다 말고 왼손 검지를 뻗어 내 입술에 대면서 입을 막았다.

"지금 얘기하잖아요. 어쨌든 부장님의 영화 얘기가 나오기 전까지는 그랬지요."

"영화 얘기라니요?"

"골룸 말이에요. 부장님이 반지원정대가 유대까지 갔냐고 생뚱맞은 말을 하셨지요. 그때 어떤 의문 하나가 스쳤어요. 반지원정대가 왜 한국으로 왔느냐 하는……."

"네? 갑자기 그게 무슨……."

"반지원정대의 목적이 뭐죠? 절대반지를 찾아서 폐기하는 거예요. 당신과 모니카 수녀님, 두 사람의 목적이 무엇이냐는 의문이기도 했어요. 아무리 생각해봐도 두 분 역시 반지원정대와 다를 바 없더군요. 복고신도에서 사회진화론으로, 그리고 우리가 맞닥뜨린 기생충 변이 실험으로 변신을 거듭한 황도신도가 절대반지라면……. 왜 두 분은 일본으로 향하지 않았을까요? 우리 검찰보다는 일본 수사기관의 협조를 구하는 게 보다 상식적이지 않아요?"

"그건, 상황이……. 덴하흐 특사들의 문서도 있고……."

"아니, 변명하려고 애쓰지 마세요. 지금은 나도 어느 정도 알고 있으니까. 그래서 그때부터 두 사람에 대해 의구심을 품기 시작했어요. 어쩌면 우리나라에 절대반지가 있기 때문에 저들이 왔을지도 모른다. 그렇다면 한 가지 남는 의문이 있지요. 도대체 우리나라에 있는 절대반지는 무엇인가?"

"모니카가 뭐라 하던가요?"

"당신이 주한 EU 대표부에 가 있는 동안 검사직을 그만두는 조건으로 수녀님께 물었지요. 작은 멋쟁이 나비가 절대반지라더군요. 이위종과 안중근, 그리고 이상설이 러시아에서 조직한 일종의 카르보나리당. 한국식 프리메이슨이라고 할까요? 어쨌든 이위종이 러시아 혁명군 장교로 우파를 점령한 직후 베체카에 체포된 이유가…… 한인 비밀조직을 확대하려 했기 때문이라고요?"

나는 호주머니에서 담뱃갑을 꺼내 지호에게 담배를 권하고 나도 한 개비를 꺼내 물었다.

"좋아요! 말하죠. 작은 멋쟁이 나비 때문에 한국 검찰과 함께 일하게 됐어요. 사실 이위종과 이상설이 일본 복고신도의 계획을 알게 된 순간부터 작은 멋쟁이 나비와 일본 우익, 특히 황도신도 세력 간 갈등은 이미 예정되었지요. 작은 멋쟁이 나비는 조금 전 지호 씨가 말했듯이 이위종과 이상설, 그리고 안중근이 주도적으로 결성한 비밀결사체였지요. 이후 작은 멋쟁이 나비는 두 번에 걸쳐 비약적인 조직확대를 했어요. 처음은 이위종이 러시아 혁명군으로 우파를 점령한 직후였고, 그 다음은 일본의 항복 직후 작은 멋쟁이 나비가 GHQ를 도와 황도신도를 해체할 때였습니다. 그만큼 작은 멋쟁이 나비는 무시할 수 없는 조직으로 성장했지요."

"그래서 바티칸이 나서서 작은 멋쟁이 나비를 잡아들이려는 건가요?"

"잡아들이는 게 아니라 세력균형을 기하자는 겁니다. 얘길 더 들어 보세요. 천황이 존재하는 한 작은 멋쟁이 나비는 사라지지 않아요! 그들은 솜누스 에트 파니스(Somnus et Panis)……, '잠과 빵'이라는 뜻이에요. 그들의 모토죠. 그들은 스스로를 '단잠과 향기로운 양식을 지키는 전사'라고 부르고 그 두 가지 중 하나라도 빼앗으려는 자가 있으면 반드시 응징합니다. 이 점에서 황도신도는 그들에게 주적이죠! 물론 황도신도가 있는 한 천황도 예외일 수 없고요. 어쨌든 성좌가 멋쟁이 나비와 관계를 맺기 시작한 건 이위종과 에스베데 수도원이 접촉하면서부터였어요. 그 뒤로 멋쟁이 나비식으로 말해서 잠과 빵의 문제가 발생할 때마다 성좌에서는 에스베데를 매개로 작은 멋쟁이 나비와 접촉을 해왔지요. 에스베데에서 퀼리베트라고 불리는 특사를 임명하고, 그를 통해 작은 멋쟁이 나비 측과 대화를 나누는 방식이었죠."

"퀼리베트? 수녀님이 로마에 가면 퀼리베트 프로그램에 참가하라고 했는데!"

"모니카가? 아니, 두 여자가 무슨 꿍꿍이로 그런 말도 안 되는 계획을……."

"또 다른 계획도 있는데. 가르쳐줄까요? 잠깐만요. 이거 보이죠! 수녀님이 제 손을 꼭 잡고 부탁한 거예요. 이젠 물러날 때가 됐다고 하시면서. 많이 지치셨대요."

지호가 자리에서 일어나 문 앞에 있던 여행가방을 끌고 오더니 가방 안에서 편지지 두어 장을 꺼내 내게 내밀었다. 거기엔 큼지막한 글씨가 또박또박 적혀있었다.

"어? 어……."

"죄다 당신 얘기죠? 습관부터 취미까지. 저더러 좋은 비서가 될 거래요! 이 얘긴 나중에 해요. 물고 늘어지면 한국으로 돌아갈 거예요. 당신은 내가 교도소에 들어가는 걸 원치 않겠죠? 내가 돌아가면, 어쩌면 황도신도 측에서 날 암살할지도 몰라요."

나는 담배를 연거푸 뻐끔거리다가 꽁초를 재떨이에 비벼 끄고 입을 열었다.

"좋아요. 어디까지 말했죠? 아, 퀼리베트. 처음 임명된 퀼리베트의 활약이 컸죠. 그는 이위종을 직접 만난 인물이기도 하고요. 그런데 무슨 이유에선지 이위종이 베체카에 체포된 뒤로는 그가 작은 멋쟁이 나비를 적극적으로 지원하기 시작했어요. 덕분에 작은 멋쟁이 나비 조직이 거의 한 국가의 정보기관과 맞먹을 정도의 규모로 커지고 체계화됐죠. 그들은 솜누스 에트 파니스의 엠블럼까지 만들 정도로 적극적이었어요. 어쨌든 성좌에서는 멋쟁이 나비를 필요불가결한 조직으로 인정할 수밖에 없었어요. 동북아시아에 관한 주요 정보는 작은 멋쟁이 나비를 통하지 않고서는 얻을 수 없게 되었으니까요. 아무튼 몇 년 전부터 일본 에스베데 수도원이 황도신도 세력에 관해서 우려할 만한 정보를 성좌로 보내왔어요. 그리고 황도신도 세력이 주변국의 어린아이들을 대상으로 전염병을 퍼뜨린다는 소문이 돌기 시작했고……. 동시에 작은 멋쟁이 나비의 심상치 않은 정황이 성좌에 포착되기 시작했어요."

"그 엠블럼 말이에요. 이거 맞죠?"

지호가 가방에서 연필을 꺼내더니 종이 위에 검은 날개를 단 둥근 빵을 그랬다.

"이건 또 어떻게?"

"부장님이 작은 멋쟁이 나비 요원이라면서요? 수녀님은 신부님도 눈치챘을 거라고 하던데. 이도술 의원이 부장님 방에서 나간 직후에 부장님이 수첩에다 무슨 낙서를 했는데……. 수녀님 말씀으론 그냥 궁금해서 봤대요. 당신이 대사관에 간다고 나갔을 때였어요. 부장님이 관용차를 타고 가라면서 당신하고 같이 지하주차장으로 내려갔잖아요. 그때 책상 위에 펼쳐져 있던 수첩을 슬쩍 보셨나 봐요. 근데 거기에 이 그림하고 되는 대로 갈겨쓴 솜누스 에트 파니스란 글씨가 있더래요. 그래서 부장님이 멋쟁이 나비의 일원이라는 걸 알았다던데요."

"그랬군요. 작은 멋쟁이 나비 쪽에서 수사과정을 지켜보려고 검찰 내부에 한 사람 정도 심어 둘 거라고 추정하긴 했지만……, 부장검사가……. 결국 일이 잘못되려는 순간에 모니카가 멋쟁이 나비와 재협상을 한 셈이군요."

"재협상이라뇨?"

"성좌에서 작은 멋쟁이 나비의 최근 정황을 포착한 직후에 세 번째 퀼리베트인 모니카를 그들에게 파견했어요. 황도신도 문제를 해결할 합리적인 방법을 찾으려고. 그런데 작은 멋쟁이 나비 쪽에서 '우리의 총구는 항상 일본의 정점을 향해 있다'는 말만 되풀이했어요. 그들의 결연한 의지를 드러낸 거죠. 그래서 성좌는 한국에서 수빈이 사건이 발생하자마자 저를 불러 일본정부와 협상하도록 지시했어요. 작은 멋쟁이 나비가 일본의 정점을 겨냥하지 않도록 하겠으니 대신 일본정부에서는 황도신도 수사에는 관여하지 말라는……, 그런 내용을 전달했지요. 그리고 성좌는 퀼리베트를 통해 작은 멋쟁이 나비와 합의를 했죠. 일본정부의 개입 없이 한국정부와 성좌가 직접 황도신도를 수사하는 것으로······.”

"세력균형! 그러니까 작은 멋쟁이 나비가 일본의 정점을 제거하는 데서 오는 파장을 우려했군요? 하지만 수사과정에서 이도술이라는 변수가 생겼고, 그래서 모든 게 다시 원점으로 돌아가려고 할 때 부장님과 수녀님이 재협상을 했다?"

"맞아요. 그 다음 과정은 수사에 직접 참여했으니 말해주지 않아도 아시겠지요?"

"참, 공황에서 인터넷을 검색하다 보니까 이시이 다카미가 베트남 호치민 시의 한 호텔에서 실종됐다고 하던데. 그럼 이 실종사건도?"

"작은 멋쟁이 나비 쪽의 전리품입니다. 그들 표현으로 수거한 거죠."

"기왕 말이 나왔으니 두 가지만 더 물어 볼게요. 왜 작은 멋쟁이 나비가 우리 정부와 공개적으로 관계를 갖지 않죠? 그리고 저번에 오피스텔에서 준 문서를 보니까 이위종은 베체카에 잡혀간 이후로 아무 행적이 없던데······. 이건 그냥 궁금해서요."

"처음 질문엔 골렘이 많아서라고 해두죠. 아직 청산되지 않은 자동인형들 말입니다. 두 번째는······, 잠깐만요."

나는 자리에서 일어나 책상 옆에 놓인 금고를 열고 낡은 종이 한 장을 꺼내왔다.

"초대 퀼리베트가 남긴 일기예요. 안타깝게도 이 종이 한 장뿐이지만, 이위종의 마지막 행적을 보여주는 자료이기도 하죠."

나는 지호에게 초대 퀼리베트의 일기를 내밀었다. 지호는 일기를 집어 들더니 길게 한숨을 내쉬면서 나를 한번 쳐다보고 나서 일기를 읽어 내려갔다.

2

1920년 1월 7일, 크라스노야르스크, 투루한스크.

    나는 투루한스크로 가기 위해 툴라 역에서 내렸다. 작은 역사는 중앙 시베리아 고원의 한복판에 굵은 눈발을 맞으며 호젓이 서서 나를 맞이했다. 기차는 나를 눈보라 속에 덩그러니 남겨놓은 채 흰 눈으로 뒤덮인 고원을 가로질러 하얀 지평선 너머로 사라졌다. 나는 코삭을 깊게 눌러쓰고 역사를 나서서 썰매마차를 구하기 위해 근처 마을로 향했다. 스뱌트키(러시아의 성탄절 주간)인데도 이틀 전부터 내리기 시작한 폭설 때문인지 거리에는 사람이 거의 없었다. 나는 마을 구석구석을 뒤진 끝에 겨우 비싼 값에 두 마리의 말과 마차를 구할 수 있었다. 서둘러야 했다. 나는 급히 말을 마구에 채우고 투르한스크를 향해 휘몰아치는 눈발 속으로 뛰어들었다.

    한참을 달려 예니세이 강에 이르자 연회색 연기들이 굴뚝에서 피어올라 강가로 목탄 냄새를 실어왔다. 나는 잠시 마차를 멈추고 깊게 숨을 들이쉬었다. 목탄 냄새! 나는 더 이상 혼자가 아니었다. 향기로운 양식이, 따뜻한 잠자리가, 그리고 사랑이 있는 마을. 나는 차츰 진해지는 목탄 냄새를 맡으며 한적한 마을 투루한스크를 향해 얼어붙은 강을 건넜다. 내가 마을로 들어서자 한 무리의 아이들이 마차 주위로 모여들었다.

    "산타클로스다!"

    조그마한 여자아이가 초롱초롱한 눈망울로 나를 올려다보며 소리쳤다. 아이들은 내게 고사리 같은 손을 내민 채 저마다 착한 아이라는 것을 증명하기에 바빴다. 가장 아름다운 고백성사였다. 나는 작은 꾸러미에서 사탕봉투를 꺼내 아이들의 손에 사탕을 하나씩 쥐어주었다.

"누굴 찾으세요?"

한 남자아이가 대뜸 마차에 올라타면서 제법 굵은 목소리로 물었다. 나는 그 아이의 안내를 받아 어두워지기 전에 블라디미르의 오두막에 도착할 수 있었다. 내가 허름한 오두막 문을 열었을 때 블라디미르는 페치카 앞에 앉아 낡은 장화를 수선하고 있었다.

"블라디미르! 저를 기억할 수 있겠습니까?"

블라디미르가 고개를 돌리고 나를 보더니 작은 나무의자를 밀치고 벌떡 일어섰다.

"바티칸의 네모 선장, 퀼리베트 신부님! 어떻게 여기까지······."

그는 문 앞으로 달려와 내 손을 맞잡고 말없이 내 눈을 바라보았다. 그의 검은 눈이 반득 빛났다.

"베체카에 연행됐다는 소식을 듣고 얼마나 찾았는지 모릅니다. 한인 적군부대의 사령관으로 시베리아 일대에서 활약한다는 얘길 들었었는데. 게다가 모스크바에서 이르쿠츠크까지 다니며 40세 이하의 한인 남성들을 모집해서 한인 적군부대를 창설했다고요. 그런데 이렇게······."

"다 지나간 얘깁니다. 한때 레닌과 스탈린도 이곳에 유배되지 않았습니까? 저를 연행한 베체카에서 그러더군요. 투루한스크로 가는 것을 영광으로 알라고······. 근데 이런, 저녁식사는 하셨습니까? 오시느라 고생했을 텐데 이제껏 서 계시게 했군요."

블라디미르가 나를 페치카 앞으로 데리고 가서 작은 나무의자에 앉혔다. 그는 곧바로 페치카 아궁이에 검게 그을린 냄비를 걸어 놓고는 성긴 나무탁자를 페치카 앞으로 가져왔다. 양배춧국이 금세 냄비에서 보글보글 끓기 시작했고 검은 빵 한 덩이와 치즈 한 덩이가 탁자 위에 올려졌다.

"스뱌트키인데, 식사대접이 빈약합니다."

블라디미르가 냄비를 식탁 한쪽에 올려놓고 그릇에 국을 담으면서 내게 말했다.

"빈약하다니요. 하느님의 미천한 종에게는 성찬입니다."

나는 검은 빵을 반으로 쪼개 감사기도를 올리고 그에게 가볍게 목례를 했다. 그는 치즈 한 덩이를 슬며시 내게로 밀어놓고 검은 빵 조각을 가져다 묵묵히 먹기 시작했다. 나는 아무 말도 할 수 없었다. 왜 내게만 치즈를 먹게 하느냐고 묻지 않았다. 그저 볼이 미어지게 사탕을 물고 있는 아이처럼 혼자서 달콤한 치즈 맛을 음미했다.

"블라디미르! 후회하지는 않습니까?"

나는 천사의 양식으로 배를 채우고 블라디미르와 함께 오두막을 나와 잿빛 눈발을 바라보며 물었다.

"저기 예니세이 강이 러시아에서 가장 큰 강이라지요. 저 강이 어디로 흘러가는지 아십니까? 북해입니다. 매일 이렇게 북해로 흐르는 강과 함께 있는데 후회라니요. 작은 멋쟁이 나비들이 건넜던 북해로 저 강물이 내 마음을 실어 가는데……"

블라디미르가 손을 들어 지평선과 하늘이 맞닿은 곳을 가리켰다.

"외롭지는 않으세요?"

"……"

"블라디미르!"

"우리 아이들을 생각하면…… 쓸쓸합니다."

"쓸쓸하다니요?"

"양식과 잠자리를 잃고 부스러기나 주워 먹을 아이들을 생각하면 가슴이 미어집니다. 그런데……, 그런데 나는 여기서 소쩍새마냥 울고만 있습니다. 그래서 쓸쓸합니다."

"블라디미르. 아이들은 틀림없이 당신을 기억할 겁니다."

블라디미르가 말없이 얼굴을 들고 잿빛 하늘을 올려다보며 길게 한숨을 내쉬었다.

"저는…… 아이들이 저를 기억해 주길 바라지 않습니다. 주권을 상실한 지금의 아픔을 잊지 않기를 바랄 뿐입니다. 존재를 짓밟은 자가 스스로 용서를 구할 때까지 결코 잊지 않기를 바랄 뿐입니다."

"앞으로 어떻게 하실 생각이십니까?"

"떠나야지요, 지금……."

블라디미르는 오두막으로 들어가 기운 장화를 신고 총 한 자루를 들고 나와 썰매마차에 올랐다.

"저를 위해 먼 길을 와주셔서 감사합니다, 신부님."

**

그날 이후로 블라디미르의 소식을 듣지 못했다. 그는 내 마차를 타고 잿빛 지평선 너머로 사라졌을 뿐 결코 잊히지 않았다. 작은 멋쟁이 나비들이 살아있는 한 그는 결코 잊히지 않을 것이다. 용서를 받아야 할 자가 스스로 용서를 구할 때까지는 결코.

작가의 말

"누가 너를 기억할까?"

내가 신학을 위해 신학을 포기하던 날, 한 친구가 내게 던진 질문이다. 그때 나는 쓴 담배만 연거푸 피우면서 물끄러미 하늘을 올려다보다가 답했다.

"내게 중요한 건 내가 잊지 않는다는 거야."

어느덧 10년이라는 세월이 흘렀고, 지난해 가을 나는 한 시립도서관 서고에서 기억에서 사라졌던 한 남자를 우연히 만났다. 블라디미르 세르게예비치 리, 러시아 황실 근위대 장교로 임관되어 볼셰비키 혁명에서 중요한 역할을 했던 한국인! 그가 수북하게 쌓인 먼지를 털어내면서 일어나 내게 말을 걸어왔고, 나를 자신의 식탁으로 초대했다. 도서관 서고에 마련된 그 식탁에는 또 다른 잊힌 인물들이 둘러앉아 있었다. 평리원 검사 이준, 성균관 관장 이상설, 그리고 러시아 공사 이범진. 그들은 나를 초대한 남자를 이위종이라고 불렀다.

이위종은 식탁에 앉자마자 내게 물어왔다.

"왜, 우리를 찾으셨습니까? 이미 사라진 우리를."

무어라 답을 해야 하는가? 이제까지 그들을 잊고 지냈던 내가 무슨 말을 할 수 있겠는가? 나는 그에게 조심스럽게 답했다.

"그리움을 아는 자만이 내 아픔을 알 듯해서요."

**

이 책은 이렇게 시작되었다. 이 책은 이제는 기억하는 사람이 별로 없는, 하지만 스스로는 결코 자신과 나라를 잊지 않았던 사람들의 이야기다. 이준은 객지에서 홀로 죽어가면서도 일제 황군의 군홧발에 짓밟히는 조국을 잊지 않았다. 이범진은 나라를 빼앗긴 책임을 잊을 수 없어 미리 관을 맞추어 놓고 스스로 목을 맸다. 이상설은 식민지 조선을 잊지 못해 죽음 앞에서 자신을 다른 나라 땅에 묻지 말고 그냥 태워버리라는 유언을 남겼다. 그리고 뒤늦게 식탁에 합석한 안중근의 말은 내 가슴에 깊은 상흔을 남겼다.

"나는 학대받는 백성을 잊지 못해 살인하지 말라는 하느님의 계명을 어겼습니다."

내가 안중근의 말을 듣고 쓴 담배를 피워 물자 이위종이 내게 물었다.

"우리가 일제에 병합된 지 백 년째 되는 해가 언제인 줄 아십니까?"

나는 대답하지 못했다. 결코 잊어서는 안 되는 그날을 얼른 기억해낼 수 없었다. 충격이었다. 내가 잊고 있었다니, 그날을.

**

출판사에 원고를 넘긴 날, 나는 소름끼치는 소식을 들었다. 광복절을 건국절로 바꿔 기념한다는 소식이었다. 그건 "아무도 기억하지 않는 역사, 이제는 깨끗이 망각할 때가 되지 않았습니까?"라는 말로 들렸다. "망각하라"는 외침은 멈추기는커녕 갈수록 더 커져만 간다.

그 목소리에 둘러싸여 이위종이 다시 망각의 과거 속으로 돌아가려 할 때 나는 그에게 말했다.

"이 책을 읽는 사람들에게 당신을 잊지 말라고 하겠습니다."

그러자 이위종은 대답했다.

"아니, 그러지 마세요. 중요한 건 나 자신이 잊지 않는 겁니다. 바로 당신 자신이 잊지 않아야 한다는 얘깁니다. 조국은 향기로운 양식이요 단잠이라는 것을. 그리고 한때 우리 아이들이 남의 밥상에서 떨어지는 부스러기를 주워 먹고 찬 바닥에서 새우잠을 잤다는 사실을."

**

이 책은 역사적 사실을 바탕으로 구성됐지만, 사실에 관한 보고서도 아니고 역사서도 아니다. 단지 소설일 뿐이다. 하지만 나는 이 안에 명증하고도 분명한 사실 하나를 담았다. 그것은, 우리가 지금 과거를 잊으려고 한다는 사실이다.

혹시 이 책으로 몇 사람의 독자만이라도 망각된 기억을 되살릴 수만 있다면 내게는 그보다 더 기쁜 일도 없을 것이다. 그리고 이 책의 지은이로서 조금 더 욕심을 부린다면, 부디 이 책을 읽는 사람들이 2010년이면 경술국치(한일병합) 백 년째라는 사실과 우리가 일제잔재 청산이라는 과제를 아직도 제대로 풀어내지 못했다는 사실을 잊지 않기를 바란다.

**

이 작품은 미숙한 상태로 태어나서 책으로 만들어지기까지 많은 사랑과 관심을 받으며 성장했다. 무엇보다 필맥 이주명 대표의 아낌없는 애정과 질책이 없었다면 미숙한 원고가 한 권의 책이 되지 못했을 것이다. 진심으로 감사드린다. 그리고 내 평생의 반려자, 그녀는 '그건 아니야!'라는 말을 해주는 것 외에는 내게 구체적인 도움을 전혀 주지 않았다. 하지만 그래서 오히려 나는 단 하루도 태만하게 보낼 수 없었다. 그녀에게 감사한다. 끝으로, 선뜻 당신의 식탁으로 나를 초대해준 이위종 선생께 이 책을 바치고 싶다.

덴하흐

지은이 | 김호수

1판 1쇄 펴낸날 | 2008년 12월 1일

펴낸이 | 이주명
편집 | 문나영
출력 | 문형사
종이 | 화인페이퍼
인쇄 | 한영문화사
제본 | 한영제책사

펴낸곳 | 필맥
출판등록 | 제300-2003-63호
주소 | 서울시 서대문구 충정로2가 184-4 경기빌딩 606호
홈페이지 | www.philmac.co.kr
전화 | 02-392-4491
팩스 | 02-392-4492

ⓒ 김호수, 2008
이 책은 저작권법에 의해 보호되는 저작물입니다.

ISBN 978-89-91071-63-6 (03810)

* 잘못된 책은 바꾸어 드립니다.
* 값은 뒤표지에 있습니다.

이 도서의 국립중앙도서관 출판시도서목록(CIP)은 e-CIP 홈페이지(http://www.nl.go.kr/cip/php)에서 이용하실 수 있습니다.(CIP제어번호: CIP2008003460)